나의 물맷돌은 다윗의 그것이니

호세 마르티 산문선집
나의 물맷돌은 다윗의 그것이니

초판 1쇄 인쇄 2025년 9월 30일
초판 1쇄 발행 2025년 10월 10일

지은이 호세 마르티(José Martí Pérez)
옮긴이 김수우
펴낸이 최종숙

책임편집 이태곤
편집 권분옥 강윤경 임애정
디자인 안혜진 최선주 김다윤
마케팅 박태훈

펴낸곳 글누림출판사
주소 서울시 서초구 동광로46길 6-6(반포4동 577-25) 문창빌딩 2층(06589)
전화 02-3409-2055(대표), 2058(영업), 2060(편집)
팩스 02-3409-2059
전자우편 geulnurim2005@daum.net
등록번호 제303-2005-000038호(2005.10.5.)

ISBN 978-89-6327-745-5   03870

*책값은 뒤표지에 있습니다.
*파본은 구입처에서 교환해 드립니다.
*이 책의 판권은 지은이와 글누림출판사에 있습니다. 서면 동의 없는 무단 전재 및 무단 복제를 금합니다.

호세 마르티 산문선집
Prosas de José Martí

나의 물맷돌은
다윗의 그것이니

호세 마르티 José Martí Pérez 지음
김수우 옮김

Mi honda es la de David.

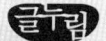

Martí 1888

| 말레콘 해변가의 마르티 동상

| 정치범 감옥에서 수용되어 강제노동하던 마르티 (16세)

| 아바나 마르티아노 연구 센터

| 제2차 독립전쟁을 일으키고 쿠바에 들어올 때 동쪽 끝자락의 보트 하나로 구사일생으로 도착한 카호바흐 해변.

| 아바나에 있는 호세 마르티 생가. 지금은 호세 마르티 박물관이 되어 있다.

| 마르티 자신이 그린 자화상.

| 혁명광장의 마르티 동상

들어가며

한 잎의 제의, 한 잎의 영원

모든 게 희미하고 창백하다. 매화가 환한데 길이 없다. 단풍이 온다면 길이 보일까. 진짜와 가짜가 뒤엉킨, 진짜도 가짜도 없는 혼란에 갇혔다. 최선을 다해 걸으면 길이 될 거라는 믿음도 사라졌다. 하루 하루가 간절하지만 모든 가치가 극단적인 분열 속에 있다. 조화를 잃는다는 게 이런 어둠일까. 문학의 곡괭이질은 저 아득한 갱도 속에서 빛을 캐어낼 수 있을까.

하지만 이 불투명하고 불안한 회오리 속에서 나를 시인으로 견디게 하는 건 위대한 영혼들이 살아낸 역사이다. 강인한 정신이 품었던 자유, 고결한 희생이 지켜낸 역사, 그리고 역사 속의 목숨들. 그 대열 가운데 호세 마르티가 고개를 숙인 표정으로 서 있다. 나는 왜 그 얼굴에서 어떤 제단을 떠올리는 걸까. 고요하고 신성한 제단. 마르티는 처음부터 내 안에 오래 묻혀 있던 제의를 일깨워 주었다.

영원과 영혼, 자연과 자유, 예술과 소명, 사유와 실천, 민족과 민중. 이러한 애매한 관념들이 호세 마르티의 글을 읽으면서 선명해졌다. 적어도 내게는 말이다. 어쩌면 늘 붙잡고 싶었던 별빛을 마주한 듯도 하다. 사랑한다는 것은 배운다는 것, 아니 그를 흉내 낸다는 것이다. 그가 바라본 곳을 같이 바라보고 싶고, 그가 이해한 것을 같이 이해하고 싶다. 그것이 사랑의 속성이라면 난 호세 마르티를 그리워하고 있음이 틀림없다. 예수에 이어 내 생애의 두 번째 사랑이라고 할까.

언제나 나는 참 머나먼 사랑을 하고 있는 것 같다. 팔레스타인에 살았던 예수에게 자꾸 매달리고, 쿠바에 살았던 마르티에게 나를 비춘다. 둘 다 제국주의의 그늘에서 목숨을 접었다. 예수는 위대한 신으로 추앙 받고, 마르티는 가난한 혁명가로 기억되지만 그들은 같은 곳을 바라본 성자들이다. 다른 대지의 다른 시대를 살았지만 그들은 사랑을 믿었고, 민중을 바라보았다. 그 때문일까. 고단했던, 어쩌면 불행했던 그들의 삶과 죽음은 존재의 경계를 넘나든다. 그들의 목소리는 항상 내 영혼을 깨운다. 예수의 '산제사' 같은 힘이 영성을 진화시킨다고 믿는 나는 예수를 진짜 시인이라고 확신한다. 제물로 한 생을 산다는 것, 자신이 아름다운 희생제물임을 자각한다는 건 어떤 것일까. 역사를 바꾼 영웅은 무수하지만, 나는 희생만이 인간을 위대하게 만든다는 힘임을 깨달았다. 희생이 신의 진정한 속성이라고 믿는다. 제의는 언제나 헌신을, 그리고 성실한 희생을 요구한다. 예수에게서 그리고 마르티에게서 하심(下心)을 배우고 무(無)를 배우고 민중을 제대로 배운다.

쿠바는 내게 어떤 나라인가. 아바나에 처음 도착하던 2013년까지만 해도 쿠바는 그저 카리브의 물빛이 아름다운 나라였고, <부에나비스타 소셜 클럽>에 담긴 풍경이었고, 체 게바라의 눈빛이 뜨거운 나라였다. 하지만 이제 쿠바는 내게 호세 마르티가 태어난 나라이고, 그가 사랑한 조국이다. 민중에게 자유와 평등을 선물하고자 그가 몸을 바친 곳이다. 마르티는 내게 많은 철학적 질문을 던지고 또 문학적 해답을 보여주었다. 힘들 때마다 그가 꾸었던 꿈을 생각한다. 죽음 앞에서, 억압과 소외 앞에서, 민중과 민족 앞에서 그는 무엇을 보았을까. 그를 닮고 싶었던 나는 극단적인 자본주의 앞에서 이상주의자가 되었다. 마르티는 죽음 앞에서 영원을 바라보았고, 자연 앞에서 자유를 발견했다. 예술 속에서 소명을 보았고, 모든 핍박 앞에서 민중을 응시했다. 물질을 뛰어넘으려는 정신의 힘은 희생으로 실천되었다.

호세 마르티는 라틴아메리카의 대표적 지성이다. 모든 쿠바인이 사도로 일컫는 그는 라틴 모데르니스모 문학의 주역이며, 생애 전체를 통해 '궁극의 평등'이라는 이상을 숭고함의 극치로 이루어냈다. "억압받고 있는 국가에서 시인이 될 수 있는 유일한 방법은 혁명전사가 되는 것뿐이다."라는 발언은 그가 품은 이상주의와 함께 진정한 문학이란 무엇인지, 문학의 책무가 어떤 것인지를 투명하게 일깨운다. 때문에 그의 언어와 사상은 우리 삶을 승화시키는 힘이 있다. 해방을 위한 모든 요소들이 들어 있는 심오한 그의 시적 사유와 실천은 세계가 인정하는 문화유산으로 남았다. 사망 100주년이 되는 1995년 유네스코는 '호세 마르티 국제상'을 제정했고, 평생 디아스포라로 살며 길 위에서 쓴 시와 산문, 연설, 번역 등 그가 남긴 모든 기록들은 2005년 유네스코 세계기록유산으로 등재되었다.

마르티는 1953년 아바나 뒷골목에서 가난한 스페인 이민자의 아들로 태어났다. 그가 활동한 19세기 후반은 다른 라틴 국가들이 일찍 차례로 독립한 데 비해, 쿠바는 아직 노예제도가 남아 있는 식민지 현실이었다. 빈민가에서 심약한 소년으로 성장하면서 억압과 소외, 타자에 대한 고통에 일찍 눈을 떴다. 이는 쿠바의 대자연과 함께 마르티 전 생애에 걸친 주제가 되고, 자유와 정의에 대한 열망은 생명을 제시하는 뿌리가 되었다.

자연주의자이자 자유주의자인 그는 억압의 모든 형태에 저항했고 인간과 세계의 가장 자연적인 상태를 꿈꾸었다. 그의 문학적 소명과 정치적 행동은 국가 독립이라는 굽힐 수 없는 신념, 민중의 자유와 평등에 확고한 토대를 두고 헌신했다. 일찍 저항정신을 가졌던 그는 16세에 아바나 정치감옥에 수감되어 강제노동을 겪었고, 17세에 스페인으로 추방되었다. 그리고 42세 때 스스로 일으킨 독립전쟁(1895년)에서 전사하는 순간까지 디아스포라의 일상을 살았다. 모든 유배의 순간들을 그는 끊임없는 집필로 채워나갔고, 반제국주의를 딛고 비판적 사유와 실천으로 라틴의 고유한 정체성을 세웠다.

창조적인 사유와 함께 인류의 진정한 해방을 향한 마르티의 의지는 오늘날에도 국가와 시대의 경계를 넘어선다. 문학의 혁명성을 일찍 간파한 산문과 연설문은 19세기 탈식민과 신제국주의 양상에 대한 날카로운 통찰, 독립에 대한 이상 등 현대성의 거의 모든 주제에 촘촘하게 접근하고 있다. 또한 문화적 다양성에 대한 옹호, 영성적인 우주관, 생명 윤리와 헌신 등은 오늘날에도 유효하다. 호세 마르티의 이상과 혁명, 시대성과 영원성은 권력과 자본을 향해 반기를 드는 21세기 제3세계에도 크게 작동한다. 그의 소명의식이 전 지구적 위기의 욕망 앞에서 문학의 진정한 책무를 향한 새로운 지표가 되어줄 수 있다고 믿는다.

짧은 생애에서 거장의 모습을 보여주는 호세 마르티의 산문은 매우 시적이며, 시대와 역사를 관통하는 강력한 메타포들로 구성되어 있다. 이번에 번역한 15편의 에세이는 호세 마르티 전집에서 뽑은 것으로 그의 문학이 지향하고 있는 자유와 자연, 창조와 투쟁의 수원지를 고스란히 담고 있다. 문학은 그에게 사유의 검이었다. 그의 염결성은 영성적으로 작동한다. 물질주의를 극복하려는, 이상과 현실을 가로지르는 새로운 윤리는 강철 같은 진실과 온화한 도덕적 키를 동시에 제시하고 있다. 항상 그랬다.

짧고 긴 글이 뒤섞여 있어 접근하기 쉽도록 총4부로 나누었다. 1부는 비교적 가벼운 에세이들로 마르티가 꿈꾸는 평등과 자유, 그리고 소외된 자들에 대한 보편적 가치가 드러난다. 2부는 라틴아메리카의 진정한 정체성과 통합에 주춧돌을 놓는 마르티의 애정과 자긍심을 보여주는 글들이다. 3부는 에머슨이나 휘트먼 등을 통해 그가 자연주의의 영향을 어떻게 받고 있는지, 문학을 바라보는 지점을 보여주며, 4부는 자신의 조국 식민지 쿠바를 향한 간절한 절규들이 담긴 글이다. 15편만으로 그의 문학이나 사상을 소개하는 것은 그야말로 빙산의 일각이지만 그의 삶이 왜 사도적일 수밖에 없는지, 그 진실을 엿보는 작은 틈이 되지 않을까.

"호세 마르티는 우리와 동행한 하나의 신비이다." 시인 호세 레사마 리마의 이 말은 지금 여기에서 내가 그의 문학을 공부하고 싶은 이유이며, 미천한 실력에도 번역하고 싶은 까닭이기도 하다. 짧은 스페인어로 나선 이 책이 부끄럽기 짝이 없다. 하지만 번역하는 내내 가슴이 울컥했고, 눈시울이 젖곤 했다. 마르티는 단순한 독립운동가가 아니라, 인류 전체를 향한 도덕적 사랑과 책임을 호소하는 철학자였다. 그의 난해한 언어와 메타포는 어렵기도 하지만 한번 빠져들면 시대를 꿰뚫은 통찰과 정직한 열정이 그대로 가슴을 때렸다. 그 때문에 한계를 느끼면서도 손에서 놓을 수 없었다. 마르티 특유의 비극적인 언어, 특유의 강렬한 은유들과 문체들, 특유의 자긍심과 격정. 나의 자투리 언어로 그의 뜻을 살릴 수 있을까. 불가능하게 다가왔다. 하지만 디아스포라 속에서도 절박한 현실을 넘어 이상을 추구했던 그의 영혼을 나는 정말 사랑했던가. 모든 허위와 변명을 무릅쓰고 이 책을 묶는다.

일상의 감옥에서 어떤 고통에 부딪칠 때마다 호세 마르티를 떠올린다. "오늘날의 인간의 첫 번째 의무는 그 시대의 사람이 되는 것"이라고 강조하던 그 목소리가 쟁쟁하게 울린다. 그 시대의 사람이 된다는 것은 어떤 의미일까. 사랑의 사도로 불렸던 마르티는 한번이라도 마음껏 웃어보긴 했을까. 불안정하고 불확실한 문명의 변곡점 앞에서 그가 붙들었던 고뇌는 이제 우리에게 절실한 한 덩이 빵이 될 수 있지 않을까. 가장 세속적인 일상을 영적인 힘으로 변환시키는 그의 실천은 맑은 물 한 잔이 될 수 있지 않을까. 그가 추구한 별의 이상은 위기에 직면한 이 시대의 공공선에 새로운 디딤돌이 될 수 있지 않을까.

    그의 제단이 저만치 비친다. 마음을 여밀 수밖에 없다. 뜨겁고 신성하고 아프다.

2025년 구월
영도 수우헌에서

차례

들어가며 한 잎의 제의, 한 잎의 영원   11

제1부   궁극의 평등을 찾아서

새로운 소나무들   21
뿌리를 향하여   29
대지의 가난한 사람들   36
자유의 여신상   42
순회 교사   76

제2부   하나된 아메리카를 꿈꾸다

우리 아메리카   87
어머니 아메리카   105
새로운 법전들   125
나의 물맷돌은 다윗의 그것이니
− 호세 마르티의 마지막 편지   135

제3부   문학과 자연 그리고 자유

섬세한 견자, 에머슨   145
월트 휘트먼의 시세계와 자유   172
울림의 항아리들 − 롱펠로우의 죽음과 문학   197

제4부   쿠바를 향하여, 쿠바를 위하여

쿠바의 문제들 − 스물일곱 살의 스텍 홀 강연   213
쿠바의 옹호   266
혁명당이 쿠바에게   278

일러두기

1. 이 원고들은 2002년에 <마르티아노 연구 센터>(아바나, 1977년 창설)에서 발간한 『호세 마르티 전집(Obras Completas)』에 바탕한 원문들이다. 각주에서는 'O.C'로 표기되었다.('t'는 권수를 지칭) 이 전집은 주제별로 구성, 총 27권이다.
2. 계속 발간 중인 『호세 마르티 주석본 전집(Obras Completas Edición Crítica)』을 참고하였는데, 이 전집은 연대별로 분석되어 있다. 각주에서는 'OCEC'로 표기되었다. 2024년 현재 제29권까지 출판되었고, 제32권(1889년 6월)까지는 완성되어 있는 상태로 곧 발간 예정이다. 50여 권까지 예상하고 있다.
3. 신문이나 잡지에 원고로 발표된 글은 평어체로, 연설문이나 편지글은 경어체로 번역했다.
4. 최대한 의역을 피하고, 직역에 가깝도록 노력했다. 또 너무 긴 단락들도 임의로 조정하였다.
5. 이 책 전체에서 지칭하는 아메리카는 라틴아메리카임을 밝혀 둔다. 미국을 가리키는 용어가 아니다.
6. 원문 속에 있는 부호들은 잘 읽히도록 생략하거나 조정되었음을 밝혀둔다. 부호들 ';', ':' 등은 한국어 독해에 도움이 되도록 마침표나 쉼표로 정리했으며, 우리말 문법에 없는 겹부호 ':!', ';!', ',-' 등은 하나씩만 사용했다.
7. 화보 사진들 및 이미지들은 아바나에 있는 <마르티아노 연구 센터>의 도서관에서 제공받았다.

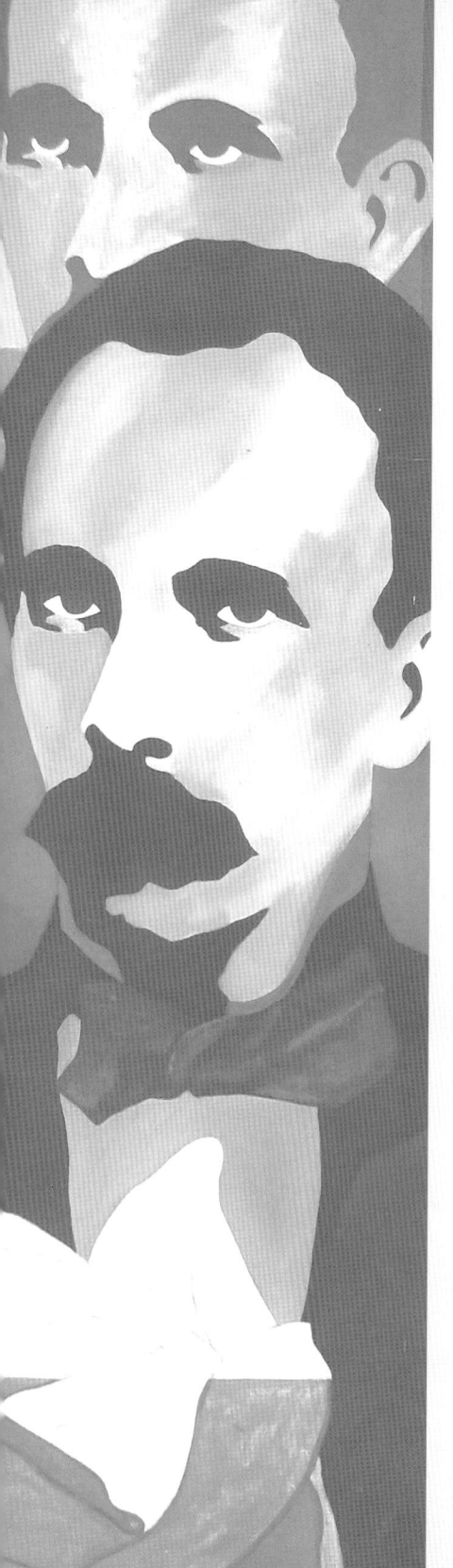

제1부

궁극의 평등을
찾아서

새로운 소나무들[01]

쿠바인이여.

오늘 밤, 모든 것이 언어들보다는 정중한 침묵을 요청합니다. 무덤들은 묘지 위에서 피어난 부활의 꽃들을 언어로 삼습니다. 잠에 빠진 인간의 연민을 위해 제 죽음의 빛으로 증오와 탐욕의 제국을 지적했던 사람들에겐, 일시적인 눈물도 의례적인 송가도 적절한 헌정이 아닙니다. 그 애도용 테두리들은 죽음을 위한 것이 아니라 존경을 위한 것입니다. 조기깃발은 깃대에만 걸렸을 뿐, 우리 마음에는 걸리지 않았습니다. 창조로 분주했던 바쁜 하루를 마친 후에, 갑작스레 이러한 말들을 접하게 된 여행자는 오늘 밤 기대되는 짧은 문구를 위해 나의 사유에게 숙연함을 부탁합니다. 하지만 그 생각은 내가 무거워지는 것을 거부합니다.

나는 오늘 이 연단 아래에서 어제처럼 분노하고 비통해하며, 우리의 땅으로부터 고뇌와 분노를 가져오는 바다의 파도들이 격렬하게 부서지는 것

---

01 「Nuevos Pinos」. 1891년 11월 27일, 땀빠 <Liceo Cubano>에서 연설한 이 글은 1871년에 식민정부에 의해 총살된 의대생 8명을 추모하는 20주년 기념식 연설이다. 쿠바의 자유와 독립을 위한 투쟁 속에서 새로운 세대, 즉 '새로운 소나무들(Nuevos Pinos)'이 조국을 위해 헌신하고 희생하는 정신을 계승해야 한다는 메시지를 담고 민족적 각성과 연대의식을 일깨우고 있다. (O.C, t.4, p.284).

을 느끼지 않습니다. 내가 듣고 있는 건 오열이 아닙니다. 내가 보고 있는 것들은 애원하는 손이 아닙니다. 듣는 자들은 고개를 숙인 자들이 아니라, 머리를 높이 쳐든 이들입니다. 그리고 저 붐비는 문들 바깥에 행진하는 사람들의 물결이 옵니다. 그렇게 태양은 밤의 그림자를 지나 순수한 수평선 너머로 황금잔을 들어 올립니다!

필연적인 죽음을 다른 이들이 애도하게 하십시오. 나는 죽음을 베개로, 누룩으로, 삶의 승리로 믿습니다. 폭풍우가 지나간 후의 아침, 뿌리째 뽑힌 나무의 분지에서 땅은 신선함이 넘치는 샘물을 쏟아냅니다. 나무들의 초록은 더 유쾌하게 차오릅니다. 공기는 마치 깃발로 가득 찬 듯하고, 하늘은 푸른 영광으로 된 뚜껑입니다. 그리고 사람들 가슴마다 측량할 수 없는 환희가 넘쳐납니다. 저 멀리, 부패 속에서도 꺾이지 않고 솟구친 빛이 죽음의 퇴적물 위로 마치 해방되는 것처럼 날개를 펄럭이고, 그리고 허공의 높은 곳으로 사라집니다. 가장 붉고 가장 가벼운 양귀비는 돌보지 않는 무덤에서 자랍니다. 가장 좋은 열매를 맺는 나무는 그 아래에 죽은 자가 있는 나무입니다.

아름답고 유익한 죽음을 다른 이들이 애도하게 하십시오. 그 죽음을 통해 정화된 조국은, 자신도 모르게 공모했던 범죄에서 벗어났습니다. 그 죽음을 통해 지극히 순수하고 보이지 않는 불꽃이 자라납니다. 그 불꽃으로 충실한 영혼들은 덕으로 정련되고, 미래를 위해 단련됩니다. 무덤의 모판으로부터 새벽의 입김처럼 만질 수 없는 불멸의 미덕이 솟아오릅니다. 소심한 땅에 바람을 불어넣고, 비열한 얼굴들을 할퀴며, 공기를 흠뻑 적시며, 살아 있는 사람들의 가슴 속으로 의기양양하게 들어갑니다. 죽음은 지도자를 주고, 죽음은 지혜와 본보기를 주고, 죽음은 우리에게 손가락을 생명의 책 위로 가져가게 합니다. 그리하여 이러한 끊임없는 보이지 않는 접속으로 조국의 영혼이 짜여 나갑니다!

진정 용기 있는 말은 끔찍한 묘사에 스스로 도취하지 않으며, 악인을 심하게 꾸짖었다 해서 후회로 짓눌려서도 안 됩니다. 순교자의 무덤이 전쟁터의 북가죽으로 바뀌어서도 안 됩니다. 전투의 격렬한 장엄함 속에서조차도 인간의 영혼을 야만성과 원한으로 이끄는 말을 해서는 안 됩니다. 허리까지 피에 잠기는 것도, 죽은 아이들의 다발로 세계의 범죄에 부채질하는 것도 쿠바인이 아니며 앞으로도 결코 아닐 것입니다. 우리 속에 갇힌 자칼처럼 증오로 끝없이 맴도는 삶도 쿠바인에게 어울리지 않습니다!

우리가 간절히 바라는 것은, 이 자리에서 명예를 한 줄기 빛에서 숭고함에 이르기까지 끌어올린 저 존재들을 사랑한다고 말하는 것입니다. 진정한 깊고 애틋한 사랑으로, 마치 정화된 천사 같은 사랑으로 말입니다. 그리고 그들은 제 지배자들에 대항하여 땅에 우뚝 섬으로써 절대적인 정의를 위해, 우리 부르짖음을 여전히 무관심한 세상에 선포하기 위해, 희생의 법칙에 따라 죽었습니다. 우리가 원하는 것은 형언할 수 없는 감사의 마음으로 인사하는 것입니다. 평범한 삶의 애착과 비겁함으로부터 벗어나, 죽음의 첫 목소리에 모범적인 영웅심으로 미소 지으면서 올라간 사람들에게 말입니다. 그들은 크리올 영혼의 확실하고 숨겨진 힘으로 된, 강력한 조국의 신비한 상징과도 같습니다.

누구입니까? 죽음의 북소리가 연타할 때, 흐느낌의 물결이 들릴 때, 살인자들이 고개를 떨굴 때, 희생 행렬의 맨 처음 사람은 누구였습니까? 입술에 띤 평화의 미소, 단호한 발걸음, 그리고 거의 유쾌한, 모든 게 마치 이미 빛에 둘러싸인 것 같은 그 첫 번째 사람은 누구였습니까? 영혼의 새, 꽃

속의 솜털, 반지를 낀 손, 보석 같은 발, 순전한 즐거움과 선물과 마차[02], 경쾌한 생각 안에 주름 하나 없는, 관대하고 고상한 크리올이 강의실 복도를 통해 반짝반짝 빛났습니다. 행렬의 선두에서 확고한 발걸음으로 행진한 사람은 행복한 강의실들에서 장난을 좋아하고 까불대는 소년, 바로 보석 같은 발과 곱슬곱슬한 손을 가진 아이였습니다! 그리고 다른 이, 제 친구들이 추진력이 부족하고 기지도 모자란 청년으로 생각했던 그 시무룩한 사람은 어땠습니까? 침울한 얼굴은 우월한 아름다움으로 생기가 넘쳤고, 애국정신은 탁월한 가능성으로 고양되었으며, 죽음을 맞이하러 나가는 친구들을 포옹으로 부둥켜안았고, 평온한 손으로 그들의 눈물을 닦아주었습니다![03]

따라서 다가올 봉기에서는 가장 어두운 가슴으로부터 영광이 출현할 것입니다! 승리를 향하여 말입니다! 그렇게 숨겨진 가치로부터 내일의 군대가 성장할 것입니다! 그렇게 숭고한 가치를 가지고, 오늘날 무관심하고 죄 많은 자, 오늘날 허영심과 부주의한 자들은 가장 용감한 자들과 함께 불로서 겨루게 될 것입니다! 열여섯 살 소년은 앞으로 걸어갔습니다. 누군가가 자신을 겁줄까 봐 고개를 뒤로 향하면서 미소를 지으면서 빛으로 둘러싸인 채….[04]

---

02 이 청년들이 순전히 즐거움과 선물과 마차(부와 특권)로만 이루어진 존재라는 의미.
03 두 인물 모두 조국을 위한 희생 앞에서 학창시절의 모습과는 완전히 다른 영웅적 면모를 보여주며, 진정한 모습을 드러내는 감동적인 변화를 묘사.
04 1871년 11월 27일, 아바나에서 아무 죄 없는, 정치 참여도 없는 아바나대학 의대생 여덟 명이 불경하다는 명목으로, 재판도 없이 총살당하는 사건이 발생했다. 이는 분노와 고통으로 쿠바 전체를 뒤흔들었고, 투쟁해야 할 대상이 누구인지 시민들이 확실히 인지한 사건이었다. 제일 어린 학생을 16살이었다.

그리고 내가 부당한 감옥을 어떻게 기억할까요[05]? 장군의 악독한 식탁[06] 위 도미들과 발데뻬냐스 산 와인을 위해 모든 악행마다 그렇게 기여하는 잔혹 행위로 가득한 끔찍한 갤리선과 함께요? 순전히 재미 삼아 칼로 난도질당한 노인들[07]과 함께요? 가벼운 여자 친구들과 동행한 고무 리본들[08]의 산책이 헛되지 않도록 나라에 열세 명의 젊은이를 줘버린 부모들과 함께요?[09] 소생할지 안 할지 보기 위해 양검 끝으로 쿡쿡 찔러댔던, 땅에 뒤엎어 놓은, 죽어가는 죄수들과 함께요? 갈갈이 찢긴 죄수의 비명소리가 돌담 너머로 들리지 않도록 트럼펫 밴드의 장단에 맞춘 잔혹한 상처의 형벌과 함께요?

글쎄요, 이것들은 더 잔인하고, 더 슬프고, 더 쓸모없고, 또 다른 공포로 되어 있고, 맨발로 다니는[10] 공포보다 더 두렵습니다! 아니면 도시가 공포에 질려 읽던 범죄의 기억, 국가적 수치라는 불명예를 왕궁들의 문 앞에 교회의 십자가 아래에 못 박았던 살아남은 학생들이, 잠든 마드리드의 침묵 속에 정의로운 유령들처럼 서 있던, 그 차가운 새벽을 내가 기억하지 않겠

---

05 마르티는 1870년(16세) 정치범 감옥에 수용되어 강제노동으로 수형생활을 했다. 이듬해 스페인으로 추방을 당한다.

06 권력의 부패와 도덕적 독성, 위선과 기만 등으로 결국은 민중에게 해악을 끼치고 만다는 비판.(역자주)

07 마르티가 정치범 감옥에 있을 때 니콜라스 데 까스띠요 등 함부로 살해당한 수감된 노인들을 말한다.

08 당시 젊은 스페인군 지원병들이 고무 리본이 달린 모자를 쓰고 있었다.

09 여덟 명이 총살당했지만, 뒤에서 그들을 구하려 시도하던 종교단체인 아바쿠아(Abakuas) 그룹 중 다섯 명이 다시 목숨을 잃었다. 모두 열세 명이 희생되었다.

10 물질적 궁핍의 공포를 의미. 물질적 궁핍보다 더 두려운 게 정신적, 도덕적, 사회적 고통임을 대조.

습니까? 아니면 과도하게 훈장을 단, 너무 환영받는, 너무나 과시적인, 뻔뻔한 영혼과 수염을 가진 메마르고 핏기 없는 한 인간[11]의 곁을 따라가며 열에 들뜬 소년이, 그 끔찍한 탐욕의 화신을 향해 "비열해, 비열해!" 외치면서 더 힘센 팔에 의해 가까스로 붙들려 갈 때의 어느 하루, 그 마드리드의 어느 여름날을 내가 기억하지 않겠습니까?

나는 우리 모든 가정들에서 사랑받는 손님이자 영웅적인 옹호자로, 함께한 초상으로, 여기서 월계관을 쓴 아량 넓은 스페인 사람을 기억할 것입니다! 그는 동일한 죽음의 이빨 속에서 올바른 가난과 연대하는 상을 더 좋아하면서 살해를 향한 칼을 거부했습니다! 사람들은 그가 고통을 받고 있다고 말합니다. 비참한 패배자의 애정만이 강력한 승리자의 분노로부터 간신히 위로받을 수 있는 귀퉁이에서 슬픔에 잠식된 채 말입니다. 선량한 스페인 사람에겐 우리의 다정한 꽃들로 감사하는 쿠바인들이 될 것입니다!

그리고 그 후에 이 대지 위에는, 이미 북쪽에서 남쪽으로 잠든 나머지 네 개의 해골 위에 남쪽에서 북쪽으로 잠든 저 네 개의 뼈 외엔 아무것도 없습니다.[12] 말라붙은 손 가까이 셔츠의 커프스단추 하나 외엔 아무 것도 없습니다. 납으로 된 관 바닥에 서로 껴안은 뼈 더미 외에는 아무 것도 없습니다! 쿠바는 결코 잊지 않을 것입니다. 영웅적 행위를 아는 사람들은 모든 위험에 맞선, 조국에게 피의 원천이었던 흠 없는 석관을 존귀한 손으로 지켜낸 사람을 결코 잊지 않을 것입니다. 그리고 가혹한 시간 안에서 갑자기 인간과 영원을 연결한 저들 중 하나인 사람, 얼어붙은 죽음을 손으로 만

---

11 도덕적 실체는 없지만 외형적으로는 권위와 영광을 과시하는 인물을 조롱
12 총살당한 학생 여덟 명이 아무렇게나 매장되어 방치된 것을 말한다.

졌고, 동료들의 두개골을 지독한 오열로 적신, 사랑의 손을 가지고 매장지에 내려간 사람도 잊지 않을 것입니다. 존경받는 유골들을, 무덤으로부터 두 팔에 안고 꺼내올 때 태양이 하늘에서 빛나고 있었습니다. 분노 없는 숭고한 복수자 머리 위로 태양은 결코 지지 않을 것입니다!

쓸모없이 죽은 자들에게나 어울릴 뿐인 애도는 이미 소멸했습니다. 그들에게는 그곳이 가장 순수하고 가장 아름다운 나라이기 때문입니다! 민족들은 영웅적인 누룩으로 살아갑니다. 많은 의협심은 많은 범죄를 정화해야 합니다. 매우 비열한 곳에서는 매우 위대한 사람이 되어야 합니다. 삶의 보이지 않는 영역에서는 장엄한 법칙이 작동합니다. 그들은 조국을 짓누르는 잔혹함과 탐욕에 대한 극도의 전율로 세상을 뒤흔들기 위해, 어린 시절의 시와 순진무구한 솔직함을 지닌 채 야만성과 탐욕의 손에 죽었습니다.

그들은 방치된 강의실을 웃으면서 또는 짧은 발[13]과 애인에 대하여 생각하면서 떠났습니다. 겉으로 보기에 허술하고 가벼워 보이는 민족의 미덕과 기개를 의심하는 사람들의 심약한 영혼을, 반박할 수 없는 증명의 논리로 일으켜 세우기 위해서였습니다. 그리고 확고한 걸음으로 야만적인 죽음 속으로 들어갔습니다. 무릎을 꺾지도 않고, 팔을 흔들지도 않고 말입니다. 피할 수 없는 운명에 따라 정의로운 합의에 또는 폭력 근절에 도달해

---

13 "짧은 발"이라는 용어는 19세기 운율과 구조가 특징인 시의 한 형태를 말한다. 19세기 스페인 시에서는 음절 수가 감소된 시에 "짧은 발"을 사용, 시의 음악성이 향상되고 보다 민첩하고 역동적인 구조가 가능했다. 길고 복잡한 형태의 시와 달리 더 가볍고 덜 엄숙한 스타일로 이는 다양한 형식과 스타일을 실험했던 당시의 낭만적인 가사와도 연관된다.

야 하는 두 민족[14]을, 한편으로는 스스로 양심의 가책이 불러일으키는 존경으로, 또 다른 한편으로 회개하는 자들이 불러일으킬 연민으로 화합 안에서 결합시키고자, 복수자는 용서의 영혼으로 일어섭니다. 그리고 자신의 승리를 절제함으로써 정의의 과업을 완성했습니다. 내일, 망명 생활을 하는 오늘처럼, 피살자의 형제들은 자유의 땅에 있는 용서의 기념탑 앞에 꽃을 바치러 갈 것입니다. 국가적인 사태보다 명예를 생각하는 사람들은[15] 살인자들의 형제라고 불리기를 원하지 않습니다.

오늘, 생명의 찬가를 우리 노래합시다. 잊지 못할 무덤 앞에서 말입니다. 찌푸린 어제 오후에 이 충직한 마을에 도착했을 때, 바로 이 대지에서 찬가를 들었습니다. 그것은 축축하고 어두침침한 풍경이었습니다. 진흙탕이 탁하게 흐르고 있었습니다. 시들고 얼마 안 되는 갈대는 제 죽음으로 그것들을 비옥하게 한 자들이 그 곳을 통해 구원을 간청하는 사랑하는 이들처럼 하소연하듯 제 푸른빛을 흔드는 게 아니었습니다. 오히려 거칠고 뻣뻣하게 마치 낯선 자의 단검처럼 심장을 파고들었습니다. 찢겨진 구름 위 높은 곳에서 폭풍우에 도전하고 있는 소나무 한 그루가 온전히 그 가지를 치켜들고 있었습니다. 문득 숲 속 공터 위로 태양이 내리 쬐였고, 거기에서 나는 보았습니다. 쓰러진 소나무의 검은 둥치 주변에서 발돋움하는, 새로운 소나무들로부터 기쁨을 낳는 무리들, 노란빛을 띤 풀 위로 갑작스런 빛의 번쩍임을 보았습니다. 바로 우리들입니다. 새로운 소나무들!

---

14 식민지배자와 피지배자로 보임.(역자주)
15 스페인 출신이지만 식민지에서 벌어진 학살이나 탄압에 반대하는 양심적인 스페인인들을 지칭한다.

뿌리를 향하여[16]

    민족들은, 인간들처럼, 뼈를 갉아먹는 병을 임시방편의 약이나 피부색만 바꾸는 반창고로는 고칠 수 없다. 궤양이 치유되기 위해서는 피에 닿아야 한다. 순간적인 처방에 기대어서는 안 된다. 그 순간에 그치고 마는 치료는 질병을 더 목마르게 하고 생생하게 남겨둘 뿐이다. 진정한 데에 손을 넣지 않는다면 그 병을 뼛속까지 태워버리거나, 아니면 겨우 하루의 고통만 잠시 꿰매줄 뿐, 그 후엔 절망을 다시 풀어놓게 되는 무능한 치료가 된다. 문제의 결과가 어떻게 오는지 지켜보면서 해선 안 되며, 거세당한 자처럼 자신의 삶을 우연의 흐름에 맡겨서도 안 된다. 참된 인간은 문제에 직면하여 맞서는 존재이고, 자신이 살아야 할 땅과 자신이 유익하게 사용해야 할 자유를 다른 사람이 빼앗아가도록 내버려두지 않는다.

    인간은 사물의 뿌리를 연구하는 사람이다. 어떤 자는 풍요롭게 풀을 뜯으면서 애인들을 향해 울면서 일생을 보내는 양 떼이니, 바람 부는 시간에 흙먼지 속에 길을 잃는다. 깃털장식으로 공들인 챙 달린 모자를 쓰고 발목

---

16 「A la raíz」. 1893년 8월 26일 발표. 이 글은 조국과 민중에 대한 깊은 사랑, 인간의 내면적 성찰, 그리고 민족의 뿌리로 돌아가야 한다는 강한 의지를 담고 있다. 진정한 자유와 정의는 민중의 뿌리 깊은 자각과 희생, 그리고 인간 존엄성의 회복에서 비롯된다고 역설, 민족 정체성과 자주성 회복을 위한 투쟁의 정신적 기초를 보여준다. (O.C t.2, p.377-380).

에 멋진 커프스를 달고, 폭풍에 뒤집혀 죽는 것이다. 또 다른 자는 삶의 빈민수용소와 같다. 그들은 안전모와 보행기들을 착용하고 끊임없이 전 세계를 돌아다닌다. 참된 인간은 악의 근원을 찾는다. 인류를 위해 죽을 수 있는 인간의 힘으로 똑바로 악의 근원을 향해 나아간다.

이기적인 사람들은 그 빛을 알지 못하고, 자신에게 부족한 불꽃이 다른 사람 안에 있음을 인정하지 못하며, 타인의 미덕에 대해서는 분노 외에 아무것도 느끼지 않는다. 왜냐하면 그 빛이 자신의 소심함을 드러내고 제 안락함을 부끄럽게 만들기 때문이다. 이기적인 자들은 포도주 잔과 꿀단지 앞에서, 아마도 그 순간에 그들의 파괴된 영혼을 구원하고자 맹세한 사람들에 대해, 나라를 지키다가 다친 부상자들에 대해, 미치광이나 하찮은 사람들인 것처럼 마치 술잔을 뒤집어엎을 위험한 사람들처럼 조롱한다. 꿀단지과 포도주에서 불과 몇 걸음 떨어진, 죽은 영웅의 발치에서 말이다.

실상은 이러하니. 어떤 사람들은 죽는다. 극심한 고통 속에서 죽는다. 잘 잊어버리는 이들에게 부끄러움을 일깨우고, 대충 금칠한 저 동냥아치들에게 그들의 집을 주기 위해서이다. 또 다른 사람들은 제 금덩이를 바라보며 자신들을 위해 죽는 이들을 비웃는다.

연민 때문이 아니었다면, 무릎 꿇은 채 죽어가는 더 없는 순수와 불멸의 영웅을 보기 위해 무관심한 얼굴로 부채질하고 있던 그들을 쇠꼬챙이에 꿰어서 데려갈 사안이다. 영웅은 명예로 훌륭하게 죽었으니. 자신을 조롱하는 사람들, 자신의 살인자들과 함께 술과 식탁을 나누며 친구 맺는 사람들, 제 조국이 굶주림을 견딜 때 주머니 속에 손을 감춘 자들, 그 손으로 'Z'들과 'J'들[17] 사이에서 쾌락의 금을 살포한 사람들, 그 모두들에게 깨끗

---

17 문학적 은유로, 가벼운 즐거움, 방탕함, 향락을 추구하는 행위를 의미. "흥청망청 술 마시고

한 뺨과 안전한 집을 주기 위해서였다. 이기적인 사람들의 유익을 위해서라도 앞으로 나아가야 하니. 죽은 자의 빛을 따라야 한다. 우리 고유의 땅, 안전한 대지를 정복해야 한다.

전투 계획과 마찬가지로 전투가 끝난 후 우리 희망에 대해, 우리의 조직적인 방법에 대해, 우리 결의와 우리 목적에 대해 서로 이야기해야 한다. 가정들의 궁핍함에 대해, 북미 지역의 위기가 우리 많은 가정에 발생시킨 혼란에 대해, 그 모든 것에 관해 형제애의 품격으로 직접 대면하여 함께 논의해야 한다. 우리가 함께 이야기해야 할 것은 쿠바 안팎에서 우리 쿠바인들이 처해 있는 이 생활을 자유로운 조국 안에서 본래적 삶으로 대체해야 할 필연성이다. 적어도 쿠바 밖에서의 삶은 낯선 나라의 고독 속에서, 극단의 덕성과 쉽지 않은 안간힘으로만 한 세대에서 다음 세대로 이어지는 냉혹함과 탐욕으로부터 겨우 버텨낼 수 있는 것이다. 그 냉혹함과 탐욕이 숭고한 순교자들의 민족을 무관심한 품팔이꾼들의 흩어진 무리로 바꾸고 있다.

또 우리가 이야기해야 할 것은 낯선 타국에서 삶을 꾸려가려는 노력이 비효율적이고 불안정하다는 사실에 관한 것이다. 그리고 외국 사람들 속에서 단순히 물질적으로 살아가는 습관이 이타적이며 형제애라는 자질을 가진 크리올적인 특성을 빼앗아 가기 전에 우리 조국을 가져야하는 시급함에 관한 것이다. 삶을 친절하고 확고하게 만들려는 사람들과 함께 말이다.

쿠바섬을 바라보건대, 쿠바를 끝장내려는 정부 아래에, 파산과 자멸 사이에, 강탈과 뇌물 사이에, 세금과 간청 사이에, 인사치레와 몸서리 사이

떠들고 노는"으로 해석. "j'는 스페인의 전통 춤이자 음악 장르이기도 하고, 'z는 때때로 우스꽝스러운 말투, 혹은 술자리에서의 재치 있는 농담을 뜻한다.

에, 쿠바를 그냥 내버려두는 것이 누군가에게는 인생 그 자체의 일로 또 마음 편한 구경거리로 여겨질 수도 있다. 인류애의 빛과 책무들에 두 눈을 뜬, 대지에서 태어난 사람들이 타락시키거나 더럽혀지는 것 때문에 자신의 심장에 괴로움을 느끼지 않는 사람에게는 말이다. 인간을 깎아내리는 모든 것은 인간이어야 할 그 자체를 깎아내리는 것이다. 그리고 우리 동포 중 한 사람이 인생에서 썩어가는 것을 볼 때, 한 사람 한 사람 도덕적 부패의 위기 속에 있는 우리 조국을 볼 때 비통함이 발뒤꿈치까지 이르고, 온 우주가 구역질나게 느껴진다.

그렇다고 해도 두려워해서는 안 되나니! 우리 땅의 숨겨진 것들은 이에 대해 표현할 수 있는 것보다 훨씬 더 많이 알고 있음이다. 또한 그 안에서 스스로를 잊고 굴복하는 모든 이들을 향한, 조국의 건강한 피로 된 이 부끄러움은 적들보다 더 강렬한 원동력이라. 이는 망명한 쿠바인들의 특권이 아니라 모든 쿠바인의 힘이다!

솟구치는 것은 바로 균열된 대지이니. 트럼프 카드의 연속처럼 잇달아 무너지면서 도시들이 사라지는 땅이구나. 이미 대지가 질식했다는 것으로도 억압된 모욕이며, 몸을 에워싼 수치심이다. 국가의 조급한 품격에 방향이 부족했구나. 행동력이 부족했고 깃발이 없었구나. 혁명의 선견지명과 명확한 목적에 대해 필요한 믿음이 모자랐으니. 그 부족했던 것, 우리가 그것을 이루어냈으니, 이제 공화국을 향해 영광스러운 발걸음을 내딛자. 그리고 방해하는 자를 마치 죄 지은 고양이처럼 목을 움켜잡아 옆으로 치워두자!

그리고 우리가 바깥으로부터 바라본다면, 그리고 그 바깥, 즉 환상과 경솔함으로 우리가 살게 된 이 북미―그들이 강독하는 책들과 일요일 설교에서 이야기하는 것들로 한 나라의 현실을 그리고 자신의 말들로 민족들을 탈취하려는 기만에 의해 살러오게 된 이곳을 본다면, 또 이 가시 돋친 불안한 나라에서 우리 삶을 살펴본다면, 이곳은 무엇보다도 먼저 자신들의 이해관계가 충돌할 때마다 마치 이익 외에는 아무 인연이 없는 것처럼 뻔뻔스럽게 깊은 균열을 드러내는 곳이다. 슬픈 나라이니, 여기서는 공동체적인 고통의 보물과 깊은 뿌리들의 포옹 속에서도 이미 만족한 욕망들과 스스로 만족하려는 욕망들 사이에 적나라한 투쟁들이 가라앉거나 잊히지도 않는다. 그렇지 않으면 자신이 태어난 나라의 그늘에서 국가적인 균형과 더 많은 인류의 복지보다 제 위치의 특권을 우위에 두려는 이해관계들로 되어있는 곳이다.

만약 4반세기의 피로 후에, 무익하거나 부적절한 삶을 살아온 뒤에 피로로 된 빈약한 열매를 보게 된다면, 우리는 조국 없는 자녀들 사이에서 가정적인 미덕이 처참하게 투쟁하는 곳에 있는 가족들 외에는 그 어떤 것도 보지 못할 것이다. 그 가정들이 불결하고 동물적인 환경에 맞서고 인간에게 가장 위험한 모든 것과 대항하는 모습, 즉 맹목적이고 배타적인 자기 숭배에 자신의 삶 전체를 바치는 위험과 싸우는 그 모습들 외에는 말이다.

그리고 다른 한편으로는, 인간이 가진 나약한 부분 위에 기반을 둔 국가라는 점에서 이 땅이 얼마나 불안정한지를 볼 수 있다. 근시안적인 사람들만 현혹시킬 뿐이다. 이곳에서 민주주의가 가능했던 3세기가 지나고도, 법의 휘청임에 따라 이제 가난한 대중의 삶을 정부가 어깨에 멜 것을 요구하는 지경으로 떨어질 수 있는 곳이다.[18]

---

18   개인주의와 자유주의를 표방하는 오랜 민주주의 역사에도 불구하고 경제적 불평등과 사회적 불안정으로 인해 국가 의존적 해결책을 찾게 되는 상황을 지적하고 있다.

이곳은 승리의 기쁨 또는 불행에 대한 두려움으로 미쳐버린 이기심의 총합으로 되어있으니, 굳건하게 땋아 내린 민족 대신, 지지 기반 없는 기관들의 반죽덩이만 생겨난 곳으로, 그들은 호의의 공동체가 꼭 끌어안지 않으면 즉시 분열되고 도망가 버린다. 이곳은 오래된 인간적 대륙에서 비롯된 증오에 따른 모든 문제가 고스란히 옮겨진 곳으로, 문제를 부드럽게 완화해하는 토양과의 친밀한 교감은 존재하지 않는다.

그리고 부자와 빈자의 싸움, 기독교인과 유대인의 갈등, 백인과 흑인의 대립, 농민과 상인의 충돌, 서부와 남부 사람들과 동부 사람들 간의 분열로 된, 그리고 자신의 허기와 갈증을 거부하는 모든 사람에 대항하는 탐욕스럽고 소외된 자들로 된, 이 험악한 사냥개 무리에게, 이 진노의 용광로에, 이 날카로운 아가리들에, 이미 연기가 나는 이 분화구에, 처녀지이며 열매들로 가득한 우리 심장의 대지를 이제 가져다 바칠 것인가? 우리 개성도, 우리 삶도 낯선 땅에서는 안전하지 않으니. 가정은 일그러지거나 무너진다. 발밑에서 대지는 불 또는 연기로 변하고 만다.

저 너머, 떠들썩함과 시행착오 속에서, 마침내 넓고 새로운 땅을 가진 민족이 태어날 것이니! 그곳에선 깨어 있고 경계심 많은 문화가 불의의 제국을 허용하지 않는다. 그곳의 우호적인 분위기는 인간을 위한 기쁨과 치유를 품고 있고, 도시의 과잉과 야망으로 가장 큰 고통을 겪는 바로 그 모든 순간에조차 언제나 관대하니! 그곳에선 우리를 마비시키고 훼손시키는 바깥의 미온적인 태도 대신에 인간적인 공동선에 관심 있는 사람의 신성한 열망과 유용한 직무가 우리를 기다리고 있으리니!

추락하는 모든 쿠바인은 우리 가슴에 추락하고 있으니. 우리에게 필요한 것은 바로 우리 자신의 땅이다. 대지와 함께한다면 어떤 배고픔과 어떤 목마름이 있겠는가? 대지를 좋게 만들고 훨씬 기름지게 만드는 기쁨과 함께라면 어떤 고통이 진정되고 치유되지 않을 수 있겠는가? 대지가 없기 때문에 우리는 고통 받으니. 우리를 무섭게 하는 것은 대지가 없다는 것이다. 만약 우리가 땅을 갖고 있었다면 이렇게 겁을 냈을까? 누가 자신의 땅에서 이런 슬픔으로, 이런 두려움으로 우리가 여기서 깨어났을 때처럼 동냥하는 불안으로 깨어나겠는가?

진실한 사람은 뿌리까지 간다. 급진적이란 뿌리까지 가는 것, 그 이상이 아니다. 자신의 깊숙한 곳에 있는 사물을 보지 못한 사람을 급진주의자라고 부르지 말라. 다른 사람의 안전과 행복을 돕지 않는 사람도 마찬가지이니.

대지의 가난한 사람들[19]

묵묵하고, 다정다감하며, 관대한 북미의 쿠바 노동자들, 이전 전쟁[20]에서 생산적이고 지속적인 버팀목이었던 궁핍의 영웅들, 그리고 국가의 치욕과 궤멸들로부터 이제 막 벗어난 젊은이들은 10월 10일[21] 하루 종일 일했다. 그들 중 가장 나이가 많은 사람은 어쩌면 자유로워진 모습을 보지 못할지도 모를 조국을 위하여 말이다. 또 세상의 오만함과 불의로 말미암아, 영광과 권력의 무기를 손에 그들에게 쥐어주었던 사람들의 권리와 사랑을 잊어버릴지도 모를 자들에게[22] 그 영광이 돌아갈 수도 있는 혁명을 위해 말이다.

오, 아니라. 사랑하는 형제들이여! 이번에는 그렇지 않으니. 이번에는 미덕이 가난한 사람에게만 속하고 결코 부자에게 속하지 않는다고 여기면서

---

19 「Los pobres de la tierra」. 1894년 10월 24일 발표. 이 글은 라틴아메리카의 피억압 민중에 대한 연대와 해방의 열망을 강하게 담고 있다. 가난한 사람들, 특히 식민주의와 불평등에 고통받는 농민과 노동자들이야말로 진정한 민족의 주체이며, 이주노동자들이 단지 사회의 약자가 아니라, 미래의 주체이자 해방의 가능성을 가진 존재로 보고 그들의 인간적 존엄을 강조한다. (O.C t.3. p.303-305.)

20 제1차 독립전쟁으로 1868-1878년 동안의 '십년 전쟁'을 지칭.

21 10월 10일은 1868년 쿠바 제1차 독립전쟁이 시작된 날로, 쿠바의 독립 기념일이다.

22 마르티는 진정한 혁명의 동력인 가난한 노동자들의 희생과 헌신이 잊혀지고, 그 성과가 나중에 나타난 기회주의자들이나 엘리트들에게 돌아갈 위험성을 경고하고 있다.

아첨하지 않았다. 역시 어느 누구도 틀에 매거나 제동을 걸 수 없는 공화국이라는 이름으로, 쿠바인 특정 계층에 따라 오만한 부자나 게걸스런 가난한 사람이거나, 권리 없이 국가의 이익을 제공하지도 않았다. 오히려 죽음의 시간이 될 때까지 부자든 가난뱅이든 자신의 땅에 대한 모든 문제들 안에서 모든 쿠바인들이 솔직한 견해와 완전한 존중을 누릴 동등한 권리를 가졌다는 것을 열렬히 옹호해 왔다.

다른 화폐가 아닌, 경멸당하고 상처 입은 생명체가 지상에 있는 한 자신을 진정한 남자라 여기지 않는 사람의 씩씩한 맹렬함과 인간의 품위로 무장한 사랑 그리고 신실한 애정으로 된, 그러한 화폐로 사들인 것이라. 이번에는 그들을 우롱하지도, 그들을 저버리지도 않는 혁명 안에서 노동하는 사람들의 그 진심 어린 믿음을 사들였으니.

혁명정신은 어둠 속으로 떨어지지 않았다. 메마른 가슴 깊은 곳에서 진심 어린 것을 경멸하거나 멀리하거나, 적어도 필요의 시간에 제 도움이 필요하지 않은 것처럼 바라보는 사람들에게 비굴하게 아첨하지도 않았다. 민중 선동과 복수가 어둠 속에서 손을 잡았던 것도 아니다. 이 혁명의 순수한 영혼은 범죄로부터 조국을 구하기 위해 성숙해졌다. 범죄를 저지르기 위해서가 아니다.

그러나 쿠바 노동자는 궁지에 몰린 사람으로서의 고단함과 실제 생활에서 펼쳐낸 창조적 사상에 의해 이미 자유를 얻을 준비가 갖춰졌다. 가능한 모든 힘의 결합으로, 제 고향에 살고 있는 쿠바사람들을 추방으로부터 쿠바의 명예가 서있는 교수대로부터, 한 번에 완전히 빼내기를 원하는 이들을 반대하는 스페인 처형대의 보호[23]에 욕설을 퍼붓는 대신에, 해방자의

---

23 식민지배 체제 하에서 안전하다고 착각하는 상황.

손을 물어뜯거나 싫어하는 독재자들의 손에 입 맞추는 대신에, 쿠바 노동자는 영웅의 날, 그 노동 위에 고개를 숙이고, 이름 없는 강인한 손으로 자신의 헌금을 던졌으니.

최고 발전 단계에서도 자신의 본성과 정치적 무능함 때문에, 그리고 지나친 또는 부도덕한 자녀들의 필요 때문에 그들의 자유로운 경쟁자들이 쿠바를 앞서가거나 쿠바를 만족시키는 일이 없도록 하고자, 쿠바에 필수적인 완전한 아메리카적 삶에 결코 동의하지 않았을 정부를 쓰라린 경험의 언어로 도와주는 대신 이름 없이 헌금을 던졌다. 공화국 승리의 시간에 어쩌면 내일이 어떻게 될지 알 수 없는 걱정의 굴곡 속에서 어깨 위에 무기를 더 얹기 위해, 힘든 한달간 빵이나 형편없는 포도주, 아이의 옷가지, 약품이 있는 자신의 집을 희생시킨 사람들에게 원조의 손을 내미는 것을 거절하는 대신에 헌금을 내놓았다. 우리는 말하노니, 이 모든 것 대신에 쿠바 노동자는 영웅의 날, 그 노동 위에 고개를 숙이고, 인간의 명예와 정의의 보물로서 이름도 없는 강인한 손으로 자신의 헌금을 바친 것이다.

아, 형제들이여! 다른 사람들에게는 이 희생이 그토록 많은 희생들 위에 더해진 하나에 불과해서, 이 희생엔 숭고한 위대함이 없는 것처럼 여겨질 수도 있다. 부자가 자신의 잉여금을 베푸는 것은 정당하지만, 아주 적으며, 칭찬할 필요가 없거나, 노력이 덜하기 때문에 갈채도 적어야 한다. 그러나 순수한 열심으로, 겨우 유배지의 하얀 벽들을 가진 그리고 겨우 제 자녀들의 발을 가린 사람[24]은 예고도 없이 몇 달 동안 그에게 지급되지 않는, 불안정한 하루치 임금에서 불행한 가정의 수준에 맞춰, 그가 먹는 빵과 고기를

---

24   너무 가난하고 빈곤한 삶을 말한다.

떼어냈다. 그리고 보답이나 영광의 희망도 없이, 어쩌면 애쓴 보람도 없을 눈에 보이지 않는 공화국에 자신의 절박한 필요를 주는 것은 긍지로 된 조국을, 그리고 가슴을 사랑으로 채우지 않고서는 생각할 수 없는 매우 순수한 공덕이다.

적어도 그것은 알아야 하니. 쿠바 노동자들은 반역자를 위해 일하지 않는다. 하나의 민족은 저항하는 사람과 밀어붙이는 사람으로 이루어진다. 또한 독점하는 타협과 반항하는 정의로 이루어진다. 또한 억누르고 짓밟는 오만과 자신의 것을 포기하지 않는, 오만한 자에게 자신의 지위를 빼앗기지 않는 품위로 이루어져 있다. 민족은 모든 자녀들의 권리와 의견으로 구성되는 것이지 자녀 중 한 계층의 권리와 의견으로만 구성되는 것이 아니다. 국민 통치는 자신의 현실을 궤도에 오르게 하는 기술이다. 반항이든 우려이든 단 하나의 권리도 침해되지 않는 독특한 평화 상태를 위해, 가능한 한 가장 짧은 방법으로 말이다.

공화국은 하루아침에 만들어지지 않는다. 쿠바는 단순한 독립투쟁을 통해서 승리를 달성해내지 못할 것이다. 그 승리는 자신의 지속적인 갱신 안에서, 그리고 무관심과 탐욕 사이, 자유와 자존심 사이에 있는 끊임없는 투쟁 속에서 인류가 아직 달성하지 못한 전 세계의 모든 평화를 위한 것이니.

하여, 이번만은 결코 그렇지 않을 것이니. 이 혁명은 부끄러움을 당할 혁명이 아닐 것이다. 고립된 시간 안에서 자신들의 헌신적인 지지자였던 초라한 아비를 부끄럽게 생각하는 그러한 무례한 아들처럼 수치스럽게 여기는 혁명이 아닐 것이다. 제 부모의 손에 의해 자녀들 종족이 절멸되었음을 상징하는, 아름답고 행복할 수 있는 민족의 세계를 강탈했음을 상징하는 국기[25]가 야만적인 전투가 끝난 후 이 패배의 부서진 소음을 따라 연기를 뚫고 도망하는 것을 보는 것은, 끔찍하기는 하지만 아름답지 아니한가.[26]

그러나 그에 못지않게 아름답고 강력했던 것은, 10월 10일에 쿠바 노동자들이 모두 같은 시간에, 모두 자신의 슬픈 가정을 막 떠나 간신히 무급으로 일하고 있는 것을 보는 것이었다. 어쩌면 애쓴 보람도 없을 조국을 위해, 내일 그들 위에 군림하려는 교활한 사람들이 비천한 사람들의 희생을 포기해버리는 조국을 위해 말이다. 같은 시간에 그렇게 많은 고상한 마음과 그렇게 많은 고개 숙인 머리를 보는 것은 아름다웠다.[27]

아, 대지의 가난한 사람들, 우아한 러스킨[28]이 "우리 가운데 가장 거룩한 사람들"이라고 불렀던 사람들이여! 콜롬비아의 부유한 레스트레포[29]는 "절대적인 미덕은 오직 그들 가슴 속에서만 발견되었다"고 말한 자들이여!

---

25 식민자와 피식민자의 관계를 암시. 마르티는 스페인 지배하의 쿠바를 종종 부모-자식의 비틀린 관계로 비유했다.

26 정의가 실현되는 순간은 비극적이면서 숭고함을 의미한다.

27 뉴욕, 탬파, 키웨스트 등에 정착한 노동자들이 중심이었고, 매우 가난했고 장시간 노동에 시달렸지만, 쿠바 독립을 위한 열망이 컸다. 특히 탐파(Tampa)의 쿠바 이민 노동자들은 매달 하루치 일당을 쿠바 독립기금으로 헌납했다. 이건 생계를 희생하면서 조국을 위해 헌신한 상징적인 행동이었다. 쿠바 노동자들은 마르티의 뉴욕 독립운동에서 가장 중요한 자금과 도덕적 기반을 제공했다.

28 John Ruskin(1819-1900)은 빅토리아 시대 영국의 중요한 예술 평론가이자 후원가, 소묘 화가, 수채화가, 저명한 사회운동가이자 독지가이다. 그는 지질학부터 건축, 신화, 조류학, 문학, 교육, 원예와 경제학에 이르는 다양한 주제의 글을 썼다.

29 José Manuel Restrepo Vélez(1781-1863). 콜롬비아의 정치인, 역사가이다. 그는 1821년부터 1830년까지 역사상 처음으로 볼리바르와 산탄데르 정부의 콜롬비아 내무부 장관직을 맡았다.

자선을 위해 결코 제 지갑 열기를 거부하지 않고 자유를 위해 자신의 피를 거부하지 않는 이 사람들이여! 병약한 가슴의 장벽을 넘어, 강력한 가슴의 불로 조국을 정복한 후, 복수와 이익에 의해 부추겨진 모든 허영심과 야망이 적어도 일시적으로나마 솔직하고 공평한 가슴들 위에 같이 모이고 승리했을 때 —얼마나 기쁠 것인가. 엄청난 피로에 상당할 만한 유일한 상처럼 손에 손 잡고 들어가는 것, 가난한 집을 위해 학교를 위해 희망과 예술에 물을 주는 것, 그의 식탁을 위한 식탁보는 없을지라도 분노하고 무력한 구석들을 위해 두려움 없는 미덕을 사랑하는 것, 가라앉았던 인간의 영혼 전체를 가슴 속에 고양시키는 것! 고양된 영혼을 가진 민족 안에서 세상의 불공평에 가담하는 자유, 그 죽음은 얼마나 기쁜 것일까!

묵묵하고, 다정다감하고, 관대한 쿠바 노동자들, 10월 10일, 그들은 동시에 모두 일했으니. 자신들에게 배은망덕할지도 모를 조국을 위하여 말이다.

자유의 여신상[30]

끔찍한 것은, 자유여, 너를 가지지 못한 사람을 위해 너에 대해 말하는 것이니. 조련사에게 패배한 맹수도 이보다 더한 분노[31]로 무릎을 꿇지 않는다. 그는 지옥의 깊이를 잘 알고 있고, 그 깊이에서, 태양의 그 오만함 속에 있는, 살아있는 인간을 바라본다. 그는 허공을 물어뜯는다. 하이에나가 제 우리의 쇠를 물어뜯듯이. 영혼은 육체 안에서 뒤틀린다. 독에 중독된 사람처럼.

자유 없이 살아가는 비참한 사람은 길거리 진흙탕에서라도 자신에게 꼭 어울리는 옷처럼 자유를 만들고 싶어 한다. 너를 가진 자들은, 오 자유여, 너를 알지 못하는구나. 너를 가지지 못한 자들은 너에 대하여 말할 수 없고, 단지 너를 쟁취해야할 뿐이구나.

---

30 「la Estatua de la Libertad」 뉴욕, 1886년 10월 29일. Buenos Aires. 1887. 1. 1 < La Nacion>에 발표. <자유의 여신상> 제막식 당일인 10월 28일에 현장을 직접 목격하고 그 감동을 바로 다음 날인 10월 29일에 글로 완성했다. 이 글은 미국 사회의 자유와 정의의 모순을 비판하면서, 단순한 감상이 아니라, 당대 정치·사회적 현실에 대한 날카로운 성찰이며, 라틴아메리카의 독립 정신과 연결된 깊은 철학적 에세이라 할 수 있다. 마르티 산문의 풍부한 은유와 상징, 서정적 표현을 엿볼 수 있는 글이다. 자유의 상징을 찬양하는 미국 사회의 겉모습과, 실제로는 많은 이들이 자유를 누리지 못하는 현실 사이의 모순을 비판적으로 조명하고 있다.(O.C, t.11, p.99-115(OCEC, t.24, p.309-))

31 야수의 분노보다 자유를 박탈당한 인간의 더욱 깊고 강한 분노를 강조.

그러나 오, 벌레여,[32] 일어나라! 도시 전체가 독수리들로 가득 차 있으니. 엉금엉금 기어서라도 걸어라. 응시하라, 부끄러움으로 두 눈이 튀어나올지라도. 미끄러지며 빠져나가라, 영주들의 걸출한 저 군대 사이로 마치 뺨 맞은 하인처럼. 걸어가라, 너의 육체에서 살덩이가 갈기갈기 떨어지는 느낌이 들더라도! 아! 그러나 네 얼마나 많이 울었는지 알면, 그들은[33] 죽음의 부상자처럼 너를 바닥에서 일으켜 세울 것이라. 그리고 너 또한 영원을 향해 팔을 들어 올릴 줄 알게 될 것이니!

일어나라, 오, 벌레여! 도시는 이제 하나의 송가이니. 영혼은 가장 조화로운 악기처럼 소리를 내는구나. 또한 어둡고 하늘에는 태양이 없으니, 모든 빛이 영혼들 속에 있기 때문이라. 그것은 사람의 내면에서 꽃피리니.

자유여, 네가 도착한 시간이구나! 전 세계가 너를 여기 이 해변까지, 네 승리의 마차를 끌어당기면서 데려왔구나. 땅에서 하늘까지 가득 채운 장엄한 존재로, 시인의 꿈처럼 너는 여기 있구나.

그 소음은 휴식을 취하는 승리의 소음이구나.

그 어둠은 비 오는 날의 어둠도, 회갈색 10월의 어둠도 아니고, 네 마차가 그 길에서 일으킨 먼지의 어둠이라, 죽음이 그림자를 드리웠으니.[34]

---

32 매우 강력하고 복합적인 은유이다. 사회 계층에서 가장 낮은 위치에 있는 존재, 무력하고 미미한 존재, 무시당하는 하층민이나 소외된 자, 사회로부터 인간적 존엄성을 박탈당한 존재, 연약한 생명체를 말하며, 이 글에서는 역설적 희망의 장치이며, 이 극단적인 비하는 오히려 반전을 위한 설정이다. 사회적 약자나 절망에 빠진 자에게 던지는 도발적이면서도 격려적인 부름일 할 수 있다.

33 진정한 자유를 이해하지 못하는 사람들을 말한다.

34 자유의 전차가 지나간 길에는 죽음의 먼지가 일어남. 혁명이나 해방이 가져오는 숭고함과 비극성을 동시에 보여준다.

나는 그것들을 보나니, 빼어든 칼과 함께, 머리를 두손에 움켜쥔 모습과 함께, 형체 없는 덩어리처럼 뼈를 발라낸 팔다리들과 함께, 그 온몸을 칭칭 감은 불꽃들과 함께, 부서진 그의 이마에서 날개 모양으로 새어나가고 있는 생명의 수증기와 함께 말이다. 튜닉들, 갑옷들, 양피지 두루마리들, 방패들, 책들, 네 발치에서 모든 것이 뒤섞여 번쩍이는구나. 그리고 마침내 이익의 도시들과 전쟁의 기둥들 위에 너는 군림하나니. 오, 세계의 향기여! 오, 인간의 딸인 여신이여!

인간은 성장한다. 보라, 그는 어떻게 더 이상 교회 안에 들어갈 수 없어, 자신의 신성을 감싸는 데에 가치 있는 유일한 사원으로 하늘을 선택한 것을. 그러나 오, 경이로워라. 너는 인간과 동시에 성장하는구나. 그리고 군대와 도시 전체와 너를 축하할 깃발선이 안개에 가려진 네 발치에 이르니. 마치 검은 구름을 타고 하늘을 여행하던 폭풍의 영혼이 광선에 휩싸일 때, 그늘진 바다가 바위 위에서 흔드는 색깔 있는 조개껍데기 같구나.

너는 옳으니, 자유여, 이 어두운 날에 세상에 너를 드러낸 것은 적절하구나. 아직은 너 자신에 대해 스스로 만족할 수 없는 까닭이니! 그리고 너 축제 없는 가슴이여, 축제를 노래하라![35]

어제 10월 28일, 미국은 프랑스 국민이 그들에게 선물한 자유의 여신

---

35 이 구절은 마르티가 자유를 향한 중요한 관점을 보여준다. 아직 자유가 완전하지 않고 세상에 완벽히 빛나지 않는 상태이지만, 그래도 자유는 불완전함 속에서도 끊임없이 스스로를 드러내고, '축제'를 부르며 끊임없이 나아가야 한다고 말한다. 이 구절은 자유가 단순히 획득된 상태나 상징적 존재가 아니라, 계속해서 성장하고 완성되어야 할 과정이며 투쟁임을 강조한다.

상[36]을 엄숙하게 받아들였다. 영국으로부터 독립을 선언한 1776년 7월 4일을 기념하기 위한 것이었고, 그 독립은 프랑스 피의 도움으로 획득되었다. 그 하루 날씨는 거칠었고, 공기는 잿빛이었고, 거리는 진흙투성이였고, 이슬비는 집요했다. 그러나 인간의 기쁨이 그토록 생생했던 때는 거의 없었으니.

마치 향유가 영혼을 부드럽게 하는 것 같은 온화한 기쁨이 느껴졌다. 빛이 부족하지 않은 이마는 자유를 더 잘 보여주었고, 심지어 불투명한 영혼들로부터도 파도의 충동과 함께 저 인간적 품위의 매력적인 본능이 솟구쳤으며, 그것은 가장 어두운 얼굴들에게도 빛을 주었다.

감동은 엄청났으니. 그 움직임에는 장대한 산맥의 어떤 것이 있었다. 거리에는 비어 있는 어떤 틈도 보이지 않았다. 두 강[37]은 단단한 대지처럼 보였다. 안개로 인해 진주빛 옷을 입은 증기선들은 사람들을 가득 채운 채 서로 바퀴를 맞대며 운전하고 있었다. 브루클린 다리는 보행자들의 하중으로 끙끙거렸다. 뉴욕과 그 교외 지역들은 마치 결혼식에 초대받은 사람처럼 일찍 일어났다. 또한 유쾌한 걸음으로 거리를 가득 채운 군중 속에서 가장 아름다운 것은 자신의 슬픔을 잊은 노동자들도 아니고, 여자들도 아이들도 아닌 시골에서 올라온 노인들이었다. 그들은 라파예트 후작[38]의 영웅

---

36 미국의 독립 100주년을 기념하기 위해 프랑스 국민들의 모금 운동으로 증정되었으며, 1886년에 완공되었다. 미국을 위해 싸운 라파예트의 기여를 기념하는 의미도 담겨 있다. 미국의 자유와 민주주의의 상징이자 19세기 이후 끊이지 않고 세계 각지에서 유입된 이민자에게 환영의 상징이 되기도 했다.

37 허드슨 강과 이스튼 강

38 Marquis de Lafayette(1757-1834). 프랑스의 귀족, 장교, 정치가로 미국 혁명과 프랑스 혁명에서 중요한 역할을 했다. 그는 19세에 대륙군에 입대하여 소장으로 진급하여 미국 독립 전

적인 정신을 기리는 자유의 여신상을 맞이하러 헐렁한 외투를 입고 나비 넥타이를 하고 나타났다. 젊은 시절, 라파예트가 워싱턴을 사랑했고 자신의 민족을 자유롭게 하는 데 도움을 주었으므로 환영하고자, 종려나무와 꽃다발을 들고 나갔던 사람들이었다.

시(詩) 한 알갱이가 한 세기를 원숙하게 한다. 그 아름다운 우정을 누가 기억하지 못하겠는가? 워싱턴은 엄숙하고 나이가 많았다. 라파예트에겐 코밑 수염도 나타나지 않았다. 그러나 두 사람의 다른 겉모습 속에는 위대한 인물들의 개성들이 공유하는 저 맹목적인 결단력과 비상하는 힘이 있었다. 그 고귀한 소년은 사랑하는 여인과 왕의 자리를 포기하고, 미국 대륙에서 영국 왕을 바다 건너로 몰아내려는 불행한 군대를 돕기 위해 나섰다. 그리고 인류가 마침내 자신의 성년을 알린 백과전서파[39]의 계율들을 숭고한 말로 표현했는데, 그 소리는 시내산에서 인류 유년의 계시에 동반되었던 굉음에 못지않았다.

새벽은 저 금발 머리의 영웅[40]과 함께 떠오르고 있었다. 그리고 행진하는 인간이 그의 강인한 영혼을 더 기쁘게 했다. 맨발의 짐꾼들 들것에 실린 성상처럼 굶주린 신하의 어깨 위에서 오팔빛 광채로 위엄을 뽐내며 거닐

쟁에서 뛰어난 활약을 펼쳤다. 라파예트는 결국 1781년 독립전쟁의 마지막 주요 전투인 요크타운 포위전에서 대륙군을 지휘할 수 있게 되었고, 이 전투는 미국의 독립을 확정지었다. 프랑스로 돌아온 후 그는 프랑스 혁명의 핵심 인물이 되어 입헌군주제를 옹호하고 나중에 방위군 총사령관을 역임했다.

39 enciclopedistas. '백과사전의 계율'은 18세기 계몽주의 사상을 대표하는 '이성, 자유, 평등' 등의 원칙을 의미.
40 라파예트를 말한다.

던 부도덕한 화려함보다 말이다. 그의 왕이 그를 쫓고, 영국도 그를 뒤쫓는다. 하지만 그의 아내가 그를 도왔다.

신이여, 가엾게 여기소서! 제 고귀한 뜻을 품은 영웅의 마음이 환영받는 장소를 찾지 못하는 것을. 그는 자기 집과 왕족 같은 부를 떠났으니. 자신의 배를 무장하고 배에서 이렇게 쓴다. "인간적인 가족의 행복과 미국의 운명은 바로 밀접하게 연결되어 있습니다. 이 땅은 미덕과 관용, 그리고 평온한 자유가 머무를 안전한 피난처가 되도록 지명되었습니다."

얼마나 크나큰 영혼인가! 눈 속에서 행군하는 누더기를 걸친 소수의 반란군(독립군)을 따라가기 위해 그는 운명의 모든 특권을 내려놓았다! 그는 대지로 뛰어들었다. 그는 곧장 대륙회의로 날아갔다[41]. "나는 보수도 원치 않고, 자원봉사자로서 미국을 위해 싸우고 싶습니다." 이 땅에선 하늘의 광명을 온 대지에 퍼뜨리는 일들이 일어나기도 하는구나.

인류애는 그 젊은 육체 안에서 성숙해진 것 같았다. 그는 장군들 중의 장군으로 나타났다. 한 손으로는 자신의 상처를 틀어막고, 다른 손으로는 도망칠 준비를 하던 병사들에게 전투에서 승리할 것을 호령한다. 반역한 지휘관 때문에 분열된 부대를 검의 번쩍임으로 다시 모았으니.

그의 병사들이 걸어간다면, 그도 걸어갔다. 공화국에 돈이 없다면, 자신의 생명을 바친 그는 먼저 제 재산을 내놓았다. 여기 온통 황금으로 된 것처럼 빛나는, 한 사람이 있었구나! 자신의 명성이 왕이 가졌던 애정을 되돌려 놓았을 때, 그는 영국에 대한 프랑스의 증오를 이용하여 낙담한 영국인

---

41 라파예트가 미국 독립 전쟁 당시의 중심 정치 무대였던 대륙회의에 적극적으로 참여했음을 의미.

들을 미국에서 쫓아낼 수 있다는 것을 깨달았다.

대륙회의는 그에게 명예의 검을 수여하고, 프랑스 왕에게 편지를 썼다. "우리는 이 고귀한 청년을 여러분의 폐하께 추천합니다. 회의에서 보여주는 그의 신중함과 전장에서의 용기, 그리고 전쟁의 궁핍함 속에서 견디는 그의 인내심 때문입니다."

그는 바다를 향해 날개를 요청했다.[42] 최고의 민족인 프랑스는 자신의 영웅을 맞이하기 위해 장미로 치장했다. "라파예트가 자신의 미국을 위해 베르사유의 가구들까지 가져가지 않는 것이 참으로 놀랍군!" 프랑스의 한 장관이 말했다.[43] 이미 라파예트가 프랑스로부터 신생 공화국에 보낼 원조를 싣고, 이미 로샹보 장군의 군대와 드 그라스 제독의 함대[44]를 이끌고 대서양을 건너고 있을 때였다.

워싱턴 자신조차 승리에 대해 절망하고 있던 그 순간이었다. 프랑스의 귀족들과 미국의 농부들이 연합하여 영국군 콘월리스[45] 장군을 포위하고, 요크타운에서 포위하고 항복을 받아냈다.

---

42 프랑스에서 아메리카로 다시 건너가려는 급박하고 간절한 마음.

43 라파예트가 미국 독립전쟁에서의 공로를 인정받아 대륙회의로부터 명예를 받고, 프랑스로 돌아가 영웅적 환대를 받은 후, 다시 군사적 지원을 이끌고 미국으로 향하는 역사적 장면을 묘사함.

44 Rochambeau와 De Grasse는 미국 독립전쟁에서 결정적 역할을 한 프랑스 군 지휘관들이다. 로샹보는 루이 16세가 1780년 미국에 파견한 5,500명의 프랑스 원정군 총사령관으로 미국 내 모든 프랑스군을 지휘했다. 드 그라스 백작은 1781년 8월, 29척의 군함과 3,200명의 병력을 이끌고 체서피크만으로 향했는데, 이 두 지휘관의 육해군 협력은 요크타운 전투 승리의 핵심이다.

45 Charles Cornwallis(1738-1805). 보급로가 끊기고 탈출도 막힌 상황에서, 1781년 10월 19일, 그는 8천 명 이상의 병력과 함께 항복했고, 미국 독립전쟁은 끝났다. 요크타운 전투는 미국 독립전쟁에서 가장 결정적인 전투였다.

이렇게 미국은 프랑스의 도움으로 독립을 쟁취했고, 그 독립의 열망은 프랑스의 사상에서 배운 것이었다. 그리고 하나의 영웅적 행위가 지닌 명예란 참으로 대단한 것이어서, 그 호리호리한 후작 한 사람만으로도 한 세기 동안 정신의 열정, 삶의 이상, 자유라는 개념 자체 안에서 서로 다른 두 민족을 결속시키기에 충분했다. 미국에서는 이기적이고 이해타산적인 자유였고, 프랑스에서는 관대하고 확장적인 자유였지만 말이다. 빛을 발하는 민족에게 축복이 있기를!

계속 따라가 보자. 사방에서 몰려와 거리를 가득 메운 군중을 따라 계속가 보자. 오늘은 워싱턴과 라파예트의 우정을 기리는 기념비가 제막되는 날이다. 모든 언어가 이 의식에 함께한다.

기쁨은 평범한 사람들로부터 나온다. 집집마다 걸린 것은 많지 않지만, 사람들의 마음속엔 온통 깃발이 휘날렸다. 깃발로 장식된 소나무 연단들이 행렬 길목에서 공화국 대통령, 프랑스 대표단, 외교 사절단, 주지사들, 그리고 군 장성들을 기다리고 있다. 보도들, 현관문들, 발코니들, 처마들, 모든 장소가 기쁨에 찬 인파로 가득 차고 있다. 많은 사람들은 부두 쪽으로 향한다. 해상 행진, 군함들, 증기선 함대, 그리고 초청객들을 베들로 섬[46]으로 실어 나를 소란스러운 예인선들을 기다리기 위해서다. 그곳에서는 아직 프랑스 국기로 얼굴을 가린 채, 거대한 받침대 위에서 조각상이 기다리고 있다. 하지만 사람들 대부분은 대행진이 펼쳐질 거리로 몰려든다.

이쪽으로 한 악대가 도착한다. 저쪽으로는 소방대 부대가 등장한다. 다

---

46 Bedloe Island, 현재의 리버티 아일랜드.

리받침대 위에 설치된 옛날 소방펌프를 끌고 오는데, 그들은 검은 반바지에 빨간 작업복을 입고 있다. 군중이 길을 터주자, 환희에 찬 프랑스인들 한 무리가 지나간다. 저쪽에서도 또 다른 무리가 도착한다. 아주 멋진 제복을 입었는데, 금색 끈으로 장식하고, 줄무늬가 있는 넓은 바지, 깃털이 많이 달린 차코 모자, 투박한 콧수염, 왜소한 체구, 활기찬 말투, 새까만 눈동자를 하고 있다. 이들은 이탈리아 자원병 중대다. 한 모퉁이로는 고가철도가 보인다. 위쪽에선 사람들이 가득한 열차가, 아래쪽에서는 경찰이 황금 단추가 달린 파란색 제복을 단단히 여민 채로 순찰대를 배치하고 있다. 비가 내려도 그 누구도 미소를 잃지 않는다.

이제 군중이 보도 위로 물러서고 있다. 말을 탄 기마경찰이 말 엉덩이로 사람들을 밀어내면서 다가오기 때문이다. 한 여인이 길을 건너는데, 방수 망토에는 조각상 메달들이 가득 매달려 있다. 메달 한쪽에는 기념비가, 다른 한쪽에는 조각가 바르톨디의 온화한 얼굴이 담겨 있다. 저기 초조한 눈빛의 한 남자가 걸어가면서 메모를 하고 있다. 그렇다면 프랑스는?

아! 프랑스에 대해 말하는 사람은 거의 없다. 라파예트에 대해서도 말하지 않고, 그에 대해 알지도 못한다. 지금 이 행사가 현대 프랑스 국민이 미국 국민에게 보낸 위대한 선물을 기념하는 것이라는 사실에 아무도 주목하지 않는다.

라파예트의 경우, 유니언 광장에도 동상이 하나 있다. 하지만 그 동상 역시 바르톨디가 만들었고, 그것도 프랑스가 선물한 것이다. 문인들과 나비넥타이를 맨 노인들만이 그 경이로운 후작을 기억하고 있을 뿐이다. 거대한 용광로 속에는 새로운 삶이 끓어오르고 있다. 각자도생으로 힘겹게 살아가는 이 민족은 모든 인간적 씨앗에 자신들의 피로 거름을 준 저 다른 민족을 실제로는 거의 사랑하지 않는다.

배은망덕한 자들은 말한다. "프랑스가 우리를 도와준 건 그들의 왕이 영국의 적이기 때문이야." 또 다른 사람이 구석에서 중얼거린다. "프랑스가 자유의 여신상을 우리에게 선물한 건, 파나마 운하를 조용히 마무리하도록 우리가 내버려두길 바랐기 때문이지."

또 다른 이가 말한다. "우리에게 자유의 여신상을 준 건 라불레예[47]야. 그는 프랑스의 자유에 영국식 견제[48]를 도입하고 싶어 했어. 마치 제퍼슨[49]이 백과전서파[50]에게서 독립선언의 원칙을 배운 것처럼, 라불레예와 앙리 마르탱[51]은 미국이 마그나 카르타[52]에서 물려받은 통치 방식을 프랑스로 가져가고 싶었던 거지."

"그래, 맞아. 바로 라불레예가 바르톨디에게 영감을 준 사람이야. 그 아이디어는 그의 집에서 탄생한 거야. 그에게 말했지. 가서, 미국에 제안하게. 우리와 함께 그들의 독립을 기리는 장엄한 기념비를 세우자고 말이네. 그래서 이 조각상은, 미국의 자유 평화적인 실천에 대해 신중한 프랑스인들이 가진 존경을 표명하려 했던 거야."[53]

---

47 Laboulaye, 자유의 여신상 프로젝트의 실제 발기인인 프랑스 법학자.
48 영국식 견제란 영국의 제한된 자유주의, 점진적 개혁 방식을 의미한다.
49 Thomas Jefferson (1743-1826). 미국의 3대 대통령, 미국 독립선언서의 주요 작성자. 제퍼슨이 프랑스 계몽주의 사상가들로부터 독립선언서의 원리를 배웠음을 말한다.
50 los enciclopedistas. 18세기 프랑스 계몽주의 시대의 핵심 지식인 그룹. 루소, 몽테스키외, 뷔퐁, 말레제르브, 볼테르 등 당대 최고의 지식인들이 참여했다.
51 Henry Martin, 프랑스의 역사가이자 정치가.
52 Magna Carta(대헌장): 1215년 영국의 마그나 카르타, 근대 민주주의의 기초가 된 문서.
53 이 문장은 자유의 여신상이 단순한 선물이 아니라, 깊은 정치적·철학적 맥락과 시대정신에서 비롯되었음을 드러낸다.

그렇게 아이디어는 태어났다. 마치 산꼭대기에서 가느다랗게 솟아난 물줄기가 점점 불어나며 달려가다가, 마침내 바다의 일부가 되기 위해 들어가는 것처럼 말이다. 연단 위에는 프랑스 대표단들, 조각가, 연설가, 언론인, 장군, 제독, 그리고 바다를 잇고 땅을 여는 사람이 서 있다. 프랑스의 바람이 도시를 나비처럼 날아다닌다. 프랑스 깃발이 발코니에서 펄럭이며, 건물 꼭대기에서 휘날린다.

그러나 모든 사람의 눈을 빛나게 하고, 영혼들을 유쾌하게 하는 것은 단순히 너그러운 나라의 선물이 아니었다. 어쩌면 그 선물은 이곳에서 그에 마땅한 환희로 받아들여지지 않을 지도 모른다. 진정 영혼들을 즐겁게 하는 것은 우리 뼈들의 골수 안에 있는, 삶의 뿌리이자 영광인 바로 그 자신의 존엄에 대한 저 본능이다. 그 본능이 매혹적인 아름다움의 상징 안에 놀라운 견고함을 가지고 우뚝 서 있는 것을 보는 인간적 기쁨의 충만이다.

그들을 보라. 모두가 부활한 자들의 기쁨을 드러내고 있으니! 자신의 거칠음에도 불구하고, 이 민족은 억압받는 자들의 환대하는 집이 아닌가? 의지를 넘어서서, 내면 깊은 곳에서부터 사람들을 격려하고 조언하는 목소리들이 나오는구나. 얼굴마다 깃발의 반짝임이 비치는구나. 부드러운 사랑이 사람들의 내면을 흔드는구나. 주권에 대한 우월한 감각이 평화를, 심지어 아름다움까지도 얼굴 표정에 드러나게 하나니. 그리고 이 모든 불행한 사람들, 아일랜드인, 폴란드인, 이탈리아인, 보헤미아인, 독일인들, 억압이나 비참함에서 구원받은 이들이 자유의 기념비를 축하한다. 그 안에서 자신들이 일어서고, 자기 자신을 되찾는 것처럼 보이기 때문이다.[54]

---

54 이 문단은 다양한 민족으로 구성된 이민자들이 자유의 여신상 앞에서 느끼는 해방, 존엄,

보라, 그들이 달리는 것을! 구원의 돛을 보았다고 믿는 난파자들처럼 기쁨에 겨워, 조각상이 희미하게 보이는 부두를 향하고 있다. 그들은 가장 불행한 자들이니. 번화한 거리와 말끔한 사람들을 두려워하는 사람들, 창백한 담배공장 노동자들, 굽은 허리의 짐꾼들, 형형색색 머릿수건을 두른 이탈리아 여인들. 그들은 저속한 축제에서처럼 거칠고 무질서하게 아니라, 우호적인 무리를 이루어 분노 없이 달린다. 동쪽에서 내려오고, 서쪽에서도 내려오고, 도시의 가난한 지역에 다닥다닥 붙은 골목들에서 내려온다. 연인들은 부부처럼 보인다. 남편은 아내에게 팔을 내어준다. 어머니는 어린 자녀들을 끌고 온다. 서로 묻고, 서로 격려하며, 조각상을 더 가까이서 볼 수 있으리라 생각하는 곳으로 우르르 몰려든다.[55]

그러는 동안, 환호하는 군중들 사이로 깃발로 장식된 대포들이 호화로운 거리를 굴러간다. 그들은 깃발들이라는 혀로 펄럭이며, 건물들에게 말을 걸고 인사하는 듯하다. 고삐를 당기고, 발굽질하며 해변에 기수들을 내려놓는 고가철도들은 마치 하늘을 나는 연기 자욱한 기병대처럼 순종적으로 선회한다. 마치 조급한 영혼을 실은 듯 증기선들은 자신들을 해안에 묶어두는 날개를 시험해본다.[56] 그리고 저 멀리, 마치 온 세상의 모든 향로들이 동시에 그녀에게 경배하는 듯, 연기에 휩싸인 채, 하나의 산처럼 구름을 왕관으로 쓴 거대한 조각상이 솟아 있다.

매디슨 광장에서는 대축제가 벌어지고 있다. 왜냐하면 그곳, 미국인들

연대의 감정을 감동적으로 표현한다.
55 이 단락은 이민자들과 서민들이 자유의 상징인 조각상을 마주하며 느끼는 희망, 존엄, 연대의 감정을 웅장하고 시적으로 그려내고 있다.
56 새가 날개를 펼쳐 날 준비를 하듯이, 배들도 바다로 나갈 준비를 하고 있다는 은유.

자유의 여신상

이 멕시코를 상대로 거둔 불명예스러운 승리를 기념하는 불경한 기념비[57] 앞에, 미국과 프랑스의 깃발들로 덮인 연단이 세워져 있기 때문이다. 대통령이 거기서 퍼레이드를 지켜볼 것이었다. 아직 대통령은 도착하지 않았지만, 사람들로 빽빽이 찬 광장은 이미 하나의 거대한 머리처럼 보였다. 검은 군중 사이로 경찰들의 갈색 헬멧이 군데군데 솟아올랐다. 건물 외벽에는 삼색 꽃줄 장식이 걸려 있다.

연단은 저 어두운 들판 속에 있는 장미꽃다발처럼 보인다. 때때로 가까운 무리들 사이로 웅성거림이 스쳐 지나간다. 마치 갑자기 청중의 영혼이 풍요로워진 것처럼 말이다. 연단에 오르는 이는 레셉스[58]이다! 캄베타[59]의 친구, 강철 같은 눈과 강인한 머리를 가진 스풀레르[60]다! 독일군에게 바짝 추격당하면서도 마메르 전투[61]에서 1만2천 명의 병사들을 영광스럽게 구해낸 용감한 조레스[62]다! 누아장-쉬르-맘[63]에서 부상을 입고도 창백한 손으로 자신들의 대포바퀴를 밀고 나간 펠리시에[64]다! 화염에 휩싸인 참호에서

---

57 '불경스러운 기념비'는 멕시코 전쟁에 대한 비판적 시선을 드러내면서도, 새로운 국제적 연대(미국-프랑스)를 축하하는 대비를 강렬하게 전달한다.

58 Ferdinand de Lesseps. 프랑스 외교관, 기술자. 수에즈 운하 건설의 주역으로 유명.

59 Léon Gambetta. 프랑스 정치가, 공화주의자. 풍선을 타고 포위된 파리를 탈출해 전국적으로 저항 운동을 조직.

60 Émile Spuller. 프랑스 정치인, 언론인.

61 1871년 프랑스-프로이센 전쟁 당시 전투. 프랑스 국민군 또는 의용군이 독일군과 교전한 격전지. 프랑스가 패배하면서도 강한 저항을 보여줌.

62 Jean Jaurès. 정치가, 사상가. 프랑스 사회주의 운동의 지도자이며 평화주의자.

63 Nogent-sur-Marne. 파리 동쪽 근교의 도시. 프랑스-프로이센 전쟁(1870~1871) 때 요새 방어선 역할. 파리를 방어하는 주요 지역 중 하나.

64 Aimable Pélissier. 프랑스 육군 원수. 크림 전쟁에서 공을 세운 지도자. 무자비한 전술로 유명.

겁에 질린 프랑스군들이 도망칠 때, 두 팔을 벌리고 땅에 발을 굳게 디딘 채, 황동 빛으로 빛나는 아름다운 얼굴로 겁쟁이들을 그 무서운 입구 위로 떠밀어 넣고 자신도 그 속으로 들어간 네이[65] 중위다!

프로이센군의 무기에 맞서 젊은 손으로 성벽을 쌓은 백발의 로세다[66] 대령이다! 증조부 라파예트의 칼을 적군들 사이로 떨어뜨리지 않은 뷔로 드 퓌시[67]다! 독일군에게 세 번이나 포로가 되었지만 세 번 모두 탈출한 파리 시장 데샹[68]이다! 뇌빌[69]의 그림에서 튀어나온 듯한 젊은 해군 빌레장트[70]다! 프로이센의 진격을 막기 위해 변호사와 판사들과 함께 군단을 만들고자 검에 목숨을 잃은 코베르[71]이다. 비고, 뮈니에, 데스몽, 이에라르, 지루. 이들은 돈으로든 펜으로든 용감하게 조국에 헌신한 이들이다.

그리고 조각상의 창조자 바르톨디[72]이다! 그는 벨포르 요새 옆구리에 그의 숭고한 사자를 새기고, 캄베타를 위해 그 저주받은 비통한 알자스[73]

---

65 Michel Ney. 나폴레옹 휘하의 원수. 러시아 원정에서 끝까지 후퇴 부대를 지킨 충성심의 아이콘.

66 Aimé Laussedat. 군인, 과학자, 사진측량학의 창시자. 프러시아 전쟁 당시 요새 방어 등에 기여.

67 Bureaux de Pussy. 실존 여부 불확실, 상징적 인물일 가능성. 미국 독립전쟁과 프랑스 혁명의 상징인 라파예트의 증손자. 선조의 유산(자유, 저항 정신)을 지켜낸 현대 후손.

68 Deschamps. 파리 시장으로 묘사되며, 실존인물일 가능성 있으나 문학적 상징이기도 함.

69 Alphonse de Neuville. 당시 프랑스-프로이센 전쟁을 사실적으로 그린 화가.

70 Villegente. 젊은 해군 장교. 전쟁의 영웅, 이상화된 청년 병사.

71 Caubert. 실존 여부 불확실. 칼로 무장한 법조인.

72 Frédéric Auguste Bartholdi. 자유의 여신상, 벨포르의 사자상, 알자스 여인의 은상 등을 만들었다. 프랑스 민족 감정과 저항 정신을 조각으로 구현한 인물.

73 Alsacia. 프랑스 동부, 독일 국경과 인접, 프랑스어와 독일어, 두 문화가 뒤섞인 지역으로 프랑스와 독일 사이의 쟁탈전이 수백 년간 반복됨.

를 은으로 빚어내었으니. 그의 두 눈은 진정으로 위대한 이들의 눈처럼 우수에 젖어 있으며, 그 눈동자 안에 알자스의 품에서 죽은 기수의 모든 고통과 그 곁에서 조국이 부활한다는 어린아이의 모든 믿음이 담겨 있으니.

인간은 거대한 것과의 친밀함에서 빛을 끌어내지 않고서는 삶을 살 수 없다. 거대한 것을 다루는 습관은 조각가들의 얼굴에 승리와 도전의 기색을 부여한다. 위대한 것을 감탄하게 하는 단순한 능력만으로도 우리를 고양시키는데, 하물며 그것을 빚어내는 것, 그것을 어루만지는 것, 그것에 날개를 달아주는 것, 정신 속의 아이디어를 끌어내는 것. 팔의 힘으로, 깊은 시선으로, 애정 어린 타격으로 대리석과 청동을 구부리면서 불태우면서 해나가야 하는 것이야말로 얼마나 우리를 더 고양시킬 것인가.

산들[74]의 창조자인 이 사람은 알자스의 콜마르 시에서 자유로운 영혼을 가지고 태어났다. 그러나 나중에 독일 적군이 그 도시를 빼앗아 갔다. 이집트의 거신상들을 응시하는 데 익숙해진 그의 눈은, 자유의 아름다움과 위대함은 조국을 잃고 살아가는 자들의 정신 속에서 조국이 들어 올리는 그러한 거대한 비례와 탁월한 장엄함을 띠게 되었다, 바르톨디는 조국 전체의 희망으로부터 그의 지고한 동상을 만들어냈다.

깊은 고통 없이 인간이 진정으로 아름다운 작품을 만들어낸 적이 결코 없으니. 그렇기에 그 조각상은 약속의 땅을 밟으려는 듯 앞으로 나아가고 있으며, 그렇기에 고개를 숙이고 있고, 안색에는 미망인의 상실 같은 빛깔이 서려 있다. 그렇기에 명령하고 인도하는 자처럼 하늘을 향해 팔을 격렬하게 뻗고 있구나.

---

74   바르톨디가 만든 거대한 조각상들을 산에 비유.

"알자스여, 알자스여!" 조각상 전체가 말하고 있다. 이 고통스러운 성녀는 세상의 자유를 밝히기 위해서라기보다 프랑스를 위해 알자스를 요청하기 위해 왔던가.

조국 없이 살거나, 조국의 한 부분이 적의 갈퀴에 붙잡혀 있는 것을 볼 때, 미소와 생각들은 혐오스러운 가면과 음울한 무덤이 된다. 취한 듯한 현기증이 판단력을 흐리고, 말을 억누르며, 시를 꺼뜨린다. 그때 민족정신이 만들어내는 모든 것은 기형적이고 공허하다. 단, 영혼들의 갈망을 표현하는 것만은 예외이다. 한때 소유하던 것을 잃어버린 자보다 그 귀한 것의 상실을 더 잘 느끼는 이가 누가 있겠는가? 고통의 격렬함으로부터 그것을 표현하는 위대함이 나온다.[75]

바르톨디를 보라. 제 동료들의 애정 어린 환영을 받으며 연단에 자리를 잡는 그를. 막연한 슬픔이 그의 얼굴을 적시고 있다. 순결한 고통이 그의 눈에서 반짝이고 있다. 그는 꿈속을 걷는 듯 걸어간다. 보이지 않는 무언가를 응시한다. 그의 이마 위로 흩날리는 불안한 머리칼들은 사이프러스 나무들과 찢긴 깃발들을 떠올리게 한다.

국회의원들을 보라. 그들 모두는 프랑스가 알자스를 잃은 전쟁에서 가장 용맹하게 싸운 이들 중에서 선출되었다.

캉베타의 친구인 스풀레르를 보라. 아르모니아 프랑스 클럽이 동포들을 기리며 베푼 축제에 그는 있었으니. 그들이 공허한 수행, 역사적인 형제애, 관대한 추상적 관념에 대해서만 이야기했을까?

---

75 마르티는 알자스를 되찾고자 하는 간절한 염원과 그로 인한 고통이 조각상에 깊이 배어 있음을 강조하며, 조국을 잃은 고통이야말로 진정한 예술적 표현의 원동력이라고 주장한다.

빛 아래 나타난 스풀레르는 사자처럼 등장했다. 그의 연설은 기도처럼 시작되었다. 마치 몸 위에 부끄러움을 짊어진 사람처럼 그는 느리고 고통스럽게 말했다. 장엄하고 눈물겨운 침묵 속에서 그의 불타는 말이 퍼져나갔다. 그가 말을 마쳤을 때, 객석 전체가 일어서 있었고, 보이지 않는 깃발이 스풀레르를 감쌌다. 공기는 흔들린 강철처럼 떨렸으니. 알사스여! 알사스여!

스풀레르는 이제 고개를 숙이고 있다. 돌격을 위해 몸을 움츠리는 그 모든 이들처럼.[76]

그 연단에서, 프랑스 대표단과 공화국 주요 인사들이 클리블랜드 대통령을 둘러싼 채 퍼레이드를 지켜보았다. 뉴욕이 자유의 여신상 제막식을 축하하며 벌인 축제였다. 강물처럼 흐르는 총검. 수 마일에 걸친 붉은 셔츠들. 회색, 파란색, 녹색을 입은 민병대원들. 함대 안에는 한 덩어리가 된 테 없는 흰 모자들. 수레에는 축소모형 모니터호[77]를 실었고, 그 바퀴를 따라 선원 복장을 한 아이가 걸어간다.

푸른 제복을 입은 병사들과 함께 포병대가 나아간다. 격정적인 보행으로 경찰이 지나간다. 노란 깃을 단 기병대가 지나간다. 양옆으로는 사람들로 빽빽한 두 보도가 검게 펼쳐져 있다. 센트럴 파크 기슭에서 시작된 환호성은 입에서 입으로 메아리치며, 포병대의 굉음 속에서 사라져간다. 컬럼

---

76 전사가 결정적 순간을 앞두고 집중하는 것처럼 스풀레르가 중요한 순간을 준비하고 있다는 의미.

77 USS Monitor. 유명한 역사적 군함으로 미국 남북전쟁 중 1862년 초에 완성된 미 해군 최초의 철갑함. 세계 최초의 완전한 철갑함이다.

비아 대학 학생들이 네모난 모자를 쓰고 행렬을 이룬다. 퇴역 군인들, 상이 군인들, 판사들이 마차를 타고 이동한다. 흑인들이 행진한다. 그리고 음악대는 북을 쳐서 울린다. 모든 거리 전체에 가득한 찬가가 그들을 계속 따라가고 있다.

연단에서는 제7연대 우아한 민병대의 당당한 행진에 박수를 보낸다. 제22연대 민병대가 전투용 망토를 두르고 매우 아름답게 진군한다. 어느 중대와 함께 온 두 독일 소녀가 대통령에게 꽃바구니 두 개를 건넨다. 파란 옷을 입은, 겨우 말을 할 수 있는 정도인 한 어린아이가 바르톨디를 위한 비단 깃발을 레셉스에게 건네었다. 마르세유즈[78]가 황금 나팔과 함께 행렬 전체를 향해 울려 퍼진다. 그 앞에서 대통령은 모자를 벗고 찢긴 깃발들[79]에 경례한다. 중대들이 연단 앞을 지날 때 군기를 숙인다. 그리고 프랑스 민병대 장교들은 연단 앞에 도착할 때 제 칼자루에 입을 맞춘다. 보도와 관람석, 발코니에서 열광적인 환호 속에서 팔 없는 소매들이 통과한다.[80] 총탄에 구멍 뚫린 작은 깃발들이 지나간다. 나무다리들이 지나간다.[81]

한 노인이 멧비둘기색 제복 외투를 걸치고 몸을 질질 끌며 다가온다. 도시 전체가 그에게 악수하고 싶어 한다. 그는 청춘 시절 자원봉사자 시절 소방차를 끌었던 것처럼 자신의 부러진 몸을 용감하게 이끌고 간다. 그의 팔은 불타는 아이를 안으려다 부러졌다. 노인을 구하고자 벽이 두 다리 위로

---

78 La Marsellesa. 프랑스 국가. 혁명적·전투적 성격의 노래로 자유, 평등, 박애를 위한 투쟁 정신을 담음.
79 격렬한 전투를 겪은 흔적을 보여주는, 전쟁의 명예로운 상처와 희생을 상징하는 깃발들.
80 전쟁에서 팔을 잃은 참전용사들을 가리키는 표현.
81 전쟁에서 다리를 잃고 의족(義足)을 착용한 참전용사들.

무너지도록 내버려두었다. 옛 소방복을 입은 소방관들이 소방차를 끄는 밧줄을 당기면서 그를 뒤따른다. 빨간 셔츠 청년들 뒤에서, 제 가벼운 바퀴들로 비틀거리면서 은과 꽃으로 온통 채워진 가장 오래된 소방차가 여자아기처럼 조심스럽게 움직일 때, 강력한 현대적 소방차들이 가까운 화재를 끄기 위해 군중 속으로 돌진한다. 공기를 뜨겁고 상처 입힌 채로 남겨둔다. 연기도 검고 말들도 검다. 수레들을 넘어뜨리고 사람들을 밀쳐낸다. 분출된 불꽃들이 자욱한 연기를 붉게 물들인다.[82]

사다리차가 구름 속에 있는 것처럼 숨가쁘게 뒤따른다. 그 뒤로 거대한 급수탑이 대포 소리 같은 굉음을 내며 굴러간다.

종이 울리고, 그것은 명령처럼 들리니, 군중이 공손히 비켜서고, 부상자 한 명이 구급차에 실려 지나간다. 멀리서 군악대의 소리가 들린다. 금빛 나팔소리와 함께 마르세예즈가 도시 위로 울려 퍼진다.

그리하여 마침내 조각상의 얼굴을 가린 깃발을 내릴 시간이 다가오자, 마음들이 물 끓듯 들끓었다. 마치 하늘이 독수리들로 된 차양으로 뒤덮인 것처럼 보였다. 도시 사람들을 증기선들에 밀어넣는 것은 신랑의 서두름 같았으니.

깃발로 장식된 증기선들 자체가 화환처럼 보였다. 미소 짓고, 속닥거리며 마치 결혼식에서 들러리를 서는 소녀들처럼 유쾌하고, 재촉하듯 움직였다.

---

82 마르티가 과거의 영웅들(상처입은 노소방관)과 현재의 활동 연결, 소방관들의 숭고한 사명을 부각시키기 위한 문학적 장치로 보인다.

깊은 경외심이 생각들을 고양시켰다. 자유의 축제가 자유를 쟁취하기 위해 희생된 모든 이들을 눈앞에 불러일으키는 것처럼 말이다. 머리 위로 어떤 그림자들의 전투가 솟구쳤으니! 저 긴 창들, 저 방패들, 저 조각 같은 죽음들— 어떤 숭고한 고통들이여! 전사 한 명의 그림자만으로도 광장을 가득 채웠구나.[83] 그림자들이 일어서서 팔을 벌리고, 마치 그들을 창조한 것처럼 사람들을 바라보았다. 그리고 날아오르기 시작했다.

갑작스레 어두운 대기를 가르는 그 명료함은 태양의 광선이 아니라, 안개 속 방패들의 번쩍임이었고, 그곳을 통해 전투의 불빛이 내려왔다[84]. 그들은 싸우고, 굴복하고, 노래하며 죽어갔다. 그렇게, 종탑들과 대포들의 소리를 넘어서는 것은 승리의 찬가이니, 이 조각상에 어울리는구나. 이 조각상은 청동보다도 더한 것, 인간 영혼 속에 있는 모든 송가와 태양으로 만들어진 것이라.

포성과 종소리의 울림, 그리고 연기 기둥— 이것이 바로 뉴욕 만과 도시의 모습이었다. 행진이 끝날 때부터 황혼이 내려앉아, 기념비가 세워진 섬에서 축제가 마칠 때까지 말이다.

아, 이빨 없는 잇몸을 닮아보였으니! 자신의 증기선들을 잃어버린 고아가 된 저 부두의 끈들. 끊임없는 포성이 비를 더욱 세차게 내리게 했다. 어스름한 안개 사이로 이백 척의 배들이 섬을 향해 지나갔다. 마치 코끼리 행렬 같았다. 리본을 단 비둘기들처럼 호기심 많은 증기선들이 그 조각상 주

83　한 명의 전사가 가진 압도적인 정신적, 상징적 존재감을 표현.
84　물리적 의미로는 실제 전투에서 발생하는 금속의 번쩍임 또는 전장을 비추는 빛일 수도 있고, 상징적 의미로는 전사들의 용맹과 영광이 빛으로 형상화된 것일 수도 있다.(역자주)

위로 북적거리면서 몰렸는데, 그 여신의 형상은 그들 사이에서 희미하게 돋보였다. 둥지 속에서 들려오는 듯한 웅성거림이 있었다. 욕심 없는 날개처럼 증기선들에서 음악의 불꽃들이 터져 나왔다. 자유를 위해 고통 받지 않은 사람이 어찌 이 광란의 기쁨을 이해할 수 있을 것인가? 열애하는 연인에게처럼 모든 이에게 말을 건네던 조각상이 마침내 눈앞에 모습을 드러냈을 때, 그 기쁨에 어찌 영혼이 미치지 않을 것인가?

저기, 마침내 섰구나! 탑들보다 더 높이 솟은 받침대 위에, 폭풍처럼 웅장하고 하늘처럼 자애로운 모습이구나! 그 현존 앞에서 메마른 눈동자들은 다시금 눈물이 무엇인지를 알게 된다. 영혼들이 펼쳐지는 듯했고, 영혼들이 그 옷자락 주름 속에 몸을 숨기기 위하여, 그 귓가에 속삭이기 위하여, 그 어깨에 앉기 위하여, 그리고 나비들처럼 그의 빛 속에서 죽기 위하여 날아가는 듯했다. 그녀는 살아있는 것 같았다. 증기선들의 연기가 그녀를 감쌌다. 희미한 광채가 그녀에게 관을 씌웠다. 그 발치에 무릎 꿇은 증기선들을 거느린, 진실로 하나의 제단과 같았으니! 머리 위에 불의 항아리를 이고 손에 빛의 화살을 든 로도스의 아폴론[85]조차 이보다 더 높지는 않았다! 남자들이 여전히 여인이었던 시대[86]의 아들, 온통 황금과 상아로 만들어진, 피디아스의 제우스[87]조차도 그렇다. 힌두들의 환상처럼 보석들이

---

85 로도스의 거상은 그리스의 태양신 헬리오스의 거대한 청동 조각상으로, 기원전 280년에 그리스 로도스 섬의 로도스 시에 건립되었다. 고대 세계 7대 불가사의 중 하나.

86 인류 문명 초기의 순수하고 조화로운 상태를 의미하거나 또는 고대 그리스 시대의 남성들이 지금보다 더 아름답고 섬세했던 시절을 시적으로 표현한 것으로 보인다.(역자주)

87 Júpiter de Fidias. 올림피아의 제우스상은 기원전 435년경 그리스의 조각가 피디아스가 만든 거대한 좌상으로, 높이 약 12.4m에 달했다. 거대한 상아와 황금으로 제작된 고대 세계 7

박혀진 힌두교도들의 숨나트 상[88]도 마찬가지이다. 조각된 받침대 위에 사막의 영혼처럼 사로잡힌 테바의 두 좌상[89], 지구의 입구에서 입삼불 신전[90]을 지키는 네 거상들도 마찬가지이다. 호수 옆 아로나 언덕 위의 서투른 청동으로 만든 산 카를로스 보로메오[91]보다 더 크고, 작은 촌락을 보호하는 산 위에 날개 없이 세워진 푸이의 성모[92]보다 더 크다. 바루스의 군단[93]을 전멸시키기 위해 자신의 칼로 게르만 종족들을 부추긴, 타우텐베르크[94] 문 위로 우뚝 솟은 체루스키족의 아르미니우스[95]보다 더 크다. 팔을 벌려 환

대 불가사의 중 하나.

88 estatua de Sumnat de los hindúes. 숨나트 신전은 인도 구자라트 주에 있는 힌두교의 성지로 시바신이 불기둥으로 나타난 장소이다. 1169년 쿠마라팔라 왕이 "훌륭한 돌로 재건하고 보석들로 장식했다"는 기록이 있다.

89 dos estatuas sedentes de Tebas. 이집트 멤논의 거상을 가리킨다. 현재 룩소르 서쪽에 위치하며 나일강 동쪽을 바라보며, 3,400년 넘게 묵묵히 사막을 지키고 있다.

90 templo de Ipsambul. 이집트 아부심벨 신전을 말한다. 기원전 1244년에 건설되어 산 중턱에 조각된 두 개의 신전. 람세스 2세의 네 개 거대한 좌상(각각 높이 20미터)이 신전 입구를 지키고 있다.

91 San Carlos Borromeo. 이탈리아 아로나에 있는 거대한 청동상. 보로메오 가문의 조상 성 근처 언덕 위에 건설. 약 12미터 높이의 화강암 기둥 위에 서 있으며, 조각상 자체는 23미터가 넘는다. 자유의 여신상이 건설되기 전까지 2세기 동안 세계에서 가장 높은 조각상이었다.

92 Virgen de Puy. 1860년부터 푸이앙블레이 시를 내려다보며 서 있는 기념비적인 조각상. 높이 22.7미터. 별의 왕관을 쓴 성모가 오른팔에 아기 예수를 안고, 발로 뱀을 짓밟고 있는 모습.

93 로마의 정규군 군단.

94 Teutoburg의 스페인 음역으로 보임. 토이토부르크 숲의 전투. 이 전투는 로마 제국의 동방 확장을 저지한 역사적 사건으로, 독일 민족주의의 상징이 되었다.

95 독일 노르트라인베스트팔렌에 위치한 대형 청동상. 체루스키족 전사 지도자 아르미니우스와 기원후 9년 토이토부르크 숲에서의 로마에 대한 승리를 기념하는 비. 아르미니우스는 체루스키족 족장이며 게르만 부족 지도자로서 로마군 3개 군단을 토이토부르크 숲에서 전멸시켰다.

영하지 않는 갑옷 입은[96] 불모의 미인, 니더발트의 게르마니아[97]보다 더 크고, 뮌헨 평야에서 발밑에 사자를 두고 오만하게 왕관을 쓴 슈반탈러의 바바리아[98]보다 더 크다. 모든 종파의 교회들 위로, 인간의 모든 작품들 위로, 한 별의 중심으로부터 "세상을 비추고 있는 자유"가 일어선다. 사자도 칼도 없이. 자유가 인간의 모든 고난으로 만들어지듯, 이는 우주의 모든 예술로 만들어졌으니.

모세로부터는 율법의 석판을, 미네르바로부터는 치켜든 팔을, 아폴로로부터는 횃불의 불꽃을, 스핑크스로부터는 얼굴의 신비를, 기독교로부터는 하늘의 면류관을 얻었구나.

대지의 깊은 곳으로부터 산들이 솟구친 것처럼, 이 조각상은 인간 영혼의 용감한 열망으로부터 "형태의 광대함 속에 있는 사상의 무한함"이 솟아난 것이니.

인간의 영혼은 평화이고, 빛이며, 순수이다. 입은 옷은 소박하고, 제 본래의 거처로서 하늘을 추구하고 있다. 허리띠는 그에게 상처를 입히나니[99]. 그는 이마를 가리는 왕관들을 경멸하나니. 자연의 상징인 맨몸을 사랑하

---

96 포용적이지 않는, 군사적·권위적 상징에 대한 은근한 비판.

97 Germania de Niederwald. 독일-프랑스 전쟁(1870/71) 후 독일 제국의 탄생을 기념하여 1883년 라인 강 유역 입구에 세워진 기념비. 12미터가 넘는 게르마니아가 갑옷을 입고 있지만 평화롭게 칼을 내렸으며, 올린 손에는 제국 왕관을 들고 있다. 당시 25개 개별 국가로 구성된 민족 통합을 상징.

98 Baviera de Schwanthaler. 뮌헨에 있는 거대한 청동상. 조각가 루드비히 슈반탈러가 설계. 높이 18.5미터 여성 조각상이 거의 9미터 석조 받침대 위에 서있다.

99 자유로운 영혼은 어떤 형태의 구속이나 속박도 견디기 어려워한다는 뜻.

고, 태어난 곳인 빛 속에 머무르는구나.

튜닉과 페플룸[100]이 그에게 어울리니, 무관심과 불순한 욕망으로부터 몸을 보호하기 위해서라. 슬픔이 그에게 어울리니, 이는 모든 인간이 서로 사랑할 때만 그의 눈에서 사라질 것이라. 맨발로 서 있는 것이 잘 어울려 오직 마음속에서만 삶을 느끼는 사람 같구나. 불로 만들어진 그의 사유들로부터 면류관이 자연스럽게 그의 관자놀이에서 솟아나니. 산이 정상에서 그렇게 끝나듯이, 조각상 전체가 횃불 꼭대기에서 빛으로 응축되고 있구나.

조각상의 발치에 넓은 연단이 양귀비꽃처럼 작게 빛나고 있었다. 그 연단은 신선한 소나무들과 때묻지 않은 장막들로 축제를 위해 건설된 것이었다. 가장 우대받는 초대손님들이 연단 앞 광장을 차지했다. 섬 전체가 하나의 인간 존재처럼 보였다.

그들과 마찬가지로 노동의 식탁에서 태어난 대통령[101]이, 그 누구나 구원받고 고양된 자신을 보는 그 형상을 맞이하러 가기 위하여, 의전용 배에 발을 올렸을 때, 이 국민이 얼마나 환호했는지 상상할 수 없을 정도였으니!

오직 대지의 진동만이 그런 폭발과 닮은 소리를 짐작케 한다.

사람들의 외침은 대포들의 굉음에 삼켜져 사라졌다. 공장들과 선박들의 보일러에서 갇혀있던 증기가 감동적이며 야생적인, 미친 환희와 함께 한꺼번에 뿜어져 나왔다. 어떨 때는 하늘을 향해 말 타고 지나가며 전쟁의 함성을 지르는 인디언 영혼 같기도 하고, 또 어떨 때는 모든 종들이 기울어지

---

100 고대 그리스-로마의 단순한 의복으로 순수함을 보호하는 소박한 옷.
101 미국의 제22·24대 대통령 그로버 클리블랜드를 말한다. 정치계에 입문하기 전까지 서민 출신으로 노동으로 먹고 살았다. 1886년 10월 28일에 자유의 여신상 제막식을 주관했다

면서 요동칠 때 교회들이 무릎 꿇는 것 같기도 했다. 또 어떨 때는 증기선의 굴뚝들이 흉내 내는, 승리를 상징하는 수탉 울음소리가 때로 약하고 때로는 날카롭기도 했다.

거대한 것이 어린아이 같아졌다. 증기가 보일러 안에서 뛰어다녔다. 예인선들이 안개 속에서 장난치고 있었다. 관중이 증기선의 북적임을 그들의 음악에 맞춰 부추기고 있었다. 불빛의 반사로 금빛 옷을 입은 화부들이 기계에 석탄을 가득 채우고 있었다. 연기구름 사이로 돛대의 가로대 위에 서 있는 해군 수병들이 보였다.

미국 군대들의 총사령관이 검은 삼각모자를 흔들면서 연단에서 침묵을 요청했지만 소용없었다. 스토스[102] 사제의 기도조차도 혼란 속에 묻혀 아우성을 잠재우지 못했다. 그러나 레셉스, 레셉스는 80세의 맨 머리로 비를 맞으며, 그 소란을 제압할 줄 알았다. 그 장엄한 광경은 결코 잊히지 않을 것이다. 한 걸음이라기보다는 도약하듯 위대한 노인은 벌떡 일어섰다.

그는 작았다. 자유의 여신상 손바닥 움푹한 곳에 들어갈 정도였다. 하지만 그토록 확신에 차고 생생한 목소리로 말하기 시작하자, 그에게 매료되고 사로잡힌 명망 있는 참석자들이 끝나지 않을 것 같은 환호성으로 그 인간 기념비에게 경의를 표했다. 대지를 잘라내고 바다를 연결[103]해냈던 그 사람 앞에서 굉음과 기계들의 아우성, 배들의 포성, 위쪽의 기념비는 무엇이었겠는가?

그는 첫 번째 문장으로 자유의 여신상 앞에서 사람들을 웃게 만들지 않

---

102   Richard Salter Storrs(1821-1900). 당시 매우 저명한 종교 지도자, 역사학계에서도 중요한 인물.
103   수에즈 운하 건설을 말한다.

앉던가? "여러분, 증기선은 경탄할만한 방식으로 우리를 진전시켜 왔습니다. 하지만 지금 이 순간에는 우리에게 큰 해를 끼치고 있습니다.[104]"

놀라운 노인이여! 미국인들은 그를 좋아하지 않는다. 왜냐하면 그들이 해낼 용기를 가지지 못했던 것을 그들 대신 레셉스가 해내기 때문이다. 하지만 그는 첫 번째 문장으로 미국인들을 매혹시켰다. 그다음 그는 자신이 직접 손으로 쓴 연설문을 읽었는데, 흰색의 큰 낱장들에 적혀 있었다. 그는 가족에 관한 이야기들을 했고, 심각한 문제들도 친근한 방식으로 풀어냈다. 그의 문장 구사법 안에서 그가 어떻게 쉽게 대지를 변화시킬 수 있었는지를 알 수 있다. 각각의 아이디어는 호두처럼 간결하지만, 그 안에는 산 하나가 담겨 있다.

말할 때 그는 가만히 있지 않았다. 온 세상 사람에게 얼굴을 보여주려는 듯 사방을 돌아보았다. 어떤 문장들은 온 머리로 증명하면서 말했는데, 마치 그 말들을 못을 박으려는 것 같았다. 그는 청동을 울리는 군인 같은 프랑스어를 구사한다. 그가 자주 하는 몸짓은 빠르게 팔을 들어 올리는 것이다. 그는 대지를 향하여 승리하면서 나아가야 한다는 것을 알고 있다. 목소리는 약해지기는커녕 연설이 진행될수록 더욱 커진다. 그의 짧은 문장들은 물결치며 깃발들처럼 끝이 뾰족하게 마무리된다. 미국 정부는 그를 프랑스인 중 으뜸가는 인물로 여겨 이 축제에 초대했다.

"저는 서둘러 오게 되었습니다."라고 그는 연단 난간을 장식하고 있는 프랑스 국기에 손을 얹으면서 말한다. "자유의 여신상 건립은 이를 구상한

---

[104] 아마도 증기선의 기적소리, 엔진소음, 연기 등으로 인해 실제로 행사 진행, 증기선들이 너무 시끄럽고 복잡해 연설에 방해가 되고 있음을 말하는 것.(역자주)

사람들에게 그리고 이를 받아들여 이해한 사람들 모두에게 영광입니다." 그에게 프랑스는 민족들의 어머니다. "영국 역사가 헵워스 딕슨은 신(新)아메리카에 관한 그의 저작에서 여러분의 헌법이 토양의 산물도 아니고 영국 정신에서 나온 것도 아니라고 말한 후에 이렇게 덧붙였습니다. 반대로 그것은 프랑스의 분위기에서 태어난 외래 식물로 간주될 수 있다고 말입니다.[105]" 탁월한 솜씨로 그는 헵워스 딕슨[106]의 이 평가를 반박하지 않고 자신의 연설에 넌지시 흘려 넣었다.

그는 상징에 머물지 않고 실물에 주목했다. 그의 눈에 사물들은 그것들이 무엇에 쓰이는가에 따라 존재한다. 자유의 여신상을 통해 그는 자신의 파나마 운하로 나아간다. "여러분은 감히 도전하고 끈기 있는 사람들을 좋아합니다. 저는 여러분처럼 말합니다. go ahead[107]. 제가 이런 말을 사용할 때 우리는 서로를 이해합니다!"

아! 경건한 노인이여, 그가 자리에 앉기 전에, 심지어 그의 적들마저 굴복하고 경탄하여 박수갈채로 치하하기 전에, 아직 스스로의 축제를 갖지 못한 저 아메리카[108]는, 그에게 감사해야 한다. 왜냐하면 그가 우리 민족들을 기억해주고, 아메리카가 자유에 헌신한 역사적인 날에 잊혔던 우리 이

---

105 레셉스는 영국 역사가의 객관적 평가를 인용함으로써 프랑스와 미국의 정신적 유대를 설득력 있게 강조하고 미국 헌법이 프랑스 사상의 영향을 받았다는 점을 은근히 부각하고 있다. 이는 미국 독립과 헌법 제정에 계몽주의 사상가들(볼테르, 몽테스키외, 루소 등)의 영향이 컸다는 것이다.
106 William Hepworth Dixon(1821-1879). 영국 저널리스트이자 역사가인 그는 저서 『신아메리카』에서 큰 변화의 시기에 있던 미국 사회와 문화에 대한 독특한 관점을 제공했다.
107 앞으로 나아가라. 영어 표현을 직접 사용하는 것은 미국인들의 언어로 소통하려는 의지.
108 진정한 독립과 자유를 완전히 성취하지 못한 라틴아메리카를 말한다.

름을 불러주었기 때문이다. 과연 누가 우리보다 자유를 위해 더 잘 죽을 수 있다는 말인가? 누가 우리보다 자유를 더 사랑할 수 있단 말인가?[109]

"그럼, 파나마에서 다시 만납시다![110] 그곳에서 북미의 서른여덟 개 별[111]이 담긴 깃발은 남아메리카 독립국들 깃발들과 나란히 펄럭일 것이며, 인류의 복리를 위해 새로운 세계에서 프랑코-라틴 민족과 앵글로색슨 민족의 평화롭고 풍성한 동맹을 형성할 것입니다."

훌륭한 노인이여! 뱀들을 매혹시키나니. 맑은 영혼이여! 피로 얼룩진 옷 아래에 있는 심장의 위대함을 우리들에게 보여주나니! 자유를 마치 당신의 딸인 것처럼 말한 당신을, 다른 아메리카가 사랑하나니!

그리고 미국 위원회를 대표하여 에바츠 상원의원이 일어나 미국 대통령에게 조각상을 헌정하기 전에, 레셉스의 연설에 감동받은 청중들은 바르톨디에게 경의를 표하고 싶어 했다. 바르톨디는 겸손하게도 기쁜 마음으로 연단의 좌석에서 일어나 청중들에게 감사를 표했다. 에바츠 상원의원은 고상한 언어와 뛰어난 식견 없이 연설한 적이 한 번도 없었고, 그의 웅변은 능숙하고 진정성이 있었다. 영혼에서 나오기 때문에 영혼에 닿는 연설이었다.

---

109 아메리카 대륙의 두 현실을 대조하며, 라틴아메리카의 미완성된 해방에 대한 아쉬움과 동시에 미래에 대한 희망을 표현한 구절. 이 단락은 호세 마르티의 전형적인 문체로, 라틴아메리카의 정체성과 자유에 대한 열망을 감동적으로 표현한 명문이다.

110 이는 레셉스가 파나마 운하를 단순한 공학 프로젝트가 아닌 문명사적 대업으로 구상했음을 보여준다. 두 대양을 연결, 새로운 시대를 열겠다는 비전을 제시했지만 그의 파나마 운하는 실패했고, 나중에 미국이 완성했으며 라틴과의 평화로운 동맹보다는 미국 제국주의 영향을 확장하는 도구가 되었다.

111 당시 미국의 38개 주를 말한다.

하지만 좁은 페이지 안에 있는, 리본과 장식으로[112] 가득한 문장으로 프랑스의 관대함을 묘사한 연설문을 읽을 때 그의 목소리는 점점 힘을 잃어갔다.

그리고 레셉스 이후라, 그는 시든 갈대처럼 보였다. 이제 그의 머리에는 이마밖에 남지 않았고, 메마르고 양피지 같은 얼굴로는 영감이 간신히 스며들 뿐이었다. 그는 오버코트를 입고 깃을 세워 올렸으며, 검은 모자가 머리를 덮고 있었다.

그리고 그의 연설 중에 예기치 않게, 계획된 대로 동상 얼굴을 가린 장막을 걷어낼 시간이 되었다고 여겨졌을 때, 해군 함대와 선단들, 그리고 도시 전체가 일제히 함성을 터뜨렸다. 마치 청동 방패처럼 쟁쟁하게 울리는 그 소리는 하늘 향해 치솟아 오르는 것 같았다.

놀라운 장관과 숭고한 위엄이여! 어떤 제단 앞에서도 한 민족이 이토록 깊은 경배로 무릎 꿇은 적이 없었으니! 자신들의 왜소함에 어리둥절한 사람들은 마치 제 높이에서 떨어진 것처럼 받침대 아래에서 서로를 바라보았다. 멀리서 대포가 진동했고, 연기 속에서 돛대들이 사라졌으며, 더욱 강해진 함성이 허공을 뒤덮었다. 저 구름 속의 조각상은 거대한 어머니처럼 나타났다.

조각상 앞에서 모두에게 연설하기에 합당한 인물로 보였던 것은 클리블랜드 대통령이었다. 그 역시 핵심이 있는 스타일과 진실한 어조, 그리고 호감 있고 명확하며 힘찬 목소리를 가지고 있었다. 설명하기보다는 암시

---

112 과도하게 장식적이고 화려한 문체를 의미.

하는 태도를 보였다. 기념비 앞에서 어울리는 폭넓고 고상한 문제들을 말했다. 한 손으로는 연단 가장자리를 잡고, 오른손은 프록코트 옷깃 아래 가슴에 넣고 있었다. 그는 정직한 승리자들에게 어울리는 그 다정하고도 도전적인 시선으로 관중들을 바라보았다.

순수하기 때문에 적들로 가득 차있음을 아는 자에게 약간의 오만을 용서하지 않을 수 있겠는가?[113] 그의 체구는 크고 풍만했지만, 지성이 그것을 뒤로 밀어냈다. 그는 있는 그대로, 선량하고 활력 넘치는 모습으로 나타났다. 레셉스는 마치 그와 친구가 되어가는 것처럼 애정 어린 시선으로 그를 바라보았다.

그 역시 레셉스처럼 모자를 벗고 연설했다. 그의 발언은 문장의 화려함이나 몸짓의 권위보다는, 떨리는 어조와 확고한 의미로 박수를 자아냈다. 만약 조각상을 말로 표현한다면, 바로 이렇게 말할 것이다. "프랑스 국민의 애정과 존경을 보여주는 이 증거는 공화국들의 혈연 관계를 보여줍니다. 그리고 민중의 의지에 기반한 정부의 탁월함을 인간들에게 권고하려는 우리 노력 속에서, 미국 대륙 저편에 확고한 동맹국이 있음을 확신하게 합니다." "오늘 여기, 우리는 공격적이고 무서운, 분노와 복수로 가득한 신의 형상 앞에 머리를 숙이기 위해 있는 것이 아닙니다. 우리는 고대의 노래들이 찬양했던 그 모든 신들보다도 더 위대한, 미국 대륙의 문을 지키고 있는 또 보호하고 있는 우리 자신의 신성을 기쁨으로 바라보기 위하여 있습니다. 그리고 그 신성은 공포와 죽음의 번개를 그 손에 움키는 대신, 인간 해방의 길을 비추는 빛을 하늘 높이 들고 있습니다." 이 정직한 사람에게

---

113 클리블랜드가 개혁 성향의 대통령으로서 정치적 적들과 맞서야 했던 현실을 반영한 표현.

상을 준 긴 박수는 애정 깊은 가슴들에서 우러나온 것이었다.

'은빛 웅변가' 찬시 디퓨[114]가 즉시 기념행사의 연설을 시작했다. 이미 해질 무렵이 되어, 청중의 관심을 지치지 않게 붙잡아 두려면, 그 연설은 아름다워야 했을 것이다.

찬시 디퓨는 누구인가? 재능은 관대함 없이도 모든 것이 될 수 있는 것이었다. 철도산업들이 그의 활동 영역이고, 그가 다루는 숫자는 수백만에 달한다. 황제들이 그의 청중이고, 밴더빌트家[115]가 그의 후원자이자 친구들이다. 인간은 그에게 그다지 중요하지 않다. 더 중요한 것은 철도였다. 그는 맹금류 같은 눈, 넓고 거만한 이마, 매부리코, 가늘고 좁은 윗입술, 길고 뾰족한 턱수염을 지니고 있다. 그리고 여기서 사람들은 그에게 있는 조화롭고 빛나는 언어, 공격적이고 예리한 그의 의욕, 민첩하고 확실한 판단력으로 그를 주목한다. 그의 화법은 신선하고 다재다능하지만, 지금은 보통 식사 후 유명한 연설에서 늘 그랬던 것처럼 반짝반짝 불꽃 튀기지 않는다. 변호사와 철도 이사로서의 만남들에서처럼 치밀한 논리로 설명하지도 않으며, 악의적이고 무서운 논쟁에서 한다는 정치 집회의 평판처럼 무자비하게 자신의 경쟁자들을 공격하지도 않는다.

대신 라파예트의 그 관대한 삶을 열정적인 어조로 이야기했다. 라파예트 후작이여, 축복받으소서! 라파예트는 워싱턴이 자신의 나라를 세우는 데에 도움 준 것에 만족하지 않고, 미국 의회에 "그들 형제인 흑인들"에게 자유를 달라고 요청하기 위해 돌아오지 않았던가. 디퓨는 열정적인 구절

114　Chauncey Mitchell Depew(1834-1928). 미국의 변호사, 사업가, 공화당 정치인. 연설가, 재치꾼으로 연설을 직업이 아닌 오락의 한 형태로 여겼다.

115　Vanderbilt가문은 19세기에 철도와 해운 제국을 건설한 미국의 대표적인 재벌 가문.

들로 마운트 버논의 소박한 집에서 나눈 라파예트와 워싱턴의 우정 어린 대화들을 회상시켰다. 그리고 "자유의 거대한 사원이자, 압제자들에게는 교훈이고, 지상의 피압제자들에게는 희망"으로 보았던 미국 의회를 향한 "전투와 궁핍으로 정화된" 후작의 저 작별인사를 묘사했다.

1793년 혁명[116]도 그를 넘어뜨리지 못했고, 올뮤츠[117]의 감옥도 그를 굴복시키지 못했으며, 나폴레옹의 승리도 그를 설득하지 못했다. 영혼 속에서 진정으로 자유를 느끼는 자에게 박해들은 뾰족한 박차일 뿐이고, 지상의 불의한 제국들은 단지 비누방울에 불과하지 않을까? 이런 본능적 인간들이 세상을 이끈다. 그들은 행동한 후에 이성적으로 따진다.

사유는 자신의 오류들을 수정한다. 그러나 자신의 열정이 가진 미덕은 갖지 못한다. 그들은 느끼고 밀어붙인다. 자연의 의지에 따라, 그렇게 인간 역사 속에 기록되어 있으니!

검은 비단 모자를 쓴 머리 위로 검지가 떨리는 팔을 흔들면서, 자유가 건설한 이 땅에서 인간이 누리는 혜택들을 훌륭한 장면으로 정리할 때, 찬시 디퓨는 치안판사처럼 보였다. 그리고 옆구리마다 박차가 깊이 박힌 준마의 불꽃을 가지고 숨겨둔 두려움을 용기로 바꾸어, 자유 체제에 의존하면서도 그것들을 전복시키려 하는 광신자들에 맞서 그는 자유 제도의 이름으로 우뚝 일어섰다. 그리고 미국에 밀어닥치는 사회 문제의 점점 거세지는 기세에 의해 일깨움을 얻으면서, 이 은빛 언변이 유명했던 이 신사는 그의 오만함을 낮추었다. 또한 노동자 혁명이 자신들의 복음으로 내세우

116　프랑스 대혁명의 공포정치. 많은 귀족과 온건파들이 처형된 이 시기, 라파예트도 위험에 처했음.

117　Olmütz 요새 감옥 .(현 체코 올로모우츠).1792-1797년 라파예트가 5년간의 혹독한 감금생활을 함.

는 바로 그 문구들을 자신의 것인 양 말하기 위해 영감 받은 억양을 끌어 냈다.[118]

그러므로 오 자유!, 너의 그림자조차 설득력이 있으니. 너를 미워하는 자들이나 너에게 헌신하는 자들이나 네 팔의 명령 앞에 무릎을 꿇는구나!

그 순간, 한 주교가 연단에 올라 긴 세월이 묻어나는 손을 들어 올렸고, 장엄한 침묵 속에서 천재성과 권력의 층들이 그의 곁에 일어선 가운데, 신의 이름으로 구원의 조각상을 축복했다. 주교의 인도 아래 회중은 느리고 부드러운 찬송, 신비로운 송영을 불렀다. 횃불 꼭대기에서 의식이 끝났음을 알리는 신호가 공포되었다.

어두운 밤을 두려워하는 사람들의 물결이 나이나 지위를 가리지 않고 좁은 선착장으로 우르르 몰려들었다. 마치 석양의 빛이 사그라드는 듯 음악은 희미하게 울려 퍼졌다.

인간들의 무게보다도 기쁨의 무게가 배들을 잠기게 했다. 포성의 연기가 대통령을 도시로 데려가는 의장선을 감쌌다. 조각상 꼭대기에서 놀란 새들이 겁쟁이처럼 새로운 산을 두려워하며 그 주위를 맴돌았다. 사람들은 가슴 속 깊이, 영혼을 더욱 굳건하게 느꼈다.

그리고 이미 제단으로 변한 섬에서 밤의 그림자 속으로 마지막 증기선들이 완전히 사라져갔을 때, 맑고 투명한 목소리 하나가 한 대중가요의 멜

---

118 디퓨는 처음엔 거만하게 기존 질서를 옹호했지만, 사회적 압력이 커지자 결국 노동자 혁명의 언어까지 차용하게 되었다는 것은 미국 정치 엘리트들이 노동 운동의 현실적 힘을 인식하고, 처음엔 적대적이었던 입장에서 점차 타협적이고 포용적인 자세로 변화했음을 보여주는 풍자적 묘사.

로디를 불렀다. 그 노래는 배에서 배로 퍼져나갔다. 멀리서 건물들의 꼭대기마다 하늘 궁륭을 붉게 물들이는 빛의 화환들이 두드러지는 동안, 동시에 부드러우면서도 웅장한 노래가 강을 따라 조각상 발치에 퍼져나갔다. 밤의 신성함으로 힘을 얻은, 배들의 선미에 빽빽이 모인 온 민중은 얼굴을 섬으로 돌리며 노래했다. "안녕, 나의 유일한 사랑이여!"

순회 교사[119]

"하지만 우리가 어느 한 교육 서적에서 언급한 것을 보았던, 작년도《La América》[120] 중 한 권에서 제 눈에 띄었던, 선생님이 조언한 그 순회 교사 시스템을 어떻게 구축하시겠습니까?" 이는 산토 도밍고의 열정적인 신사가 우리들에게 질문한 것이다.

중요한 것은 일이 수행되는 형식이 아니라 수행해야 할 내용 자체라고, 우리는 즉시 그에게 말할 것이다.

벌새의 날개에 실릴 만큼 작은, 본질적인 진리들로 된 뭉치들이 있다. 그럼에도 불구하고 그 진리들은 공공의 평화, 영적 고양, 조국의 위대함을 여는 열쇠이다.

대지에 대한 지식 안에서, 생명의 지속성과 초월성 안에서 사람들을 양육하는 것이 필요하다.

---

119 「Maestro ambulante」. 1884년 5월, 뉴욕,《La América》에 발표. "초급 과학 교육을 긴급하게 구축할 수 있는 방법을 제안하는 교육의 정신"이란 부제가 붙어 있다. 이 글은 교육의 혁신적 힘과 교사의 도덕적 역할을 강조하는 마르티의 대표적 교육철학 산문이다. 마르티는 소농공동체 지향했다. 마르티는 진정한 교사는 지식만 전달하는 존재가 아니라, 민중 속으로 들어가 정의와 인간애를 가르치며 사회를 변화시키는 행동하는 지식인이라고 주장한다. (OCEC, t. 19. p.184)

120 산업, 상업, 농업 및 일반 히스패닉계 미국인의 관심사를 다루는 월간 잡지.

공기와 빛의 즐거움 안에서 누리는 것처럼 인간들은 자유의 당연함과 본래적이고 평화적인 기쁨 안에서 살아가야 한다.

부에 대한 열망과 미덕의 기쁨과 필연성, 그 감미로움에 대한 지식이 동등하게 발전하지 않는 민족은 죽음을 선고받은 것이다.

인간들은 경작 그 자체에서 오는 물질적 요소들의 응용과 변형, 수정과 구조를 알 필요가 있다. 그 경작은 자연과 직접 마주하며 일하는 사람들의 건전한 자부심, 대지의 힘과의 접촉으로 인한 신체의 활력, 그리고 자신의 재배에서 생산되는 정직하고 신뢰할만한 부를 가져오기 때문이다.

인간들은 종종 두 눈에 눈물을 흘리며, 자신이 관대하다고 느끼며 최고선을 행할, 가슴속 연민을 움직여 줄 누군가가 필요하다. 자신을 헌신하는 사람은 자연의 놀라운 보상을 따라 성장한다. 그리고 자기 자신 안에 몸을 숨기고 자잘한 쾌락으로 살아가는 사람, 타인들과 나누는 것을 두려워하며 제 욕망에 이익되는 것에만 탐욕스럽게 매달릴 뿐인 사람은 서서히 인간에서 외톨이로 변하고, 가슴 속에 겨울의 모든 백발을 지니고, 내부로만 존재하는 데에 이른다. 그리고 그것은 외부로 나타나게 되는데, 바로 곤충이다.

인간은 성장한다. 육체적으로 성장하고, 눈에 보이는 방식으로 성장한다. 무언가를 배울 때, 무언가를 소유하게 될 때, 그리고 좋은 일을 했을 때 성장한다.

오직 멍청한 자들만이 또는 이기적인 사람들만이 불행에 대해 이야기한다. 행복은 대지 위에 존재한다. 그리고 그것은 이성의 신중한 활용, 우주의 조화에 대한 지식, 그리고 끊임없는 관대함의 실천으로 쟁취된다. 다른 곳에서 행복을 찾고자 하는 사람은 결코 발견할 수 없다. 인생의 모든 잔을 맛본 후에야 그 안에서만 진정한 맛을 찾을 수 있음이다. ─ 고대의 찻잔 밑바닥에 그리스도가 그려져 있다는, 히스파노아메리카 대륙의 전설이 있다. 그래서 무언가 하나를 끝까지 수행할 때, 그들은 말하곤 한다. "나의 그리스도여, 당신을 뵐 때까지!". 그리하여 그 컵들 바닥에서 부드러움이 넘쳐나는, 고요하고 향기로우며 끝없는 하늘이 열리게 되는 것이다.

선한 사람이 되는 것만이 행복해지는 유일한 길이다.

교육을 받는 것이 자유로워지는 유일한 방법이다.

그러나 인간 본성이라는 공통성 속에서 선량한 존재가 되기 위해 성장하는 것이 필요하다.

또한 지속적이고 손쉬운 번영을 향해 열린 유일한 길은 무한하고 지칠 줄 모르는 자연의 요소를 알고, 가꾸고, 활용하는 것이다. 자연은 인간들처럼 질투하지 않으니. 자연에게는 노동자들처럼 증오나 두려움이 없으니. 누구의 길도 막지 않는 것은 그 누구도 두려워하지 않기 때문이다. 인간들은 항상 자연의 산물이 필요할 것이다. 또한 각 지역은 특정한 생산물만 산출하므로 모든 사람들에게 부와 안락을 보장하는 활발한 교류가 항상 유지되어야 할 것이다.

그러므로 성묘를 탈환하기 위해 지금 십자군 전쟁을 시작할 필요는 없다. 예수님은 팔레스타인에서 죽은 것이 아니라 모든 사람 안에 살아 있다. 대부분의 사람들은 대지 위에서 잠든 채 지내왔다[121]. 먹고 마셨지만 그들은 자신에 대해서는 알지 못했다. 이제 십자군은 인간에게 제 고유한 본성

---

121 대부분의 사람들이 의식 없이, 깨어있지 못한 채로 삶을 보냈다는 철학적 비판.

을 밝히기 위해 출발해야 한다. 꾸밈없고 실용적인 과학의 지식과 함께 선량함을 강화하고 품격을 키우는 개인의 독립성을 위해, 그리고 거대한 우주 안에 있는 생명체이며 사랑스러운 창조물이라는 자긍심을 그들에게 꽃피우기 위해 맞서야 한다.

그렇다면 바로 이것이 교사들이 현장에서 수행해야 할 일이다. 농업에 대한 설명과 기계 장비뿐만 아니라 인간에게는 정말 부드러움이 필요하고 많은 선(善)이 필요하다.

농민은 이해할 수 없는 기하학적 도형을 보기 위해 수 마일 길을 걷고, 아프리카 반도들의 곶과 강을 배우고, 공허한 교훈적인 용어를 갖추기 위해 자신의 노동을 그만둘 수 없다. 농민의 자녀들은 라틴어 어미변화와 요약한 분야들을 배우기 위해 날마다 하루종일 몇 레구아[122]씩 아버지의 농장을 떠날 수는 없다.

그럼에도 불구하고 농민은 최고의 국가적인 총체이고, 가장 건강하고 가장 자양분이 풍부한 사람들이다. 왜냐하면 그들은 살아가는 관계 속에서 대지로부터 친절한 조화와 향기를 밀접하게 그리고 충만하게 받기 때문이다. 도시들은 국가의 정신이다. 그러나 피가 몰려들고 퍼져나가는 곳인 심장은 농촌들 안에 있다. 인간들은 여전히 먹는 기계이고 걱정을 담은 유골함이다. 각 사람을 하나의 횃불로 만드는 것이 필요하다.

따라서 우리는 다름 아닌 새로운 종교와 새로운 사제들을 제안한다! 바로 새로운 시대가 자신의 종교를 신속히 전파하기 시작할 소명을 우리는 그리고 있다! 세상은 변하고 있다. 인류의 신비로운 시대에 필요했던 자주

---

122 옛날의 거리의 단위. 1레구아는 약 5572미터.

빛 옷[123]과 제의는 고통의 침대 위에 늘어져 있다. 종교는 사라진 것이 아니라 변형되었다. 인간 역사의 세세한 부분과 느린 전개를 연구하면서 관찰자들은 침울하게 만드는 낙담을 넘어서, 인간은 성장하고 있으며, 이미 야곱의 사다리[124] 절반에 올라섰다는 있다는 것을 알 수 있다. 성서에는 얼마나 아름다운 시들이 들어 있는가!

만약 산꼭대기에 웅크리고 앉아 문득 인간 역사의 흐름을 내려다본다면, 지금만큼 민족들이 서로를 사랑한 적이 한 번도 없었음을 보게 될 것이다. 또한 영원한 분의 진리 안에 있는 신앙과 궁극적인 믿음이 일시적으로 부재한, 이 과도기의 거주자들에게 가져다주는 고통스러운 무질서와 지독한 이기심에도 불구하고, 모든 인간을 타오르게 하는 팽창에 대한 추진력과 자비심이 오늘날만큼 인간 존재들을 고민하게 한 적이 결코 없음을 깨닫게 될 것이다. 그들은 서로에 대해 알고 있었고, 서로를 만나기를 싫어했던 친구들처럼 일어섰으며, 너도나도 모두 함께 유쾌한 만남을 향해 나아가고 있다.

우리는 파도 위를 걷고, 파도와 함께 튀고 굴러간다. 그러한 이유로 우리는 파도를 움직이는 힘들을 보지도 못하고, 충격에 멍멍해진 채 그것들을 살펴보려고 멈추지도 않는다. 하지만 이 바다가 잠잠해질 때 별들이 대지에 더 가까워질 것을 확신할 수 있다. 마침내 태양 아래서 인간은 자신의 전투용 검을 칼집에 넣게 될 것이다!

앞서 말한 바가 우리가 순회 교사들의 영혼으로 삼고자 하는 것이다. 때

---

123 황제이나 추기경들의 특징을 나타내는 옷.
124 인간이 신성에 가까워지고 있다는 은유.

때로 자신들이 모르는 것을 가르쳐 주는 선한 사람의 도착을 보았을 때, 농민들에게 그 환희는 얼마나 클 것인가! 그리고 그것은 사랑이 깊고 건강한 사람을 만남으로 항상 얻게 되는 평온과 고양된 감정을 영혼 속에 남겨둔다. 따뜻하고 넓은 마음으로 교감하는 데서 오는 감격과 함께 말이다!

사육과 수확 대신에 그들은 때때로 이야기를 주고받을 것이고, 결국에는 항상 대화를 나누면서 지내게 되기에 이를 것이다. 선생님이 가르친 것에 대해, 그가 가져온 호기심 북돋우는 기계에 대해, 그들이 그토록 많은 노력을 들여 개발해온 식물을 재배하는 간단한 방법에 대해, 선생님이 얼마나 훌륭하고 선한지, 그리고 선생님이 언제 올 것인지에 대해 말이다.

생각하는 데에 전념한 마음의 끊임없는 확장과 함께, 무언가를 알기 시작하게 되면서 그들에게 일어나고 있는 일을 순회 교사들에게 질문하기 위하여 이미 서두르게 될 것이니. 정신적 안식처를 찾으려는 모든 사람들이 쟁기와 곡괭이를 내려놓으면서, 호기심으로 가득 차 선생의 캠프 천막으로 어찌 큰 기쁨으로 달려가지 않겠는가!

물론 광범위한 과정은 할 수 없다. 하지만 전파자들을 통해 잘 연구하면 가능하다. 생각의 배아들을 퍼지게 하고 깊이 스며들게 할 수 있다. 지식에 대한 욕구가 펼쳐질 수 있다. 자극이 주어질 것이다.

그리고 이것은 겸허하고 흥미로운 것과 조화된 인간 영혼이 만든, 달콤한 침입이 될 것이다. 왜냐하면 순회 교사는 교사로서 그들에게 실용적이고 유익한 것들을 부드러운 방식으로 가르치고자 하는 까닭이다. 또한 자신의 가치를 쓸모 있고 만족스럽게 하는 것부터 시작하여 학문에 스며들게 하면서, 어렵지 않게 제 취향에 따라 그들을 출발시키고자 하기 때문이다. 인간을 향상시키려고 노력하는 사람은 그들의 거친 열정을 떼어낼 것이 아니라 그것을 매우 중요한 요소로 간주해야 한다. 그것에 반대하여 행동하는 것이 아니라 함께 행동하는 것을 시도해야 한다.

우리는 농촌으로 교육가를 보내고자 하는 것이 아니라 즐겁게 대화하는 사람들을 보내고자 한다. 선생티를 내는 사람을 보내지 않고, 무지한 사람들이 제시한 의문들 또는 그들이 올 때를 위해 준비하고 있던 질문에 응답해주어야 할 교양 있는 사람을 보내려 하는 것이다. 재배 오류가 발생한 곳 또는 개발할 수 있는 자원을 알아보지 못하는 것을 관찰하면서, 실증에 대해 동시적인 대책과 함께, 이것을 밝혀내고 저것을 명시하기 위하여 말이다.

요컨대, 온유함과 과학성을 바탕으로 캠페인을 펼치는 것이 필요하고, 또한 이를 위해, 존재하지 않는, 예언자적인 스승들로 된 단체를 창설하는 것이 필요하다.

순회학교는 농민의 무지를 구제할 수 있는 유일한 학교이다.

그리고 도시에서도 마찬가지지만 농촌에서도 책의 간접적이고 무미건조한 지식을 자연에 대한 직접적이고 유익한 지식으로 대체하는 것이 시급하다.

실용적인 교사들을 양성하는 사범학교를 세우는 것이 긴급히 요구한다. 나중에 계곡과 산, 구석구석에 이들을 널리 퍼뜨리기 위하여 말이다. 아마존 인디언들이 말했듯이, 남자와 여자를 창조하기 위해 하나님 아말리바카[125]

---

125 베네수엘라 <아말리바카의 신화>. 모든 사람의 아버지. 타마나코 신화. 타마나코 부족은 아말리바카를 세계와 인간의 창조신으로 삼았다. Amaruaca 또는 Amarivaca라고도 한다. 아말리바카는 오리노코 강과 바람의 창시자이기도 하다. 처음에 그는 사람을 불멸의 존재로 만들었지만, 그들 잘못에 대한 벌로 죽을 존재로 만들었다. 오래 전에 큰 홍수에서 아말리바카는 카누를 타고 세계를 여행하기 위해 나갔고, 오빠 보치와 홍수 피해를 복구했고, 그후

는 모리체[126] 야자나무의 씨앗을 온 대지에 뿌리지 않았는가!

시간은 초보적인 문학 교육에 낭비되고 있으며, 해롭고 공허한 야심가들로 민족이 만들어지고 있다. 태양이 필수적인 것만큼 초등 과학 교육의 확립도 절실하고 필수적이다.

두 사람만 살아남았다. 그들은 모리케 야자나무 씨앗을 가지고 큰 산으로 갔고, 거기서 그것들을 흩어 세상에 던졌다. 이 씨앗에서 지구를 채우는 남성과 여성이 태어났다.
126 아메리카산 설탕야자.

제2부

하나된 아메리카를
꿈꾸다

우리 아메리카[01]

오만한 촌사람은 자기 마을이 세상 전부라고 믿는다. 읍장으로 남아 있거나 여자 친구를 빼앗아간 라이벌을 괴롭히거나 돼지저금통에 저축한 돈이 불어나는 한 그는 보편적 질서가 이미 잘 돌아간다고 생각한다. 일곱 레구아[02]가 담기는 장화를 신을 수 있는 거인들에 대해, 그 장화로 자신을 짓밟을 수도 있음을 알지 못한 채, 또한 세계를 통째로 삼키면서 곤히 잠든 허공을 가로지르는 하늘에 있는 혜성들의 투쟁에 대해서도 알지 못한 채 말이다. 아메리카 대륙에서 촌락 형태로 남아 있는 것들은[03] 깨어나야 한다. 이 시대는 머리 위에 수건을 두르고 잠자리에 드는 시간이 아니라 후안 데 카스테야노스[04]의 사내들처럼 베개 밑에 무기를 두고 잠자리에 들 때이

---

01 「Nuestra América」. 1891년 1월 30일, 멕시코, <El partido Liberal>에 발표. 마르티의 대표산문으로 라틴아메리카의 정체성과 자주성을 강하게 주장하는 글이다. 그는 유럽과 북미 제국주의에 대한 의존을 거부하고, 라틴아메리카 고유의 역사, 문화, 민중의 현실에서 출발한 정치와 사회 체계를 수립해야 한다고 강조한다. 이 글은 반제국주의, 문화적 자각, 민족 자주를 핵심 주제로 삼으며, 오늘날까지 라틴아메리카 사상의 기초로 평가받고 있다. 마르티는 중남미 전체를 하나의 공동체로 엮고자 시도하면서 미국의 신제국주의를 경계하는 데에 최선을 다했다. (O.C. t.6, p.15)

02 (옛날의 거리의 단위) 레구아 (약 5572 미터). 약 40킬로미터이다.

03 전통적 요소들이 깨어나거나 부활해야 한다는 의미.

04 Juan de Castellanos(1522년-1606년). 스페인의 시인, 군인, 카톨릭 사제로, 그라나다 신왕국에 살았다. 초기 스페인 연대기 작가 중 한 명인 그는 아메리카 원주민, 주로 Muisca에 대한 지

다. 다른 모든 무기를 물리치는 판단력의 무기 말이다. 사상으로 구축한 참호는 돌로 지은 참호보다 더 가치가 있으니.

사상의 구름을 가를 수 있는 기수(機首)는 없다. 세계 앞에 제때에 휘날리는 하나의 강력한 사상은 최후의 심판을 알리는 신비로운 깃발처럼, 전투함의 비행중대를 물리친다. 서로 잘 모르는 민족들도 서로를 알아가기 위해 서둘러야 한다. 함께 싸우러 가는 사람들처럼, 둘 다 같은 땅을 원하는 질투심 강한 형제들처럼 말이다. 또는 작은 집을 가진 자가 더 좋은 집을 가진 사람을 질시하듯이 주먹을 드러내는 사람들도 두 손이 하나가 되도록 서로 꼭 맞잡아야 한다. 범죄적 전통의 비호 아래, 자신들과 같은 핏줄의 피로 붉게 물든 양검으로 패배한 형제의 땅, 자신의 죄보다 더 큰 벌을 받은 형제의 땅을 잘라낸 사람들은 형제들에게 그들 땅을 반환해야 한다. 민중이 강도들이라고 부르기를 원하지 않는다면 말이다.

정직한 사람은 명예의 빚을 돈으로 받지 않고, 뺨 때리기 당 얼마씩[05] 받지 않는다. 우리는 더 이상 꽃으로 가득한 수관을 가지고 허공에 살며, 빛의 변덕이 어루만지는 데에 따라 흔들리거나 윙윙거리거나, 아니면 폭풍에 의해 잘리거나 쓰러지는 나뭇잎의 민족이 될 수 없다. 일곱 레구아를 가진 거인[06]이 지나가지 못하도록 나무들을 나란히 배치해야 한다! 지금은 다시 계산하는 시간이며, 연합하여 행진할 시간이다. 우리는 안데스 산맥의 뿌리에 있는 은처럼 견고한 프레임 안에서 걸어가야 한다.

    식에 기여했다.
05 모독을 금전으로 환산하는 것. 명예의 문제는 물질적 차원이 아닌 정신적, 도덕적 차원에서 해결되어야 함을 말한다.
06 미국을 의미.

칠 개월 만에 태어난 미숙아들에게는 단지 용기가 부족할 뿐이다. 자기 땅에 믿음이 없는 사람은 일곱 달 만에 태어난 칠삭둥이다. 자신에게 용기가 부족하기 때문에 그들은 다른 사람들을 거부한다. 병약한 팔, 매니큐어를 칠한 손톱과 팔찌를 찬 팔, 마드리드나 파리에서 온 팔로는 다루기가 까다로운 나무를 손을 뻗쳐 잡을 수 없다. 그리고는 나무에 닿을 수 없다고 말한다. 자신을 키우는 조국의 뼈를 갉아먹는 해로운 곤충들은 배에 실어 보내야 한다. 그들이 파리 태생이나 마드리드 출신이라면 가로등이 있는 프라도로 가든, 샤베트를 먹으러 토르토니로 갈 것이라. 아버지가 목수인 것을 부끄러워하는 목수의 아들들이라니!

아메리카에서 태어난 이 사람들은 인디언 앞치마를 두른 것 때문에 자신을 키워준 어머니를 부끄러워하고 또 강하게 부인하는구나! 악당들이니! 아픈 어머니를 병상에 혼자 내버려두는구나! 그렇다면 누가 인간다운가? 질병을 치료하기 위해 어머니 곁에 남은 사람일까? 아니면 자기를 길러준 품속을 헐뜯으면서, 넥타이로 된 벌레[07]를 매고 종이 재킷 등짝에 있는 배신자라는 팻말을 붙이고 산책하면서, 사람들 눈에 띄지 않는 곳에선 어머니를 부려먹고, 부패한 땅에서 그 어머니의 양식으로 살아가는 사람일까?

점점 발전해가며 자신의 인디오들과 함께 스스로를 구원해야 하는 우리 아메리카의 이 아들들이여! 점점 쇠퇴해 가며 북아메리카의 군대에서 총을 구걸하고, 자신들의 인디오를 피로 익사시키는 이 탈영병들이여! 인간은 인간인데 인간의 일을 하기 싫어하는 이 병약한 사람들이여! 그러면,

---

07   유럽식 문명을 맹목적으로 추종하는 허영을 말함. 가식의 끈을 목에 두른 모습. (역자주)

미국인들에게 이 땅을 만들어준 워싱턴이 자신의 조국을 영국인들이 침략하러 오는 것을 보았던 시기에 영국인과 함께 살기 위해 떠났던가? 프랑스 혁명기의 허영심 많은 귀족들처럼 외국 땅에서 명예를 질질 끌고 다니는,[08] 이 명예로 된 '인크레이블레스'[09]아! 춤을 추면서 그리고 입맛을 다시면서 'rr'발음을 질질 끌었으니.[10]

우리 아메리카의 고통스러운 공화국들에서보다 인간이 더 큰 자긍심을 가질 수 있는 조국이 어디에 또 있겠는가? 이 공화국들은 침묵하는 원주민 대중들 속에서 일어섰으며, 책과 종교용 대형 촛대가 싸우는 소리 속에서 세워졌으며, 수백 명 사도들의 피로 물든 팔뚝 위에서 태어나지 않았던가? 그토록 분열된, 너무나 짧은 역사적 시간에 이렇게 진보적이고 견고한 국가가 탄생한 적은 결코 없었다. 교만한 사람은 대지가 자신의 받침대 역할을 하도록 만들어졌다고 생각한다. 그들은 글재주가 있고 화려한 언변을 가졌다는 이유만으로 그렇게 믿는다. 그는 자신이 태어난 조국을 무능하고 희망 없는 나라라고 비난한다. 왜냐하면 그들의 새로운 밀림은 페르시아의 조랑말들을 이끌면서 샴페인을 따르면서, 유명한 가모날[11]로서 세계를 돌아다니는 지속적인 방법을 그에게 주지 않기 때문이다.[12]

---

08 조국을 버리고 외국으로 떠나, 그곳에서 명예와 가치를 타락시키는 자들에 대한 강한 비판.

09 Increibles. Les Incroyables(앙크루아야블)을 가리킨다. 이들은 귀족적 생활양식을 즐기면서 혁명을 조롱했던 부류로, 프랑스 혁명의 진정한 가치와 상반되는 모습이었다.

10 프랑스 귀족처럼 행동하며 허세를 부리는 모습을 풍자.

11 라틴아메리카에서 토지를 독점하며 권력을 행사하는 지주를 뜻함.

12 나라가 그들에게 끊임없이 부와 명성을 보장해 주지 않기 때문에 불평하는 것.

무능력은 자신에게 적합한 형태와 유용한 위대함을 요구하는 신생 국가에 있는 것이 아니다. 진정한 무능함은 19세기 동안 이어진 프랑스의 군주제 법률로, 실용적인 자유를 4세기에 걸쳐 물려받은 미국 법률로, 독특하고 격렬한 구성을 가진 원초적인 민족을 통치하기를 원하는 사람들에게 있다. 해밀턴[13]의 칙령을 가지고 대평원을 자유롭게 살아가는 목동의 망아지가 돌진하는 것을 막을 수는 없다. 시에예스[14]의 한 문구로는 인디언 종족의 엉겨 붙은 피를 흐르게 할 수 없다.

올바른 통치를 하려면, 다스리고 있는 그곳, 있는 그대로의 현실에 주의를 기울여야 한다. 그리고 아메리카에서 좋은 통치자는 독일이나 프랑스가 어떻게 통치하는지 아는 사람이 아니라, 자신의 나라가 어떤 요소로 만들어져 있는지를 아는 사람이다. 또한 그 나라 자체에서 태어난 방법과 제도를 통해 그것들을 어떻게 함께 이끌면서 갈 수 있는지를 아는 사람이다. 그래야만 모두가 자신을 알고 실천하며, 제 생명으로 지켜내고 제 노동으로 비옥하게 가꾼 마을에서 대자연이 모두에게 마련해준 풍요로움을 모든 사람이 누리는 저 바람직한 정부에 도달할 수 있다. 정부는 그 나라에서 탄생해야 한다. 정부의 정신은 그 나라의 정신이어야 한다. 통치 형태는 국가 고유의 헌법에 일치해야 하며, 통치는 그 나라 자연적 요소들의 균형에 지나지 않는다.

---

13 Alexander Hamilton (1755/1757-1804), 미국 초대 재무부 장관이자 미국 건국의 아버지 중 한 명. 해밀턴은 강한 중앙정부와 경제적 질서를 강조했지만 그의 법과 제도는 라틴아메리카 같은 역동적인 사회에 그대로 적용하기 어렵다는 의미를 내포.

14 Emmanuel Joseph Sieyès (1748-1836). 성직자 및 헌법이론가. 그가 주장한 인민주권 개념은 프랑스의 부르주아지가 프랑스 혁명 초기의 몇 개월 동안 군주제와 귀족계급에 대항하여 투쟁하는 데 지침이 되었다.

그리하여 아메리카에서는 수입된 책이 자연인에게 패배했다. 자연인들이 인위적인 지식인들을 이겼다. 토착민 메스티조가 이국적인 크리올을 정복했다. 문명과 야만 사이에 전투가 있는 게 아니라, 허위적인 학문과 자연 사이에 전투가 있으니. 자연의 사람은 선하며 뛰어난 지성을 칭찬하고 공경한다. 단, 그 지성이 자연인의 순종을 이용해 해를 끼치거나, 자연인을 무시하여 모욕을 주지 않는 한에서이다. 이는 자연인이 용서하지 않는 것으로써, 자신의 감정을 상하게 하거나 이익을 해치는 자로부터는 무력을 써서라도 존중을 되찾을 준비를 갖추고 있다. 이렇게 경시되었던 자연적 요소들과의 조화를 통해 아메리카의 전제 군주들은 권력을 쟁취했고, 그들이 이 요소들을 배신하는 순간 몰락했다. 공화국들은 전제 정치 안에 있는 자신의 무능력을 청산했다. 국가의 진정한 요소들을 알기 위하여, 그 통치의 형태가 그 요소들로 파생되고, 그 요소들과 함께 통치하기 위하여 말이다. 새로운 민족 안에서 통치자는 창조자를 의미한다.

교양 있는 요소들과 교양 없는 요소들로 구성된 사회에서는, 결국 교양 없는 사람들이 지배하게 된다. 자신의 손으로 의심들을 해결하고[15] 공격하는 습성 때문이다. 그런 곳에서는 교양 있는 사람들이 통치의 기술을 배우지 못할 것이다. 교육받지 못한 대중은 게으르고, 지성적인 일엔 소심하며, 잘 지배되기를 원한다. 하지만 정부가 그에게 상처를 입힌다면, 그것을 떨쳐버리고, 스스로를 다스린다. 어떻게 훌륭한 통치자들이 대학에서 배출될 수 있겠는가? 아메리카에는 통치 예술의 가장 초보적인 것조차 가르치는 대학이 없는데 말이다. 통치 예술의 기초란 아메리카 각 민족의 고유한 요

---

15   힘으로 밀어붙이거나 폭력으로 해결하는 성향을 가리킨다.

소들을 분석하는 능력이다. 젊은이들이 세상에 나설 때는, 양키나 프랑스식 안경을 쓰고 미루어 짐작하며 나선다. 그리고 자신들이 전혀 알지 못하는 민중을 이끌겠다고 열망한다.

정치의 여정에서 정치 기본을 모르는 사람들에겐 그 입문이 거부되어야 한다. 콩쿠르의 상은 최고 찬가를 쓴 이가 아니라, 자신이 살고 있는 나라의 요소들에 대한 최고의 연구에 돌아가야 한다. 언론에서, 강단에서, 아카데미에서 그 나라의 실질적 요소에 대한 연구를 증진시켜야 한다. 그 요소들을 아는 것만으로도 충분하다. 눈을 가리지 않고, 빙빙 돌려 말하지 않고 말이다. 왜냐하면 고의이든 망각이든 진리의 일부를 밀쳐두는 사람은 마침내 자신에게 결여된 진실로 인해 추락하기 때문이며, 진실은 무관심 속에서도 성장하고, 그리고 진실 없이 세워진 것을 허물어뜨리는 까닭이다. 자신들의 요소를 알고 난 후에 문제를 해결하는 것이 요소를 모르고 문제를 해결하는 것보다 쉽다. 분개하고 격렬해진 자연적 인간이 와서 책들 속에 축적된 정의를 전복시킨다. 왜냐하면 그 정의가 국가의 명백한 필요들과 일치하여 경영되지 않는 까닭이다.

안다는 것은 해결하는 것이다. 나라를 알고, 그 지식에 합치되어 다스리는 것이 그 나라를 폭정으로부터 벗어나게 하는 유일한 길이다. 유럽 대학은 아메리카 대학에 자리를 내주어야 한다. 비록 그리스의 집정관들의 역사는 가르치지 않더라도, 아메리카의 역사는 여기 잉카 사람들에 대해 하나도 빠짐없이 모두 가르쳐야 한다. 우리의 그리스가 우리 것이 아닌 그리스보다 훨씬 바람직하다. 우리에게 그것이 더 절실하다. 토착 정치인들이 외래 정치가를 대체해야 한다. 세계를 우리 공화국들에 접목시켜라. 그러나 그 몸통은 우리 공화국들의 몸통이어야 한다. 그리고 패배한 현학자는 침묵하라. 우리의 고통스러운 아메리카 공화국들에서보다 인간이 더 큰 자긍심을 가질 수 있는 조국은 없으니.

발에 묶주를 감고, 머리는 하얗고, 몸은 인디언과 크리올이 뒤섞인 채,[16] 우리는 대담하게 민족들의 세계로 나아왔다. 우리는 성모의 깃발을 들고 자유를 쟁취하기 위해 나섰다. 멕시코에서는 한 사제, 몇몇 중위들, 한 여성이 인디언의 어깨 위에 공화국을 세웠다.[17] 한 스페인 수도회 성직자가 자신의 망토 그늘에서 몇몇 뛰어난 전문가들에게 프랑스식 자유를 가르쳤고, 그들은 중앙아메리카의 지도자로 스페인 출신 장군을 추대해, 스페인에 대항했다.[18] 군주제의 관습을 지닌 채, 태양을 가슴에 품고, 북쪽으로는 베네수엘라인들이, 남쪽으로는 아르헨티나인들이 민족을 일으키는 데에 전념했다. 두 영웅이 충돌했고, 대륙이 벌벌 흔들렸을 때, 결코 덜 위대하지 않은 한 영웅이 고삐를 돌렸다.[19]

그리고 평화 시대의 영웅주의는 전쟁 속의 영웅심보다 덜 영광스럽다

---

16 머리(지배층)는 유럽적이지만, 몸(민중)은 혼혈이며, 발(기반)은 가톨릭 신앙이라는 모순적이고 복합적 정체성을 가진 라틴아메리카를 말함.

17 라틴아메리카의 독립 과정에서 카톨릭 신앙, 원주민(인디오), 크리올 등 다양한 요소들이 융합되어 새로운 국가 정체성이 형성되었음을 묘사. 특히 멕시코 독립 운동에서 종교적 상징과 다양한 사회계층이 참여했음을 강조.

18 실제로 독립전쟁의 많은 지휘관이 스페인에서 태어나 식민지에서 활동한 군인이었다. 군사적 리더쉽은 대체적으로 스페인 출신 장교들이 맡았다.

19 라틴아메리카의 두 해방자 시몬 볼리바르와 산 마르틴이야기이다. 산 마르틴 장군과 과야킬에서 볼리바르와의 인터뷰(1822년 7월 26~27일) 결과를 언급. 「세 영웅」에서 마르티는 다음과 같이 썼다. "그는 칠레를 해방시켰다. 그는 군대를 이끌고 페루를 해방시키러 갔다. 그러나 볼리바르가 페루에 있었고 산 마르틴은 그에게 영광을 양보했다. 그는 유럽으로 슬픔에 잠겼고, 그의 품에 안겨 죽었습니다. 그의 딸 메르세데스.

는 이유로 더 드물기 때문에, 인간에게는 질서정연하게 생각하는 것보다 명예롭게 죽는 것이 더 쉽기 때문에, 고양된 만장일치의 감성으로 통치하는 것이 전쟁 이후 다양하고 오만하며 외래적이고 야심적인 사상을 지휘하는 것보다 더 실행 가능하기 때문에, 서사적 공격[20] 속에서 휩쓸려나간 권력들이 고양이 같은 종족의 신중함과 현실의 무게로 건물을 파괴했기 때문에[21] —그 건물은 우리 메스티조 아메리카의 투박하고 특이한 지역 안에서, 맨다리에 파리의 재킷을 걸친 사람들 사이에서, 이성과 자유의 지속적인 실천 속에서 통치하는 수액으로 자양분을 얻은 민족들의 깃발이 게양된 건물이었으니— 아메리카는 고통을 겪기 시작했고 지금도 고통 받고 있다.

그리고 또 식민지들의 위계적인 체제가 공화국의 민주적 조직을 억눌렀거나 또는 나비넥타이를 맨 각 수도(首都)들이 말가죽 장화가 있는 들판을 문 밖에 방치했거나 또는 책에 의존한 해방자[22]들이 대지의 영혼으로 승리한 혁명은 대지의 영혼으로 통치해야 한다는 것을, 그것에 반대해서도 안 되고, 그것 없이도 안 된다는 것을 이해하지 못했기 때문에, 이 모든 것 때문에 아메리카는 고통을 겪기 시작했고 지금도 고통 받고 있다. 독재적이고 악의적인 식민 지배자로부터 물려받은 불화하고 적대적인 요소들 사이에서, 그리고 지역적 현실성의 부족으로 합리적인 통치를 지연시키는

---

20   독립전쟁을 의미한다.
21   마르티는 라틴아메리카 독립 후 정치적 혼란의 원인 중 하나로, 구 식민 세력들의 은밀한 저항을 지적하고 있다.
22   redentores bibliógenos: 작가가 만든 조어일 가능성이 높다. biblia(성서, 책)+geno(기원, 발생)의 조합으로 보인다. 책 속 이론이나 외국의 사상에만 의존하여, 현실의 뿌리 깊은 문화나 민중의 감각을 이해하지 못한 지식인 엘리트, 혹은 이론가적 혁명가들을 비판하는 표현.

수입된 사상과 형식 사이에서 적응해야 하는 피로로 인해 말이다.

인간 스스로 이성을 행사할 권리를 부정한 권력 때문에 3세기 동안 관절이 탈구된 대륙은 자신을 해방시키는 데 도움을 준, 배우지 못한 사람들을 무시하거나 묵살하면서 이성에 기초한[23] 통치 체제로 진입했다. 모든 사람의 문제에는 모든 사람의 이성이 있으니, 이는 다른 이들이 지닌 토착적인 이성 위에 군림하는 몇몇의 학문적 이성이 아니다. 독립의 문제는 형식의 변화가 아니라 정신의 변화이다.

압제자들의 지배로 굳어진 관습과 이해관계에 반대하는 시스템을 구축하기 위하여 억압받는 사람들과 함께 공동의 대의를 만들어야 한다. 총성에 놀랐던 호랑이[24]는 밤이 되면 사냥감이 있는 곳으로 돌아온다. 그는 앞발로 허공을 가르며, 눈에서 불길을 내뿜으며 죽는다.[25] 다가오는 소리는 들리지 않지만 벨벳으로 된 앞발로 오고 있다.[26] 사냥감이 깨어났을 때, 이미 그 위에 호랑이가 타고 있으니.

식민지는 공화국에서 계속해서 존속하고 있다. 그리고 우리 아메리카는 식민지에 맞서 싸우는 공화국의 필요한 피로써 대가를 치르는 우월한 역량을 통해, 크나큰 과오들로부터 구원받고 있는 중이다. 주요 도시들의 오만함, 경멸받은 농민들의 맹목적인 승리, 외래적인 양식과 사상의 과도한 수입, 원주민 종족에 대한 비정치적이고 불공평한 냉담 등의 과오들로부터 말이다. 호랑이는 모든 나무 뒤에서 구석구석 웅크린 채 기다린다. 호랑

---

23 독립을 도운 민중을 배제한 엘리트만의 이성적 정부를 말한다.
24 구 식민 세력, 보수적 기득권층을 상징.
25 구 세력이 최후까지 격렬하게 저항하며 죽는다는 뜻.
26 진정한 위협은 은밀하게, 그러나 치명적으로, 드러나지 않은 모습으로 다가온다는 말.

이는 죽을 것이다. 앞발로 허공을 흔들며, 눈에서 불꽃을 내뿜으며 말이다.

그러나 가혹한 시대에 미묘하게 실수한 아르헨티나인 리바다비아[27]가 선언했듯이 "이 나라들은 구원받을 것이다." 마체테[28]에는 비단 칼집이 어울리지 않으며, 긴 창으로 승리한 나라에서는 긴 창을 등 뒤로 내던질 수 없다. 왜냐하면 누군가가 분노해 "금발을 황제로 만들어 달라고"[29] 이투르비데[30] 의회의 문 앞에 서 있을 것이기 때문이다. 이 나라들은 구원받을 것이니. 빛의 대륙 안에 있는 대자연의 고요한 조화로 인해 지배적으로 보이는 절제의 기질과 함께, 이전 세대가 몰두했던 이상주의적이고[31] 탐색적인 독서를 유럽 안에서 계승해온 비판적 독서의 영향으로 인해, 이 진실의 시대에 진짜 인간이 아메리카에서 태어나고 있음이다.

---

27 Bernardino Rivadavia(1780-1845). 아르헨티나의 초대 대통령. 그는 단일 헌법을 선포했으나 각 주에서 거부당했다. 로사스의 박해를 받은 그는 우루과이로 추방되었고 나중에는 카디스로 이주하여 그곳에서 사망했다. 그럼에도 불구하고 그는 아르헨티나에서 가장 높은 시민 인물 중 한 명이다. 바르톨로메 미테르는 그에 대해 말했다. "그는 인간은 본성상 자유롭기 때문에 세습노예도 아니며, 권위를 지닌 다른 사람들을 섬기는 사람도 아니라는 점을 시대에 앞서 가르쳤습니다."
28 넓고 무겁고 날이 하나인 검보다 짧은 무기, 주로 사탕수수를 베거나 밀림에서 길을 낼 때 사용.
29 독립 이후 다시 제국주의적, 엘리트주의적 체제를 세우려는 시도에 대한 경고.
30 Agustín de Iturbide(1783-1824). 멕시코의 정치가, 독립 전쟁의 지도자이자, 멕시코 제1제국의 초대 황제로 군림했다. 모렐로스 신부가 이끄는 독립군을 격파하는데 앞장 섰던 스페인 정부군 소속 군인이었으나 1821년 반기를 들어 멕시코를 스페인 식민지에서부터 독립시켰다. Congreso de Iturbide는 이투르비데를 황제로 옹립했던 의회를 가르키며, "금발을 황제로 만들어 달라"는 표현은 토착적인 힘을 무시할 때 생기는 정치적 혼란을 경고하는 말이다.
31 팔랑스테르'(falansterio)는 19세기 프랑스의 사회주의 사상가 샤를 푸리에(Charles Fourier, 1772-1837)가 제안한 이상적인 공동체 주거 형태. 이상적 공동체 사상에 관한 문헌을 읽고 연구하는 것을 의미.

우리는 하나의 환상이었다. 운동선수의 가슴, 허식가의 두 손, 그리고 아이의 이마를 가지고 있었다. 우리는 하나의 가면이었다. 영국의 반바지, 파리지앵의 조끼, 북미의 재킷, 스페인의 투우 모자를 걸치고 있었다. 말 못하는 인디언은 우리를 찾아 주위만 맴돌았고, 자신의 자녀들에게 세례를 주기 위해 산으로, 산꼭대기를 향해 갔다. 지켜보던 흑인은 밤중에, 파도와 맹수들 사이에서, 홀로 그리고 아무도 알아주지 않는 제 마음의 음악을 노래했다. 창조자인 농민은 오만불손한 도시에 대하여, 자신이 만든 피조물에 대하여 분노로 눈이 멀어 반격을 가했으니.[32]

우리는 견장이며 법복이었다.[33] 발에는 샌들을 신고 머리에는 붉은 머리띠를 두른 채[34] 세상에 나온 국가에서 말이다.[35] 재능은 가슴 속 자비로, 창설자들의 대담함으로 머리띠와 법복을 하나로 짝을 이루는 데 있을 것이다. 인디언을 정체된 상태에서 풀어줌으로써, 능력 있는 흑인에게 자리를 제공함으로써, 자유를 위해 봉기하고 이겨낸 사람들의 몸에 자유를 부여함으로써 말이다. 그러나 우리에게 남은 것은 판관, 장군, 법률가, 그리고 성직자일 뿐이었다. 천사 같은 청년은 마치 문어의 팔로 된 것처럼 하늘을 향해 솟구쳤으나 구름으로 관을 쓴 채 헛된 영광과 함께 머리를 떨구고 말았다.

자연적인 민족은 본능에 힘입어 승리에 눈이 먼 황금 지팡이를 압도했다. 유럽의 책도 양키의 책도 히스파노아메리카인의 불가사의에 대한 열

---

32 농촌과 도시 간의 불평등한 관계와 도시화 과정에서 발생하는 사회적 모순을 표현.
33 유럽식 화려하고 권위적인 제도를 상징.
34 아메리카 대륙의 토착적이고 소박한 현실을 상징.
35 엘리트와 민중 사이의 근본적 차이, 나라의 본질과 맞지 않는 외래적 통치 형태를 비판함.

쇠를 주지 않는다. 증오심은 시험되었고, 국가들은 해마다 점점 더 쇠퇴해 갔다. 쓸모없는 증오로, 창과 책의 저항으로, 종교용 대형 촛대와 이성의 충돌 그리고 농촌과 도시의 갈등으로, 격렬해지거나 무기력해진 자연 국가 위에 존재하는 분열된 도시 카스트들, 도시 계급들의 불가능한 지배로부터 지친 끝에 자신도 모르게 사랑을 시도하게 되었으니.

민족들은 일어서서, 서로 인사한다. "우리는 어떤 사람이지?" 그들은 궁금해 한다. 그리고 너도나도 자신들이 어떤 사람인지 말하기 시작한다. 코히마르[36]에 문제가 나타나면 해결책을 찾기 위해 단찌히[37]로 가지 않는다. 프록코트들은 여전히 프랑스에서 왔지만, 사상은 아메리카의 사람에게서 시작한다. 아메리카의 젊은이들은 셔츠를 팔꿈치까지 올리고 반죽에 두 손을 담그고, 땀의 누룩으로 반죽을 부풀린다. 그들은 너무 많은 것이 모방되었고, 구원은 창조에 있다는 것을 알고 있다. 창조한다는 것은 이 세대의 암호이다. 바나나로 된 즙도, 신맛이 난다면, 그게 바로 우리 와인이다!

한 국가의 정부 형태는 그 나라의 자연적 요소에 부합해야 한다는 것을 이해하라. 형식의 오류로 인해 추락하지 않도록 완전무결한 사상도 상대적인 형태 안에서 작동해야 한다. 실현성이 있도록 하기 위해 자유는 성실하고 완전해야 한다. 공화국이 모든 사람에게 팔을 벌리지 않고 모든 사람과 함께 전진하지 않는다면, 공화국은 죽는다. 그 갈라진 틈으로 안에 있는 호랑이가 숨어들어오고, 밖으로부터도 호랑이가 잠입한다. 장군은 보병대의 속도에 맞추어 행진하는 기병대를 통제한다. 또는 그가 보병들을 행진

36　Cojímar. 쿠바 하바나에 가까운 헤밍웨이의 1952년 소설 『노인과 바다』에 영감을 주었다.
37　Dantzig. 폴란드의 항구 도시, 발트해에 면한 포모르스키에 주의 항구 도시.

의 후위 부대에 남겨둔다면 적군이 그를 기병대로 둘러쌀 것이다. 정치는 전략이다. 사람은 자기 자신을 비판하면서 살아야 한다. 비판은 건강한 것인 까닭이다. 그러나 단 하나의 가슴으로 단 하나의 정신으로 살아가야 한다. 불운한 사람들에게까지 내려가서 두 팔로 그들을 올려주라! 마음의 불꽃으로 응고된 아메리카를 녹여 주라! 끓어오르고 있는, 날뛰고 있는, 이 나라의 자연적인 피를 혈관 속으로 부어넣으라! 새로운 아메리카인들은 노동자들의 유쾌한 눈동자를 가지고, 기립한 채, 한 도시에서 다른 도시로, 서로 인사한다.

대자연에 대한 직접적인 연구에서 자연적인 정치가들이 출현한다. 그들은 모방하기 위해서가 아니라, 적용하기 위해 책을 읽는다. 경제학자들은 자신들의 원천 안에 있는 어려움을 연구한다. 연설가들은 냉정해지기 시작하고, 극작가들은 토착 인물로부터 장면들을 가져온다. 아카데미에서는 실현성이 있는 주제를 토론한다. 시(詩)는 소리야[38] 풍의 긴 머리카락을 스스로 잘라내고, 빨간 조끼[39]를 영광스러운 나무에 매달아 놓는다. 잘 걸러진 반짝반짝 빛나는 산문은 사상들을 담아낸다. 인디언 공화국에서 통치자들은 선주민을 배운다.

아메리카는 자신의 모든 위험으로부터 점차 벗어나고 있다. 어떤 공화국들 위에는 문어[40]가 잠자고 있구나. 어떤 공화국들은 균형의 법칙에 따

---

38 José Zorrilla. 스페인 낭만주의 시인. 그의 스타일을 상징하는데, 이를 자른다는 것은 낭만주의 시대의 과장된 스타일에서 벗어남을 의미.
39 화려하고 과시적인 이전 시대의 문학적 장식을 상징.
40 야심을 가진 미국을 상징한다.

라 미친 듯 숭고한 속도로 잃어버린 세기를 회복하기 위해 걸어서 바다로 뛰어드는구나. 또 다른 공화국들은 후아레스[41]가 노새 마차를 탔다는 사실을 잊어버린 채, 비누거품으로 된 마부가 있는, 바람으로 된 자동차를 마련한다. 독성 있는 사치는 자유의 적으로, 경박한 인간을 부패시키고 외세의 개입을 허용하게 된다. 또 어떤 공화국들은 위협받는 독립의 영웅적인 정신으로 강인한 기질을 정련한다. 또 어떤 공화국들은 이웃을 향한 탐욕스러운 전쟁에서 그들을 집어삼킬 수 있는 군인 집단을 양성한다. 그러나 아마도 우리 아메리카는 또 다른 위험에 직면해 있다. 그 위험은 우리 자체에서 오는 것이 아니라 두 대륙 요인 간의 기원, 체계적 방법 및 이해관계의 차이에서 비롯한다. 아메리카를 잘 알지 못하고 경멸하는, 야심차고 강력한 민족이 친밀한 관계를 요구하면서 아메리카에 접근할 시간이 멀지 않았다.[42]

그리고 엽총과 법으로 스스로를 만들어내고 사랑하는 강건한 민족들은 역시 강건한 민족만을 존중하기 때문에, 그리고 방종과 야만의 시대가 ─ 북미가 제 혈통 가장 순수한 것의 우월을 통해 어쩌면 자유로워지거나, 또는 정복의 전통과 교활한 지도자의 이익, 보복적이고 비열한 대중들이 그것을 분출할 수 있는 시대─ 가장 두려워하는 사람들의 눈에도 아직 그다지 임박해있지는 않고 서로 마주보고 방향을 바꾸어 볼 수 있는, 자존심 있고 지속적이고 신중한 시험을 위한 시간이 남아있기 때문에,[43] 또한 자신

---

41 멕시코의 영웅적 지도자 베니토 후아레스(Benito Juárez)를 말함.
42 이 구절은 라틴아메리카가 직면한 외부 위협, 특히 북미(미국)로부터의 위협을 경고하고 있다. 대륙의 두 세력은 라틴아메리카와 점점 강대국으로 부상하던 미국을 가리킨다.
43 라틴아메리카가 고결함으로 대응할 시간적 여유가 있음을 의미.

의 공화국으로서의 품격이 북미를 우주의 주목 받는 민족들 앞에 놓았는데, 이는 우리 아메리카의 철부지 같은 도발이나 노골적인 거만함, 근친 살해적인 불화가 제거하지 못할 억제력이기 때문에, 우리 아메리카의 시급한 책무는 있는 그대로를 보여주는 것이다. 영혼과 의도가 하나인, 질식할 듯한 과거의 빠른 승자들, 폐허와의 싸움에서 손으로 뿌리째 뽑은 거름으로 된 피, 그리고 곰보자국투성이 우리 옛 주인들이 우리에게 남겨둔 혈통의 피로 얼룩진 채 그대로 말이다. 아메리카를 모르는 강력한 이웃의 경멸은 우리 아메리카의 가장 큰 위험이다.

아메리카를 경멸하지 않도록 이웃이 아메리카를 알게, 즉시 알게 하는 것이 시급하다. 방문일이 가까웠기 때문이다. 그 무지로 인해 아마도 아메리카 안에 야심을 두게 될 것이다. 아메리카를 알고 난 다음에는 존중하면서 아메리카로부터 손을 치울 것이다. 인간의 가장 좋은 것에 대해서는 믿음에 의지해야 하며, 가장 나쁜 것에 대해서는 의심해야 한다. 가장 나쁜 것 위에서 우위를 차지하고 자신을 드러낼 수 있도록 가장 좋은 것에게 기회를 주어야 한다. 그렇지 않다면 최악의 상황이 지배한다. 민중은 쓸데없는 증오심을 부추기는 자에게 하나의 형틀을, 그리고 제때에 진실을 말하지 않는 또 다른 자에게도 마찬가지로 또 하나의 형틀을 마련해야 한다.

인종이 존재하기 않기 때문에 인종 간의 증오도 없다. 병약한 사상가들, 책상 앞 램프 아래에 있는 사상가들은 서가의 인종들을 과열시키며 두서없이 개념을 짜깁기 한다. 올곧은 여행자와 진심 어린 관찰자는 대자연의 정의 안에서 공공연히 인종 개념을 찾아본다. 그 자연 속에서 인간의 보편적인 정체성은 승리하는 사랑과 격동적인 욕구 가운데 두드러질 뿐이다. 영혼은 형태와 색깔이 다양한 육체에서 평등하고 영원하게 발산된다. 인종에 대한 반대와 증오를 조장하고 선동하는 사람은 인류에 대한 죄를 범하는 것이다.

그러나 다른 다양한 민족들이 근접해 있는, 민족들의 뒤섞인 혼합체 속에는 사상의, 관습의, 확장과 획득의, 허영심과 탐욕의 독특하고 활동적인 특징들이 응축되어 있다. 그리고 이러한 특성들은 국가적 관심사의 잠재적 상태에서 내부적 혼란이나 국가의 누적된 형질이 침전하는 기간 중에 있는 약하고 고립된 주변의 나라에게는 심각한 위협으로 바뀔 수 있다. 힘센 나라가 오래 가지 못하고 열등하다고 선언한 나라들이다.

생각하는 것은 봉사하는 것이다. 편협한 지역적 편견 때문에 대륙에서 온 금발의 사람을 치명적이고 선천적인 악이라고 상상해서는 안 된다. 그가 우리 언어를 말하지도 않고, 우리가 보는 것처럼 집을 보지도 않으며, 우리의 것들과는 다른, 자신들의 정치적 악습에서도 우리와 닮지 않았다는 이유로, 또한 그가 성미 까다롭고 피부색이 검은 사람을 그다지 높이 평가하지 않는다는 이유로, 또한 여전히 취약한 고지에서 역사에 대해 덜 호의적인 것과 함께, 공화국들의 노선에서 영웅적인 단계에 오르는 사람들에게 자비로워 보이지도 않는다는 어떤 이유로도 말이다.

또한 시기적절한 연구와 대륙적 영혼의 암묵적이고 긴급한 단결과 함께 수 세기의 평화를 위하여, 해결될 수 있는 문제에 대한 명확한 데이터를 숨겨서는 안 된다. 만장일치로 송가가 이미 울려 퍼지고 있기 때문이니! 현 세대는 아메리카 노동자인 숭고한 아버지들이 개척한 길을 따라, 의연하게 견디는구나. 리오브라보에서 마젤란 해협까지, 콘도르의 등에 앉은 그레이트 세미[44]는 대륙의 낭만주의 국가들을 통해, 바다의 고통스러운 섬들을 거쳐, 새로운 아메리카의 씨앗을 퍼트렸으니!

---

44 Gran Semi. 새로운 씨앗을 낳기 위해 자신의 씨앗으로 영토에 물을 주는 타마나코 인디언의 신화적 인물인 그레이트 세미를 암시.

어머니 아메리카[45]

여러분

기념할만한 이 밤, 영혼에서 넘쳐나는 기쁨으로 생각이 갈피를 잡을 수 없습니다. 신중을 기하는 한순간을 준비하느라, 마음이 압도되고 동시에 떨립니다. 감옥의 격자창을 사이에 두고 어머니를 다시 보게 되는 수감된 아들은 무엇을 말할 수 있을까요?

말로는 표현할 수가 없고, 거의 불가능합니다. 그것들을 품위 있게 표현할 수 없을 거라는 확신 때문이라기보다 내밀하고 혼란스러운 희열 때문에, 수많은 기억, 희망, 두려움 때문에, 더욱 그렇습니다.

주변을 둘러싼 고명한 사절들에게서 우리가 종교적 열정으로 사랑하는

---

[45] 「Madre América」. 이 글은 1889년 12월 19일 워싱턴에서 소집한 아메리카국제콘퍼런스에 참여한 중남미 대표들이 뉴욕에 있는 '히스파노아메리카문학협회'를 견학하고자 방문했을 때 마르티가 한 연설이다. 그는 아메리카를 고통받는 민중의 어머니로 그리며, 이 대륙이 식민의 상처를 딛고 정의와 존엄, 자유를 회복해야 한다고 역설한다. 민중이 스스로의 운명을 개척해야 한다는 자각을 촉구하는 이 글은 민족적 자긍심, 반식민주의, 그리고 해방을 향한 열망이 어우러진 시적이고 철학적인 선언이다. 마르티는 중남미 대표들에 대해 느끼는 자부심을 전하며, 아직 젊은 제국주의가 이미 다양한 전술로 라틴과 카리브 민족들을 점령하려는 그 당시 분위기를 말하면서 하나된 라틴아메리카를 강조하고 있다. 이 글은 마르티 웅변의 중요한 열쇠로, 풍부한 이미지와 상징, 통사론의 복합성, 시와 산문의 융합 등 큰 매력을 지닌 것으로 평가된다. (O.C, t.6, p.134)

민족들을 볼 때, 은밀한 목소리의 당부로 대표자들을 맞이하기 위하여 남자는 더욱 고귀해진 듯이 여자는 더 아름다워진 듯이 자세를 취하는 것을 볼 때[46] 하나의 깃발로 몸을 감싼 사람처럼 가슴으로 별안간 몰려드는 감정의 소용돌이를 모으려 공연히 시도하는 자의 언어는 길들여지지 않고 제대로 제어되지 않은 말들로 솟구칠 수밖에 없습니다. 음산하고 납빛 같던 공기가 마치 그림자들로 생동하는 것처럼 볼 때도 마찬가지입니다. 그 그림자들은 날아오르기 시작한 독수리들로부터, 전언의 깃털[47]을 흔들며 지나가는 머리들로부터, 가슴 속 단검을 뽑아낼 힘도 없이 창백한 채 칼에 찔려 간청하는 대지로부터, 마운트 버논[48]의 현관에서 남쪽의 격렬한 영웅에게 감탄하는 손길을 내미는 북아메리카의 관대한 전사[49]로부터 온 것입니다.

그리고 우리 아메리카의 집에 부재했던 어머니의 방문을 축하하기 위해 불협화음의 연(聯)과 길들여지지 않는 송가를 찾아낼 뿐입니다. 아메리카 민족의 메신저들에게 모든 것을 헌신하는 남성과 여성들을 대표하여 말하기 위해, 최고의 직무를 가질 수밖에 없는 마음입니다. 이 위로의 시간, 우리의 고결한 손님에게 어떻게 보답할 수 있을까요?

무엇 때문에 우리 얼굴에 드러나는 것들을 의식이라는 허위로 감추어

---

46   대표자들이 사절로 초대된 것에 대해 느끼는 자부심을 말한다.

47   평화를 위한 선물을 의미. 스페인이 멕시코를 정복한 것과 관련된 사건. 목테수마 황제는 코르테스에서 외교 선물로 자신의 고향을 침입하지 말라는 메시지로 깃털을 보냈다. 머리 장식은 그들의 문화에서 큰 가치가 있었고 존경받는 대상을 상징했다. 원주민 족장들이 착용하는 깃털 관은 지혜로운 지도력을 나타냄.

48   Mount Vernon. 미국의 초대 대통령 조지 워싱턴의 농원 저택.

49   조지 워싱턴을 말한다.

야 합니까? 자신들의 수사(修辭)에 금줄 장식과 방울, 꽃 모양 장식들로 치장하십시오. 오늘밤 우리는 성서의 감동스러운 웅변을 품습니다. 그것은 자연의 개울처럼 설레면서 즐겁게, 마음의 풍요로움부터 솟아나는 유창함입니다. 우리가 자유롭게 머무르는 이 땅에 우리 신앙 또는 애정 또는 관습, 또는 우리 사업이 가진 뿌리가 아무리 많아도, 얼음의 불충실한 마법이 영혼을 아무리 미지근하게 만들어도[50], 진실만을 말하는 이 밤에, 우리가 느끼고 있는 것을 우리 중 누가 부인하겠습니까?

이 고귀한 손님들이 우리를 보기 위하여 왔다는 것을 알기 때문입니다. 우리 집이 더 환해진 것처럼, 우리 발걸음이 더 활기찬 것처럼, 우리가 더 젊어지고 관대해진 것처럼, 우리의 수입이 더 크고 안정된 것처럼, 마른 물관에서 꽃이 다시 피어나는 것처럼 느끼지 않습니까? 우리 여인들이 우리에게 진실을 말하고자 한다면, 아니 그녀들은 지금도 그 정직한 눈빛으로 우리에게 말하고 있지 않나요? 어떤 요정들의 발이 눈 위를 이보다 더 행복하게 밟은 적이 없었다는 것을[51]. 이방 땅의 무지 속에서 가슴 속에 잠들었던 어떤 것이 별안간 깨어났다는 것을 말하지 않을까요? 우리 아메리카의 이번 축제를 위해선 어떤 꽃도 충분히 세련되고 섬세해 보이지 않기 때문에, 요즈음 명랑한 카나리아가 추위를 두려워하지 않고 쏘다니며, 창문을 드나들고, 부리에 띠나 리본을 물고 쉬지 않고 오가는 중인 것을 말하지

---

50 "얼음의 불충실한 마법"은 사람의 마음을 차갑게 만들고 열정을 식게 하는 영향력을 말하는데, "아무리 북미의 기만적인 경이를 좋아해도"의 의미가 있다.

51 대회 준비에 참여하고 방을 꾸미고 그 어느 때보다 추운 뉴욕의 땅에서 라틴 아메리카를 느끼고 가슴에 다시 태어난 그 느낌을 느낀 대의원 여성들을 일컫는 말. 마르티는 그들을 맨발로 눈을 밟는 요정으로 묘사했다.

않을까요?

이것이 진실입니다. 어떤 이들은 폭풍에 휩쓸려 이곳에 던져졌고, 어떤 이들은 전설을 좇아왔으며, 또 어떤 이들은 상업 때문에, 또 다른 이들은 아직 자유롭지 못한 이 땅에 1810년 시들의[52] 마지막 연을 쓰겠다는 결심으로 이곳에 왔습니다. 그리고 또 어떤 이들에게는 푸른 두 눈동자가 달콤한 제국처럼 여기서 살아갈 것을 명령합니다. 그러나 자유로운 사람들에게 링컨이 태어난 북아메리카가 대지의 위대함일 것이고 기름부음이겠지만, 우리에게는, 가슴 은밀한 곳에서 그 어느 누구도 감히 시비할 수 없으며 우리에게 불행을 가져올 수 없는, 후아레스가 태어난 남아메리카가 더 위대합니다. 왜냐하면 그 땅은 우리 것이기 때문이며, 또한 더 불운했기 때문입니다.

미국은 사도시대에 가장 열렬한 자유로부터 태어났습니다. 새로운 사람들, 빛으로 면류관을 쓴 이들은 어떤 다른 사람 앞에서도 자신의 관을 숙이기를 원치 않았습니다. 모든 곳으로부터, 정면의 기세로, 작은 민족들의 결집으로 태어난 국가들 안에서, 인간 이성의 멍에가 산산조각이 되어 터져 나왔습니다. 그 이성은 권력으로 광기에 빠진 대 공화정에 의해 창끝에서 또는 외교로 만들어진 제국들 안에서 타락한 것이었습니다. 작고 토착적인 지방들로부터 현대적 권리들이 탄생했습니다.

지속적인 투쟁 속에서 그 자유로운 성격은 정제되었습니다. 그리고 노예적인 번영보다는 독립된 동굴을 더 좋아했습니다. 모자를 벗지 않고 반

---

[52] 1810년은 라틴아메리카 여러 국가들이 독립을 시작한 해로, 독립은 했지만 아직도 진정한 자유를 완전히 이루지 못한 상황에서 그 독립의 이상을 완성하겠다는 라틴아메리카 지식인들의 의지를 말한다.(역자주)

말하는 사람이 왕에게 와서 공화국을 세우겠다고 표명했습니다. 그들은 바다를 믿었고, 여자들과 아이들을 데리고 떠났습니다.[53] 작고 외진 방 참나무 테이블 위에서 "메이플라워"[54]라는 41명의 공동체를 창설했습니다. 파종된 땅을 지키기 위하여 화승총을 걸머졌고, 먹을 밀을 위하여 땅을 갈았습니다. 압제자 없는 영혼을 위하여 그들이 찾은 것은 폭군이 없는 대지였습니다.

펠트와 작업복을 입은, 엄중하고 고결한, 사람들이 의무를 게을리 할까봐 사치를 싫어하는 청교도들이 등장합니다. 긴 양말과 짧은 쟈켓을 입은 퀘이커 교도가 나타납니다. 그들은 나무를 베어 학교를 지었습니다. 자신의 신앙으로 인해 박해를 받던 가톨릭도 찾아왔습니다. 어느 누구도 자신의 신앙을 박해할 수 없는 곳에 정부를 세웠습니다.

깃털모자와 채찍을 든 기사들이 도착합니다. 노예들을 지배하는 그의 똑같은 습성은 바로 제 자유를 지키려는 왕처럼 오만한 태도를 초래합니다. 어떤 사람은 자신의 배에 매매할 흑인 노예, 마녀들을 불태울 광신도, 학교에 대해 말하는 것을 듣기 싫어하는 주지사 등을 태워 왔습니다. 배들은 대학의 사람과 학문하는 사람, 신비주의적인 스웨덴인들, 열정적인 독일인들, 개방적인 프랑스 위그노들[55], 자존심 강한 스코틀랜드 사람들, 검제적인 바타비아[56] 사람들을 실어왔습니다. 또 쟁기와 씨앗, 베틀, 하프, 시

---

53 Mayflower. 이 배를 타고 1620년 잉글랜드 출신 이민자 102명이 북미 대륙 매사추세츠주 플리머스에 닿은 신대륙을 여행을 말한다.
54 Flor de Mayo: 메이플라워 서약(Mayflower Compact).
55 위그노(Hugonote)는 프랑스의 개신교 신자들을 가리키는 말로 역사적으로 프랑스 칼뱅주의자들로 알려졌다.
56 바타비아 공화국(Bataafse Republiek, 1795~1806)은 네덜란드의 옛 나라.

편들, 책들도 가져왔습니다.

자신의 손으로 완성한 집에서, 자기 자신의 주인들이자 종으로서 살았습니다. 용기 있는 개척민들은 머릿수건과 앞치마를 두른, 눈에는 축복을 담고, 손에는 손수 만든 과자쟁반을 들고 집에서 나오는 노인을 볼 때, 자연과 투쟁하는 고단함으로부터 위로를 받았습니다. 한 딸이 찬송가책을 펼치는 동안, 다른 딸은 클라비코드[57]나 비파로 전주를 연주했습니다. 학교는 암기와 회초리로 되어 있었지만, 눈길을 뚫고 등교하는 그 길 자체야말로 최상의 학교였습니다. 바람에 맞부딪치면서, 길을 따라 두 사람씩 걸어갈 때 가죽옷에 화승총을 멘 남자들과 올이 느슨한 양모를 입고 기도서를 든 여자들이 있습니다. 그들은 종교의 개인적인 문제 안에서 총독의 권력을 거절하는, 새 목사의 말씀을 듣기 원했습니다. 그들은 자신들의 재판관을 선출하고자 했고, 또는 그들에게 책임을 묻고자 했습니다.

역겨운 무리는 외부에서 오는 것이 아닙니다. 권력은 모든 사람의 것입니다. 사람들은 헌신하기를 원하는 사람에게 권력을 주었습니다. 그들은 자신의 시의원들과 통치자를 선출했습니다. 총독이 의회를 소집하는 것을 부담스러워한다면, 그 대신에 "자유로운 사람들"이 나서서 직접 의회를 소환했습니다. 저 멀리 숲속에서는, 음울한 모험가[58]가 인간과 늑대들을 사냥하고, 죽은 인디언이나 최근에 쓰러진 나무둥치를 베개로 삼고서야 잠이 듭니다.[59] 또 남부 영지의 명문 저택에서는 모든 것이 미뉴에트와 촛대

---

57 clavicordio. 악기 하프시코드, 피아노 전신.
58 현상금 사냥꾼을 의미한다.
59 이 단락이 가진 대조는 아메리카 건설의 이중성을 보여준다. 한편으로는 이상적인 민주주의, 다른 한편으로는 원주민에 대한 잔혹한 정복이 동시에 일어났음을 암시한다.

들이고, 주인의 차가 도착했을 때 흑인들의 합창이 있고, 좋은 마데이라[60]를 위한 은잔이 있었습니다.[61]

그러나 왕으로부터 칙서를 받기보다 오히려 독립증명서를 받아낸 식민지 공화국에서 삶의 모든 행위는 자유의 자양분이 되었습니다. 부과하기를 원하지 않았던 세금을 주인 행세를 하던 영국인들이 식민지에 부과했을 때, 식민지들이 얼굴에 내던진 장갑은 바로 영국인 스스로 그들 손 안에 쥐어준 것이었습니다.

그들은 영웅[62]에게, 말을 문 앞으로 끌어다주었습니다. 훗날에 돕기를 거부하게 될 민족이, 그때는 원조를 받아들였습니다.[63] 하지만 승리한 자유는 영국인과 똑같았습니다. 군주적이고 종파적이며, 레이스 소맷부리와 비로드 덮개로 되어 있었습니다. 인간적이기보다는 더 영토적[64]이었습니다. 노예 종족의 어깨 위에서 이기적이고 부당하게 삐걱대던 자유였습니다. 그러나 한 세기도 채 되지 않아 그 가마는 하나의 진동[65]으로 땅에 내던져졌습니다.

그리고 도끼를 손에 든, 자비로운 눈빛을 가진 땔나무꾼[66]이 출현합니

60　포르투칼의 고급 와인

61　북부 개척민들의 소박하고 자립적인 삶과는 극명한 대조되는, 노예제도 위에 세워진 남부의 호화로운 생활 묘사. 북미에도 두 개 문명이 존재했다.

62　조지 워싱턴을 말한다. 미국 독립전쟁의 시작을 의미한다.

63　미국 독립 때 프랑스가 도와준 상황을 말한다. 나중에 중남미를 도와주기를 거절했던 미국은 그 당시 프랑스의 도움을 받았다.

64　미국은 영토 확장에만 관심이 많았음을 의미.

65　독립전쟁(1775-1783)이 끝난 후 거의 한 세기도 되기 전에 남북전쟁(1860-1863)으로 노예들이 해방되었음을 말한다.(역자주)

66　에이브러햄 링컨을 말한다.

다. 해방된 백만 명 사람들의 쇠사슬이 깨어질 때 일어나는 굉음과 먼지 사이로 말입니다! 엄청난 격동 속에서 뒤틀린 국가의 토대 사이로 승리가 탐욕스럽고 오만하게 돌아다닙니다.[67] 전쟁을 통해 더 부각된, 국가를 구성하는 요소들이 다시 나타납니다.

제 위에 군주를 허용하지 않고, 제 아래에 하인을 허용하지 않는 순례자가 있습니다. 그는 대지에서 짓는 곡식이나 가슴 속에 짓는 사랑보다 더한 정복은 허용하지 않습니다. 그리고 영리하고 탐욕스러운 모험가가 있습니다. 그는 정글에서 늘 획득하고 앞으로 나아가는 데 익숙하며 표범이나 독수리의 고독하고 두려운 동반자입니다. 그는 자신의 욕망보다 더한 법칙도 없고, 제 팔로 된 법보다 더한 한계도 없습니다. 순례자와 모험가는 자신의 노예들 위에서 죽은, 기사들의 시체 옆에서, 공화국 안에 있는, 세계 안에 있는 지배권을 위해 싸웁니다.

어떻게 기억하지 않을 수 있겠습니까? 피로 얼룩진, 우리 아메리카의 혼란한 기원들, 그 기원에도 불구하고 승리할 것을 알았던 사람들의 영광을 위해 기억해야 합니다. 우리 독립의 영광을 위태롭게 하거나 폄하하는 작업으로 방해하는 자에겐 우리 영광의 빛이 부적절한 노년의 트집으로 낙인찍힐지도 모릅니다. 비록 오늘날 그 어느 때보다도 절실하고 충실한 기억일지라도 말입니다.

북미는 쟁기로부터 태어났고, 스페인은 사냥개[68]로부터 태어났습니다. 광신적인 전쟁은 풍요 안에서 약해진 무어인들을 허공에 뜬 자신들의 궁

---

67   이는 노예 해방 이후 미국이 보인 제국주의적 형태를 비판.
68   쟁기는 경제의 생산 수단인 농기구를 의미하며, 사냥개는 흑인과 노예를 감시하는 개를 말한다.

전의 서정시로부터 몰아냈습니다. 익지 않는 포도주와 이교도들을 향한 증오로 길들여진 과잉된 군대는 방탄갑옷과 화승총을 가지고, 무명 갑옷을 입은 인디오들에게 덮쳤습니다. 선박들은 철갑 스타킹을 신은 기사들, 상속받지 못한 둘째 아들들, 반란적인 소위들, 배고픈 성직자와 학사들을 가득 채우고 왔습니다. 그들은 대포들, 둥글고 얇은 방패, 긴 창, 넓적다리 보호대, 망토, 등판, 투구, 개들을 실어 왔습니다.

그들은 사방의 바람에 칼을 겨누고, 왕의 땅을 선언하고, 황금의 사원들 안으로 자루를 가지고 침입했습니다. 코르테스[69]는 목테수마[70]의 관대함 또는 그의 신중한 호의 덕택으로 얻은 궁전[71]으로 목테수마를 유인했습니다. 그리고 그 궁전에 포로로 감금했습니다. 순진한 아나카오나[72]는 자신의 소녀들과 유쾌한 춤, 제 나라의 정원을 보여주기 위해 오반도[73]를 자신의 파티에 초대하였습니다. 오반도의 군사들은 변장한 옷 아래에서 칼을 꺼내 아나카오나의 땅을 차지했습니다.

정복자들은 인디오 사람의 질투와 분열 사이로 아메리카에 진출했습니다. 코르테스는 아즈텍과 틀라스칼테카 사이로 쿠아우테목(Cuauhtémoc)의

---

69   Hernándo Cortés, 에스파냐의 아메리카 식민화의 첫 단계를 끊은 식민지 개척자 첫 세대. 아즈텍을 멸망시킴.
70   Motēuczōma 2세. 아즈텍의 마지막 황제.
71   이는 아사야카틀 궁전(Palacio de Axayácatl)으로 몬테수마 2세의 아버지인 아사야카틀을 위해 1469-1481년 사이에 건설된 궁인데, 몬테수마가 코르테스와 그의 부하들이 테노치티틀란에 도착했을 때 거주지로 제공했다.
72   Anacaona(1474?-1504), 티아노 카시카, 도미니카 공화국의 부족장.
73   Nicolas Ovando(1460-1511): 신대륙 발견 초기의 스페인 정복자, 도미니카 및 서인도제도 관할 총독 부임.

카누에 도착했습니다. 알바라도[74]는 끼테스(quichés)와 수투힐레스(zutujiles) 사이로 과테말라를 정복했습니다. 께사다[75]는 툰하스와 보고타에스 사이로 콜롬비아에 진출합니다. 피사로[76]는 알타우알파(Atahualpa) 사람들과 우아스카르(Huáscar) 사람들 사이로 페루에 들어갑니다.

불타는 신전들의 빛 속에서 종교재판소의 붉은 기는 용맹한 마지막 인디오 가슴에 내리 꽂힙니다. 여자들, 여자들을 빼앗았습니다. 자유로운 인디언들은 노래로 된 자신들의 길을 가졌지만, 스페인인이 온 이후로는 목초지를 킁킁거리는 암소가 열어주는 길 말고는 없었습니다. 아니면 인간이 늑대로 변하는 것에 대한 고통으로 애가를 부르며 가는 인디언의 길뿐이었습니다. 엥꼬멘데로[77]가 주는 먹을 것, 인디오들은 그것을 위해 일했습니다. 향기를 잃어버린 꽃처럼 인디오들은 죽음의 나락으로 떨어지고, 죽어버린 인디오들과 함께 광맥들이 막혔습니다.

성당관리자들은 미사 때 입는 제의(祭衣)에서 잘라낸 자투리 천으로 부자가 되었습니다. 귀족들은 산책이나 다닙니다. 또는 화로에 왕의 깃발을 태우거나[78] 또는 총독들과 재판관들의 싸움 혹은 대장들의 질투심 때문에 서로 간에 목을 베기 위해 나섭니다. 그리고 주인은 발판 아래 인디언 몸종

---

74 Pedro Alvarado (1485-1541)는 스페인의 정복자. 멕시코와 중미 정복에 도움, 과테말라 총독이 됨.
75 Jimenéz de Quesada(1509-1579) 콜롬비아 공화국에서 그라나다의 신왕국이라고불리는 영토를 정복한 중령의 계급을 가진 스페인 변호사, 정복자. 보고타시를 건설.
76 Francisco Pizarro(1478-1541) 신대륙 정복자, 잉카 제국을 멸망시킴. 수도 리마 건설.
77 encomendero. 칙허에 따라 원주민을 다스리는 관리자들을 말한다.
78 18세기 스페인 부르봉 왕조가 실시한 개혁들이 식민지 통치에 큰 긴장을 불러 일으켰다.

두 명과 박차를 가할 시동 두 명을 데리고 갑니다. 부왕, 섭정자, 카빌도[79]는 스페인으로부터 임명받았습니다. 그들이 만들었던 카빌도들은 소들에게 낙인을 찍을 때 쓰는 소인철제기구를 가지고 서류에 서명했습니다. 시장은 공화국에 저지른 악행이 있는 총독[80]은 마을에 들어가지 말 것을 명령했습니다. 그리고 시의원들은 카빌도 안에 들어갈 때 십자성호를 그을 것, 말을 타고 질주하는 인디오에게는 25대의 채찍이 내려질 것임도 지시했습니다.

태어난 아이들은 투우경기의 벽보에서, 노상강도들의 십행시[81]에서 읽는 것을 배웁니다. 학교에선 존재와 범주에 대해 "비열한 망상들"을 아이들에게 가르칩니다. 군중들이 거리에 모일 때는 선전물의 포고를 듣고 나선 타라스카스[82]의 줄에 서기 위해서입니다. 또는 베일을 쓴 여인[83]과 재판관 사이의 추문을 아주 조용조용 이야기하거나, 또는 포르투갈 사람들의 화형식에[84] 가기 위해서입니다.

그리고 앞에선 백 개의 긴 창과 화승총이 걷고, 뒤에서는 하얀 십자가를

---

79 시의회 또는 참사원. 지방자치단체를 통치하는 행정위원회.

80 지방에서는 시장이 실질적 통제력을 가질 수 있음. 특히 총독이 부패하거나 폭정을 일삼을 경우.

81 도적들의 이야기를 담은 대중가요 또는 무법자들 사이에서 유행하는 시나 노래를 의미. 교육의 부재와 사회의 타락을 보여준다. (역자주)

82 Tarascas: 행상을 외치는 사람들(포고자)이 행렬에서 밖으로 꺼내어 발표하던 용 모양의 신화적 몬스터 피규어.

83 원문에서는 picanterías. 원래 페루나 볼리비아 등에서 매운 음식을 잘하는 안데스 지역의 전통 음식점을 뜻하지만 이 단락에서는 야한 이야기, 음담패설, 또는 외설적인 추문을 의미한다.

84 종교재판소의 희생자.

든 도미니카 수도사들, 금실로 자수 놓은 망토를 걸치고 지팡이와 예장용 단검을 지닌 고관들이 따라갑니다. 그리고 어깨 양옆에 불꽃이 그려진 해골통[85]들을 메고 가는 사람들, 목에 밧줄을 맨 범죄자들, 머리의 쇠띠에 새겨진 죄목들, 그리고 적의 이미지가 그려진 삼베니토[86]를 입은 완고한 이단자들, 그리고 큰 권위자, 고귀한 주교, 더 큰 성직자가 있습니다. 교회 안에는, 두 개의 옥좌 사이, 수많은 촛불의 생생한 빛 아래 검은 제단이 있습니다. 밖에는 화형대가 있습니다. 밤에는 무도회가 열립니다.

오직 자신의 명예만을 지침과 모델로 삼아, 자신의 수치심에 대한 해결책을 찾을 때마다 영광스러운 크리올은 피에 젖은 채 쓰러집니다! 오늘은 카라카스에서, 내일은 키토에서, 그 다음에는 소코로[87]의 공동체 회원들과 함께 말입니다.[88] 또는 그는 코차밤바[89]에서 서로 맞붙어 싸워 국가의 통치자를 가질 권리를 사들이거나, 아니면 존경하는 안티께라[90]처럼 행복으로 환해진 얼굴로, 파라과이의 처형대에서 자신의 신앙을 고해하면서 죽습니다. 아니면 침보라소[91] 산기슭에서 쓰러져갈 때 "종족들에게 자신의 존엄

---

85 종교재판 과정에서 이전에 화형당한 이단자들의 유골을 담은 통을 행렬 참가자들이 어깨에 메고 가는 모습을 묘사.
86 종교재판 때 이단자들이 입도록 강요받은 의복. 악마나 이단의 이미지가 그려진 삼베니토를 입는 것은 공개적인 수치형이었으며, 죄인의 정체성을 분명히 드러내는 표식이었다.
87 "los comuneros del Socorro"는 1781년 콜롬비아의 해당 지역에서 스페인 정부에 대항한 최초의 대중 혁명이었다.
88 카라카스는 베네수엘라의 독립 운동, 키토는 에콰도르의 저항, 소코로는 1781년 콜롬비아 신그라나다 반란을 말한다.
89 볼리비아의 자치권과 현지인 참정권을 위한 투쟁.
90 José de Antequera. 파라과이 총독으로서 예수회에 맞서 싸우다 처형된 인물. 교수대에서도 굴복하지 않은 영웅.
91 Chimborazo. 에콰도르 중부 안데스 산맥에 있는 최고봉.

성을 강화하라고" 당부합니다. 만린체[92]의 아들인, 스페인 사람으로 태어난 최초의 크리올은 반역자였습니다. 후안 데 메나[93]의 딸은 아버지의 장례를 위한 상복으로, 자신의 모든 보석을 단 축제복을 입었습니다. 아르테아가[94]가 죽은 날이 인류를 위해서는 영광의 날이기 때문입니다!

갑자기 무슨 사태가 일어났기에, 듣기 위해, 감탄하기 위해, 추앙하기 위해 세상이 멈추었습니까?[95] 손에 검을 든 채 피투성이가 된 채 구원받은 대륙이 토르케마다[96]의 후드 아래로부터 벗어났습니다! 아메리카의 모든 민중은 동시에 자유를 선언합니다. 별들 같은 무리와 함께 볼리바르가 출현합니다. 화산들이 굉음을 내며 산허리를 뒤흔들고 그에게 갈채를 보내고 그를 공표합니다. 아메리카 전체가 말을 탔습니다! 해방자의 말발굽이 평원과 산을 가로질러, 모든 별들이 환히 켜진 밤으로 울려 퍼집니다. 멕시코 성직자는 자신의 인디오들에게 연설하면서 갑니다. 베네수엘라 인디오들은 창을 입에 문 채 황량한 개울을 통과합니다. 칠레의 가난뱅이들은 페

---

[92] La Malinche(1500년경~1531) 아즈텍 제국을 정복한 스페인의 에르난도 코르테스 정복에 도움을 준 현지처. 인디언 언어를 통역하기도 했다.

[93] Juan de Mena(17세기 말~1731). 파라과이 최고 집행관. 그는 파라과이 혁명(코무네로)의 첫 번째 단계에서 중요한 역할로 유명하다. "민중의 목소리는 신의 목소리다(La voz del pueblo es la voz de Dios)"라는 명언을 남겼다. 그는 안테케라와 함께 처형되었으며, 이 사건은 식민지 당국에 대한 두 번째 코무네로 봉기를 촉발시켰다.

[94] 그가 어떤 인물인지 정확한 자료는 없다. 사회에 해를 끼친 부정적인 인물을 대표하는 상징적인 존재로 해석된다.(역자주)

[95] 스페인과 포르투갈의 멍에를 떨쳐 버리기 위해 일어난 라틴아메리카인들의 혁명 과정이 가진 국제적 의미를 나타낸다. 볼리바르 등 라틴아메리카를 이끌었던 모든 지도자들의 독립전쟁과 그 정신은 전 세계에 큰 영향을 미쳤다.

[96] Tomas de Torquemada(1420-11498): 스페인에서 초대 종교재판소장을 맡았던 이단심문관. 15세기 종교재판 당시 매우 무자비한 악행들을 저지른 광신도로 악명이 높다.

루의 혼혈들과 함께 팔짱을 끼고 행진합니다. 푸른 깃발 뒤에서 자유민의 프리지아 모자[97]를 쓰고 흑인들이 노래를 부르며 갑니다. 가우초[98] 족 중대들은 판초를 걸치고 승마화를 신고 무기용 공[99]들을 휘두르며 전속력으로 승리를 향하여 갑니다. 부활한 페후엔체[100] 사람들은 머리를 풀어헤치고 깃털 달린 추사[101]를 머리 위로 날리면서 말을 타고 갑니다. 색색의 깃털로 장식한 작은 따꾸아라[102]로 만든 창을 들고, 저항하는 슬로건을 목 위에 걸친 아라우코[103] 사람들이 옵니다. 새벽, 순결한 빛이 낭떠러지 위로 쏟아질 때 거기 산봉우리, 하얀 눈 위로 안데스를 가로지르며 달리고 있는, 전투망토를 휘감은, 혁명의 왕관을 쓴, 산 마르틴[104]이 보입니다. 아메리카는 어디로 가고 있으며, 누가 아메리카를 모으고, 누가 인도합니까? 오직 하나의, 한 민족처럼 일어납니다. 아메리카는 오직 하나로 싸우고, 하나로 승리할 것입니다.

우리는 그 모든 독을 수액으로 바꾸었습니다! 그토록 많은 저항과 불온

---

97 자유의 모자, 프랑스 혁명 때 자유의 상징인 원뿔꼴 모자.
98 18-19세기에 아르헨티나, 우루과이, 브라질의 Río Grnde del Sur에 살았던 목축 일에 능숙한 유목 기수였음.
99 volas. 가우초들이 사용하던 전통 무기, 끈에 돌이 달린 사냥 도구.
100 pehuenches. 남미의 원주민. 현재 칠레 중남부와 인접한 아르헨티나의 안데스 산맥에 살고 있다.
101 chuza. 원주민과 가우초들이 사용하던 긴 막대기와 한쪽 끝을 철로 만든 초보적인 창.
102 Misiones 및 Corrientes, 파라과이에 있는 산에서 형성되어 자란 산을 매우 강한 대나무의 일종.
103 Arauco는 Bío Bío 지역의 Arauco Province에 위치한 칠레의 도시이자 코뮌.
104 San Martín Matorras(1778-1850) 아르헨티나의 장군이며 페루의 정치가이다. 흔히 호세 데 산 마르틴으로 불린다. 당시 스페인의 지배를 받고 있던 남아메리카 남부 지역의 독립 운동을 전개하여 성공시켰다.

으로부터 더 조숙하고, 더 관대하고, 더 확고한 민중이 태어난 적은 결코 없었습니다. 우리는 더러운 구덩이였으나, 이제 용광로가 되기 시작합니다. 머리가 일곱 개인 히드라 위에 우리는 건설했습니다. 우리 철도로 알바라도[105]의 긴 창들을 쓰러뜨렸습니다. 이교도들을 불태우던 광장에는 도서관을 세웠습니다. 전에 종교재판소 사제들이 가졌던 것만큼 우리도 그렇게 많은 학교를 가지고 있습니다. 우리가 하지 못한 것은 우리가 그것을 위해 할 시간이 없었기 때문입니다. 왜냐하면 우리 부모가 우리에게 남긴 불순물을 핏속에서 뽑아내는 데에 더 바빴기 때문입니다.

종교적이고 부도덕한 선교지들엔 껍질이 다 벗겨진 벽들 외에는 이미 아무것도 남아 있지 않습니다. 부엉이가 구멍을 들여다보고 도마뱀이 우울하게 방황합니다. 피가 차가운 종족들과 수도원의 폐허들, 그리고 야만인들의 말들 사이를 뚫고 새로운 아메리카인이 길을 개척하고, 세계의 젊은이에게 자신들의 평원에 텐트를 세우라고 권장합니다.

소수의 사도가 승리했습니다. 우리가 자유로운 민족으로 태어날 때, 우리 눈앞에 책을 들고 있느라 혼종적이고 독창적인 땅의 정부를 보지 못했다는 것이 뭐가 중요합니까? 잡다한 스페인 사람들과 겁에 질리고 분노한 토착민들과, 게다가 아프리카인과 멘세이들[106]로 된 그들의 디아스포라들까지 뒤섞인 이 정부입니다. 대자연에 기록된 우월한 정책에 따라, 자연스

---

105 Pedro de Alvarado(1485-1541): 과테말라와 엘살바도르를 포함한 많은 중미 지역을 정복한 스페인 정복자.
106 menceyes: 15세기 카스티야 왕국이 테네리페 섬을 정복하기 전에 원주민들의 영토 경계, 추장이나 왕을 지칭하는 단어. 당시 이 섬은 mencey가 통치하는 9개의 왕국으로 나뉘어져 있었다.

어머니 아메리카   119

럽고 풍요롭기 위해, 경이로운 무리들의 모든 요소들이 공화국을 건설하고자 일어났다는 것을 이해해야 함을 알지 못했다 한들 그게 무슨 문제입니까?[107] 대학이 있는 도시와 봉건적인 농촌 사이의 투쟁이 무슨 의미가 있습니까? 적대성으로 살찐 비굴한 후작이 메스티조 전문기술직 장인을 향해 경멸하는 게 뭐가 대단합니까? 안토니오 나리뇨[108]와 산 이그나시오 로욜라[109]의 집요하고 우울한 대항이 뭐가 중요합니까?

지칠 줄 모르고 능력 있는 우리 아메리카는 모든 것을 이기고, 매일 가장 높은 곳에 자신의 깃발을 단단히 꽂습니다. 우리 자연의 음악과 아름다움에서 창조된, 조화롭고 예술적인 대지의 영혼이 지닌 권능으로 태양에서 태양으로 이어지는, 모든 것을 정복합니다. 그리고 그 풍요는 산정상의 숭고함과 평온함을 우리 가슴과 우리 정신에 선물합니다. 이 위대하고 질서적인 환경은 세기적인 영향력을 통해 우리 기원에 대한 배반적인 혼합과 무질서를 보상했습니다.[110] 그리고 지역적, 인종적, 종파적 차원이 아닌, 인간적이고 포용력 있는 자유를 향하여, 꽃이 만발한 시간에 우리들 공

---

107 이 문장은 라틴 아메리카 국가들이 다양한 스페인인, 원주민, 아프리카인 등 다양한 인종과 문화가 혼합된 복잡한 사회적 구성을 가지고 있으며, 이러한 다양성이 그 국가들의 정부와 정치 체제에 반영되어야 한다는 의미를 담고 있습니다.

108 Antonio de Nariño(1765-1823) 콜롬비아의 정치인으로, 국민적 영웅으로도 알려져 있다. 귀족 가문에서 태어났으며 미국 혁명에 관심을 갖고 있었다.

109 San Ignacio de Loyola(1491-1556), 스페인 바스크 귀족 가문 기사이자 로마 가톨릭교회의 사제, 신학자이다. 또한 예수회의 창립자이자 초대 총장. 이냐시오는 가톨릭 개혁 시기에 특출난 영적 지도자로 급부상하였다.

110 세속적 영향이란 그것이 수세기 동안 지속되어 왔다는 의미. 라틴 아메리카 땅이 기원의 혼란스러운 형성 과정을 보상한 것은 영원성과 고대의 영향 때문이라는 말. 동시에 아메리카의 정복과 식민화라는 역사적 과정에서 수렴된 수많은 인종의 혼합과 다양성을 의미한다.

화국에 이르렀습니다. 그리고 그 후 자유는 체로 치며 걸러졌고 공들여 정제되면서 세계의 지성들로부터 흘러들어 왔습니다. 어떤 민족에서도 아마 더 넓은 자리를 차지하지 못할 자유, 그 자유가 내 입술에 미래를 새기는 불꽃을 지폈다면! 바로 정직한 노력, 충실한 헌신, 인간의 진지한 우정을 위해 우리의 무한한 대지 위에서 준비되고 있는 불꽃입니다.

심하게 부러진 재갈로 인해, 가슴 속 피와 함께 분출하고 있는 용암 같은 언어들, 그리고 이마에 가시와 함께 돋아난, 저 격분하고 혼란스러운 아메리카로부터 우리는 왔습니다. 한쪽 팔에는 볼리바르[111] 다른 팔에는 허버트 스펜서[112]를 들고, 솔직하고 조심스럽게, 영웅적인 정신과 근면함을 동시에 갖추고 팔의 충동을 따라, 오늘날의 우리 아메리카를 향해 왔습니다.

경계심 없는 철부지 같은, 순진한 믿음도 없는 아메리카는, 두려움 없이 모든 종족을 가족의 행복에 초대합니다. 왜냐하면 부에노스아이레스를 방어[113]하고 까야오에 저항[114]했던 아메리카는 누에바 토로야[115]와 세로

111　Simón Bolívar(1783-1830) 는 베네수엘라의 독립운동가이자 군인. 호세 데 산 마르틴 등과 함께 라틴 아메리카의 해방자로 불린다. 스페인의 식민지였던 콜롬비아, 에콰도르, 파나마, 베네수엘라를 그란콜롬비아로 독립시켰다.

112　Herbert Spencer(1820~1903)는 영국 출신의 사회학자, 철학자이자 심리학자이다. 오귀스트 콩트의 체계에 필적할 대규모의 종합사회학 체계를 세워 영국 사회학의 창시자가 되었다.

113　1806-1807년 영국 침입 당시 아르헨티나인들의 저항. 영국이 리오데라 플라타 강 양쪽을 두 번째로 점령하려고 하자 1807년 7월 5일에서 7일 사이 부에노스 아이레스의 끈질긴 방어가 있었다.

114　Callao: 페루 서쪽의 주요 항구 도시로, 스페인으로부터의 독립 과정에서 중요한 전략적 위치였다. 1866년 스페인-페루 전쟁 중 스페인 함대가 카야오 항구를 포격했을 때 페루인들이 용감하게 저항한 사건.

115　우루과이 몬테비데오의 별칭. 새로운 트로이. 1843-1851년 그란 시티오(대포위전) 당시 8년간 포위되었지만 항복하지 않음. 트로이 전쟁처럼 긴 포위전을 버텨낸다는 의미.

데 라스 깜빠나스[116]의 아메리카임을 알고 있는 까닭입니다. 그리고 늑대의 탐욕이나 관리 사제직의 편견, 세계의 증오와 욕망이 없는 자유로운 평화 안에서 평등하게 되는 미래, 당신의 그 미래를 선호하겠습니까? 아니면 자신의 자녀들 손 안에서 이 위대한 사명이 산산조각나는 것을 선호하겠습니까? 아니면 서로 더욱 결합하는 대신 분열하는 것, 또는 어린 목동으로 자처해서 나서는 사람의 뒤를 따라 다니거나[117], 아니면 역사나 천체, 야생동식물에 기록된 것을 이웃의 질투 때문에 거짓말하는 것을 선호하겠습니까? 또는 무서운 돈을 접시 안에 철버덩 내던지는 구걸의 세계로 나아가는 것을 선호하겠습니까? 자신의 손으로 정복한 자유와 스스로 만든 풍요만이 선을 위한 것이며, 오로지 오래 견딥니다! 우리 아메리카를 잘 모르는 사람은 그것을 감히 두려워합니다. 항상 하얀 넥타이를 매고 다니던 리바다비아[118]는 슬픈 나라가 구원받을 것이라고 말했습니다. 그리고 이 나라들은 구원받았습니다.

그것은 바다 위에 한 쟁기질이었습니다.[119] 우리 아메리카 역시 궁전들을 세우고, 억압받은 세계로부터 과잉의 쓸모를 끌어 모았습니다. 또한 밀림을 길들이고, 철도와 시의회, 신문과 책을 가져왔습니다. 그리고 또 사막들 위로 이마에 태양을 새긴 우리 아메리카는 도시로 된 왕관을 쓰고 솟았습니다. 우리 민족들의 가공(加功)된 이 위기 안에 그것을 구성했던 요소들

---

116 Cerro de las Campanas.(종들의 언덕) 멕시코 케레타로시에 위치한 언덕과 국립공원. 1867년 합스부르크 막시밀리안 황제와 미겔 미 라몬 장군과 토마스 메지아가 처형되면서 멕시코에서 프랑스의 개입이 결정적으로 끝난 곳이다.
117 그는 아메리카 후위가 아니라 선봉이 되어야 함을 강조했다.
118 Bernardino Rivadavia(1870-1845), 아르헨티나의 제1대 대통령이다.
119 모든 노력이 허사였다는 말.

이 다시 나타났을 때, 그것을 다스리고 안정시킨 사람은 독립적인 크리올이었습니다. 채찍무늬가 찍힌, 자신의 주인이 더 높은 곳에서 보일 수 있도록, 말등자를 고정시키고 발을 안으로 넣어 주던 인디언이 아니었습니다.[120]

따라서 우리는 지금을 살고 있습니다. 라틴에 헌신하려는, 존중하려는 우리 아메리카의 자긍심으로 말입니다. 우리는 결코 미래의 노예나 현혹된 촌놈처럼 살지 않습니다. 자신들 가치에 따라 평가되는 데에, 자신들 희생을 존중받는 데에, 기여할 수 있는 능력과 결의로 살아갑니다. 아메리카를 잘 모르는 사람들이 순전한 무지로써 비난하는 바로 그 전쟁들은 우리 민족들의 명예의 징표이기 때문입니다.[121] 그들은 진보의 길에 자신의 피를 밑거름 삼아 속도를 내는 일에 주저하지 않습니다. 그래서 왕관처럼 자신의 전쟁을 이마에 자랑스럽게 내세울 수 있습니다.

우리 투쟁으로 된, 우리 열정으로 된 하루하루의 격려와 교제의 필요가, 거리가 먼! 우리 아이들이 자라지 않는 대지[122]로부터 우리에게 다가옵니다. 쓸데없이, 자신의 허세를 가진 이 나라는[123] 자신들의 욕망을 가진 삶, 자신들의 비열함을 품은 가슴으로 우리를 망각과 미지근함에 초대합니다.

잊히지 않는 곳으로, 죽음이 없는 곳으로, 우리 아메리카를 가져갑시다. 빛처럼, 성체의 빵처럼. 부패한 이익도, 어떤 광신적인 새로운 유행도 그곳

---

120 식민주의가 원주민을 어떻게 굴종시켰는지를 고발하면서, 강요된 복종에서 벗어나야 한다는 메시지.
121 마르티는 여기서 라틴아메리카의 독립전쟁들을 옹호한다.
122 타국 땅. 미국을 의미.(역자주)
123 미국을 말함.

으로부터 우리를 뿌리째 뽑아낼 수 없을 것입니다! 우리 민족들로부터 온 이 고귀한 사절들에게 영혼이 어떤 것인지 보여줍시다. 우리가 정직하고 충실함을 지녔다는 것, 그리고 정당한 존경과 타인의 것에 대해 성실하고 유용한 학문, 노안이나 근시안적인 안경이 없는 연구가 있음을 보여줍시다. 그리고 우리 자신의 것인 신성하고 구원적인 열렬한 사랑이 우리를 약화시키지 않음을 그들이 볼 수 있도록 합시다.

양심 안에 평화가 없는 이익이 있다면, 우리는 자연과 인류애가 하도록 명령한 일을 위해, 우리 각 개인의 행복을 위해서라도, 배신자가 되어서는 안 됩니다. 그리하여, 어쩌면 우리가 다시는 돌아갈 수 없는 해변으로 그들 각자가 돌아갈 때, 우리 품위에 만족하며 우리 주인, 우리 희망, 우리 안내자인 아메리카에게 말할 수 있을 것입니다. "어머니 아메리카, 그곳에서 우리는 형제를 발견했습니다! 어머니 아메리카, 그곳에 자녀들이 있습니다!"

새로운 법전들[124]

정복으로 인해 중단된 아메리카 문명의 자연스럽고 장엄한 업적은, 유럽인들의 도래와 함께 진기한 민족을 창조한 것이다. 새로운 수액이 낡은 신체를 거부했기 때문에 스페인인이 아니었다. 파괴적인 문명의 간섭을 겪었으므로 선주민도 아니었다. 대립하고 있는 두 단어는 하나의 새로운 과정을 구성한다. 자유를 탈환하는 것과 함께 메스티조 민족은 자신의 고유한 영혼을 발전시키고 회복시키는 형식으로 창조되었다. 이는 굉장한 진실이다. 위대한 우주정신은 각 대륙마다 특별한 얼굴을 가지고 있다. 그리하여 우리는 요람에서 심하게 다친 어린아이의 모든 병약함을 가지고 있으면서도, 야성적이며 예술적인 원시 종족의 용감한 불안, 관대한 열정, 용맹한 비상을 모두 가지고 있다.

따라서, 강건한 우리 아메리카로부터 온 우리의 모든 업적은 불가피하게 정복자 문명의 인장을 갖게 될 것이다. 그러나 이 문명은 고귀한 야망

---

[124] 「Los Nuevos Códigos」. 과테말라 <El Progreso>, 1877년 4월 22일 발표. 이 글은 과테말라의 1877년 민법전 제정을 분석한 에세이로, 구시대 법 체계를 비판하고, 명료성, 민중 중심성, 자연법과의 조화를 기반으로 한 새로운 법과 법률가의 역할을 강조한 혁명적 에세이이다. 마르티는 외래 이념이나 제도를 맹목적으로 수용하는 것을 경계하며, 각국의 고유한 역사와 문화, 민중의 요구를 반영한 '자주적인 법 제도'의 필요성을 강조한다. 정의, 도덕성, 민중 참여를 핵심 가치로 삼는 새로운 사회계약의 정립을 촉구하는 강력한 정치적·철학적 선언문이라 할 수 있다. (O.C, t.7, p.98-102)

안에서 우월하고, 명료한 본질 안에서 민족의 창조적인 기력과 에너지로 향상될 것이며, 발전할 것이며, 놀라게 할 것이다. 상처를 입더라도 죽지 않을 것이니. 이미 다시 살아나지 않았는가!

그들은 우리가 50년 동안 이룬 것이 너무 적다고 놀라워한다. 하지만 그들은 300년 동안 우리의 창조적 요소들을 깊이 파괴했던 사람들이 아닌가! 우리를 죽게 하는 데 그렇게 긴 시간을 쓴 만큼 부활하기 위한 시간을 우리에게 주어야 하리라. 하지만 그렇게 많은 시간이 필요하지 않으니!

독재적인 발톱이 가장 깊은 상처를 벌려놓은 채 버려둔 민족일지라도, 잘 정복된, 여전히 그렇게 보이는 저 민족들일지라도, 순교자들의 피로 글을 쓴 후에는 더 이상 정복당한 사람들이 아니다. 정신은 해방되고, 성찰하는 고귀한 습관은 맹종하는 노예의 습관을 파괴했으니. 호기심 많은 질문은 독단을 추적하고, 권위로 살아가는 독단은 비판을 통해 죽는다.

새로운 사상이 통로를 열고, 감사하는 조국의 제단에 불멸의 책을 남겼으니. 아름답고 고귀하구나. 바로 조국의 법전들이라.

가장 깊은 애정과 가장 중대한 관심은 사소한 차이에 의해 좌우되었다. 고귀한 지성들은 치졸하고 수치스러운 분류로 인해 괴로워했다. 우리들의 고유한 시대는 이미 낡아버린 시대의 법으로 통치되었다. 유럽인들과 아메리카 사람들을 위해 로마의 변호사들이 생겼다. 그러한 것들로 곤혹스러웠던 법조인은 제 위대함을 질식시키는 소견 좁은 법률가로부터 도망쳤거나, 법률 판례 연구에서 이를 왜소하게 만들거나 망쳐 놓았다.

탄생은 서로 상응해야 하며, 새로운 국적들의 탄생에는 새로운 입법이 필요하다. 둥근 투구를 쓴 군주들[125]의 성과도, 아랍 점성술사의 친구[126]였던 이의 업적도, 몬탈보[127]의 미숙함으로 제대로 실현되지 못한 위대한 여왕의 선한 의지도[128], 그늘진 왕[129]과 노예 같은 왕[130]이 통합하려는 성향도 이러한 명료성을 향한 열망에, 이 탐구하는 치열한 정신에, 17세기 회의론자들의 입술에서 교육된 이 영구적이고 경멸적이고, 조롱 담긴, 불안한 질문에 응답하지 못했다. 이 질문은 나중에 이 세기 모든 후손들의 입술에서 신랄하고 냉혹하게 빛나게 되었으니. 그것이[131] 우리의 위대함이니, 바로 성찰의 위대함이다.

예술정신의 소유자였던 그리스처럼 우리 시대도 탐구 정신의 소유자로 남을 것이다. 이 작업은 계속될 것이다. 그러나 행동력은 초과하지 않을 것

---

125 7세기에 Fuero Juzgo에서 법률을 편찬한 고트족 왕에 대한 암시.

126 『Siete Partidas』의 저자이자 현자인 Alfonso 10세와 그의 협력자들인 점성가 예후다 벤 모쉬 벤 모스카 호가톤과 랍비 재그 벤 자구트 메툴리타 등을 말한다.

127 Alonso Díaz de Montalvo(1405-1499)는 마드리드의 법학자, 판사.

128 가톨릭 신자인 Isabel 1세(1451-1504). 이사벨은 통일된 법체계를 구축하려는 원대한 비전을 가지고 있었지만, 몬탈보의 법적 편찬 작업이 여왕의 기대나 시대적 요구에 부응하지 못했다는 비판.

129 스페인 국왕 Felipe 2세(1527-1598)를 말한다. 1556년에 그는 부왕으로부터 막대한 빚까지 물려받았으며, 1557년에 최초의 파산 선고(국고 지불정지 선언)를 하기에 이른다. 그후 총 네 차례의 파산 선고를 실시했다는 점을 볼 때 당시 펠리페 2세 시대의 어려운 국고 사정을 알 수 있다. 거의 궁정에 틀어박힌 채 정무에만 전념해 '서류왕'이라는 별명이 붙었다.

130 스페인 국왕 Felipe 4세(1605-1665)를 말한다. 그 통치의 성공적인 첫 해는 합스부르크 왕가의 보편적 우위의 회복을 가져왔지만, 개신교 유럽과 가톨릭 프랑스가 스페인에 대항하여 끊임없이 전쟁을 벌이면서 스페인 군주제의 쇠퇴와 파멸로 이어졌고, 번영하는 프랑스의 루이 14세에게 유럽의 헤게모니를 양도해야 했으며, 포르투갈과 연합 지방의 독립을 인정해야 했다.

131 끊임없이 의심하고 질문하며 비판하는 정신을 의미.

이며, 논쟁할 필요가 없는 확언의 시간이 도래할 것이다. 하지만 우리는 항상 증명하는 방법과 확신하는 방법을 가르치는 사람이 될 것이라. 젊은이여, 의심하지 말라. 고집 센 사람이여, 거부하지 말라. 연구하고 그 다음에 믿으라. 무지한 사람들에게는 님프의 목소리와 자신의 신들에 대한 사도 신경이 필요했다. 이 빛나는 시대에 모든 사람은 자신의 신념을 가지고 있다. 그리고 군주제가 사라지면서, 군주들로 가득한 우주[132]가 되어가고 있다. 먼 날이지만 확실하다.

이러한 불안정한 영혼의 집합체인 민족들은 자기 자신의 충동을 표현하고 그에게 구체적인 형태를 부여한다. 일단 사회 체제가 무너지면 그 법률도 무너진다. 왜냐하면 법들이 국가를 구성하는 까닭이다. 사악한 통치자들이 추방되면 그들의 통치 방식도 파괴된다. 인간적인 애정과 관심이 더 잘 연구됨에 따라 나중에 발생한 변화들을 위한 후속 법률의 출현은 필연적이다. 정복을 대체하는 이 존재 방식, 이 새로운 정치 사회, 관계들이 달랐던 시대에 의해 입법화된 개인적 관계들에 대한 이러한 외침들, 탁월한 영혼을 구별하는 명확성과 단순성을 향한 이 사랑— 이 모든 것이 과테말라에서 새로운 민법의 제정을 결정했다. 새로운 민법은 법률을 창조할 수는 없었다. 자연법이 모든 것 위에 존재하기 때문이다. 또한 순수한 자연법을 그대로 적용할 수도 없었다. 왜냐하면 이미 창조된 관계들이 형성되어 있었기 때문이다.

세기의 딸인 위원회[133]는 민법 안에서 민법을 위해 글을 썼다. 위원회는

---

132 모든 사람이 '군주'가 된 세상, 개인의 주권과 자율성이 강조된 세계를 상징한다.
133 민법전을 작성한 위원회는 로렌소 몬투파르, 호세 살라사르, 발레로 푸욘, 그리고 카를로스 F. 무르가로 구성되었다. Lorenzo Montúfar는 특히 중요한 인물로, 과테말라의 저명한 법학

자신의 법전으로 모든 법률의 조건, 즉 보편성, 현재성, 구체성을 수행했다. 그리고 많은 것을 포괄하고, 포괄한 모든 것을 간략하게 정의했다. 그것은 말이 많은 해석학적 변덕으로 가는 길을 막았다.

위원회는 학식으로 견주었지만 비굴함으로 순종하지 않았다. 법에는 일반적 개념이 있기 때문에 고대의 법에서 그 싹을 깊게 탐구하고, 자연을 존중하고, 쓸모없는 것을 잊고, 유치한 것을 경멸하고, 필연적인 것 곧 가치가 높은 것을 창조했다.

『푸에로 유즈고』[134]의 원시적 야만성, 『파르티다스』[135]에 있는 언어적 세

자이자 정치가였다.

134 『Fuero Juzgo』. 653년에서 672년 사이에 서 고트족의 왕 레체스빈투스(Recesvinto. ?-672)는 전임자인 친다스빈토(Chindasvinto. 564-653. 642-653까지 재임)와 함께 왕국의 두 민족인 Hispano-Romans와 고트에 공통적인 법률인 『Recesvinto 법전』을 편찬했다. 이 법전을 통해 왕국의 모든 신민을 위한 평등하고 단일한 법을 확립했을 때 왕국의 정치적, 사회적 통합을 달성했다. 『Fuero Juzgo』는 "라틴어와 스페인어로 가장 오래되고 가장 귀중한 사본과 대조"(1971)는 Ibarra (Madrid)의 1815년 판을 복사하여 복제한 것. 이는 고트조의 지배 기간 동안 이베리아 반도를 통치하고 고트족에 관한 스페인-로마와 Hispano-Romans에 대한 공통 정의 규칙을 확립한 유일한 스페인-고트 법률 코드의 이중 언어판이다. 따라서 스페인어 판은 법적 과거를 통해 우리 언어의 원시 역사의 많은 부분을 수집한다. 『Fuero Juzgo』는 12권의 책과 스페인어 텍스트에서 발견되는 고대의 희귀한 단어에 대한 용어집이 포함된 부록으로 구성되어 있다. 이 책은 19 세기 말 민법이 승인될 때까지 살아남았다.

135 『Siete Partidas』 또는 『Partidas』는 Alfonso 10세(1221-1284)의 통치 기간 동안 카스티야에서 초안된 법률의 본문으로, 왕국의 특정 법적 통일성을 달성하기 위해 작성되었다. 원래 이름은 "율법의 책"이었고, 그것은 7개의 섹션으로 나뉘어져 있어 현재의 이름을 받았다. 이 작품은 스페인과 라틴 아메리카 (19세기까지)에서 가장 광범위하고 가장 긴 유효성을 가진 법조문이기 때문에 법의 역사에 대한 카스티야의 가장 중요한 유산 중 하나로 간주된다. 이 책은 철학적, 도덕적, 신학적 주제(그리스-라틴어 측면)를 다루기 때문에 "인문주의 백과사전"으로 묘사되기도 했지만 단일한 비전 내에서 당시의 모든 법적 지식을 포괄하기 때문에 법의 요약으로 간주되었다. 알폰소 10세의 입법 활동의 중심인 『Siete Partidas』는 스페인에서 관습법 (로마 교회법에 기반한) 수용의 정점을 나타내며 중세 시대의 가장 중요한 법률 작품 중 하나를 구성한다.

련됨, 토로의 법률[136] 안에 있는 혼란스럽고 권위적인 결정들은 우리의 불안감에, 도덕적 해방을 향한 열망에, 우리의 탐구적이고 교양 있는 시대에 어떻게 부응할 수 있었겠는가?

존경받을 만한 아내 위에 있는 야만적인 남편의 절대적인 권력? 장자 상속제도가 이미 존재하지 않는데 오늘날 구속적 법조항들[137]? 이 종합의 시대에서 복잡한 기교들? 성장과 진보의 시대 안에 있는 아비의 절대적인 지배? 봉건 영주 제도가 사라진 오늘날, 왜 여전히 귀족적 구별? 이런 법들은 정말로 고트족의 투구로 장식된 두개골처럼 보인다. 이 시대 시민 복장으로 휘감은 앙상한 그런 뼈다귀들. 이제 해골들은 더 이상 법정에 앉아선 안 된다.

위원회는 자유롭게 행동했다. 과거에 얽매이지 않고, 미래의 매혹을 향한 해로운 순종에도 매이지 않았다. 위원회는 자신의 시대를 앞지르지 않고, 그 시대 안에 위치했다. 전형적인 국가 안에 있지 않았으므로 전형적인 법전을 만들지 않았다. 변화하고 있는 국가를 위한 변화의 법전을 만들었다. 그들은 현재 시대에 정의롭고, 새로운 사회 시대가 도래할 때까지 계속해서 정의로울 수 있도록 적확한 모든 시기에 필요한 모든 것을 발전시켰다. 그 민법 안에는 후퇴의 말도 없고, 시기상조적 진보의 말 또한 한 마디도 없었다. 관찰자는 열정과 존경심을 가지고 이 발언들을 쓴다.

새 법전의 개혁 작업은 전반적인 분야에 영향을 미친다. 이 법은 여성에

---

136 토로법은 1505년 3월 7일 토로 의회에서 공포되었다. 카톨릭 군주의 요청에 따라 83개 법률로 구성되었으며, 그 목적은 푸에로스 입법 기관, 『Siete Partidas』 및 현행 법령 간의 우선순위를 확립하는 것이었다.

137 Vinculacion. 귀족이 자산(토지, 재산 등)을 특정 후손에게 묶어두는 법적 장치.

게 친권을 부여하고, 그것을 증언하도록 자격을 부여하며, 법의 준수를 의무화시키면서 여성의 법적 인격을 완성한다. 우리에게 하늘의 법칙을 가르치는 친권이 땅의 친권을 모를 수 있겠는가? 관습에 대한 자의적인 세력을 거부하고, 성년을 21세로 설정하고, 유치한 교리 안에 있는 부재자에 대한 스페인 법률을 개혁하고, 가톨릭 교리를 해치지 않으면서 신중한 기회를 가지고 시민 결혼을 제정한다. 스페인 법으로 아들을 괴롭히는 사생아라는 오명을, 그러기에 마땅한, 아버지 이마에 내던진다. 그리고 위원회는 아름다운 당돌함으로 '원상 회복'[138]의 복원을 무시했다. 이는 용맹한 정신이 만들어 낸 강력한 작품이자, 사람을 기쁘게 하고 매혹시키는 대담함이었다.

그런 다음 재산의 취득 방법들을 명확하게 설정했다. 강력하고 백발[139]이 성성한 문학의 시대, 근원의 양식으로서 문자의 시대, 그 숙고가 우리를 새롭게 하고 고양시키는 장중한 히브리 시대 안에 있는 유언 방식을 검토했다. 위원회는 로마에서 유언이 궤변론자와 문법학자의 침입으로 타락했음을 보았다. 그들은 결국 마침내 플리니우스[140]의 목소리를 옥죄었다. 위

---

138 법률 용어 'in integrum'. 이는 '원상 회복'을 의미하는 라틴어 용어. 고전 시대의 Integrum의 Restitutio는 그 진술이 의미하는 바, 즉 현재 무효화되고 효력이 발생하지 않은 민사 행위 이전에 두 사람 사이에 존재했던 법적 상황으로 완전히 돌아가는 완전한 배상을 의미했다.

139 경험과 지식이 풍부한 지혜로운 자를 말한다.

140 가이우스 플리니우스 2세(23-79). 1세기의 로마 작가이자 군인으로, 자신의 저서 『Natural History』에 수록된 자연, 민족지학, 지리학적 현상에 대한 연구와 연구를 수행했으며, 17세기 중반까지 많은 지식의 백과사전적 모델이었다.그의 연구는 과학적 방법과 현대 경험주의에 기반한 연구로 대체되었고, 그의 글은 16-17세기의 많은 서양 탐험가들에 의해 사용되었다. 스토아주의의 대가이며, 에피쿠로스주의, 아카데미즘, 부활한 피타고라스 학파의 영향을 받았다.

원회는 혹은 『파르티다스』를 혹은 더 이후의 총서들을 공부하면서 공정한 것은 보존하고, 긴급한 것은 끼워 넣고, 자연법의 개념을 직감으로 실제적인 필요에 맞게 적용했다. 그것이 바로 정의가 원하는 것이며, 자연법을 실정법에 조화시키는 것이 정의이다.

새로운 법적은 명확성을 중시하고 유언의 기억[141]을 인정하지 않는다.

새로운 법전은 자유를 사랑하고 철회권을 인정하지 않는다.

새로운 법전은 안전을 원하고 저당권을 확립한다. 이는 아마도 프랑스와 스페인에서처럼 토지 재산을 기반으로 하는 미래 신용 기관의 토대가 될 것이다.

새로운 법전은 보증제도를 개혁하고, 계약을 강화하고, 채권자들 간의 순위를 조정한다. 모든 특권을 폐지하지 못했을 때는 제한한다. 모든 것들의 소유를 성가신 부담으로부터, 소유권의 과정 또한 어려운 장애로부터 해방시키고자 한다. 모든 것은 자유롭고, 동시에 정의로워야 한다. 광범위하고 공정해야 하는 모든 것이 그렇게 될 수 없는 경우에는, 그 나라의 여건이 허용하는 한 최대한 그렇게 되어야 한다.

따라서 정확한 법전은 이것이니. 그 작성자들은 선진 입법자로서 자신의 영광보다는 조국의 유익함에 더 관심을 기울였다. 그들은 개인적인 명성보다 이러한 애국적인 유익을 더 선호했으며, 한 가지 영광을 경멸하면서 다른 더 큰 영광을 얻었다. 그것을 부정할 이는 오직 그것을 시기하는 사람뿐이다.

정신적인 면에서, 법전은 현대적이다. 정의에 있어서 투명하고, 개혁에

---

141 비공식 유언을 말한다.

있어 절제되어 있고, 스타일에 있어 활기차고 늠름하다. 이러한 변화의 이유를 설명하는, 박식하고 열정적이며 문학적인 보고서는 언제나 사색하는 법률가들의 본보기가 될 것이며, 문필가의 큰 기쁨이 될 것이다.

또한 이 법전은 단지 하나의 법률 작업 완성에 그치지 않았다. 법전은 혁명이 국민에게 한 약속의 실현이었다. 혁명은 그에게 그의 인격을 돌려주겠다고 약속했고 그것을 되돌려주었다. 이는 존경하는 국민을 다스리는, 권력으로부터 나온 존중의 표시였다. 몬투파르[142]는 정확하게 말했다. "폭정을 지배하기 위해 무기를 제공하는 사람은 폭군이 되기를 원하지 않는다."

이제 모든 사람은 자신의 권리를 알고 있다. 제 행동의 결과에 속는 사람은 자신의 태만만을 나무라야 한다. 사람은 이 법전들을 사랑해야 한다. 왜냐하면 그들에게 간단한 언어로 말해주기 때문이고, 압도적인 예속으로부터 자신들을 해방시켜 주기 때문이다. 또 법들은 자유롭고 유연하게 변화하는 까닭이다[143].

예전엔 사람들은 법을 찾아다니는 자들에게서 도망 다녔고, 그리고 각각 법의 교묘한 장치 하나하나가 덫이 될까 반신반의하는 사람들처럼 두려움으로 계약했다. 이제 법은 더 이상 얽히고설킨 그물(계략)이 아니라 명료한 빛이다. 이제 모든 사람은 어떤 행동을 지켜야 할지 알고 있다. 어떤

---

142 Carlos de Montúfar y Larrea(1780-1816). 스페인의 정치인. 그는 크리올 귀족이자 군인으로 현재 에콰도르의 해방자 중 한 명으로 간주된다. 그는 시몬 볼리바르와 함께 싸웠고 엘 카우디요라는 별명을 얻었다.

143 법의 근대화와 자유화를 말한다. 법률이 고정된 권력 구조의 도구가 아닌, 자유롭고 살아 있는 체계로 변화하고 있다는 상징적 표현.

의무를 제한할 것인지, 어떤 항소가 자신에게 해당하는지를 안다.

이 법전의 공포로 모든 학대에 맞서는 무기가 민중의 손안에 쥐어지게 되었다. 법은 더 이상 독점이 아니다. 그것은 이미 고귀한 공동 재산이 되었다.

법원들의 판결은 확고함에 이를 것이다. 논쟁은 존엄해질 것이다. 변호사들은 품위를 높인다. 법적 권리와 자유에 대한 보장, 즉 기본권은 공표되고 확립된다. 자유로운 사람들 안에서 법은 투명해야 한다. 자기 자신이 주인인 사람들이 사는 나라에서 법은 대중적이어야 한다.

이곳 과테말라에서 21년[144] 이래로 이만큼 위대한 작품을 완성한 적이 없다. 마침내 독립은 자신의 형체를 갖추었다! 마침내 새로운 정신이 법률 안에서 구현되었다! 마침내 그들은 그들이 원했던 존재가 되었다! 마침내 아메리카에서 진정한 아메리카인이 되었고, 공화국은 공화국답게 살아 있다! 폐허를 쓸어낸 지난 50년의 세월 끝에, 살아 있고 영광스러운 민족의 토대가 그 폐허 위에 피어났으니!

---

[144] 1821년 9월 15일 달성된 과테말라의 독립을 말한다.

나의 물맷돌은 다윗의 그것이니
— 호세 마르티의 마지막 편지[145]

마누엘 메르카도 선생

    내가 가장 사랑하는 형제여, 이제야 편지를 쓸 수 있습니다. 그리고 나의 것이면서 나의 자긍심이자 의무인 그 집[146]에 대하여, 얼마나 눈물겨움과 감사함으로 그것을 존경하는지 이제 당신에게 말할 수 있습니다. 나는 매일매일 나의 조국과 나의 책무를 위해 목숨을 바칠 위험에 처해 있습니다. 쿠바의 독립과 함께 앤틸리스 제도 전체를 향해 미국이 확장되는 것을, 그리고 아메리카라는 우리 대지 위에 미국이 그 더 큰 힘으로 덮치는 것을 제때에 저지하는 책무입니다. 나는 그것을 이해하고 있고 그것을 수행할 수 있는 용기를 갖고 있기 때문입니다.

---

145 「Carta de despedida a Manuel Mercado」 도스 리오스 전장 캠프, 1895년 5월 18일, 사망하기 전날, 멕시코인 메르카도에게 쓴 마지막 편지이다. 마르티는 평생에 가장 중요한 친구였던 메르카도와 무수한 편지를 주고받았다. 이 편지는 마르티의 정치적 유언이라 할 수 있으며, 그의 삶의 목적, 라틴아메리카의 독립을 위한 투쟁, 그리고 미국 제국주의에 대한 경고가 강렬하게 담겨 있다. 마르티의 정치적 이상과 윤리적 신념이 응축된 유서로서, 그의 생애 전체를 요약하는 문서로도 평가된다. (O.C, t.20, p.161)

146 casa. 여기서 집은 고향, 조국, 즉 쿠바로 은유하는 것으로 보인다.(역자주)

내가 오늘날까지 해왔고 앞으로도 할 모든 건 바로 쿠바 독립과 미국 팽창 저지를 위한 것입니다. 그것은 침묵 속에서, 그리고 일종의 간접적인 방식으로 이루어져야 했습니다. 왜냐하면 그것을 이루기 위해서는 감춘 채 진행되어야 하는 것들이 있기 때문이며, 그것이 무엇인지 그대로 공표한다면 그 어려움을 극복하고 목표에 이르기에는 너무 거센 장애물들이 생길 것이기 때문입니다.

당신과 나의 나라처럼, 스페인 사람들과 그곳 제국주의자들의 합병을 통해 쿠바에서 길이 열리는 것을 저지하는 데에 더욱 긴요한 관심을 가진 민족들의 소소하고 공공적인 동일한 의무들은 그 길을 반드시 막아야 한다는 것입니다. 우리가 피로써 막고 있는 그 길은 우리 아메리카의 민족들을, 그들을 경멸하는 혼란스럽고 잔혹한 북쪽 나라(미국)에 합병되는 길입니다. 오히려 그 소소한 책무들이 이러한 희생에 대해 현저한 지지와 명백한 도움을 허용하지 않았을 것입니다.[147] 이 희생이 그들 자신과 직결된 이익 안에서 행해지는 것임에도 불구하고 말입니다.

나는 괴물[148] 속에 살았고 그 내부를 알고 있습니다. 그리고 나의 물맷돌은 다윗의 그것입니다. 지금 이 순간, 이미 며칠이 지났지만, 원정대원 6명이 14일 동안 머물렀던 산악 지대[149]에서 우리가 자유롭게 빠져나온 것을

---

147 정치적 복잡성과 이해관계의 충돌 때문. 호세 마르티는 당시의 정치적 현실과 모순을 설명하고 있다. 라틴 아메리카 각국은 미국의 확장을 막는 데 절실한 이해관계를 가지고 있지만 이들의 '공적인 의무들'(외교적/정치적 제약)이 쿠바 독립운동에 대한 공개적 지지와 도움을 방해했다.

148 미국을 말한다. 마르티는 미국에서 오래 망명생활을 했다.

149 마르티는 1895년 쿠바 독립전쟁을 위해 쿠바에 잠입했고, 동부의 산악 지대를 통과했다. 그가 걸었던 산악 지대는 오늘날 시에라 마에스트라(Sierra Maestra)로 알려져 있으며, 이는 쿠바

쿠바인들이 승리로 맞이해주었습니다. 바로 그 승리의 발치에 있는 나를 임시 막사의 해먹에서 찾아낸 헤럴드 특파원이 합병주의자 활동에 대해 말했습니다.

융통성도 없고 창의성도 없는 관료 계층 부류로 된 지원자들은 현실성이 부족한 까닭에 덜 위협적입니다. 그들은 자기만족의 위장된 안일 또는 스페인에게 복종하기 위해, 믿음도 없이, 양키나 스페인 사람, 소유주들만이 만족하는 쿠바의 자치권을 스페인에게 요청합니다. 그들은 단지 양키든 스페인이든 주인이 있어서 그들을 부양하거나, 중매인 역할의 대가로 자신들에게 저명인사의 지위를 만들어주길 바랄 뿐입니다. 이들은 자치든 합병이든 상관없는 위선자들입니다. 그러면서도 진정한 힘을 가진 민중, 즉 혼혈로 된, 유능하고 감동적인 쿠바의 대중, 백인과 흑인의 지성을 가진 창조적인 대중을 멸시합니다.

그리고 헤럴드의 특파원인 에우헤니오 브라이슨[150]은 나에게 더 많은 것을 말했습니다. 북미 사람들에게 계기를 남겨두기 위해 탐욕스러운 스페인 은행들과 충분히 중개된, 관세의 보장이 있는 양키 신디케이트에 대해서(그렇지 않을 거지만)말입니다. 다행스럽게도 뒤얽히고 복잡한 정치 체제 때문에 정부의 활동으로 그 아이디어를 수행하거나 지원하기에는 무능했습니다.

의 가장 험준하고 상징적인 산악 지대 중 하나이다. 마르티와 동료들은 이 산악 지대를 통과하며 14일간의 험난한 여정을 이어갔다. 울창한 숲과 험준한 지형으로 인해 스페인의 추적을 피하기에 적합한 장소였다.

150 Eugenio Bryson. 1890년대 쿠바 독립전쟁 당시 활동한 미국 언론인. 뉴욕 헤럴드(New York Herald)와 뉴욕 저널(New York Journal)에서 특파원으로 활동했다. 그는 쿠바에서의 취재 활동 중 스페인 당국에 의해 추방되기도 했다.

그리고 브라이슨은 더 많은 것에 대해 이야기했습니다. 비록 내게 언급한 대화의 확실성은 우리가 얼마나 용맹하게 혁명을 일으켰는지를 가까이서 아는 사람만이 이해할 수 있겠지만 말입니다. 초보적인 스페인 군대의 무질서와 의욕 부족 그리고 열악한 급여 상황, 그리고 예전에는 쿠바에서 퍼가기만 했던 것 그리고 전쟁에 맞서는 자원을 쿠바 안팎에서 끌어 모으기 위한 스페인의 무능함에 대해 말입니다. 브라이슨은 내게 마르티네스 캄포스[151]와의 대담에 대해 말했는데, 마지막에 의심할 여지없이 때가 오면 스페인은 섬에서 쿠바인들을 정복하기보다는 미국과 합의하는 것을 선호할 것이라는 암시를 주었다고 했습니다. 그리고 브라이슨은 더 많은 이야기를 했습니다. 우리의 한 지인에 관해서, 현 대통령이 물러날 때, 멕시코 대통령 직에 오를 미국의 후보자로서 그를 미국 안에서 어떻게 신경 쓰는 것들에 관한 것이었습니다.

이곳에서 나는 제 의무를 다하고 있습니다. 스페인 정부와의 동맹만이 상대적인 힘을 줄 수 있을 뿐이라는 쿠바인과 스페인인 합병주의자들의 모호하고 분산된 열망보다 쿠바 전쟁은 훨씬 우월한 현실입니다. 그 모든 힘이 공공연하게 사용됨에도 불구하고, 이 전쟁은 쿠바가 미국에 합병되는 것을 막기 위해 아메리카에서 적절한 시기에 찾아왔습니다. 미국은 전쟁 중인 국가의 합병을 결코 받아들이지 않을 것이며, 전쟁이 합병을 받아들이지 않을 것이기 때문에, 미국은 아메리카의 독립 전쟁을 자신들의 무기로, 그리고 자신의 계산으로 쓰러뜨리려는 터무니없고 가증스러운 약속

---

151 Arsenio Martínez Campos(1831-1900), 스페인의 군인이자 정치인. 쿠바 군사 작전 책임자, 쿠바 총독 및 대장 등을 역임, 산혼협약으로 정점을 이룬 화해 정책이 특징이다.

을 할 수도 없습니다.

그리고 멕시코는 자신을 지켜주는 사람을, 제때에, 현명하고 실제적이며 즉각적인 도움 방법을 찾지 않을까요? 예, 방법을 찾을 것입니다. 아니면 내가 그에게 방법을 찾아줄 것입니다. 이것은 죽음 아니면 생명입니다. 실수할 여지가 없습니다. 보여야 할 유일한 것은 신중한 태도입니다. 나는 이미 그것을 찾은 것 같고, 그리고 제안했습니다. 그러나 나는 행동하거나 조언하기 전에 내 자신 안에 권위를 확립해야 하며, 아니면 누가 그 권위를 가지고 있는지 파악해야 합니다.

나는 막 도착했습니다. 유용하고 소박한 우리 정부의 구성이 현실적이고 안정적이 되려면 아직 두 달이 걸릴 수 있습니다. 우리의 영혼은 하나이며 나는 그것을 알며, 국가에 대한 소망도 알고 있습니다. 그러나 이러한 것들은 항상 관계의 작업이며, 시기 및 조정의 작업입니다. 내가 가지고 있는 영향력으로, 그것의 충동적인 확장처럼 보이는 어떤 것도 하고 싶지 않습니다.

나는 막시모 고메스 장군과 그리고 다른 네 명과 함께 폭풍우 아래서, 뱃머리에 노가 달린 보트를 타고 우리 해변의 알려지지 않은 자갈밭[152]에 도착했습니다. 14일 동안 내 배낭과 라이플총을 매고, 가시밭과 높은 곳을 걸었습니다. 우리의 발걸음으로 사람들을 일으켰습니다. 영혼들의 자비 안에서 나는 인간의 고통과 그것을 치유하는 정의를 향한, 이러한 내 애정의

---

152 1895년 4월 11일 마르티는 쿠바 동쪽 끝자락 카호바호 해변의 플라이타 해변에 구사일생으로 도착한다. 이 귀국은 1870(17세)에 1차 추방을 당했다가, 십년전쟁 후 산혼조약에 의해 1878년 잠시 귀국했다가 다시 1879년 2차 추방을 당하고 16년만이었다. 하지만 한 달 조금 후인 5월 19일 전사하고 만다. 평생을 유배자로 살아가며 조국을 그리워했지만 조국에 머무는 시간은 너무 짧았다.

뿌리를 느낍니다. 한 달 동안 총격 소리만 들을 수 있었던 그런 상태에서도 들판은 논쟁의 여지가 없는 우리 것이었습니다. 그리고 마을들 입구에서 우리는 승리를 거두거나, 종교적 열광과도 유사한 열정 앞에서 삼천 개 무기를 가진 병사들을 열병했습니다.

나는 섬의 중심부를 향해 계속 길을 따라갑니다. 내가 일으킨 혁명 앞에, 이민자들이 나에게 준 권한을 내려놓기 위하여 입니다. 무장한 혁명을 지지하는 사람들로 된, 뚜렷한 쿠바 민중의 대표자들로 된 의회, 그 새로운 정세에 따라 갱신되어야 하는, 쿠바 내부에서도 인정한 권한입니다. 혁명은 군대 안에서 완벽한 자유를 원합니다. 실질적인 제재 권한이 없는 의회가 예전에 가했던 제약이 없는, 공화주의를 경계하며 질투한 청년들의 불신이 없는, 미래에 과도한 영향력을 가질 것을 우려하는 까다롭거나 신중한 지도자의 두려움이 없는 자유 말입니다.

그러나 동시에 혁명은 간결하고 존경할 만한 공화주의적인 대표단, 품위와 인간애라는 동일한 영혼을 가진 대표기구를 원합니다. 전쟁에서 혁명가들을 밀어붙이고 보전하는 대표, 공화국 대표단 안에서 개인의 존엄성에 대한 열망으로 가득한 대표체 말입니다.

나는 민중을 움직이는 영혼에 맞서거나 영혼 없이는 민중을 이끌 수 없다는 것을 이해하고 있으며, 또 심장들이 어떻게 불타오르는지, 끊임없는 동요와 공격을 위해 열정적이고 만족스러운 마음 상태가 어떻게 사용되는지 압니다. 하지만 형식에 관한 한 많은 아이디어들이 존재할 수 있습니다. 인간의 일들은 인간이 그것들을 만들어가는 것입니다. 당신은 나를 알고 있습니다. 내 안에 있는 혁명에 대한 봉사나 보증으로써 내가 가지고 있는 것만을 나는 지킬 것입니다. 나는 사라지는 것을 압니다. 그러나 나의 사상은 사라지지 않을 것이고, 내 어둠이 나를 변질시키지도 않을 것입니다. 그리고 형태를 갖추자마자 나에게 또는 다른 사람들에게 이를 실행하도록 우리는 행동할 것입니다.

그리고 이제 공공선을 최우선으로 하는, 저 자신에 대해 당신에게 말씀드리겠습니다. 이 의무에 대한 감동만이 가지고 싶은 죽음으로부터 인간을 높이 올릴 수 있기 때문입니다. 나헤라[153]가 눈에 띄는 곳에 살지 않는 지금, 당신은 그를 자랑스럽게 만드는 우정을 마음속에 있는 보물처럼 간직하듯 나헤라를 더 잘 알고, 그를 어루만집니다.

저는 여행을 다녀온 후에 침묵으로 된 그의 질책을 이미 압니다. 우리는 온 영혼을 다해 그에게 정말 많은 것을 주었는데 그는 침묵했습니다! 매일마다 채우는 신문과 편지지 위에 한 통 편지를 더 쓰지 않을 수 없었던 우리 애정에 대한 헌신와 경외, 이는 얼마나 착각이며, 그 영혼은 얼마나 완고한 영혼입니까!

그토록 섬세한 정직으로 된 애정이 있습니다···.

(이 편지는 여기서 끊겼다. 이어서 쓰고자 했을 것이다. 하지만 다음날 그는 전사했다.)

---

153 Manuel Gutierrez Najera (1859-1895) 는 멕시코의 시인, 작가, 언론인이다. 마르티의 친한 친구였다. 그는 1895년 2월 3일, 마르티보다 몇 달 앞서 죽었다. 그는 멕시코에서 문학적 모더니즘의 창시자로 간주된다.

제3부

문학과 자연
그리고 자유

섬세한 견자, 에머슨[01]

　종종 펜은 떤다. 자신의 책무를 수행하다가 가치 없는 것을 믿어버리는 과오를 저지를 수도 있는 사제처럼. 휘저어진 정신은 높은 곳으로 날아간다. 아아, 날개는 정상으로 오르는 것을 원하고, 강철 끌처럼 주조되고 깎인 펜은 그렇지 못하다. 쓴다는 것은 고통이고, 그것은 낮아지는 것이다. 쓴다는 것은 콘도르가 수레를 끌기 위해 멍에를 쓰는 것과 같다. 그리고 사실 위대한 인간은 대지를 떠날 때, 자신의 뒤에 순수한 명료함과 평화에 대한 열망 그리고 잡음에 대한 혐오를 남긴다. 사원은 우주를 닮았다. 도시의 상업, 삶의 소요, 사람들의 북새통, 모두 불경스럽다. 그 속에서 발은 사라지고 날개로 태어난 것처럼 느끼나니. 별빛 아래에서처럼 살아가는구나. 흰 꽃으로 가득한 평원에 앉은 것처럼 살고 있구나. 서늘하고 희푸른 불빛이 고요하고 무한한 대기에 가득하니.

01　「Emerson」.1882년 5월 6일 뉴욕. 이 글은 랄프 월도 에머슨(1803-1882)의 사상과 정신을 높이 평가하며, 개인의 자율성과 도덕적 독립, 그리고 내면의 진실을 추구하는 에머슨 철학의 중요성을 강조한다. 마르티는 에머슨의 죽음을 추모하면서 에머슨을 통해 자신과 조국이 나아가야 할 길—자기 인식과 자유, 용기 있는 행동—을 성찰하며, 민족 해방과 개인의 성장에 있어서 에머슨 사상이 지닌 영감을 부각시킨다. 에머슨은 19세기 초월주의 운동의 중심인물로 미국 최초의 철학자이자 시인. 이 글은 그의 순수와 정신, 가치, 그의 방법론들, 그의 책『자연』에 삶긴 생명의 목적, 그의 자연주의와 우주관, 과학에 대한 생각, 초월주의적 사유, 그의 글쓰기 방식과 놀라운 구절을 보여주고자 했다. 마르티는 에머슨의 자연주의에 크게 영향을 받은 듯하다. (OCEC t.9, p.308-399. OC t.13, p.17.)

모두가 정점이구나. 그리고 우리는 그 산꼭대기 위에 있으니. 대지는 앞서 살았던 아득한 천지처럼 그림자에 감싸인 채 우리 발밑에 펼쳐져 있다. 굴러가는 저 수레들, 고함지르는 저 상인들, 허공에 강력한 휘파람을 불어넣는 저 높은 굴뚝들, 저 건너가며, 반회전하며, 언쟁하며, 인간으로 살아가는 모습이 선물 받은 순결한 피난처 안에 있는 우리에게 야만인 군대의 소란처럼 보이는구나. 우리 봉우리를 침략하고 그 산자락에 발을 얹고, 분노해 큰 그림자를 산산조각으로 찢는 군대 말이다. 그 그림자 뒤로 금으로 된 갑옷과 투구를 착용하고, 붉은 창을 든 돌로 된 전사들이 벌이는 거대한 전쟁터처럼 시끌벅적하고 웅장하고 번쩍거리는 도시가 출현하는구나.

에머슨이 세상을 떠났으니. 두 눈에 부드러운 눈물이 차오른다. 고통이 아니라 부러움을 주는구나. 불안으로 차오르지 않고, 다정함으로 차오르는 가슴이여. 죽음은 하나의 승리이구나. 훌륭하게 살았을 때, 관은 승리의 마차이니. 울음은 비통으로 된 것이 아니라 기쁨으로 되어 있구나. 삶은 죽음을 실행했으니, 손에 있는 발에 있는 상처들마다 이미 장미의 잎새로 덮여 있는 까닭이라. 의인의 죽음은 하나의 축제이니, 온 대지가 앉아서 하늘이 열리는 것을 보고 있구나. 사람들 얼굴은 희망으로 빛나고, 그들 두 팔에 종려나무 다발을 안고 있다. 그것으로 땅에 깔고, 오래된 건초와 떡갈나무 가지로 덮고, 승리한 전사의 육신이 그 아래로 지나갈 수 있도록, 전투용 칼들로 높은 궁륭을 만들었구나. 자신의 모든 것을 내어놓고 다른 사람들에게 선을 베푼 사람은 안식할 것이라. 이 생에서 자신의 책무를 제대로 못한 사람은 다시 노고를 치를 것이니[02]. 그리고 젊은 전사들은 위대한 승

02　윤회나 내세에 대한 철학적/종교적 개념을 담고 있다. 현세에서 제 사명이나 임무를 제대

리자가 지나는 것을, 따뜻한 시신이 안식의 위대함과 함께 빛나는 것을 부러운 눈으로 본 후에, 궁륭을 짓고 종려나무를 펼칠 만한 합당한 가치가 있는 산자들의 노동으로 돌아가는구나!

죽은 자는 누구인가? 그래, 온 땅이 그를 알고 있다. 그는 생명을 깨달은 사람이었고, 과거의 시대들이 인간들 위에 씌워 놓은 모든 망토[03]들을 어깨에서 털어내었고, 눈에서 모든 가리개를 걷어냈다. 마치 온 대지가 자신의 집인 것듯, 자연과 직면하여 살았다. 태양은 그의 고유한 태양이었고, 그는 족장이었다. 그는 자연이 자신을 드러내고 마음을 열어주는 사람들 중 하나였으니. 자연은 마치 제 아들의 몸 전체를 감싸는 것처럼 그에게 무수한 팔을 펼쳤다. 그는 최고의 과학, 최고의 평온, 최고의 즐거움을 받은 사람들 중의 한 사람이었다. 그의 앞에서는 모든 자연이 마치 신부처럼 심장이 뛰었나니. 대지의 표면에 자신의 사랑을 내려놓은 까닭에 그는 행복하게 살았으리라.

그의 생애 전체가 결혼식날 밤의 새벽이었다[04]. 그 영혼의 것들은 얼마나 황홀한가! 그 눈의 환상이여! 율법의 서판, 그 책들이여! 그 시편들, 천사들의 비행이여! 그는 여위고 내성적인 소년이었고, 그를 지켜보는 사람들에게 그는 어린 독수리, 어린 소나무 같았다. 나중에 그는 고요하고 다정하고 환하게 빛났고, 아이들과 사람들은 그가 지나는 것을 보기 위해 멈춰

로 완수하지 못한 사람은 다른 생에서 다시 그 일을 해야 한다는 의미. 마르티의 다른 작품 속에서도 이러한 견해들이 많이 나타난다.
03 망토는 인간의 본질을 빼앗는 모든 나쁜 습관과 거짓을 뜻한다.
04 사랑이 절정에 달한 결혼식 밤이 끝나고 맞이하는 그 아름답고 평화로운 새벽과 같았다는 의미.

섰다. 그 확고한 발걸음은 어디로 가야할 지 아는 사람의 발길이었다.

갸날프고 키 큰 몸은 그 우듬지로 순수한 공기를 휘젓는 나무들 같았다. 자신으로부터 빠져나오기를 갈망하는, 그리고 골몰하기 위해 애쓴 사람처럼 얼굴은 야위었다. 이마는 산마루처럼 보였다. 그의 코는 산 정상을 날아오르는 새들을 닮았다. 그리고 그의 눈은 사랑으로 가득 찬 사람처럼 매혹적이며, 보이지 않는 것을 본 사람처럼 고요하니. 그를 보면 그 이마에 키스하고 싶어질 수밖에 없었다.

사탄의 광채와 힘으로 세상에 반격을 가한 위대한 영국 철학자 칼라일[05]에게 에머슨의 방문은 곧 "천상의 환상"이었다. 자연 속에서 새로운 시를 발견한 휘트먼[06]에게 그를 바라보는 것은 "축복받은 시간을 보내는 것"이었다. 선량한 평론가인 에스테드먼[07]은 "현자의 마을에 백열등이 있었다"고 말했다. 생각하고 노래하는 고귀한 젊은 의회의원 알코트[08]에겐 "그를 알지 못한다는 것은 불행"으로 여겨졌고, 살아있는 기념물 또는 지극한

05　Thomas Carlyle(1795~1881)영국의 급진적 사상가. 철학자. 언론자유를 위해 열렬히 투쟁했다. 왕정폐지, 종교로부터 교육의 완전한 독립, 여성해방을 비롯한 당대의 거의 모든 급진적인 요구들도 일찍부터 주창했다. 그는 에머슨의 사상을 옹호했고 에머슨 또한 자신의 혁명 사상을 옹호한다고 믿었다.

06　Walter Whitman(1819년~ 1892년)은 미국의 시인, 수필가. 초월주의에서 사실주의로의 과도기를 대표하는 인물의 한 사람으로, 그의 작품에는 두 양상이 모두 흔적으로 남아있다. 미국 문학에서 가장 영향력 있는 작가 중 한 사람이며 종종 "자유시의 아버지"[1] 라는 호칭을 듣기도 한다.

07　Edmund Clarence Stedman (1833년~1908년)은 미국의 시인, 비평가, 수필가, 은행가, 과학자.

08　아모스 브론슨 알코트 (1799년~1888년) 미국의 교사,작가, 철학자, 개혁가였다. 교육자로서 그는 젊은 학생들과 상호 작용하는 새로운 방법을 개척하고 대화 스타일에 초점을 맞추고 전통적인 처벌을 피했다. 그는 인간의 정신을 완벽하게 하기를 바랐고, 이를 위해 식물성 식단과 여성의 권리를 옹호했다.

존재를 보는 것처럼 그를 만나러 왔다. 그의 앞으로도, 그의 뒤로도 남겨진 저 산맥 같은 사람들이 있어, 대지는 평평하게 펼쳐지나니.

가족적 친밀감은 없었지만 그는 애정 어린 사람이었다. 왜냐하면 그의 가족이란 모든 구성원들이 황제가 되어야 하는 제국의 가족이었기 때문이다[09]. 그는 연인처럼 자신의 친구들을 사랑했다. 그에게 우정은 숲속 황혼의 어떤 엄숙함이었으니. 사랑은 자녀를 만든다는 점에서는 우정보다 우월하다. 우정은 욕망을 일으키지 않는다는 점에서, 욕망을 충족하는 데 지치지 않는다는 점에서, 이미 충족된 욕망의 성전을 버리고 새로운 욕망의 성전을 향하는 데에 따르는 고통이 없다는 점에서 사랑보다 우월하다.

그의 곁에는 매혹이 있었으니. 미래에서 온 전령처럼 빛나는 구름 사이에서 말하는 그의 목소리가 들리는구나. 달빛으로 만든 희미한 굴레가 그의 말을 듣기 위해 함께 모여드는 사람들을 묶어주는 것 같았다. 현자들이 그를 만나고자 하였고, 마치 기쁨에 찬 듯이 동시에 마치 훈계를 받은 듯이 떠났다. 젊은이들은 그를 만나고자 먼 길을 걸었고, 그는 웃으면서 떨며 다가오는 순례자들을 맞이했다. 커다란 책들로 가득한 튼튼한 마호가니 탁자 주위에 둘러앉게 하고, 그는 하인처럼 서서 오래된 좋은 셰리주로 그들을 접대했다.

그를 읽으면서도 그를 이해하지 못한 사람들 사이에선 그가 다정하지 못하다는 비난이 일었다. 왜냐하면 에머슨은 위대한 사람과 영구적인 거래를 하기 위해, 설명할 가치가 없는, 본질적인 것이 아닌, 우연한 것, 제 개인적인 것을 사소하게 보았기 때문이었다! 저 통곡하는 여린 시인들은 바

---

09   모든 인간을 잠재적 황제로 보는 고귀한 관점을 가졌다는 뜻.

로 부끄러운 프리네[10]가 아닌가! 인간 능력을 고양시키고, 인간의 존엄성에 걸맞는 것을 인류에게 말해야 했으니! 제 사소한 고통의 희미한 운율을 헤아리며 걷는 것은 개미들의 길이 아닌가! 고통은 품위가 있어야 한다.

그의 정신은 사제였으니. 그의 부드러움은 천사 같았고, 그의 분노는 신성했다. 그가 노예들을 보고 그들을 생각했을 때 마치 성경에 나오는 새로운 산의 비탈 위에 율법의 서판이 다시 산산이 부서지는 것처럼 말했다. 그의 분노는 모세의 것과 같았다. 사자가 등에를 털어내는 것처럼 그는 천박한 정신의 하찮은 것을 떨쳐 버렸다. 그에게 논쟁한다는 것은 진실을 발견하기 위한 시간을 훔치는 것이었다. 그는 본 것을 말했으므로 자신이 말한 것에 대해 의문을 제기하는 것에 역증을 냈으니. 허영심의 분노가 아니라 진심의 분노였다. 다른 사람들이 자신의 눈에 고상한 빛을 가지고 있지 않은 것이 어떻게 그의 잘못이어야 하겠는가? 애벌레가 독수리의 비상을 부정해야 한단 말인가?

그는 공리공론을 멸시했고, 그에게 비범한 것은 평범한 것이기 때문에 사람들에게 비범함을 증명할 필요성에 놀랐다. 사람들이 이해하지 못한다면, 그는 어깨를 으쓱일 뿐이었다. 자연은 그에게 말해 주었다. 그가 자연의 제사장이었다고. 그는 계시를 가장하지 않았다. 그는 정신적인 세계를 건설하지 않았다. 그는 산문이나 운문으로 쓴 것에 제 마음의 의도나 노력을 쏟지 않았다. 그의 모든 산문은 시였다. 그의 시와 산문은 메아리와 같

---

10 고대 그리스의 유명한 창녀. 신성모독죄로 최고재판소에 불려갔는데, 배심원 앞에 옷을 찢어 알몸을 보여주며 탄원해 무죄를 받았다. 이 사건 후 그리스에서는 앞으로 어떤 변호사도 법정에서 울부짖으며 탄원해서는 안 되고 어떤 피고도 옷을 벗어선 안 된다는 법령이 제정되었다고 한다.

다. 그는 자신의 뒤에 있는 창조하는 영을 보았고, 창조자는 그를 통해 자연을 말했다. 그는 자신을 모든 것을 보고 모든 것을 반영하는, 그리고 오직 눈동자 자체일 뿐인 투명한 눈동자로 여겼다. 비추어진 빛으로 그는 자신의 영혼을 씻었고, 그가 쓴 글은 빛이 주는 도취에 몰입했던 자신에게서 흘러나온 부서진 빛의 조각들처럼 보인다.

죽마를 탄 것처럼 관습에 올라타고 다니는, 그 허영심 많은 왜소한 정신들은 그에게 어떻게 보였을까? 두 눈이 있어도 보고 싶어 하지 않는, 그런 무가치한 사람들이 아닐까? 제 눈을 사용하지 않고 다른 사람의 눈으로 보려는 군중들이거나 그런 게으름뱅이들이 아닐까? 재단사, 제화공, 모자 장수가 빚어 만들고 보석 세공인이 에나멜을 입히고 감각과 언어를 부여했지만, 그 이상은 아닌, 땅을 향해 걷는 점토로 된 그런 존재들이 아닐까? 심지어 생각 하나하나가 마음의 고통인 것을 모르는, 생각 하나하나가 산꼭대기에서 그리고 삶 자체에서 오는 올리브유로 밝혀진 빛인 것을 모르는 허세 부리는 그런 말장난꾼들은 아닐까?

그 시대의 압박과 사람들의 압력으로부터 에머슨보다 더 자유로운 사람은 없었으니. 미래가 그를 떨게 하지도 않았고, 미래를 지나갈 때 그를 눈멀게 하지도 않았다. 자신 속에서 가져온 빛은 폐허를 통과하는 이 여정으로부터 그를 안전하게 구해 주었다. 그것은 생명이었다. 그는 한계나 얽매임을 알지 못했다. 그가 자기 고향의 사람이 아니었던 건 인류라는 고향의 사람이었기 때문이다.

그는 대지를 보았고, 대지에 반체제임을 스스로 깨달았기에, 사람들이 묻지 않는 질문에 대답하는 고통을 느꼈고, 자신의 내면에 몰입했다. 그는 사람들에게 부드러웠고 자신에게 충실했다. 사람들은 신조를 가르치도록 그를 훈련시켰지만, 그는 맹신하는 사람들에게 성직자의 프록코트를 양도했다. 어깨 위에 자연의 고귀함이라는 망토를 걸쳤다고 느꼈기 때문이었으니. 자신을 눈먼 사람이나 노예의 행동으로 여기게 하는 어떤 체계에도 그는 순종하지 않았다. 나약하고 비하하고 질투하는 마음의 행위로 보이는 그 어떤 체계도 자신에게 만들지 않았다.

그는 자연에 몸을 담그고, 그 안에서 반짝반짝 빛을 발했으니. 그는 자기 자신을 인간으로 느꼈고, 그리고 그렇기 때문에 신으로도 느꼈다.[11] 그는 그가 본 것을 말했고, 거기서 볼 수 없었던 것은 말하지 않았다. 그는 자신이 감지한 것을 계시하고 지각할 수 없는 것을 경외했으니. 우주 안에서 그는 자신의 눈으로 보았고, 자신의 언어를 표현했다. 그는 창조자가 되기를 원하지 않았던, 창조자였다.[12] 그는 신성한 기쁨을 느꼈고, 유쾌하고 천상적인 거래 속에 살았다. 그는 황홀경의 형언할 수 없는 감미로움을 알고 있었고, 그는 정신과 언어와 양심을 임대하지 않았다. 그에게서 별처럼 빛이 솟아났으니. 그의 안에서 인간 존재는 완벽하게 가치가 있었다.

그는 그렇게 살았으니. 보이지 않는 것을 보면서, 그리고 그것을 계시하면서 말이다. 그는 신성한 도시에 살았다. 왜냐하면 그곳에서 노예 생활에 지친 사람들은 자유로워지기로 결심했고, 현자의 마을이었던 콩코드 땅에 무릎을 꿇고 첫 번째 총알을 쏘았기 때문이라[13]. 이 마을에서 만들어진 무기인 첫 번째 총알로, 붉은 군복을 입은 영국인들을 향하여 말이다. 그는

---

11 자기 자신 안에서 인간성과 신성을 동시에 체험한 것을 의미.
12 그는 자신이 창조자가 되고 싶어서 된 것이 아니라 자신만의 방식으로 세상을 해석하고 자신만의 개념을 창조하면서 자연스럽게 창조자가 된 것이다.
13 1775년 콩코드 전투. 미국 독립전쟁의 시작이었다.

콩코드에서 살았는데, 그곳은 사상가, 은자, 시인들이 사는 투스쿨로[14]와 같았다. 밤나무로 그늘진, 주인을 상징하는 키 큰 소나무로 울타리를 친 그의 집은 그를 닮아, 넓고 장엄했다. 현자의 방에서 책은 책처럼 보이지 않았고 동거인으로 보였으니. 빛바랜 페이지들, 낡은 책등들 모두 가족의 옷을 입고 있었다.

그는 도약하는 독수리처럼 모든 것을 읽었으니. 마치 높은 곳을 향해 끊임없는 비행으로 사는 사람의 거처처럼 집의 지붕은 중앙에서 높았다. 그리고 때때로 생각에 잠긴 커다란 이마에서 분출되는 사유의 증기처럼 우뚝 솟은 지붕에서 연기로 된 공기덩어리들이 솟아올랐다. 그곳에서 그는 스스로 보고 확신한 것을 말한 몽테뉴[15]를 읽었고, 해양 정신을 가진 신비주의자 스베덴보그[16]를, 신을 찾고 그리고 신을 만나고자 가까이 머물렀던 피오티노[17]를, 떨면서 순종적으로 자신의 영혼이 증발하는 것을 지켜보는 힌두인들을, 그리고 위대한 신성 안에서, 비할 데 없는 열매와 함께 두려움 없이 철학을 바라보는 플라톤을 읽었다.

혹은 영혼과 함께 만나는 최상의 선물을 받기 위해 육체의 눈을 감고 책을 덮었다. 혹은 자신의 것이 아닌 어떤 의지에 끌려 움직이는 사람처럼 그

14　Túsculo. 로마의 유서 깊은 고대도시. 기원전 45년, 시세로는 로마 투스쿨로 언덕에 있는 이 도시에서 일련의 책을 썼다. 콩코드는 미국 독립혁명 때 영국에 대항한 도시였고, 투스쿨로와 콩코드 둘 다 민법이 생긴, 좋은 정부가 수립된 도시였다.

15　Montaigne(1533-1592). 프랑스 철학자, 사상가, 수필가이다. 1580sus 『수상록』을 완성함.

16　Swedenborg(1688-1772). 스웨덴의 과학자이자 엔지니어, 철학자, 신비주의자. 그의 마지막 30여 년을 신학 작품들을 집필하며 보냄.

17　Plotino(205-270), (플라티노스) 고대 그리스의 후기 철학자. 신플라톤주의의 창시자. "어찌 '하나'에서 다수가 흘러나왔는지?" 하는 당시 새롭게 제기된 물음에 집중하여 사상을 펼침.

는 불안하고 초조하게 산책했다. 하나의 생각이 정확한 표현을 하고 싶어 못 견디게 타오를 때, 험한 황무지 사이에서 허공을 돌파하기 위해 안간힘을 쓰는 사냥감처럼 그는 자신의 입술을 꽉 깨물었다. 혹은 그는 장엄한 것을 발견한 사람처럼, 지쳐 앉으며 부드럽게 미소를 지었다. 그것을 발견한 자신의 영혼을 감사하며 쓰다듬었다. 오, 충분히 사유한다는 건 얼마나 큰 환희인가!

그리고 삶의 대상을 이해한다는 건 얼마나 큰 기쁨인가! 군주의 기쁨이니! 가장 아름다운 처녀가 등장하는 것 같은 진실의 출현에 미소를 짓게 된다. 그리고 신비한 약혼에서처럼 후들후들 떨리게 된다. 대체적으로 엄청난 삶은 일반적으로 형언할 수 없지 않은가. 평범한 쾌락은 비열한 자들의 재능이라. 인생엔 사랑하고 사유하는 데서 오는 매우 부드러운 기쁨이 있다. 그렇다면, 아들을 지켜보는 아버지의 영혼 안에 모여서, 물결치고 상승하는 하늘의 구름보다 더 아름다운 것이 어디 있겠는가?

남자가 성스러운 여인을 부러워해야만 하는 이유는 그녀가 고통을 겪었기 때문도 출산한 때문도 아니니. 태어나기 전에 고통스러웠던 것으로 인해 태어난 후에 즐거워하기 때문이다. 한 사상도 아들이 아닌가?[18] 진리를 아는 시간은 황홀하고 고귀하다. 기어오른다고 느끼지 않고 안식한다고 느낀다. 아버지 안에 있는 당혹과 자식의 다정함을 느끼나니. 그것은 지극한 광채로 두 눈에 기쁨을 주는구나. 영혼 안에서 잠잠하나니. 마음 안에는 애무하는 온화한 날개들. 두개골이 마치 별들의 마을을 느끼는 것과 같

---

18 남자는 여자를 부러워할 것이 없다. 여자는 아이를 낳지만 남자도 사상을 낳는다. 남자의 사상은 아이와 마찬가지로 표현되기 전에 고통을 주고, 구체화되면 기쁨을 유발한다. 그 생각은 아들 같다. 남자가 직접 자신의 사상으로 그 생각을 낳았기 때문이다.

구나. 장엄한 세계여라. 조용하고 광대한 내면의 궁륭은 엄숙한 밤에 고요한 정신을 밝혀주나니!

그리고 그 세계를 떠나온 후에 에머슨은 어린 것을 향한 연민을 품은 것처럼, 신성한 집중을 교란시키지 말 것을 당부하는 것처럼, 인간의 수고로 된 모든 것을 온화하게 손으로 분리해낸다. 조금 전에 산처럼 보이던 책들은 마른 포도처럼 다가오는구나. 그리고 사람들은 치유를 받고 있는 환자들처럼 보이는구나. 또한 나무들, 산들, 거대한 하늘, 건장한 바다는 우리의 형제나 친구처럼 나타나나니. 하여 인간은 그렇게 자연의 창조주를 깨닫는다. 독서는 자극하고, 불을 당기고, 생기를 불어넣는다. 마치 잘 견뎌내는 모닥불 위에 신선한 공기를 한 번 불어넣는 것과 같아, 재를 날려버리며 불을 허공에 맡기는구나. 거대한 것을 읽고, 장엄한 것을 감당할 수 있다면 위대해질 수 있는 더 큰 능력을 갖게 되리니. 고귀한 사자가 깨어나고, 격렬하게 흔들리는 갈기에서 금으로 된 실타래처럼 사상들이 떨어지는구나.

에머슨은 섬세한 견자였으니. 미묘한 공기가 사람들의 목구멍에서 어떻게 선율과 지혜로운 말로 변하는가를 보았고, 견자로서 글을 썼다. 명상가로서가 아니었다. 그가 쓰는 모든 것은 격언이 되었다. 그의 펜은 희석시키는 붓이 아니라 조각하고 자르는 강철 끌이었다. 훌륭한 조각가가 순수한 선을 남기듯 순수한 문구를 남겼다. 불필요한 단어는 그에게 주변을 쭈글쭈글하게 만드는 주름처럼 보였다. 그의 강철 끌로 두드릴 때 주름이 산산조각 나고 선명한 문구가 남았다. 그는 불필요한 것을 따분해 했다. 그는 자신이 말한 것을 비운 다음, 말했다. 때때로 그는 어느 하나에서 다른 것으로 뛰어넘는 것처럼 보이며, 언뜻 보기에는 두 개의 즉각적인 아이디어 사이의 연관은 발견되지 않는다. 다른 사람들에게는 비약인 것이 그에게는 자연스러운 행보였다. 그는 거인처럼 봉우리에서 봉우리로 나아간다. 여행용 배낭을 진 일반 보행자들이 걷는 골목과 좁은 길을 따라가는 것이 아니었다. 그들은 너무 낮은 데서 올려다보는 것처럼, 키 큰 거인을 작게 본다. 그는 연대순에 따라서가 아니라 목록에 따라 글을 썼다.

에머슨의 책들은 논증이 아니라 어떤 진수이니. 그의 사상은 마치 고립된 것처럼 보인다. 그것은 그가 한 번에 많은 것을 보고, 한 번에 모든 것을 말하고 싶어 하며, 보는 대로 말하기 때문이다. 마치 번개의 빛으로 읽히는 방식처럼, 또는 사라져야 할 것임을 아는, 너무 아름다운 불빛에 나타나는 방식처럼 말이다. 그리고 그것을 다른 사람들이 자세히 설명하도록 내버려 둔다. 그는 시간을 낭비할 수 없었다. 그는 선언했다. 그의 문체는 화려하지 않고, 깔끔했다. 그는 문체를 정화하고, 명백하게 하고, 순화하고, 끓게 만들었다. 그는 지적 내용물에서 핵심 정수만을 취했다. 그의 문체는 향기롭게 만발한 식물들로 가득한 초록 구릉이 아니라, 현무암으로 된 산이다. 그는 혀의 역할을 했지만 그 노예는 되지 않았다. 언어는 사람의 작품이며 사람은 언어의 노예가 되어서는 안 되었다.

어떤 사람들은 에머슨을 잘 이해하지 못했다. 산을 인치로 잴 수는 없다. 사람들은 그를 모호하다고 비난한다. 그러나 그러한 정신의 위대함이 비난받지 않은 적이 언제 있었던가? 그것을 이해할 수 없다고 고백하는 것보다, 읽혀진 것을 불가해하다며 탓하는 것이 덜 굴욕적이다. 에머슨은 논쟁하지 않았다. 그는 확증했다. 그에겐 자연이 가르치는 것이 사람이 가르치는 것보다 훨씬 나아 보였다. 그가 볼 때 나무는 책보다 더 많은 것을 알고 있었다. 별이 대학보다 더 많은 것을 가르쳐주었다. 농장이 하나의 복음이었다. 그리고 농장의 아이는 골동품상보다 우주적인 진리에 더 가까이 있었다. 그에게는 별들만한 촛불도, 산들만한 제단도, 깊고 생동하는 밤들만한 설교자도 없었다.

그들의 금빛 나는 밝은 베일 사이로 아침이 옷을 벗는 것을 보자 천사 같은 감동이 그에게 차올랐다. 일몰 또는 동트는 새벽을 보고 있을 때 그는 자신이 페르시아의 왕이나 아시리아 군주보다 더 강력하다고 느꼈으니. 선하게 되기 위해서는 아름다운 것을 보는 것 이상 필요한 게 없다. 그는 그 불꽃 위에 글을 썼다. 그의 이데아는 눈부신 바다의 하얀 자갈처럼 그 마음에 떨어졌으니. 그 섬광! 그 번개침! 그 불의 정맥! 그리고 그는 마치 날아가는 사자의 등에서 여행하는 것 같은 현기증을 느꼈다. 그 자신이 그것을 느꼈고, 그것으로부터 힘차게 벗어났다. 그리고 그는 책을 선량하고 관대한 친구에게 하듯 가슴 속으로 꼭 끌어안았다. 또는 충실한 여성의 깨끗한 이마에 하듯이 책을 부드럽게 쓰다듬었다.

에머슨은 모든 것에서 가장 깊은 곳을 생각했으니. 그는 생명의 신비를 꿰뚫고 싶어 했다. 그는 우주의 존재 법칙을 발견하고자 했다. 그는 피조물을 강력하게 감지했고, 창조주를 찾고자 떠났다. 그리고 만족스럽게 여행에서 돌아왔고, 창조주를 찾았다고 말했다. 그는 이 대화에 뒤따르는 마음의 평정 속에서 여생을 보냈다. 에머슨은 우주적 정신 안에 있는 넘침과 제 영혼의 그 팽창 속에서 나무 잎사귀처럼 떨었다. 그리고 나무 잎새처럼 향기롭고 신선하게 자기 자신으로 돌아왔다. 그가 태어날 때 인간들은 수세기 동안 쌓아온 모든 족쇄들 앞에 그를 두었다. 오만한 인간들로 가득했던 오랜 세월, 새로운 사람들의 요람 앞에 축적된 족쇄들이었다.

책들은 미묘한 독으로 가득하다. 그 독은 상상력을 자극하고 판단을 병들게 한다. 그는 그 모든 잔을 깨끗이 비웠지만, 독에 거의 중독되지 않은 채 자신을 향해 걸었다. 그는 고통의 사람이었으니. 잘 보기 위해서는 현자가 되는 것이 필요하지만, 또한 자신이 현명하다는 사실을 잊어버리는 것이 절실했다. 진리를 소유한다는 것은 인간들로부터 강요된 계시들 간의 투쟁에 불과했다. 어떤 이들은 굴복했는데, 다른 영의 목소리일 뿐이었다. 어떤 이들은 승리했는데, 자연의 음성에 새로운 목소리를 보태었다. 에머슨은 승리했다. 거기 그의 철학이 있었다.

『자연』은 그의 가장 뛰어난 책으로 불린다. 책 속에서 그는 그 감미로운 환희에 자신을 맡기고, 그 경이로운 산책을 이야기했다. 자신의 눈을 잊어버리고 보는 목적으로만 눈을 요구하는 사람들에 맞서서 장엄한 기품으로 싸웠다. 그리고 그는 고귀한 인간을, 부드럽고 온유한 우주를 본다. 그리고 하나의 품에서 솟구치면서 그 품으로 돌아가는 모든 생명체를 본다. 또한 살아 있는 모든 것 위에서 살아가게 될 영혼을, 자신의 두 팔 안에 있는 인간을 보았다. 그는 자신에 대하여, 자신이 나열한 것에 대하여 설명했다. 느끼지 않은 것은 설명하지 않았다.

에머슨은 사람들이 자신을 몽상가로서가 아니라 변화무쌍한 것에 따라 생각하는 사람으로 여기는 것을 더 좋아했으니. 지금 자신의 눈이 더 이상 보지 못하는 곳은 보지 않았다고 진술했다. 다른 사람들이 본다는 것을 부인하지 않았다. 그러나 그는 자신이 본 것은 유지했다. 그가 본 것들 안에 상반되는 것들이 있다면, 다른 사람이 논평하고 차이점을 찾았다. 그는 서술할 뿐이었다. 그는 유추 외에는 하지 않았다. 그는 자연에서 모순을 찾지 않았다. 그는 자연 안에 있는 모든 것은 인간의 상징이며, 사람 안에 있는 모든 것이 자연 속에 있음을 보았다. 그는 자연이 인간 속에 영향을 미치고, 그리고 인간이 자신의 견딜 수 없는 욕망에 따라 자연을 행복하거나 슬프게, 감동적인 웅변이나 무언으로, 부재 또는 존재하게 만든다는 것을 알았다.

그는 인간 의식을 우주 물질의 주인으로 지각했으니. 그는 물리적 아름다움이 도덕적 아름다움을 향한 인간의 정신에 활력을 불어넣고 준비시킨다는 것을 발견했다. 황량한 영혼은 황폐한 우주를 재단한다는 것을 깨달았다. 자연의 장관이 믿음, 사랑과 존경을 불러일으키는 것을 느꼈다. 그는 인간에게 상투적으로 응답하기를 거부하는 우주를 보았다. 우주는 인간의 갈망을 진정시키는 감각을 불러일으키며 그에게 응답하고, 그에게 강하고 자랑스럽게, 기쁘게 살도록 허용한다는 것을 에머슨은 감지했다.

그리고 그는 만물이 만물과 닮아 있다는 자세를 주장했으니. 만물은 같은 목적을 지녔다는 것, 모든 것은 인간에게 선물이라는 것, 인간은 자신의 모든 정신으로 모든 것을 아름답게 한다는 것, 자연의 모든 흐름은 각 피조물을 통하여 이동한다는 것, 각 사람은 자신 안에 창조주를 품었다는 것, 그리고 각각 창조된 것들은 그 자체 안에 창조주의 무엇인가를 지니고 있다는 것, 마침내 모든 것은 창조적인 영의 품안에 다다르게 될 거라는 것, 모든 사건, 모든 사상과 모든 행동에는 중심적인 조화가 있다는 것, 자연 전체를 여행할 때 인간의 영혼은 모든 자연에서 자신을 발견한다는 것, 우주의 아름다움은 소망을 격려하기 위하여, 미덕의 아픔을 위로하기 위하여, 인간이 자신을 찾고 발견하도록 자극하기 위하여 창조되었다는 것, "인간의 내면에는 전체의 영혼, 현명한 침묵의 영혼, 모든 요소와 입자가 평등하게 관련되어 있는 우주적인 아름다움, 즉 영원한 하나가 있다"[19]는 태도를 지켰다.

삶은 그를 교란시키지 않았다. 그는 선하게 실천했기 때문에 만족했다. 중요한 것은 덕 있는 사람이 되는 것이었다. "덕은 영원의 문을 여는 황금 열쇠이다."[20] 인생은 상업뿐인 것도 아니고 정치뿐인 것도 아니라, 그 이상이었다. 자연계 기운과의 교감, 자기 자신을 다스리는 것, 자연의 힘으로부터 통치가 나온다. 보편적 질서는 개별 질서를 고쳐시킨다.

기쁨은 확실하고, 궁극적인 느낌이니. 그러므로 모든 신비한 것들에 대한 진실이 무엇이든 간에, 다른 모든 종류의 기쁨보다 우월한 진정한 기쁨을 생산하는 일을 해내야 하는 것이 이상적이다. 이것이 바로 미덕이다. 인생은 "자연의 정거장"[21]에 지나지 않는다. 따라서 초인간적인 은총으로, 산꼭대기에서 비인간적인 빛으로 쓰인 것 같은, 빛나고 고요한 그 페이지들 사이를 향해 독자들의 두 눈은 달려간다. 그리하여 매혹적인 경이를 보려는, 또한 모든 진실의 궁전으로 산책하려는, 반짝이며 사슬로 엮인 그 페이지들 사이를 향하려는 열망으로 이글거리며 눈길이 집중된다. 그것은 너무 많은 빛으로 무질서한 눈에 영광스러운 이미지를 반영하는 강철 거울처럼 보였다. 아, 뇌리에 불꽃이 튀는 것을 느끼고 있을 때 읽는다는 것은 살아있는 독수리를 못 박는 것과 같으니! 만약 손이 번개였다면, 범죄를 저지르지 않고도 머리뼈를 박살낼 수 있었을 텐데!

---

19 에머슨의 『초월적 영혼』에서.

20 원래는 17세기 존 밀턴의 문장이지만, 에머슨이 『자연』에서 인용하고 있다. 에머슨과 마르티 모두 고전의 인용을 통해 자신의 철학적 논증을 뒷받침하고 있다.

21 에머슨의 『자연』에서. "하지만 인간의 삶과 정거장들 사이에 유추의 시도는 없는가?"

그리고 죽음? 죽음은 에머슨을 괴롭히지 않았으니. 죽음은 고귀하게 살아온 사람을 놀라게 하지도 슬프게 하지 않는다. 두려움의 동기를 가진 사람들만 죽음을 두려워한다. 불멸할 자격이 있는 사람은 불멸하게 될 것이다. 죽는다는 것은 유한한 것을 무한으로 되돌리는 것. 거기 대항하는 것은 옳지 않은 것으로 보인다. 삶은 하나의 사건이고, 존재하는 한 존재하는 이유가 있으니. 그것은 우둔한 사람에게는 장난감일 뿐이지만, 진정한 사람들에게는 하나의 사원이다. 죽음에 대응하는 가장 좋은 방법은 느끼고 생각하는 정신의 정직한 훈련을 위해 앞으로 나아가며 살아가는 것이다.

그리고 과학? 자연의 모든 힘의 유추, 살아있는 모든 존재들의 유사성, 우주의 모든 요소들로 구성된 평등, 열등하다고 알려진 사람부터 그러나 우월하다고 알려지지 않은 사람까지 가진 인간의 주권 등 과학은 정신이 통달한 것을 확증한다. 영혼은 미리 느끼고, 신념은 인증한다. 심원에 잠긴 정신은 전체를 본다. 구체적인 것을 보고자 곤충을 잡는 과학은 세부사항밖에 보지 못한다. 우주가 느리고 질서정연하며 유사한 절차에 의해 형성되었다고 해서 자연의 궁극적 목적이 부정되는 것도 아니고, 영적 사실들의 존재와 모순되지도 않는다.

과학의 한 시대가 완전해지고 알아야 할 모든 것이 알려질 때, 영혼이 아는 것을 알게 될 것이고, 오늘날 영혼이 아는 것보다 더 알지는 못할 것이다. 도마뱀의 손이 사람의 손을 닮아 있는 것도 진실이지만, 무덤 앞에서 인간의 영혼은 젊어지고, 인간의 육체는 늙어지는 것도 진실이다. 그리고 우주의 영혼 안에 있는 그토록 꿰뚫어보는, 매혹적인 쾌감, 그 이면에 있는 신선하고 강렬한 에너지를 자신의 집중으로 느끼는 것도 사실이다. 그토록 장엄한 고요, 사랑하고 용서해야 하는 생생한 욕구, 이것이 누군가를 위해 그런 것이든, 비록 누군가를 위해 여기 이른 것이 아닐지라도, 도마뱀의 손과 사람의 손 사이의 유사성 못지않게 확실한 생명의 법칙인 것도 진실이다.

그리고 삶의 목적은? 삶의 목적은 완전한 아름다움을 향한 열망의 만족이니. 미덕이 그 작용하는 곳을 아름답게 만드는 것처럼, 아름다운 곳들도 미덕에 관해서 작용하는 까닭이다. 자연의 모든 요소에는 도덕적 특성이 있다. 모든 자연이 인간 안에 이 개성을 불어넣었기 때문이고, 모두가 개성을 생산하고 모두가 개성을 지녔기 때문이다. 그렇듯 진리 그것은 판단의 아름다움이고, 선량함 그것은 애정이 많은 사람들 안에 있는 아름다움이며, 순순한 미 그것은 예술 안에 있는 아름다움이니 이 모두는 하나이다.[22] 예술은 인간이 창조한 자연에 지나지 않는다. 이 혼합물[23]로부터 결코 벗어날 수 없다.

자연은 인간 앞에 엎드려 자신의 차이들을 선물한다. 인간이 판단력을 완성하도록 하기 위해서다. 자신들의 경이로움도 선물한다. 인간들이 그것들을 따라하려는 의지를 북돋아주기 위해서다. 또한 자신의 욕구들을 제공한다. 작업 안에서, 모순 안에서, 모순을 극복하는 미덕 안에서 인간 정신을 개발시키기 위해서다. 자연은 인간에게 그들의 목적을 선물한다. 이것들은 인간 정신에 반영되고, 정신은 그의 언어를 지배하며, 각 대상의 언어 안에서 소리로 변환된다.

---

22 호세 마르티는 진리와 선행과 아름다움을 언제나 하나로 보았다. 진리가 있는 곳에 선행이, 선행이 있는 곳에 아름다움이 존재한다. 진리가 없으면 선행도 없고 선행이 없으면 아름다움도 없다는 것이다.

23 진리와 선행, 아름다움 등을 말한다.

별은 아름다움의 전령들이고, 숭고한 것은 영원하니. 숲은 인간을 이치와 믿음으로 되돌아오게 하고, 그리고 청춘은 영속적이다. 숲은 선한 행위로 유쾌해진다. 자연은 미덕을 위해 인간에게 영감을 주고, 치유하고, 위로하고, 강화하고 준비시킨다. 인간은 완전하지도 않고, 그 자체로 드러나지 않으며, 보이지 않는 것은 보지 못하니, 오히려 자연과 친밀한 관계에서 자신을 드러낸다. 원의 중심에 반지름이 있는 것처럼 우주는 인간 안에 도달하기 위해 복합적인 형식으로 움직이고, 인간은 중심에서 나누어지는 반지름처럼 우주의 중심에 작용하기 위해 제 의지의 다양한 행동으로 움직인다.

다중인 우주는 하나이니. 음악은 뱀의 움직임과 색깔을 모방할 수 있다. 기관차는 인간이 창조한 코끼리이며, 코끼리처럼 힘이 있고 거대하다. 온도의 정도만이 강바닥을 흐르는 물과 강물이 씻긴 돌에 풍부한 변화를 만든다. 그리고 모든 다중 우주 속에서 모든 일은 인간 존재의 상징 형태로 발생하고, 인간에게 일어나는 일과 똑같이 일어난다. 생각이 무한대를 향하는 것처럼 연기는 허공으로 사라진다. 바다의 물은 영혼 안에 있는 애정 있는 사람들처럼 파도를 일으키며 출렁인다. 미모사는 예민한 여자처럼 연약하다. 인간의 모든 자질은 자연의 동물에 표현되어 있다. 나무들은 우리들이 이해하고 있는 언어로 우리에게 말한다.

밤은 귀에 무언가를 남기고 간다. 때문에 의심으로 괴로워하며 밤에게 다가간 마음은 충만한 평화로 아침을 맞이한다. 태양이 자연을 비추듯 진실의 환영은 갑작스럽게 영혼을 비춘다. 아침은 새들을 삐약거리게 하고, 사람들에게 입을 열게 한다. 밤의 어스름은 새들의 날갯짓을 주워 담고 그리고 사람들의 말을 거두어들인다.

미덕은, 자연 안에서 모의하는 모든 것을 사람들에게 평화로 남겨두나니. 자신의 임무를 잘 끝낸 것처럼, 또는 자신 안에 되돌아가는 곡선처럼, 그리고 더 이상 나아갈 길이 없어 원을 완성하는 것처럼 말이다. 우주는 종이며 인간 존재는 우주의 왕이라. 우주는 인간의 교양과 기쁨, 양식과 가르침을 위하여 창조되었다. 인간은 바뀌면서 스쳐 지나가는 자연을 마주 보면서, 자신 안에 있는 지속적인 어떤 것을 감지한다. 영원하게 젊은 것과 그리고 옛날 옛적의 늙은 것도 동시적임을 깨닫는다. 여기서 배우지 않았던 것을 잘 알고 있음을 기억하고 이해한다. 즉, 이 세상에 가져온 과학을 습득한 전생이 그에게 계시된다는 것을 알고 있다는 말이다.

그리고 보이지 않지만, 그러나 분명히 존재하시는 아버지께 그는 두 눈을 향한다. 세계를 가득 채우는 아버지의 키스가 향기로 충만한 밤공기 속에서 그에게 온다. 키스는 그의 이마에 너무도 밝은 빛을 남겨, 그는 빛의 온화한 창백함 속에서 무질서하게 드러난 내면의 우주, 곧 ―모든 외부― 를 보게 된다. 그곳은 확대된 내면, 두렵고 아름다운 죽음의 우주가 있는 외부이다.

그런데 신은 대지 바깥에 있는 것일까? 신은 대지 그 자체일까? 대자연 위에 있는 것일까? 자연은 창조주인데, 인간의 영혼을 그 품에 빨아들이는 거대한 영적 존재가 존재하지 않을 것인가? 그는 우리들이 사는 세상에 스스로 태어났을까? 그리고 그것은 오늘날 끊임없이 움직이는 것처럼 움직일 것인가? 아니면 증기에 의해 흔들리고 증발할 것인가? 고결하고 유쾌한 상호교감 안에서 우리가 자연을 단지 환상에 불과한 존재로 혼동하게 될 것인가? 하여 이 거대한 사람은 강력한 정신을 그렇게 일깨우고, 어두움 속에서 열린 눈으로 신성한 분별력을 찾았으니.

그리고 빛 속에서, 대지 속에서, 물속에서 그리고 자기 자신 속에서 그는 신중하고, 보이지 않고, 한결 같고, 고동치는 신성을 발견한다. 그는 말로 할 수 없는 것을 알고 있음을 느낀다. 그리고 인간은 자신이 마침내 앉아야 할, 금독수리 날개의 가장자리를 자신의 손으로 두드리고 있으면서도 결코 만지지는 못한 채, 영원히 삶을 보낼 것임을 깨닫는다. 이 사람은 우주 앞에 우뚝 섰다. 그는 사라지지 않았다. 그는 감히 종합을 분석했고, 길을 잃어버리지 않았다.

에머슨은 팔을 뻗어, 그 두 팔로 생명의 신비를 껴안았으니. 날개 달린 정신으로 된 가벼운 바구니 같은 그의 육체는 고통스러운 노동과 필멸의 고뇌 사이로, 순수한 정점을 향해 상승했다. 그곳으로부터 무한한 존재들의 별빛으로 수놓은 튜닉[24]들이 마치 여행자의 열정에 대한 보상처럼 드러났다. 그는 몸속에서 그렇게 영혼의 신비가 흘러넘치는 것을 느꼈다. 그것은 장엄한 축복이라, 입술들은 키스로, 손들은 애무로, 눈들은 눈물로 가득 차오른다. 그것은 자연이 갑자기 부풀어 오르는, 넘쳐흐르는 봄날을 닮았다. 나중에 그는 신과의 대화에서 오는 고요함을 느꼈다. 또한 그 힘에 대한 자각이 인간에게 주는 군주의 그 장엄한 담대함을 느꼈다. 그렇다면, 자기 자신이 주인이라면, 왕을 비웃지 않을 사람이 어디 있겠는가?[25]

때때로 에머슨은 힌두교의 빼어난 책에 감동되었다. 그 책은 인간 피조물이 미덕으로 정화된 후 불나비처럼 지상의 쓰레기에서 브라흐마의 품으로 날아가 앉는다고 말한다. 거기서 그는 검열하던 것을 행하게 되고, 다른

---

24 가운 같은 겉옷.
25 미덕과 지식을 터득한 자는 재산만을 가진 군주보다 우월한 권력을 가지고 있다는 의미.

사람의 눈을 통해 자연을 바라보게 된다. 그렇기 때문에 에머슨은 거기서 자신의 응시와 일치하는 그 눈들을 발견했다. 그리고 그는 자신의 비전들을 희미하게, 어슴프레 보았다. 저 인도 철학은 오렌지 꽃의 숲처럼 도취하게 만들었다. 마치 새가 나는 것을 보는 것처럼 철학과 함께 일어나, 날고 싶은 열망을 일깨웠다. 인간은 인도 철학에 몰입할 때 달콤하게 무로 돌아가는 것을 느끼고, 떠다니는 것처럼 푸른 불꽃 안에 있는 최상의 길을 느낀다.

그 다음에 그는 자연이 환영은 아닌지, 인간은 공상가가 아닌지, 모든 우주는 이상이 아닌지, 신은 순수한 관념이 아닌지, 인간 존재는 열망하는 개념인지 자문한다. 그리고 조가비 속에 든 진주처럼, 나무 둥치에 박힌 화살처럼 마침내 신의 품안에 머무르게 될 것이다. 그는 발판을 만들기 시작하고 우주를 건설하기 시작한다. 그러나 즉시 그는 발판을 아래로 내던진다. 세계를 구축하려고 할 때, 등짝에 산맥을 질질 끌고 가는 개미처럼 보이는 정신의 빈곤과 자신이 가진 건축의 비루함을 부끄러워했다.

그리고 에머슨은 제 혈관을 타고 흐르는 그 신비하고 모호한 향기를 다시 한번 감지했다. 약속들로 가득찬 숲들로부터 오는 친밀한 고요 속에서 제 영혼의 폭풍이 어떻게 잠잠해지는지 다시 보았다. 마른 바위에 부딪힌 배처럼 마음이 좌초한 곳에서, 부서진 정신으로부터 탈주하는 예감이 하늘을 확신하는 맹금류처럼 솟구치는 것을 다시 한번 알아차렸다. 돌처럼 거칠고 험하고 저항적인 언어들로 번역해야 할 것은 전율하는 영혼의 도취된 기쁨들, 향기로운 환희들, 정직한 황홀들, 명쾌한 교감들이었다. 사로잡힌 자연은 대담한 연인 앞에서 놀란 채, 이 전율하는 영혼의 사람을 자신의 동반자로 인정한다.

이는 우주가 인간에게 완전하고 직접적으로 계시하기 때문에 우주 안에서 스스로 볼 수 있는 권리, 그리고 우주에서 비롯되는 타오르는 갈증을 자기 자신의 입술로 해소할 권리가 각 사람에게 계시된다는 것을 알려준다. 그리고 그 대화에서 순수한 생각과 순결한 애정이 너무나 생생한 기쁨을 낳고, 영혼은 그 안에서 달콤한 죽음을 느낀다. 빛나는 부활이 뒤따른다는 것을 배웠기 때문에, 그는 사람들에게 오직 순수하게 존재해야만 행복해짐을 선언한다.

이것을 알게 되자마자 에머슨은 별들이 인간의 면류관이라는 것, 자신의 두개골이 식었을 때 자신의 고요한 영혼이 빛으로 둘러싸인 공기를 가로지를 것을 확신했다. 그는 괴로워하는 사람들 위에 애정 어린 손을 얹었고, 지상의 거친 투쟁을 생생하고 통찰력 있는 두 눈으로 지켜보았다. 그 응시들은 잔해를 걷어냈다. 그는 영웅의 식탁에서 친밀한 자리를 차지한다. 그는 호메로스적인 언어[26]로 민족들의 사건을 이야기한다. 그는 거인의 우직함을 가지고 있다. 그는 제 직관이 이끄는 것에 자신을 맡기며, 이는 구름의 품을 여는 것처럼 그에게 무덤의 심연을 연다.

별의 원로원에 앉았다가 씩씩하게 돌아왔듯이 형제의 집에서 앉아 있듯이, 그는 만인의 원로원에 앉아 있다. 옛 역사와 새 역사에 대해 설명한다. 화석 지질학자처럼 나라들을 분석한다. 그리고 그의 문구들은 매머드의 척추, 황금 조각상, 그리스 현관처럼 보인다. 다른 사람에 대하여는 "그는 형제입니다"라고 말할 수 있다. 이 사람에 대해서는 "그는 아버지다"라고 말해야 한다.

그는 지극히 인간의 총체로써 경이로운 책을 썼다. 거기에서 그는 위대

---

26 개인적 이야기가 아닌 민족이나 문명 전체의 역사를 다루는 거대한 스케일의 서술을 의미.

한 사람들을 그들 유형별로 연구하고 찬양했다. 그는 청교도인 부모가 왔던 옛 영국을 보았고, 자신의 방문에서 그는 또 다른 책, 매우 강력한 책을 저술했는데, 그 책을 『영국 사람들의 풍모』이라고 불렀다. 그는 삶의 사건들을 다발별로 묶고 그것들을 신비스러운 "에세이"로 연구하고 삶의 사건들에 법칙을 부여했다. 축을 중심으로 하듯 생명을 위한 모든 법칙들은 "모든 자연은 어린아이의 양심 앞에서 떨린다"는 진리 안에서 회전한다. 그는 마치 화학자의 손을 빌린 것처럼 신앙·운명·권력·부·환상·위대함을 모두 분해되고 분석했다. 아름다운 것을 일으켜 세웠다. 거짓된 것을 내버렸고 관행을 존중하지 않았다. 비록 잘 알려졌다 할지라도 비열한 것은 비열한 것이다. 인간은 천사 같은 존재가 되기 시작해야 한다.

법은 온유함이니. 법은 수용이며 법은 신중함이다. 그 에세이들이 법전이다. 그것은 과도한 수액으로 흘러넘친다. 그것은 산맥의 한결같은 장엄함을 가지고 있다. 지칠 줄 모르는 환상과 독특한 선한 감각은 그 실험들을 실현한다. 그에게 있어서는 큰 것과 작은 것 사이에, 이상과 실제 사이에 모순이 없다. 결정적인 승리를 가져다줄 법칙과 별의 면류관을 받을 권리가 지상에 행복을 줄 것이다.

모순은 자연에 있는 것이 아니라 자신들의 유사성을 발견하는 방법을 인간이 모른다는 데 있으니. 그는 과학을 믿을 수 없다고 무시하는 것이 아니라 더디다고 무시한다. 그의 책들을 펼치면 과학적인 진리가 넘쳐난다. 틴들[27]은 자신의 모든 과학을 에머슨에게 빚지고 있다고 말한다. 모든 변

---

27 John Tyndall(1820~1893): 저명한 19세기 아일랜드 물리학자. 1850년대 반자성에 대한 연구로 그의 초기 과학적 명성을 얻었다.

형주의 이론은 에머슨의 문장 다발 안에 포함되어 있다. 그러나 그는 판단력이 생명의 신비를 꿰뚫어 보고, 인간에게 평화를 주며, 성장 수단을 소유하는 데에 놓이기에는 충분하다고 믿지 않았다. 판단이 시작한 것을 직관이 완결 짓는다고 확신했다.

에머슨은 인간 과학이 추적하는 것을 영원한 정신이 알아맞힌다고 믿었으니. 과학은 개처럼 코를 킁킁거린다. 영원한 정신은 활기찬 콘도르처럼 자연주의자가 골몰해 있는 그 심연을 뛰어넘게 한다. 에머슨은 항상 관찰하고, 보았던 모든 것에 각주를 붙이고, 유사한 사실을 메모책에 그룹화했으며, 명확하게 해야 할 때 말했다. 칼데론, 플라톤, 핀다르에게서 영향을 받았다. 프랭클린의 영향도 받았다. 그것은 속이 빈 가지 때문에 제대로 지탱되지 않아 둔중한 나뭇가지가 땅에 떨어지는, 잎만 무성한 대나무와 다르다. 오히려 바오밥나무나 노간주나무나 거대한 사만[28]처럼 그러한 튼튼한 수관으로 강인한 둥치 위에 우뚝 서 있다. 대지를 향해 걷는 오만불손한 사람처럼, 실용적인 사람들로 인해 미움을 받는 것처럼, 이상주의자는 대지를 향해 걸었으니.

에머슨은 그것을 인간적인 것으로 만들었다. 그는 과학을 고대하지 않았다. 높은 곳으로 올라가는 데 새는 죽마가 필요하지 않고, 독수리는 궤도가 필요하지 않기 때문이다. 하늘을 나는 말을 탄 참을성 없는 우두머리가 무거운 철갑을 짊어진 느린 병사를 뒤에 남겨두는 것처럼, 그는 과학을 뒤에 남겨두었다.

그에게 있어 이상주의는 죽음에 대한 텅 빈 열망이 아니라 이번 생에

---

28 열대국가 문화의 일부, 중앙아메리카의 가장 상징적인 나무 중 하나.

서 미덕의 고요한 수행으로 마땅히 가치가 있는 나중 삶에 대한 확신이었으니. 그리고 삶은 죽음만큼 아름답고 이상적이다. 그가 어떻게 개념을 형성하는지 보고 싶은가? 그는 이렇게 생각한다. 인간은 자신의 모든 능력을 자연 연구에 바치는 것이 아니라, 그저 이해하는 데에 그치고 있다고 말하고 싶어 한다. 이해력은 잠재력[29]의 가장 풍부한 것이 아니므로 자연을 꿰뚫어 보지 못한다는 것이다.

그는 말한다. "그것은 인간 비전의 축이 자연의 축과 일치하지 않기 때문입니다." 그리고 그는 모든 도덕적, 물리적 진리가 어떻게 서로를 포함하고, 다른 모든 진리가 각각의 안에 어떻게 있는지 설명하고자 했다. 또 말했으니. "그들은 원주의 바퀴와 같아서 모두 서로를 포함하고 어느 것도 다른 것 위에 있지 않으며, 자유롭게 들어오고 나갑니다."

에머슨이 어떻게 말하는지 듣고 싶은가? 그는 이렇게 말하나니. "고통을 겪는 사람을 위해, 당신 고유의 벽난로의 온기는 슬픔을 지니고 있습니다.", "우리는 배 같이 흔들리는 존재로 지어진 게 아니라, 건물같이 튼튼하게 서 있도록 지어졌습니다.", "이 언어들을 끊어라. 그러면 말들은 피를 흘릴 것입니다." "위대한 존재는 이해되지 않습니다.", "레오니다스[30]는 죽는 데에 하루가 걸렸습니다.", "불모성은 단독생식처럼 그 자체만으로 고려된, 자연적인 역사의 결과들입니다."[31], "저 사람은 논리학의 진흙탕을 밟

---

29 감정, 직관, 영성 등의 능력을 말한다.
30 Leonidas (BC540~480년경): 스파르타의 왕. 최고의 위상을 가진 영웅. 그는 300명의 최정예 스파르타 병사를 이끌고 테르모필레 협곡에서 방어전을 폈는데, 이들의 희생은 영웅의 상징처럼 여겨졌고, 수많은 유럽문화권의 영웅이야기의 모범이 되었고 스파르타의 용맹성을 후세에 알렸다.
31 인간은 항상 중심에 있는 환경과 연계되지 않는다면 불모성을 가진다는 의미. 단일성은 의

아 뭉개며 걷습니다."

그리고 그의 시는 피렌체의 궁전처럼 거대하고 불규칙한 돌덩이로 만들어졌으니. 그것은 바닷물처럼 두들기며 파도친다. 또 어떤 때는 발가벗은 아이의 손에 들린 작은 꽃바구니처럼 보인다. 키클롭스로부터 온, 원시적 인간들로부터 온, 족장들로부터 온 시이다. 꽃이 만발한 떡갈나무 숲은 그의 어떤 시편들을 닮았다.

그의 시들이야말로 이 대지의 위대한 투쟁에 봉헌하는 독특한 시적인 구절들이다. 다른 시들은 보석돌로 된 개울, 또는 구름의 자투리 또는 번개 조각과 같다. 그의 시들이 무엇인지 아직 모르는가? 시편들은 때때로 구불구불한 수염, 꾸불꾸불한 머리칼, 불타는 시선을 가진, 하얀 돌로 된 동굴에서 온, 졸참나무 가지에 기대어 노래하는 수염 기른 노인과 같다. 또 때때로 초록의 높은 산으로부터 심연 속으로 뛰어내린 황금 날개를 가진 거대한 천사 같다. 경이로운 노인이시여, 나의 신선한 야자수 다발과 은검을 모두 당신의 발 앞에 두고 가겠으니!

미가 없다.

월트 휘트먼[32]의 시세계와 자유

"온통 새하얀 머리에, 가슴 위로 기르고 있는 수염, 수풀 같은 눈썹, 목동의 지팡이를 든 손, 빨간 벨벳 의자에 앉아 있는, 그는 어젯밤 신처럼 보였습니다." 이것은 70세 노인인 시인 월트 휘트먼에 대해 오늘자 일간지에서 언급한 것이다. 언제나 소수인 심오한 비평가들은 그 나라와 그 시대의 문학에서 휘트먼에게 비범한 위치를 할애했다. 고대의 신성한 책들만이 그의 예언자적 언어와 강렬한 시를 통해 빛의 입김이 내뿜는 것처럼 웅장하고 제사장적 격언에 필적할만한 이론을 제공한다. 이 늙은 시인의 경탄할만한 책[33]은 금지되어 있다.

---

32 「El poeta Walt Whitman」. 마르티가 뉴욕에서 쓴 휘트먼의 시세계에 관한 이 글은 1887년 4월 19일에 멕시코 신문 <El Partido Liberal>에 발표. 또한 그해 6월 26일에 부에노스아이레스의 신문 <La Noción>에 재수록되었다. 마르티는 이 글에서 휘트먼을 단순한 시인이 아닌, 시대정신과 인간성을 대표하는 상징적 인물로 평가한다. 인간 존엄성과 자유, 자연과 민중에 대한 사랑을 노래한 그의 시가 신대륙의 정신, 곧 자율성, 평등, 진보를 상징한다고 보았다. 휘트먼의 시가 개인의 내면적 자유와 공동체적 연대를 동시에 강조하며, 물질문명이 아닌 인간 중심의 문화를 지향한다고 해석한 것이다. 휘트먼(1819-1892)은 미국의 시인이자 수필가로 자유시의 아버지라 불리며, 미국에서 가장 위대한 국민시인으로 평가받는다. (O.C, t.13, p.129-143. OCEC. t.25, p.262-277)

33 『풀잎』을 말한다. 1881년 보스턴의 출판사에서 이 작품을 다시 출판하기로 합의했는데, 초판은 1855년이었다. 이전 판에 비해 상당히 보수적이었으나 시의 법무 장관은 이 책이 "음란하다"고 판단, 저자가 따르기를 거부한 변경 사항을 요구했으며 보스턴에서의 배포는 금지되었다.

그것이 자연의 책이라면, 당연하지 않을까? 대학과 라틴어 수업은 더 이상 서로를 알지 못하는 방식으로 사람들을 내버려두었다. 본질적이고 영원한 것에 이끌려 서로의 품에 안긴 것이 아니라, 사람들은 단순한 우연의 차이로 시장 상인처럼 서로에게 아첨하면서 멀어진다. 푸딩 틀 위의 푸딩처럼 사람은 그 시대의 유행이나 우연히 그가 접하게 된 책이나 강력한 스승에 의해 형성된다. 제복이 하인을 길들이는 것처럼 철학적, 종교적 또는 문학적 학교는 사람을 길들인다. 사람들은 말과 황소들처럼 표식을 받게 된다. 그리고 자신의 낙인을 과시하며 세계를 돌아다닌다. 그러다가 숨김없고, 순수하고, 사랑스럽고, 성실하고, 강력한 사람들 앞에서 ―걷는 사람, 사랑하는 사람, 투쟁하는 사람, 노를 젓는 사람들 앞에서, 불행에 눈멀지 않은, 세상의 균형과 은혜 안에서 마지막 행복의 약속을 읽어내는 사람들 앞에서 자신을 마주할 때, 월트 휘트먼이라는 강인하고 천사 같은 아버지적인 인간과 직면할 때, 마치 자신의 양심에서 도망치듯 피한다. 또한 그 향기롭고 고결한 인간성 안에서 자신의 종(種)의 진짜 유형을 인식하기를 거부한다. 생기 없고, 옷에 갇힌, 인형을 닮은 존재들이다.

어제 일간지에 따르면, 존경할만한 다른 노인 글래드스턴[34]이 의회에서 아일랜드에 자체 정부를 인정하는 정의에 관해 반대자들에게 강의할 때, 무질서한 군중들 사이에서 그는 타의 추종을 불허하는 힘이 넘치는 마

---

34 William Ewart Gladstone(1809-1898). 자유주의, 평화주의 노선을 내세운 19세기 중후반을 대표하는 영국 총리 중 한 명. 제국주의가 절정이던 시기에 평화주의적 대외관계를 고수하였으며, 자유주의와 19세기 의회정치를 대표하는 인물. 그의 사상은 글래드스턴 자유주의로 대표된다.

스티프[35]처럼 보였다. 경쟁자들은 그의 발 앞에서 불독들[36] 무리처럼 여겨졌다. 휘트먼도 그렇게 나타났다. 자신의 "천부적인 개성"과 함께, 자신의 "본래적 에너지를 억누르지 않는 본성"[37]과 함께, 자신의 "거대하고 아름다운 젊은이들로 된 억조창생"[38]과 함께, 또한 "가장 짧은 새싹이 실제로는 죽음이 없음을 증명한다"[39]는 자신의 믿음과 함께 출현했다. 자신의 "세상에 보내는 인사"에서 엄청난 수의 민족과 인종들을 다시 헤아리면서, "다른 사람들이 논쟁하는 동안 침묵하고, 사물의 완전한 특성과 조화를 알아가면서 그 자체로 감격하고 흠뻑 젖으려는"[40] 자신의 결심과 함께 말이다. "이 시편들을 돈 때문이라고 말하지 않는 사람"[41], "만족하고 보고 춤추고 노래하고 웃는 사람"[42]처럼 그렇게 휘트먼은 등장했다. 단면적이거나 너무 세부적인 철학자들, 병약한 시인들이나 철학자들, 후원자로부터 그리고 교과서로부터 꿀물만 빠는 시인들, 철학적 또는 문학적 허수아비들과 비교했을 때, 그는 "교수직도, 강단도, 학교도 없는"[43] 사람이다.

---

35 Mastin(Spanish Mastiff). 느긋해 보여도 언제나 경계심을 풀지 않는 스페인의 국견이다. 가축견과 경비견으로 인기가 있는 견종. 온순함과 냉정함을 모두 갖췄다. 또한 상황에 따라서 대담하게 맞서기도 하는 용기 있는 견종으로 큰 몸집과는 달리 민첩하게 움직이는 믿음직스럽고 과감한 파트너.

36 멧돼지 등 사냥하기 위해 만들어진 견종.

37 휘트먼의 시 「Song of Myself」 29장에서.

38 「Songs of parting」, <So long>에서.

39 「Song of Myself」 6장에서.

40 「Song of Myself」 3장에서.

41 「Song of Myself」 47장에서.

42 「Song of Myself」 3장에서.

43 「Song of Myself」 46장에서.

휘트먼을 연구해야 한다. 최고의 세련된 취향을 가진 시인이 아니더라도 그는 그 시대의 가장 대담하고 포괄적이며 거리낌이 없는 시인이기 때문이다. 거의 극빈에 가까운 목조로 된 그의 작은 오두막, 그 창가엔 가장자리가 애도로 장식된 빅토르 위고[44]의 초상화가 빛난다. 정화되고 고양된 독서를 하는 에머슨[45]은 어깨에 팔을 두르고 그를 자신의 친구라고 불렀다. 사물의 뿌리를 보는 사람 중 한 명인 테니슨[46]은 영국에서 자신의 떡갈나무 의자에 앉아 "위대한 노인"에게 매우 부드러운 메시지를 보냈다. 언어를 활발하게 구사하는 영국인 로버트 뷰캐넌[47]은 미국인들에게 소리친다. "그에게 상응하는 탁월한 명예도 없이, 여러분의 대단한 월트 휘트먼의 노년을 방치하고 있다면, 여러분들은 문학에 대해 무엇을 알아야 합니까?"

"사실 그의 시는 처음에는 놀라움을 일으키지만, 우주적인 압축으로 인해 고통 받는 영혼에게 유쾌한 회복의 감각을 남긴다는 게 진실이다. 그는 자신의 문법과 논리를 창조한다. 그는 황소의 눈으로, 나뭇잎의 수액으로 읽는다." "네 집에 있는 먼지를 청소하는 사람, 그가 바로 내 동생일지니!"[48] 처음에는 당혹스럽지만 그의 명백한 불규칙성은 나중에 엉뚱한 데로 빠지는 짧은 순간을 제외하고는, 지평선에 산봉우리들이 그려지는 것

---

44 Victor-Marie Hugo(1802-1885), 프랑스의 시인·소설가·극작가.
45 Ralph Waldo Emerson(1803-1882), 미국 보스턴에서 태어난 미국의 시인이자 사상가.
46 Alfred Tennyson(1809-1892), 영국의 시인으로, 빅토리아 시대의 계관시인.
47 Robert Williams Buchanan(1841-1901), 스코틀랜드의 시인, 소설가 및 극작가.
48 「Song of Myself」에서. "면화밭의 일꾼이나 변소 청소부에게"(나는 기대고, / 그의 오른쪽 뺨에 가족의 키스를 합니다.) 주석본(OCEC) t.25, p. 264에서 재인용.

과 함께 탁월한 질서와 구성을 이루는 결과를 가져온다.

휘트먼은 뉴욕에 살지 않는다. 그가 사랑하는 맨해튼, "도도한 얼굴과 백만 개의 민첩한 발걸음"이라며 "자유를 보는 사람의 노래"에 장단을 맞추고 싶을 때[49] 모습을 드러내는 그곳에 살고 있지 않다. 그는 사랑하는 친구들의 보살핌을 받으며 살아간다. 그의 책들과 강연들이 간신히 빵을 살 수 있을 정도에 그치는 까닭이다. 시골의 쾌적한 모퉁이에 자리 잡은 외진 오두막, 그곳으로부터 낡은 마차를 끄는 사랑하는 말들이 그를 태우고 나서니. 씩씩한 여흥을 가진 '억센 젊은이'들을 보기 위해, 동지애의 제도[50]를 세우기 위해 인습타파주의자들과 어깨겨루기를 두려워 않는 '동지들'을 만나기 위해, 메추라기들처럼 유쾌하고 활기찬 연인 커플들, 팔짱을 끼고 노래하며 지나가는 친구들, 그들을 기르고 있는 들판을 보기 위해 말이다. 휘트먼은 친구들의 사랑에 대해 노래하는 엄청나게 기이한 책인 『창포(Calamus)』[51]에서 이렇게 말한다. "탐닉하는 파티도, 화려한 퍼레이드도, 계속되는 거리의 행렬도, 북적이는 상점의 창문도, 조예 깊은 사람들과의 대화도 나를 만족시키지 못합니다. 그러나 맨해탄을 지나갈 때 마주친 눈동자들은 나에게 사랑을 제안합니다. 연인들, 지속적인 사랑을 하는 사람

---

49 자유에 관한 시를 쓰기 위해 영감을 받고 싶을 때, 그 도시를 방문한다는 뜻을 의미한다.

50 휘트먼은 『창포』에서 '동지애'라는 자연스럽고 인간적인 유대를 기반으로 한 새로운 사회 질서를 노래했다.

51 휘트먼은 1860년 45편으로 구성된 『창포』(Calamus)를 완성한다. 그리스 신화에 등장하는 칼라모스(창포)에서 비롯된 이 이미지는 동성애를 떠올리게 하는데, 휘트먼이 어떻게 사회, 정치적 문제들을 동성애의 문제와 연결시키는지 보여준다. 민주주의를 '남성적인 사랑'으로 비유하고 '동료'라는 시어를 사용하는 데서 암시되는, 당시로서는 과격한 내용을 담은 휘트먼의 작품 속에 흐르는 진보적 성향을 알 수 있다.

들만이 나를 만족시키는 유일한 것입니다."[52]

그는 자신의 금지된 책인 『풀잎』[53] 말미에서 예견한 원로들과 같다. 그는 "나는 고귀한 핏줄을 지닌 아름답고 거인 같은 무수한 젊은이들을 예견한다." "나는 야성적이고 관대한 원로들의 혈통을 예견한다."[54]고 말했다.

그는 시골에 살고 있다. 거기서 자연인은 햇볕에 그을린 태양 아래, 자신의 평화로운 말들과 함께 자유로운 땅에서 일한다. 그러나 삶의 소음들을 가진, 다정하고 뜨거운 도시에서 멀지 않은 곳이다. 그 거칠거칠한 노동, 그 복합적인 서사시적 행위, 자동차들의 먼지, 헐떡이는 공장들의 연기, 이 모든 것을 보는 태양, 그리고 "간식 시간에 벽돌더미 위에서 잡담을 하는 잡역부들, 발판에서 방금 떨어진 영웅을 싣고 간절하게 달리는 구급차, 모성애의 고귀한 과로로 인해 어중이떠중이의 틈바구니에서 놀란 여자"[55]와 함께하는 뜨거운 도시 말이다.

그러나 어제 휘트먼은 시골에서 왔다, 충직한 친구들의 운집 앞에서 다른 자연인, 저 위대하고 온화한 영혼, '서양의 강인한 죽은 별' 에이브러햄

---

52 마르티가 휘트먼의 시집 『Calamus』에서 시 「City of Orgies」에서 인용.

53 1855년 『Leaves of Grass』을 자비 발간. 휘트먼은 평생을 『풀잎』을 쓰는데 보냈으며, 죽기 전까지 여러 번에 걸쳐 수정판을 냈다. 12개의 시로 이루어진 조촐한 초판에서 400개가 넘는 시들로 구성된 마지막 완본까지 40년에 걸쳐 광대하게 다양한 판본이 출판되었다. 솔직한 성에 대한 비유적 묘사 때문에 당시 논란의 여지가 많았고 비판을 받았지만 점차 그 작품들은 대중적인 문화로 스며들었고, 미국 시의 중심으로 인정받았다. 종래의 전통적 시형을 크게 벗어난 혁신적인 형식, 성에 대한 묘사, 민주주의적 감수성에 대한 찬미, 미국인에게 통일된 육체와 영혼을 지니고 정치적 자유를 누리라는 내용을 담고 있는, 이른바 '예언자 시인'으로의 변모를 드러낸 시집이다.

54 휘트먼의 「Song of parting」, <So long>에서.

55 「Song of Myself」 8장에서.

링컨에 대한 기도시[56]를 낭송하기 위해서였다. 그 빼어난 강연에 뉴욕의 모든 교양 있는 사람들이 종교적인 침묵 속에 참석했다. 돌연히 목이 떨리는 소리, 감동적인 톤, 푸가 형식의 송가, 올림피아적[57]인 친숙함 때문에 때때로 그 연설은 별들의 귓속말처럼 여겨졌으니. 라틴식, 아카데미식, 프랑스식 우유로 길러진 사람들은 아마도 그 영웅적인 기품을 이해할 수 없을 것이다.

새로운 대륙 안에 있는 인간의 자유롭고 품격 있는 삶은 건강하고 견고한 철학을 창조해 냈으며, 이는 투사적인 운율의 결합[58]으로 세계를 향해 나아가고 있다. 일찍이 지구상에서 본 노동자들과 자유인들의 가장 위대한 진수에는 전체적인 조화와 믿음으로 된, 진정시키는 시 그리고 엄숙한 시가 상응한다. 이는 바다의 태양처럼 떠올라 구름에 불을 지르는 중이다. 불로써 파도치는 물마루의 테두리를 짓나니. 나른한 꽃들과 둥지들이 해안의 비옥한 밀림에서 깨어나고 있으니. 꽃가루가 날아다니는구나. 부리들은 키스를 교환하는구나. 가지들은 준비를 갖추었구나. 나뭇잎은 태양을 향하고 모든 것은 음악을 발산하는구나.

휘트먼은 그 거친 빛의 언어로 링컨에 대해 말했다. 아마도 동시대의 가장 아름다운 작품들 중 하나가 링컨의 죽음에 대해 휘트먼이 창작한 신비로운 트레노디아[59]가 아닐까. 눈물에 젖은 관이 무덤으로 가는 그의 여정에 대

---

56 1887년 링컨 사망 22주년 기념식에서 에머슨은 추모시를 낭송했다. 마르티는 직접 참석했을 듯하다.(역자주)
57 친숙한 어조였지만 웅장했음을 의미.
58 휘트먼의 시의 형식을 말한다.
59 trenodia, 애가. 죽은 사람을 추모하고 찬양하기 위해 작곡하거나 낭송하는 애절한 노래나 시.

자연 전체가 동행하나니. 별들은 그것을 예견했던가. 구름은 한 달 전부터 검게 물들었다. 회색빛 새는 늪에서 비탄의 노래를 부르고 있었다. 사유과 죽음의 확실성 사이에서 시인은 마치 두 친구 사이를 오가듯 감동적인 평원을 여행했다. 휘트먼은 음악의 예술로 이러한 슬픈 요소를 황혼의 완벽한 조화 안에서 결합시키고 감추고 재현한다. 시가 끝날 때 마치 지구 전체가 검은 옷을 입고 있는 것처럼, 고인(故人)이 이 바다에서 저 바다까지 지구를 덮은 것처럼 여겨지나니.[60] 구름들이 보이고, 대단원을 알리는 징조로 가득한 달, 회색빛 새의 긴 날개가 보인다. 그것은 포의 '까마귀'보다 훨씬 더 아름답고 기이하며 심오하구나. 시인은 라일락 한 송이를 관에 가져온다.

그의 작품 전체가 그러하다. 버드나무들은 더 이상 무덤 위에서 신음하지 않으니. 죽음은 "추수하는 자요,[61] 문을 여는 자요, 위대한 계시자"이다. 현재 존재하고 있는 것은 과거에도 그랬고, 다시 존재하게 될 것이라. 심오하고 천상적인 봄 안에 명백한 슬픔과 저항들이 서로 섞여든다. 하나의 뼈는 한 송이 꽃. 우주 안에서 장엄한 운동으로 자신의 결정적인 위치를 찾는 태양별들의 소리가 가까이서 들려오는구나. 생명은 하나의 찬가가 아닌가.

죽음은 삶의 숨겨진 형태이니. 땀방울도 신성하고, 체내 기생충도 거룩하구나. 지나갈 때 인간들은 서로의 뺨에 키스를 해야 한다. 살아있는 자들이여, 형언할 수 없는 사랑 안에서 서로 껴안으라. 풀잎, 동물, 공기, 바다, 고통, 죽음을 사랑하라. 사랑을 소유한 영혼에게는 고통이 덜하다. 자신의 의미를 제 시간에 이해하는 사람에게 삶이란 고통이 아니니. 꿀과 빛과 키

---

60 시를 다 읽었을 때 온 세상이 링컨을 애도하고, 그 영혼이 허공에 숨쉬는 듯한 느낌을 말한다.
61 죽음을 수확으로 보는 관념이 휘트먼의 『천국의 죽음의 속삭임』 수첩의 짧은 시 「쟁기질하는 농부를 바라보며」에 나타난다.

스는 동일한 근원으로 되어 있구나. 온화하고 거대한 라일락 나무는 별들로 촘촘한 궁륭처럼 평화롭게 빛나는 그늘 속에서 자신의 발치에 개처럼 잠든 세상 위로 가장 부드러운 음악과 함께 우뚝 솟아나니!

각각의 사회 체제는 문학에게 자신의 표현을 가져온다. 따라서 문학의 다양한 단계들을 통해 민족들의 역사는 그들의 과장된 연대기들이나 열 권 전집보다 더 많은 진실과 함께 이야기될 수 있다. 대자연에는 모순이 있을 수 없으니. 존재하는 동안 사랑 안에서 그리고 죽음 이후 미지의 세계에서 완전한 유형의 은총과 아름다움을 찾아내려는 인간의 동일한 열망이 있다. 그 열망 자체가 적대적이고 불화하게 보이는, 그리고 우리가 횡단하는 현재 삶의 부분적 요소들을 전체 삶 안에서 유쾌하게 조율해나가야 함을 증명한다.

명백한 모순의 최종적이고 행복한 조화를 예견하고 전파하는 문학. 그들을 분열시키고 피투성이로 만든 민중의 초보적 상태에서보다는 신조와 경쟁적 열정으로 된 더 우월한 평화 속에서, 대자연의 자발적인 조언과 가르침으로 동일성을 선포하는 문학. 존재의 비열함과 결핍이 그들을 낙담시키거나 실망시키지 않는다는, 궁극적인 정의와 아름다움을 향해 그토록 뿌리 깊은 확신을, 두려워하는 인간들 정신에 심어주는 문학. 이런 문학은 지금까지 알려진 모든 것보다 더 완벽에 가까운 사회적 단계들을 드러낸다. 뿐만 아니라 문학은 이성과 은총을 행복하게 결합하면서, 고대 강령들의 공허함과 불충분함을 알게 된 이후로 혼란스럽게 기다려온 종교와 함께 인류에게 시적이고 경이로운 간절함을 준비할 것이다.

시는 민중에게 긴요한 것은 아니라고 주장하는 무지한 사람은 누구인가? 모든 열매가 껍질에서 끝난다고 믿는 정신적인 근시안을 가진 사람들이 있다. 시는 산업 자체보다 사람들에게 더 절실하다. 시는 뭉치거나 흩어지게 하고, 강화하거나 고뇌시키고, 영혼들을 지탱하거나 무너뜨리고, 믿음과 격려를 주거나 아니면 빼앗을 수 있으니. 산업이 생계를 유지하는 방식을 제공하는 반면에, 시는 민중들에게 삶의 소망과 정신력을 준다.

자신의 행동 의미와 한계 안에서 믿음으로 생각하는 습관을 잃어버린 자들로 된 민족은 어디로 가게 될 것인가? 미래 것에 대한 신성한 욕구로 대자연이 기름 부은 최고의 사람들은 고통스럽고 무감각한 소멸 안에서 인간의 비열함을 견디기 위해 모든 영감을 잃을 것이라. 그리고 대중, 저속한 사람들, 욕망을 채우는 사람들, 평범한 사람들은 신성이 없는 공허한 아이들을 낳을 것이다. 또 매우 중요한 재능을 단순한 도구로 사용하게 할 사람들을 등용할 것이며, 항상 불완전한 번영의 소란을 가지고 아름답고 위대한 것을 기뻐할 뿐인 영혼의 치유할 수 없는 고통을 마비시킬 것이라.

자유는 다른 이치와는 별개로 축복받아야 한다. 자유를 향유하는 것은 현대인에게 영감을 주기 때문이다. 자유가 나타나기 전까지 현대인은 존재의 평온과 격려, 시적 청취를 박탈당했다. 자유는 자신의 의지로부터 오는 고요와 자부심으로 세상에서 살아가는 사람들 안에 세계 질서가 가져다주는 저 최상의 평화와 종교적 안녕을 낳는다.

산 위에서 보라. 순수한 눈물로 불모지의 제단에 물을 주는 너희 시인들이여. 여러분은 잃어버린 종교를 믿고 있으니. 왜냐하면 당신의 머리 위에서 그 종교가 형태를 바꾸고 있었기 때문이라. 일어나라. 여러분이 사제인 까닭이니. 자유는 궁극적인 종교이다. 그리고 자유의 시학은 새로운 예배이다. 자유는 현재의 것을 고요하고 아름답게 하고, 미래 것을 비추고 깨우

치게 하며, 우주의 형언할 수 없는 목적과 매혹적인 선량함을 설명한다.

여러분은 들어보라. 이 부지런하고 만족스러운 민중이 노래하는 것을. 들어보라, 월트 휘트먼. 스스로의 훈련은 정의에 대한 관용으로, 행복에 이르는 질서로 민중을 위풍당당하게 끌어올리나니. 등껍질 속에 있는 굴과 같은 방식으로 독재적 신념 안에 살아가는 사람은 굴을 감금하고 있는 감옥을 볼 뿐이다. 그리고 어둠 속에서 저것이 세상이라고 믿는다. 자유는 굴에게 날개를 입히는 것. 그리고 껍데기의 내부에서 들었던 무서운 투쟁처럼 여겨지던 것은 대기의 빛을 향한 세계의 힘찬 맥박 속에 있는 수액의 자연스러운 운동이었음이 판명되었다.

휘트먼에게 세상은 항상 오늘날 그대로이니. 어떤 것은 존재해야 했기 때문에 존재하는 것으로 충분하고, 더 이상 존재하지 않아도 될 때는 존재하지 않을 것이다. 더 이상 존재하지 않는 것, 보이지 않는 것은 존재하는 것과 보여지는 것을 통해 증명된다. 모든 것이 모든 것 안에 있고 하나가 다른 하나를 설명하기 때문이다. 그리고 지금 존재하지 않는 것의 경우엔 그 당시 존재하고 있던 것으로 동시에 증명할 것이다.

절대적으로 무한한 것이 무한대를 위해 협력하고 거북이, 황소, "날개짓 의지를 가진" 새들 등 모든 것이 제자리에 있구나. 죽은 자들은 살아 있기 때문에 죽는 것은 태어나는 것만큼이나 큰 행운이다. "신과 죽음에 대하여 그가 고요한 상태인지 그 누구도 말할 수 없으니!"[62] 그는 실망이라고 부르는 것에 관심이 없고 시간의 넓이를 알고 있다. 그는 시간을 절대적으로 받아들인다. 그의 인격 안에 모든 것이 담겨 있으니. 모든 것 안에 그의 모든

---

62 「Song of Myself」 48장에서. "어떤 용어로도 내가 신과 죽음에 대해 얼마나 평화로운지 말할 수 없습니다." OCEC t.25, p. 269에서 재인용.

것이 있구나. 한 사람이 품위가 손상되는 곳에서 그도 품위가 손상되었다.

휘트먼은 해풍이며, 밀물과 썰물이다. 자신을 생명 있고 지적인 대자연의 일부라고 느낀다면 어떻게 자신에 대한 자긍심을 가지지 않을 수 있겠는가? 자신이 떠나왔던 품으로 돌아가 촉촉한 대지의 사랑 속에서 유용한 채소, 아름다운 꽃으로 변화되는 것이 그에게 무슨 상관이 있겠는가? 그는 사람들을 사랑한 후에 그들을 키워낼 것이니. 그의 의무는 창조하는 것. 창조하는 원자는 신성한 본질로 되어 있음이라. 그것이 만들어지는 행위는 절묘하고 성스럽다.

우주의 동일성을 확신한 그는 『나 자신의 노래』』[63]를 부르나니. 그는 모든 것에서 자신의 노래를 엮는구나. 논쟁하며 흘러가는 신조들로부터, 출산하고 노동하는 인간들로부터, 그를 돕는 동물들로부터라. 아! 사람들 사이에 있는 "어떤 것도 다른 것 앞에 무릎을 꿇지 않고, 다른 것보다 우월하지 않으며, 불평하지 않는"[64] 동물들로부터라. 그는 자신을 세상의 상속자로 생각하는구나. 휘트먼에게 이상한 것은 아무것도 없다. 기어가는 달팽이, 신비한 두 눈으로 자신을 바라보는 황소, 진실의 일부를 마치 온전한 진실인 것처럼 옹호하는 사제까지 그는 모든 것을 받아들인다. 사람은 두 팔을 벌려야 한다. 자신의 마음에 대항하는 모든 것을 부둥켜안아야 한다. 범죄도 미덕과 마찬가지이며, 더러운 것도 깨끗함과 마찬가지이며, 무지도 지혜와 마찬가지이니 모든 것이 용광로에서처럼 자신의 심장에서 녹아내

---

63 「Song of Myself」는 월트 휘트먼의 최고 걸작 시편들로 총 52편으로 구성되어 『풀잎』에 담겨 있다. 인간과 자연 만물 모두가 본질적으로 자연스럽고 신성하며 존귀하다는 생각으로, 이들을 예찬하는 노래다.

64 「Song of Myself」 32장에서.

려야 한다. 무엇보다도 흰 수염[65]을 내려놓아야 하나니. 정말로 그렇지 아니한가. "이미 충분히 비난했고 충분히 헛짓거리 했으니." 그는 불신자들, 궤변론자들, 말만 하는 자들을 꾸짖었다. 고통을 호소하는 대신, 세상을 생산하고 세상에 보태어라! 제단의 계단에 헌신적인으로 입맞춤하는 저 경외심으로 자신을 믿으라!

휘트먼은 모든 계급, 신조 및 직업에 속해 있으며 모든 것에서 정의와 시를 찾아낸다. 분노 없이 종교들을 헤아려 보라. 그러나 그는 완전한 종교가 대자연에 있다고 믿으니. 종교와 생명은 대자연 속에 있는 것. 아픈 사람이 있다면, 의사와 신부에게 휘트먼은 말한다. "내게 보내주세요.", "나는 그에게 애착을 품고, 창문들을 열고, 그를 사랑하고, 귀에 소곤소곤 말할 것입니다. 당신들은 그가 어떻게 치유되는지 보게 될 것입니다. 너희는 낱말과 풀잎이지만 나는 사랑이기 때문에 당신들보다 더 많은 것을 할 수 있습니다." 창조주는 "진정한 연인, 완전한 동지"가 아닌가. 인간들은 '동지'이며, 제 자리와 제 시간을 차지하는 모든 것은 어떤 것이라도 가치가 있지만, 더 사랑하고 더 믿는 동안에 더욱 가치가 있구나.

그러나 모든 사람은 스스로 세상을 보아야 하리니. 세상이 창조된 이후로 자신 안에서 세상을 느껴온 휘트먼이기 때문이며, 태양과 자유로운 공기가 가르쳐 주는 것을 통해 일출이 그에게 가장 좋은 책보다 더 많은 것을 계시한다는 것을 알고 있는 까닭이다. 휘트먼은 천체를 생각하고, 여성성을 좋아하고, 우주적이고 열광적인 사랑에 사로잡혀 있다고 느낀다. 창조의 장면들과 인간의 직무에서 솟아나는 운명으로 자신을 채우는 협주곡

---

65 늙은 체 현자인 체 하는 가식적인 권위를 상징.

을 듣는다. 그리고 강을 들여다볼 때, 작업장들이 닫히고 석양이 물 위를 붉게 만드는 그 시간에 휘트먼은 창조주와 약속이 있음을 깨닫나니. 그는 인간이 절대적으로 선하다는 것을 인식하고, 자신의 머리에서 물결에 반사된, 빛의 풍차 날개들이 솟구치는 것을 본다.

그러나 매우 광활하게 극진하게 타오르는 사랑을 무엇으로 설명할 수 있겠는가? 사포[66]의 불꽃으로 이 남자는 세상을 사랑한다. 그에게 세상은 거대한 침대처럼 여겨진다. 그에게 침대는 제단이었으니. 그는 말했다. "나는 자신의 은밀하고 거짓된 수치로 타락한 사람들의 언어와 사상들을 고결하게 할 것입니다. 나는 이집트가 신성하다고 한 것을 신성하게 하고 노래합니다[67]." 그가 가진 독창성의 원천 중 하나는 헤라클레스의 힘으로 사상들을 굴복시키려는 것처럼 그것들을 넘어뜨리지만, 실제로는 성자의 열정으로 단지 입맞춤만 하려는 것이다. 또 다른 원천은 그의 가장 섬세한 이상을 표현하는 것으로써의 물질적이고 격정적이며 육체적인 형식이니. 그 언어는 휘트먼의 위대함을 이해할 수 없는 사람들에게 선정적인 것처럼 보였다.

66　Safo(Sappho, 기원전 630년경-기원전 570년경). 고대 그리스 레스보스 섬 출신으로 서양 역사 최초의 여류 시인. 전쟁이나 신들의 이야기가 주류를 이룬 서사시의 전성시대에 사포는 사랑이 나는 인간의 가장 세밀한 감정을 서정적인 언어로 담아냈다. 그의 시는 다양한 형태로 나타나는 인간이 가진 사랑의 열정에 대해 이야기한다.

67　고대 이집트는 성(sexuality)과 생식력을 신성한 것으로 여겼다. 서구 문화가 은밀하고 부끄러운 것으로 만든 인간의 몸과 성적 욕망을 생명의 신성한 힘으로 다시 찬미하겠다는 휘트먼의 혁명적 선언이다.

인간 언어의 가장 열렬한 이미지로 『창포』[68]에서 남자 친구들의 사랑을 칭찬할 때, 친구들 간의 사랑을 베르길리우스[69]가 세베테스[70]에 대해 품은 사악한 욕망과, 호라티우스[71]가 기게스[72]와 리시스쿠스[73]에 대해 품은 그 비열한 욕구가 되돌아오는 것을 보았다고 믿는 우둔한 사람들이 있었다. 수치를 모르는 학생이 가진 점잖은 체하는 자세로 말이다.

그리고 「아담의 아들들」[74]에서 신성한 죄를 노래할 때, 「아가서」[75]의 가

---

68 『칼라무스』"시는 월트 휘트먼의 『풀잎』에 실린 시들의 집합체이다. 이 시들은 "동지들의 남자다운 사랑"을 언급한다. 대부분의 비평가들은 이 시들이 동성애 사랑에 대한 자신의 생각을 공표한 휘트먼의 가장 명확한 텍스트로 본다.

69 Publius Vergilius Maro (Vergil or Virgil. 기원전 70년-기원전 19년), 로마의 국가 서사시 《아이네이스》의 저자. 로마의 시성이라 불리며 전 유럽의 시성으로 추앙된다. 단테가 저승의 안내자로 선정할 만큼 위대한 시인이었다.

70 Cebetes.(Cebes). 세베스(기원전 430-350년)는 소크라테스의 제자로 기억되는 테베 출신의 고대 그리스 철학자로 《타불라 세베테스》를 썼다. 이는 소크라테스 철학의 첫 번째 영역인 신성한 체계에 속한 책이지만, 사물의 무작위적이고 예측할 수없는 본질을 수용하려고 노력하는 삶을 담고 있다.

71 Quintus Horatius Flaccus(기원전 65년- 기원전 8년), 고대 로마 공화정 말기의 시인이다.

72 Giges(Gyges). 기게스의 반지 신화와 관련. 우연히 반지를 통해 '보이지 않는 힘'을 갖게 된 기게스는 나쁜 마음을 먹었다. 가축의 상태를 보고하는 전령으로서 궁전에 들어간 기게스는 자신의 새로운 힘인 마법 반지를 이용하여 투명하게 된 후, 왕비를 간통하고, 칸다올레스왕을 암살하여 왕위를 찬탈하고 스스로 리디아의 왕이 되었다.

73 Licisco.(리시스쿠스, 기원전 310년 또는 309년) 시칠리아 독재자인 아가토클레스를 섬기는 군인으로 시라쿠사 아프리카 원정대에서 복무했다. 그는 아가토클레스의 장남인 아르카가투스와 다투었는데 아르카가투스가 왕의 두 번째 부인인 계모 알키아와 은밀한 근친상간 관계를 맺었다고 비난했다. 그 조롱에 분노한 아르카가투스가 아버지 앞에서 천막을 지키고 있던 군인의 창을 잡고 리시스쿠스를 살해했다.

74 『풀잎』 제3판에 수록된 「Children of Adam(Los hijos de Adán)」에 수록된 연작 시 모음집. 성적 사랑과 육체적 욕망을 다룬 시편들로 1860년 처음 출간되어 당시 큰 스캔들을 일으킴.

75 「Cantar de los Cantares」. 솔로몬의 노래. 관능적이고 에로틱한 내용우로 여기에서 에로스와 시는 쌍둥이이다. 이는 창조주를 향한 믿음을 부르는 관능을 보여준다. 연인은 관능의 은혜

장 열정적인 것들이 창백해지는 장면 앞에서 휘트먼은 떨고, 움츠러들고, 넘쳐흐르며 팽창하고, 만족스러운 정력과 자긍심으로 광기를 발한다. 그리고 숲과 강 위를 건너 대지에 생명의 씨앗을 퍼뜨리는 아마존의 신[76]을 기억해낸다. 「아담의 아들들」에서 그는 말한다. "내 의무는 창조하는 것입니다!", "나는 전류가 흐르는 몸을 노래한다"[77]고. 또한 히브리어로 창세기 족장 정치의 계보를 읽을 필요가 있으니. 또한 아무도 밟지 않은 밀림을 향하는, 최초의 인간들이 벌거벗은 채로 육식하는 행렬들을 따라가보는 경험이 필요하다. 마치 피 묻은 입술을 핥는 굶주린 영웅처럼 여성의 신체적 속성을 묘사할 때 사용하는 사탄적인 힘의 나열에 어떤 적절한 유사성을 찾기 위해서는 말이다.[78] 그래서 여러분은 이 사람을 야만적이라고 말할 것인가?

휘트먼의 많은 작품들과 마찬가지로 「아름다운 여자들」이라는 두 줄밖에 없는 이 시를 들어보라. "여자들은 다른 사람을 위하여 그 곁에서 앉거나 돌아다니니, 어떤 이는 젊고 어떤 이는 늙었습니다. 젊은 여자는 아름답지만 늙은 여자는 젊은 사람보다 더 아름답습니다." 또 다른 하나는 「엄마

로 공간과 시간에 투영되는 몸이다.

76 Amalivacá. 아말리바카는 카리반 부족 고대 신화에 등장하는 자비로운 변신형 반신. 2년 후, 1891년 1월, 호세 마르티는 <La Revista Ilustrada de Nueva York>에 게재된 에세이 「우리 아메리카」에서 Amalivacá의 인류 창조에 관한 베네수엘라 타마나코족의 신화를 오랫동안 언급한다.

77 I sing the body electric. 「아담의 아이들」에 수록된 시 중 유명한 제목으로 인간의 육체와 정신을 찬양하는 내용을 담고 있다.

78 「아담의 아이들」 노래 5, 8과 「나를 위해 기다리는 여자」라는 시를 참조. 이는 인간의 원초적인 본능과 금기를 넘나드는 강렬한 묘사 방식을 이야기한다. 특히 여성의 신체를 다루는 특정한 묘사가, 마치 원시인이나 굶주린 사냥꾼이 먹잇감을 탐하는 것처럼 다루어진다는 점을 지적하고 있다. 본능적인 욕망과 관계된 거칠고 강한 표현이다.

와 아기」이다. 그는 어머니의 무릎 옷자락에 둥지를 튼 듯 잠든 아이를 본다. 잠이 든 엄마 그리고 아기, 그 고요! 휘트먼은 그들을 오래, 오랫동안 관찰했다. 뛰어난 기질을 지닌 인간들 안에는 부드러움과 정력이 이미 극도로 결합되어 있는 것처럼, 우주의 위엄에 어울리는 환희와 장엄함과 함께, 창조의 과업을 계속하기 위해 나뉘는 게 필요했던 두 가지, 감미로운 평화 속에서 생명이 안식하기 위해 모여야만 하는 두 에너지를 휘트먼은 예견했으니.

풀밭에 들어서면, 풀이 자신을 어루만진다고 휘트먼은 말한다. "그들의 관절들이 움직이는 것을 벌써 느낀다"고. 그리고 가장 열성적인 수행승조차도 바다에 휩싸이는 순간 느끼는, 몸을 영혼의 일부로 여기며 바라보는 제 육체의 환희를 표현하는 데에 그만큼 절절한 어휘를 가지지 못할 것이다. 살아있는 모든 것이 그를 사랑한다. 대지와 밤, 바다가 그를 사랑한다. "나를 관통하라, 오 바다여, 사랑스러운 물기여!" 그는 바람을 음미하나니. 그는 떨리는 애인처럼 대기에 몸을 바친다. 자신의 본래적 아름다움으로 된 육체들과 자물쇠가 없는 문을 그는 원했던가. 자신이 만지거나 자신을 만지는 모든 것이 거룩하게 된다고 믿었다. 그리고 형체가 있는 모든 것에서 미덕을 찾았다. '우주이며, 맨하탄의 아들'인 사람 월트 휘트먼은 격동적이고 관능적이며 근육질이 있고, 먹고 마시고 창작하며, 모든 다른 사람들보다 더하지도 덜하지도 않았으니. 그는 진리를 열광적인 연인처럼 그려낸다. 그 연인은 그를 소유하려는 갈망으로, 그의 육체를 침범하고 그의 옷들로부터 그를 해방시키는구나.[79]

그러나 맑은 한밤중이 되었을 때 고귀하게 보낸 하루를 통해, 직무로부

---

79 모든 허위와 가식이 제거되는 과정을 의미.

터 책으로부터 온 자유로운 영혼이 온전하고 고요하게 묵상적으로 드러난다. 가장 기쁨을 주는 주제들을 명상하나니. 밤과 꿈과 죽음에 대해, 평범한 인간의 혜택을 위한 우주적인 것의 노래에 대해, "죽음을 향해 나아가는 것이 정말 달콤하다"며 손에 도끼를 든 채 숲속 마지막 뱀에게 물려 원목의 발치에 쓰러지는 것에 대하여 말이다.

인간들을 결합시켜야 하는 열정을 기릴 때, 의기양양한 동물성으로 가득찬 저 언어들이 생산하게 될 새롭고 기이한 효과가 얼마일지 상상해 보라. 휘트먼은 『창포』의 구성 안에서 그가 조국에게 그리고 대자연에게 빚지고 있는 가장 생생한 즐거움을 기억해낸다. 하지만 오직 대양의 파도만이 사랑하는 친구가 자신의 옆에서 잠든 모습을 보며 달빛 아래에서 기쁨을 노래할 가치가 있다고 여긴다. 그는 비천한 자와 타락한 자, 상처 입은 자를 사랑했고, 그리고 사악한 자까지도 사랑했다. 그는 위대한 사람을 무시하지 않았으니. 왜냐하면 그에게는 값진 사람들만이 위대한 까닭이다. 그는 짐꾼들, 선원들, 농민들과 어깨동무를 했다. 휘트먼은 그들과 함께 사냥과 고기잡이를 하고, 추수기에는 그들과 함께 짐을 실은 수레의 꼭대기까지 올라갔다. 그에게는 혼란한 브로드웨이를 향해 마차를 담담히 이끌고, 페체론산 말들 뒤에서 수레채에 기대고 있는 강인한 흑인이 승리한 황제보다 더 아름다운 모습으로 다가온다.

휘트먼은 모든 미덕을 이해하고, 모든 포상을 받아들이며, 모든 직무에 종사하며, 온갖 고통으로 괴로워한다. 대장간 문턱에 멈추어섰을 때, 벌거벗은 가슴으로 젊은이들이 망치를 머리 위로 휘두르며, 한 사람씩 자기 차례에 맞추어 때리는 것을 보고 그는 영웅적인 기쁨을 느낀다. 그는 노예이며 죄수이고, 싸우는 자이며 넘어지는 자이고, 그리고 걸인이다. 쫓기던 땀투성이 노예가 그의 문앞에 도착했을 때, 휘트먼은 욕조를 채우고 그를 식탁에 앉혔다. 그를 지키기 위해 한구석에 장전된 산탄총을 가지고 있으니. 추적자들이 그를 공격하려고 한다면 그는 '독사를 죽였던 것처럼!' 그들을 죽이고 식탁에 다시 앉을 것이었다.

그러므로 월트 휘트먼은 만족한다. 자신이 풀이나 꽃 위에 서 있다는 것을 안다면 어떤 자만심이 그를 찌를까? 카네이션이나 샐비어 잎이나 인동 덩굴이 어떤 교만을 가지고 있는가? 대자연 안에서 행복한 몰입을 고대하는 무한한 존재가 인간의 고통 위에 있음을 안다면 그가 어떻게 인간들의 고통을 평온함으로 바라보지 않을 수 있겠는가? 모든 것이 있어야 할 곳에 있고 사람의 의지가 세상의 길을 빗나가게 하지 않을 것이라고 믿는다면 어떤 조급함이 그를 부추기겠는가? 그는 고통스러웠다. 그래, 그는 고통을 받았으니.

그러나 휘트먼은 제 안에서 고통 받는 사람을 나약하고 실패한 존재로 바라보고, 피로와 비참함을 넘어 고통받을 수 없는 또 다른 존재를 느꼈으니. 우주가 위대함을 그는 알기 때문이다. 있는 그대로의 것으로 그에겐 충분하고, 침묵하든 칭찬을 받든 그는 제 삶의 과정에 담담하고 기쁘게 참석했다. 그는 쓸모없는 벌레혹 같은 낭만적인 한탄을 단번에 한쪽으로 내던졌다. "내 뜻을 이루기 위해 하늘에게 이 땅에 내려오라고 요청해서는 안 될 것입니다!" 그리고 '그들이 불평하지 않기 때문에'[80] 동물을 사랑한다고

---

80 「Song of Myself」 32장에서. 휘트먼은 동물들의 순수하고 자연스러운 삶의 방식을 인간의 복잡하고 고뇌에 찬 삶과 대비시키며 찬양한다. ""나는 동물들과 함께 돌아가 살 수 있을 것 같다. 그들은 너무나 평온하고 자족적이다./ 나는 서서 그들을 오랫동안 바라본다.// 그

말하는 문장 안에는 얼마나 큰 위엄이 들어있는가. 진실은 이제 겁먹은 자들이 넘쳐난다는 것이다. 개미들이 산으로 바뀌지 않도록[81] 세상이 어떤지 보는 것이 시급하다. 고통이 그들에게 남긴 작은 힘을 비탄으로 빼앗는 대신에 사람들에게 힘을 주어야 할 것이니. 그런데, 부상자들이, 자신의 상처를 드러내면서 거리를 돌아다닌다고? 어떤 의심들도 어떤 학문도 그를 괴롭히지 않는다.

그는 과학자들에게 말한다. "여러분은 최초의 사람들입니다. 그러나 과학은 내 거처의 한 부분일 뿐이지, 내 거처의 전체는 아닙니다. 영웅적인 행동 앞에 공리공론으로 나타나는 저 빈약함이라니! 과학에게 경의를, 그리고 모든 과학 위에 있는 영혼에게 경의를." 그러나 마법사들이 명령한 것처럼, 그의 철학이 증오를 완전히 길들인 곳은 질투의 모든 이유를 뿌리 채 뽑아내는 문구 안에서이다. 패배자의 우울함이 없지 않은 그 문장에서 그는 말했다. 내가 할 수 없는 일을 하는 형제 중 한 사람을 왜 질투하겠습니까? "내 곁에서 내 가슴보다 더 넓은 가슴을 보여주는 사람은 내 가슴의 넓이를 입증할 것입니다."[82] "내 피처럼 대지의 모든 것이 맑고 달콤한 빛이 될 때까지, 태양이 지구를 관통하게 하십시오. 환희는 우주적입니다. 나는 존재의 영원함, 우리 삶의 행운, 우주의 아낌없는 아름다움을 노래합니다. 나는 송아지 가죽으로 만든 신발, 헐렁한 목깃 셔츠, 나뭇가지로 만든 지팡이를 사용합니다!"[83]

들은 자신들의 처지에 대해 앉아서 불평하지 않는다. / 그들은 어둠 속에서 잠들지 못한 채 자신의 죄를 위해 울지 않는다.

81 사소한 일을 너무 크게 만들지 않도록. 하는 의미이다.(역자주)
82 「Song of Myself」 47장에서.
83 「Song of Myself」 46장에서.

그리고 그는 묵시적인 구절에서 이 모든 것을 말한다. 운율 또는 악센트? 오, 아니라! 그 리듬은 겹치고 경련을 일으키는 문장들의 저 명백한 카오스 사이에 연결된 연(聯)에 있다. 그것은 현명하게 구성되어, 돌 하나하나로 지어진 게 아니라 거대한 장벽으로 건축된 민중의 자연스러운 시적 형식처럼, 거대한 음악적 그룹 안에 생각을 배치한다.

오늘날까지 시인들이 사용하던 언어와는 전혀 다른 휘트먼의 언어는 그 기이함과 강인함으로 인해 그의 순환적인 시학에 부합한다. 그리고 그토록 경이적인 것들로 가득찬 비옥한 대륙 위에 모여든 새로운 인간애에 맥이 통한다. 진실로 그것들은 서정시로도 얌전한 척하는 세르벤떼시오스[84]로도 담아낼 수 없다. 그것은 더 이상 숨겨진 사랑에 관한 것이 아니며, 남자 친구들을 바꾸는 여성들에 관한 것이 아니다. 또한 삶을 길들이는 데에 필요한 에너지를 가지지 못한 사람들의 쓸모없는 불평에 관한 것도 아니며, 비겁한 사람들에게 어울리는 조심성에 관한 것도 아니니. 그것은 사소한 운율과 침실의 고뇌에 관한 것이 아니라 시대의 탄생, 결정적인 종교의 여명, 인간의 쇄신에 관한 것이다.

그것은 죽었던 신앙을 대체해야 하는 믿음의 문제에 관한 것으로, 구원받은 사람의 당당한 평화로부터 찬란한 광채로 솟구친다. 또 그것은 고대 세계로부터 몰락할 때 야생적 대자연의 장엄함과 풍요로운 젖꼭지를 자유의 순수한 모든 힘으로 결합시킨 민족의 신성한 책들을 쓰는 일에 관한 것이다.[85] 그것은 정착하는 군중의 소음, 노동하는 도시의 소음, 길들인 바다

---

84   Servendesios. 프로방스의 시작의 장르. 첫 행과 셋째 행 및 둘째 행과 넷째 행의 운이 맞은 4행 시.
85   이 문장은 시적인 특성을 가지고 있으며, 고대 세계가 쇠퇴함에 따라 자유의 길들여지지 않

와 노예가 된 강의 소음을 언어에 반영하는 문제이다. 상품의 산더미들, 가시나무 숲들, 협곡의 마을들, 수백만 사람들이 권리를 개선하고자 쓰러진 곳의 전쟁들, 모든 것을 통치하고 광활한 풍경을 향해 깨끗한 불로 넘쳐흐르는 태양, 이것들을 휘트먼이 자음들로 짜맞출 것이며, 온유한 대구 안에 배치할까?

오! 아니라. 휘트먼은 그럴싸한 음악 없는 시행들로 말하지만, 조금만 귀 기울인다면 승리한 군대들이 맨발로 영광스럽게, 대지를 향해 올 때 대지의 땅거죽처럼 울리는 시적 언어를 감지할 수 있다. 때때로 휘트먼의 언어는 정육점에 매달린 소의 이마로 보인다. 다른 날엔 연기가 구름 속으로 사라지는 시간에 세상의 부드러운 슬픔과 함께 합창단에 앉아 있는 족장들의 노래로 나타난다. 어떤 때는 갑작스러운 키스처럼, 강요된 것 같은, 햇볕에 파열되는 버석거리는 가죽의 혀 차는 소리처럼 울린다. 그러나 구절은 리드미컬한 결의 운동을 결코 잃지 않는다. 자기 자신이 "예언자적 호령으로"[86] 어떻게 이야기할 것인지를 언명한다. 휘트먼은 말한다. "이것들이 미래의 것으로부터 온 몇 개의 지시적 단어들이다"[87]. 그것이 그의 시이다. 곧 지표이니. 우주적인 것의 의미는 책에 스며들어, 피상적인 혼란 속에 거대한 규칙성을 부여한다. 그러나 연결되지 않고, 채찍질하고, 불완전하고, 느슨한 그의 문장들은 표현한 것 이상을 방출한다. "나는 희끗희끗한 산맥 위에 나의 상상력을 쏘아올린다". "말해라, 대지여, 오래된 산악

은 힘과 자연의 장엄하고 원시적인 측면을 결합한 사람들을 위해 신성한 텍스트를 쓰는 것을 언급한다.

86 『Song of Myself』에서. "내 예언적 비명 앞에 흙이 물러갑니다."
87 비문, 「다가올 시인」, "내 자신에 대해 그러나 미래를 나타내는 한두 단어를 쓸 뿐입니다."

의 마디여, 당신은 나에게 무엇을 원하는가?" "나는 세계의 지붕들 위에 내 대담한 팡파르를 울리게 하나니."[88]

아니니. 그는. 눈에 보이는 화려함 아래 왕좌의 예복을 발이 채이며 질질 끌고 가면서 생각은 거지처럼 하며 걷기 시작하는 사람들 중 하나가 아니다. 그는 독수리처럼 보이기 위해 토메긴들[89]을 부풀리지 않는다. 그는 주먹을 펼 때마다 독수리에게 물을 뿌린다. 씨를 뿌리는 사람이 곡식에 물을 주듯이. 한 구절에는 다섯 개의 음절이 있다. 다음 마흔 개가 이어지고, 다음에는 열 개가 이어진다. 그는 비교를 강요하지 않으며 실제로 비교하지 않고 선명하고 명쾌한 완성으로 보거나 기억한 것을 말한다.

스스로 창조할 준비를 마친 전체적 감각을 확신한 소유자는 자신의 예술을 사용한다. 그리고 자연에서 관찰한 것들과 동일한 무질서로써 묘사 요소들을 재현하면서, 온전히 자신을 숨긴다. 잠꼬대를 한다고 해도 그것은 불협화음이 아니다. 왜냐하면 마음은 어떤 주제에서부터 비슷한 것들까지 규칙도 없고 예속됨도 없이 그렇게 방랑하기 때문이라. 하지만 곧바로 마치 고삐를 풀지 않고 그저 느슨하게만 했었던 것처럼, 갑자기 고삐를 잡고 앞발을 쳐든 말들의 사두마차를 조련사의 주먹으로 바짝 끌고 간다. 움직일 때마다 땅을 통째로 삼키고 있는 것처럼, 그의 시편들은 질주한다. 때때로 그것은 짐 실은 종마들처럼 간절히 울부짖는다. 어떤 때는 희고 거품나는 것이 구름들 위에 투구를 씌운다. 어떤 때는 검고 대담한 것들이 대지의 깊은 데로 가라앉고, 오랫동안 그 소음이 들린다.

---

88 「Song of Myself」 52장에서.
89 tomeguin. 쿠바에 살고 있는 아름답지만 아주 작은 새.

그는 스케치를 한다. 그러나 불로 그려진다고 말할 수 있으니. 휘트먼은 전쟁의 모든 공포를 마치 지금 막 갉아낸 뼈다귀 다발처럼 다섯 줄로 분류한다. 그에게 부사는 문장을 확장하거나 수집하기에 충분하고 형용사는 문장을 승화시키기에 충분하다. 그의 결과는 위대하기 때문에 그의 방법도 위대해야 했다. 그러나 어떤 양식도 없이 진행된다고 생각할 수 있다. 특히 어휘의 사용에 있어, 그가 결코 본 적이 없는 대담함을 섞어서, 덜 적절하고 덜 규칙적으로 여겨지는 단어 가까이에 거의 신성하고 고상한 단어를 놓고 있다. 어떤 그림들은 자신 안에서 항상 생생하고 깊이 있는 특정 형용사로 그리는 것이 아니라 소리들을 사용한다. 배타적인 방식의 천편일률성이 위험을 초래할 수도 있는 가치를 방법들의 전환으로 그렇게 유지하면서, 완벽하게 구성하고 흩어지게 한다.

반복을 통해 그는 야성적인 사람처럼 우수를 끌어당긴다. 그의 행간 휴지는 예상 밖의, 말을 타고 가며, 비록 멈추었다 몸을 돌려 피하는[90], 전개 동작에서 현명한 질서가 감지된다 하더라도, 어떤 규칙에도 부합하지 않고 끊임없이 변화한다. 차곡차곡 모으는 것이 그에게는 기술하는 가장 좋은 방법으로 보인다. 그의 추론은 결코 논증의 평범한 형식이나 웅변술의 고음을 취하지 않고 암시의 신비, 명확한 열정, 예지의 불로 생성된 전환을 취하고 있다.

그의 책에서는 반복해서 이러한 우리 라틴아메리카 단어들이 발견된다. viva(만세), camarada(동지), libertad(자유), americanos(라틴아메리카인) 같은. 그러나 인지할 수 있는 황홀감과 함께 마치 자신의 의미를 팽창시키려

---

90 quiebros(toro). 투우사가 몸을 돌려 피하는 동작.

는 것처럼 그가 자신의 시편 속에 침투하는 프랑스어 목소리보다 그의 개성을 더 잘 묘사하는 게 있을까? ami(연인), exalté(열광한), accoucheur(산파), nonchalant(한가로운), ensemble(조화로움) 같은. 무엇보다도 앙상블은 민족들의 삶이라는, 모든 세계인들의 삶이라는 하늘을 보기 때문에 그를 매료시킨다. 그는 이탈리아어로 한 단어를 가져왔다. Bravura!(용기)

그렇게 휘트먼은 근육과 용기를 칭찬하면서, 사람들이 지나갈 때 두려움 없이 자신에게 손을 얹도록 통행인들을 초대하면서, 허공에 펼쳐진 종려나무들과 함께 사물들의 노래를 들으면서, 거대한 풍요로움을 환희로써 놀라워하고 또 선포하면서, édicos 구절[91]에서 씨앗들과 투쟁들 그리고 천체들을 거두어들이면서 휘트먼은 기다린다. 또한 꿀벌들 날개로 경계하는 자유의 가장자리를 베어내고 확장되는 미국의 계곡과 봉우리들을 향해 반짝이며 제대로 성숙하지 못한 인간 벌떼들 시대를 지적하면서, 영원한 평온의 안식처를 향해 우호적인 세기들을 목초지로 인도하면서, 월트 휘트먼은 고대한다. 그의 친구들이 봄날 첫 번째 잡힌 물고기에 샴페인을 뿌려 들판의 식탁보 위에 차려주는 동안, 물질적인 것이 자신에게서 분리된 행복한 시간을 말이다. 진실하고, 울림있고, 다정다감한 사람은 세계에 드러낸 후에 그런 다음 정화하는 바람에 흩어지니, 물결 안에서 싹이 트고 향기가 나는구나. "자유로우니, 승리했으니, 초월하였으니!"

---

91 Édicos는 "Edda"에서 파생된 형용사로, 고대 북유럽(스칸디나비아)의 서사시 전통. 'versiculos édicos'는 성경에 나온 'Versículos de la Biblia sobre Dios como médico(의사로서의 하나님)'의 표기로 보입니다.(역자주)

울림의 항아리들[92]
— 롱펠로우의 죽음과 문학

I.[93]

이제, 갈채 받던 시인은 차가운 그릇으로, 대지에 잠들었다. 그는 더 이상 창문의 유리를 통해 놀고 있는 아이들, 휘날리며 떨어지는 나뭇잎들, 흰 나비인 척 허공에서 명랑하게 춤추는 눈송이를 바라보지 않을 것이니. 인간들이 슬픔 때문에 그러하듯, 바람 때문에 쓰러진 나무들, 깨끗한 영혼에게 선을 행하는 맑은 태양, 시인들이 허공에서 희미하게 본 미세한 날개를 가진 저 가벼운 환상들, 푸른 산들 위로 펄럭이는 연기를 닮은 거대한 제단의 수증기 같은 장엄한 고요, 그리고 대지의 울창한 나무들, 이삭이 팬 평원들도 바라보지 않을 것이다.

---

92 「Longfellow」, 뉴욕에서 1882년 3월 22일과 4월 1일에 쓴 글. <La Opinión Nacional>, (Caracas) 4월 11일 발표. 롱펠로우(1807-1882)는 3월 24일 사망했는데, I은 그를 추모하고 있으며, II는 사망 직전의 그를 묘사하고 있다. 마르티는 휘트먼과는 다른 방식으로, 롱펠로우를 조화롭고 도덕적인 시 세계의 구현자로 바라보았다 그의 작품에서 풍기는 내면의 고요함과 도덕적 품위가 미국 문학의 고결한 전통을 대표한다고 본다. 그의 시가 전쟁이나 과격한 정치 대신 가정, 신앙, 역사, 자연, 인간의 선의(善意) 같은 조용한 주제를 통해 사람들의 마음을 정화시키며, 문학이 가져야 할 교화적 기능을 이상적으로 구현한다는 것이다.(O,C, t.13, p.223-231, OCEC t.9, p.268-280)

93 4월 1일의 추모글.

이제 롱펠로우는 죽었으니. 오, 얼마나 훌륭한 시인들이 동행하고 있는가! 우리가 알지 못하는 저 시인들은 얼마나 저 다정한 친구들이겠는가! 신성한 것을 노래하고 위로하는 저 은인들! 그들이 울음을 자아낸다면, 얼마나 큰 위안이 되는지! 그들이 생각하게 한다면, 얼마나 힘을 내고 용기를 얻을 것인지! 그리고 그들이 슬프다면, 얼마나 부드러운 음악으로 영혼의 공간을 채울 것인지! 공기 속에서 연주하며, 마치 공기가 거문고인 것처럼 소리를 끌어내리니! 리라를 연주하는 아름다운 비결을 그들은 알고 있었구나!

떠나는 새처럼 생명이 롱펠로우의 몸을 두고 갔다. 사람들은 그에게 검은 옷을 입혔다. 가슴 위로 펄럭이는 흰 수염을 다듬었다. 그의 관대한 손에 입을 맞추었다. 마치 텅 빈 사원을 보는 사람처럼 그의 높은 이마를 쓸쓸하게 바라보았다. 그를 천이 깔린 관에 눕히고, 그 안에 들꽃들로 만든 소박한 다발을 바쳤다. 장엄한 포플러 나무 우듬지 아래 대지에 빈 구덩이를 열었으니. 그리고 거기 그는 잠들었다.

인생에서 그는 얼마나 아름다웠는가! 그는 선한 사람의 저 유쾌한 신비를 지니고 있었다. 순결한 자들의 건강한 안색, 덕 있는 자들의 장엄한 용기, 위대한 자들의 선량함, 살아있는 자들의 슬픔, 삶을 아름답게 만드는 죽음에 대한 저 동경을 그는 품고 있었다. 이는 그의 넓은 가슴, 자신감 넘치는 걸음걸이, 진실이 담긴 예의, 형언할 수 없는 얼굴, 열정적이고 애무하는 눈빛이 되었다. 그는 문학 속에서 살아왔고, 자기 자신이었던 사람이었으니, 이것은 크나큰 미덕이다.

그의 학문은 그에게 도가니 역할을 했다. 그것은 족쇄로서가 아닌, 다른 사람들을 섬김으로서, 봉사해야 하는 것으로 되어 있으니. 그 자체의 빛은 너무 커서 다른 빛들의 반사가 눈을 멀게 할 수 없었다. 그는 다른 사람들로부터 받기만 하는 사람이 아니었다. 그 자신을 내어주는 사람이었다. 언제나 독수리에게 깍깍대던 까마귀들이 그에게 깍깍 우짖었다. 녹색 이빨[94]을 가진 질투하는 사람들이 그를 물어뜯었다. 하지만 그 이빨들은 빛을 깨물지 못했으니.

롱펠로우는 평화를 펼치면서, 아름다움을 가리키면서 고요하게 걸었다. 이것은 평온하게 하는 방법이었으니. 높은 구름들과 우뚝한 산봉우리들에 시선을 둔 채, 비어 있는 허공을 간절하게 바라보면서 말이다. 그는 사람들이 일하는 대지를 아름답게 바라보았다. 그리고 어쩌면 역시 노력해서 이룬, 여전히 더 아름다운 다른 땅을 보았다. 그는 지치지 않았으므로 쉬고 싶은 간절함은 없었다. 그러나 그는 너무 오래 살았으므로, 오랫동안 어머니를 보지 못한 아들의 갈망을 가지고 있었다. 때로는 어두운 그늘 속에 있는 머나먼 것들을 달빛으로 보는 듯한 부드러운 슬픔을 느꼈고, 때로는 완성하려는 서두름, 이후의 삶에 대한 의문, 스스로 깨달은 것에 대한 놀라움이 그의 눈동자를 섬광으로 가득 채웠다. 그 다음에야 승리한 사람처럼 웃음을 머금었다. 롱펠로우는 독수리를 길들인 사람처럼 보였다.

그의 시편들은 음향이 울리는 항아리와 같고 그리스 조각상과 같으니. 경솔한 눈에 그것들은 사소해보이지만, 위대한 모든 것이 첫눈에는 그렇게 나타나는 법이다. 그러나 나중에 균형과 조화로 된 저 부드러운 매력이 그리스 조각상에서처럼 시편들로부터 솟아난다. 그리고 그 항아리 깊숙한 곳에서는 이글거리는 구름 속에 있는 반항적인 천사들이 싸우지 않는다. 쓸쓸한 눈빛과 불타오르는 붉은 가슴, 상처 입은채 날아다니는 콘도르처

---

94 질투와 시기의 색깔로 악의적 비판, 험담 등을 말함.

럼 날개를 펄럭이는 슬픔, 그들로부터 도망가지도 않는다. 다정한 연인들은 달큰한 갈대피리와 부드러운 입맞춤의 선율에 맞추어, 부주의하게 안락한 장미 위에 길게 드러눕지도 않는다. 오히려 그의 시는 몰약의 항아리이니, 거기로부터 향그러운 연기로 상승한다. 마치 인간의 본질인 높은 곳을 향한 경외처럼 말이다.

백발의 시인은 많은 시편들을 썼다. 그리고 핀란드인과 노르웨이인에 대해, 살라망카의 학생들, 모라비아[95]의 수녀들, 스웨덴의 유령들에 대해, 생생한 식민지의 사정들과 야생적인 아메리카에 대해 그는 이해했다. 그러나 아름다운 정신의 이러한 한가로움은 시인의 영혼을 정확히 모사하지도 못했고 그의 진정한 작품도 아니었다. 오히려 두 눈동자의 방황들과 정신들의 발산, 장엄한 자연과 함께한 새벽녘의 긴 대화야말로 시인의 영혼을 정확히 모사했다. 자연은 이 연인의 신부 같았고, 이 신부는 그를 위해 근사한 성장을 차려입고, 그리고 자신의 사랑에 당당한, 자신의 비할 데 없는 아름다움의 보물을 그에게 보여주었다.

그의 입술로부터 노래로 만들어진, 조화로운 시편들이 흘러나왔다. 그렇게 그는 창문 유리를 통해 어두운 오후를 응시했으며, 밤을 두려워하는 사람이 아니라 행동이 느린 신부를 기다리는 사람 같았다. 그리고 그에게 소년들은 꽃봉오리들도 보였고, 소녀들은 장미들로 보였다. 그리고 그들에게 롱펠로우는 장미와 꽃들이 유쾌하게 기어오르는 오래된 벽이었다.

굽이치는 거대한 바다에서 길을 잃을지도 모른다는 두려움이 그에게 애처로운 파도처럼 불의에 덮쳤다. 그는 저항했다. 그리고 스스로에게 물

---

95 체코의 동쪽에 위치해 있는 역사적 지역.

었다. 그렇다면 그토록 많은 고통이 무슨 소용이 있고 그토록 야만적인 순교의 의미는 어떤 것인가. 하지만 그는 자기 자신에 대해서, 또한 다른 사람들에 대해서도 연민을 가졌다. 그리고 이 고통들을 사람들에게 말하지 않았다. 그는 사람들이 파리스처럼이 아니라 헥토르처럼 분노 없이, 감사하며 살아가기를 원했다. 그리고 고통 안에, 죽음 안에, 노동 안에, 얼마나 많은 아름다움이 있는지 알리고자 했다. 그는 인간들에게 척박한 격노를 선동하지 않고, 자기 스스로의 용기 있는 수양으로 이끌었다. 롱펠로우는 영혼이 있기 때문에 정신으로 살아야 한다고 믿었다. 허영심으로 살아서도 안 되고, 사고 팔리는 즐거움으로 살아서도 안 되는 것이었다. 즐거움은 사고 팔리는 것이 아니기 때문이다. 그는 인생을 산으로 보았고, 그 안에 존재한다는 것은 산꼭대기까지 흰 깃발을 들고 가는 의무 같은 것이었다.

그리고 그는 떠들썩한 시장 바깥에서 평화롭게 살았다. 그곳에서는 나무들이 숙덕거리고, 건장한 대장장이가 밤나무 그늘에서 일하고, 대장간의 불꽃들은 어린 옥수수의 금발 올처럼 날아다녔다. 꼬마들, 병아리떼 같은 학생들은 골몰하여 그것들을 보려고 멈추었다.

그리고 이제 그는 바다에 가라앉는 파도처럼 고요하게 잠들었다. 아이들은 그의 이름을 이어 간다. 대장장이가 만든 높다란 밤나무 의자는 비어 있으니. 정교하게 조각되고 푹신한 그 의자는 사랑스러운 아이들이 그에게 선물한 것이었다. 투박한 시계는 차분한 소리로 운행한다. 시계는 그것을 만든 장인을 위해, 그 안에서 전투 시간을 측정한 영웅을 위해, 그리고 노래로 그것을 기념한 시인을 위해 살아남았구나.[96]

---

96   이 집은 <롱펠로우 하우스-워싱턴 본부 국립사적지>로 불리며 매사추세츠주 케임브리지의

그리고 시인의 형제가 가장 슬픈 어조로 '사람은 먼지로부터 왔다가 먼지로 돌아간다'고 송가를 부른, 위로의 말이라기보다는 오히려 냉혹한 목소리에 가까운 그 종교적 선율들이 아직 열려 있는 무덤 위에 울려 퍼졌다. 그때, 불만에 찬 자연은 이미 자신의 연인을 내려놓은 그 가슴 속, 새로운 무덤 위로 그늘진 미루나무 가지를 때리는 강한 바람을 보내는 것처럼 보였다. 그 가지들에 부는 바람은 위안과 약속처럼 말했으니. 롱펠로우의 고귀한 시구들, 그 안에서 그는 영혼에게는 먼지에서 와서 먼지로 돌아간다는 말이 해당되지 않는다고 노래했으니.[97]

그리고 그들은 무덤에 흙을 뿌렸고 눈이 내렸다. 시인 홈즈[98], 연설가 커티아[99], 소설가 하웰스[100]는 입을 굳게 다물고 소심한 채 도시로 돌아갔다. 많은 다른 이들과 달리 육체가 영혼의 베일이 아니었던 진정한 현인의 아

브래틀 스트리트 105번지에 위치한다. 조지 워싱턴은 1775-76년 동안 미국독립혁명본부로 사용했다. 이곳엔 18세기 프랑스산 괘종시계가 있는데 워싱턴이 사령부로 사용했던 때부터 있던 것으로, 롱펠로우가 집을 소유하게 되면서도 유지되었다. 이 시계는 롱펠로우의 시 「The Old Clock on the Stairs」의 영감이 되었다는 설이 있다. 시계는 "Never forever! Never forever!"(영원히 아니라고!)라고 속삭이는 것으로 묘사되는데, 시간의 덧없음과 인생의 무상함을 상징한다. 시계는 오늘날에도 하우스 내부에서 볼 수 있으며, 역사적인 의미를 간직한 유물 중 하나입니다.

97 육체는 먼지로 돌아가지만 영혼은 그렇지 않다.
98 Oliver Wendell Holmes(1809-1894) 는 보스턴에 거주하는 미국의 의사, 시인, 정치가이다. 랠프 왈도 에머슨, 헨리 워즈워스 롱펠로우, 제임스 러셀 로웰과 같은 친구들을 포함한 보스턴의 문학 엘리트들에게 둘러싸인 홈즈는 19세기 문학계에 지울 수 없는 흔적을 남겼다.
99 George William Curtis(1824-1892)는 유명한 미국 작가이자 대중 연설가였으며, 나일강에 대한 호와지의 메모, 오래된 선 그리기, 삽화 조각으로 유명했다.
100 William Dean Howells(1837년-1920년). 미국의 소설가이자 비평가, 19세기 후반 미국 문학의 학장, 문학적 사실주의의 옹호자, 마크 트웨인과 헨리 제임스의 절친한 친구이자 조언자였다.

들이었던 루이스 아가시즈,[101] 온화한 휘티어[102]와 떨고 있는 에머슨[103]이었다. 미지의 베개 옆에 이미 머리를 포개었음을 느끼는 에머슨의 그 야윈 얼굴에 드러나 있는 저 엄숙하고 장엄한 침잠이여!

II.[104]

그 가르필드[105]는 이미 죽었고, 행복하고 유명한 또 다른 이는 죽음 위험에 처해 있다.[106] 나흘 전에 75세를 맞이한 롱펠로우의 얼굴을 암이 갉아 먹고 말았다. 애틀랜타에도, 케임브리지에도, 보스턴에도 꽃을 들지 않은 아이의 손도 없었고, 시를 읊지 않는 입술도 없었다.[107] 애틀랜타 그곳에서는 같은 벤치에 흑인과 백인 어린이들이 앉아 오천 명[108]의 순수한 목소리

---

101 Luis Agassiz(1807-1973). 스위스 태생의 미국 박물학자, 지질학자. 미국 자연 과학 교육의 성격을 변화시켰다.

102 John Greenleaf Whittier(1807-1892). 미국의 퀘이커 교도. 시인이자 미국의 노예제도 폐지를 주장했다.

103 Ralph Waldo Emerson(1803-1882). 19세기 중반의 초월주의 운동을 이끈 미국의 수필가, 강사, 철학자, 노예 폐지론자 및 시인. 그는 개인주의와 비판적 사고의 옹호자이자 사회와 순응의 상쇄 압력에 대한 선견지명 있는 비평가였다. 니체는 그를 "미국인 중 가장 재능 있는 사람"이라고 생각했고, 월트 휘트먼은 그를 "스승"이라고 불렀다.

104 이 글은 앞의 글보다 먼저 쓴 글로 죽음을 앞둔 롱펠로우와 그의 시세계를 그리고 있다. 호세 마르티는 베네수엘라 카라카스의 <Opinión Nacional>에 「뉴욕에서 보낸 편지」를 지속적으로 발표했는데, 이 글은 1882년 3월 22일에 발표한 에세이로 19세기 말 미국 사회의 다양한 모습을 관찰하고 이를 분석한 긴 글 중 롱펠로우에 관한 부분만 번역했다.

105 James A. Garfield(1831-1881). 미국의 제20대 대통령이며, 취임 후 총격으로 사망해 미국 대통령 중 두 번째로 짧은 기간 동안 재임. 재임 기간은 매우 짧지만, 가필드는 문서개혁과 부패 척결을 지지한 개혁적인 정치인으로 유명.

106 이 문장은 생략된 앞 부분과 연결된 설명이다.

107 미국의 세 도시에서 모든 아이들이 손에는 꽃을 들고 시를 읽는 것을 묘사하는 시적인 표현.

108 상징적 묘사, 백인과 흑인간의 사회적·교육적 분리가 심했던 시기, 문학을 통한 인종간 화

로 보스턴 음유시인의 선율이 아름다운 구절들을 낭송했다. 마치 조화로운 세계에서 온 듯한 아이들의 목소리. 그 기묘한 진동. 마치 삶에 들어가는 것에 대해 두려움으로 떨듯이, 노래로 고양될 때 눈물이 가득 차오르는 듯이 보이는구나.

「더욱 더 높이!」[109] 롱펠로우를 가장 찬사하는 시와 함께 애틀랜타의 충직스러운 아이들이 합창으로 부른다. 이 다정하고 선량한 사람이 사랑했던, 그리고 그를 행복하게 만드는 데에 유쾌했던, 이 땅 모두가 말한다. "더욱 더 높이!" 그는 케임브리지에 살고 있었다. 그곳은 맨발, 찢어진 옷, 화약으로 검게 변한 손을 가지고 독립 시대에 용감한 북미 군인들이 도착한 곳이다. 돌팔매질과 소총 개머리판으로 제 모든 총알을 영국인들의 몸 안에 이미 깊이 박아넣은 그들은 이 도시를 폐허로 만든 전국적으로 이름난 요새인 벙커힐 요새[110]를 방어하기 위하여 왔으니.

그리고 롱펠로우는 워싱턴이 그 시선을 두었던 시계를 두 눈으로 지켜보았다. 그는 침착한 영웅이 전투를 궁리했던 바로 그 침실에서[111] 정성 들인 각운들을 조립하고 장치했다. 인생은 어떤 이에게는 그들을 기수로 선택하여 구름으로 끌어올리고, 산비탈을 향하여 뒤흔들고, 심연에 가두는,

---

합과 조화를 상징.

109 롱펠로우가 1841년 쓴 시로, 더욱 높이 올라 멀리 보고 깊이 느끼려는 기상이 응집된 시다. 각 연의 마지막 줄이 "Excelsior"라는 단어로 끝난다.
110 벙커힐 전투는 1775년 6월 17일 미국 독립 전쟁의 첫 번째 단계에서 보스턴 포위 공격에서 벌어졌다. 분명히 Martí는 반군이 스스로 자리를 잡으려고 시도한 장소를 언급하고 있으며 Breed's Hill에서였지만 Bunker Hill은 전투에 이름을 붙인 장소이다.
111 케임브리지에 있는 롱펠로우의 집은 식민지 노예 제도와 지역 사회 운동의 장소이자 조지 워싱턴의 첫 번째 장기 미국 독립 혁명의 본부였다.

콧소리를 내는 미치광이 괴물과 같으나, 또 다른 이에게는 발을 적시는, 꽃으로 가득한 졸졸 흐르는 시냇물과 같다. 그렇다. 운명의 여신이 롱펠로우의 문을 두드렸고 그에게 그 은혜로운 재능인 직무, 곧 그 요정들의 천부적 선물인 시적인 노동, 자유로운 노동, 창조 노동 그리고 아름다움의 계시로 된 작업을 주었다. 그리고 다른 사람에겐 죽음의 도끼가 아름다운 정글로 가득 찬 두개골을 반으로 쪼개고 말았나니![112]

시인은 베어진 적이 없는 꽃들로 차 있는 새로운 정원에서 태어났다. 그곳에서 활발한 손은 통찰력 있는 눈의 안내를 받아, 가장 아름다운 꽃들을 민첩하게 수확했다. 거기로부터 성서 시편들의 신선함이 나온다. 욥이 말한 문구들의 그 둥치 부분, 에스겔이 등장하는 그 황금 병거, 그리스의 프로메테우스보다 덜 대담하지만 더 아름다운 그 야곱의 사다리, 인도 시편에서 나오는 숲의 그 소음들, 호머가 표현하는 시화적이고 향기로운 그 언어 등이 거기로부터 나왔으니. 저 음유시인들의 위대함은 그들 자신 안에, 그리고 모든 것이 새로웠을 때 태어났다는 데 있다. 오늘날, 태어나는 사람들은 자신의 통행을 방해하는 부서진 제단들, 멀리 떨어진 그늘에서 솟아오른 무질서한 제단들을 발견한다. 또한 대지에선 꽃 없는 나무들, 그리고 죽은 시인들의 거처에서는 나무들의 첫 꽃들을 제 손에 든 채 지나가는 위대한 음유시인을 찾아낸다. 그들은 대지의 첫 번째 꽃들을 빨아들였기 때문에 불멸의 존재이다.[113]

---

112   이 문장은 매우 강렬하고 시적인 표현으로, 롱펠로우가 받은 축복(창조적 일과 시적 재능)과 다른 이들의 비극적 운명을 대비시킨다. 어떤 사람들은 창의력과 아름다운 생각이 가득한데도 죽음이 갑작스럽게 앗아가는 잔혹함을 비유적으로 표현하고 있다.
113   시적인 표현으로, 현재와 과거의 대비하면서 시인들의 불멸성에 대한 아름다운 은유를 담

그리고 얼마나 아름다운가, 시인이 자신의 서광으로 장식한 집이여! 자신의 거실로 이어지는 현관 아래에서, 그는 문턱을 넘어 아름다움에 바치는 찬미의 상징처럼 들어오는 사람들을 지켜보았으니. 그곳에는 순결하고 고요한 밀로의 비너스가 있었다. 중국의 높은 도자기 기술로 보존된 넓고 단단한 난로 위에는 파에스툼 신전의 늠름한 선을 연상시키는 풍부한 장식이 솟아 있다. 그는 책들로 가득찬 원탁의 넓은 안락의자에서 작업하곤 했다. 그곳에서 그는 자신의 음악적인 시편들을 다시 읽었다. 「밤의 목소리」[114]에서 소크라테스적인 브라이언트[115]의 모방을 통해 그에게 이미 상냥하고 우울한 감수성이 풍부하게 드러나고 있다. 사람을 자신의 건강하고 향기로운 시로 위로하고 어루만지고자 했기 때문에, 운명은 그에게 힘과 위안을 주고자 했다.

거기서 롱펠로우는 다시 읽어보라. 이미 사랑이 넘치는 눈으로 인간의 고통을 보고 있는 그의 『나그네새』[116], 자연의 소박하고 조화로운 활동을 자세히 관찰하면서 태어난 그의 『발라드』[117], 그리고 백합처럼 향기롭고 하얀 아카디아[118]의 아름다운 이야기인 『에반젤리나』[119], 원시적인 신성

고 있다.

114 Voices of the Night, 1839.

115 윌리엄 컬렌 브라이언트(William Cullen Bryant, 1794-1878) 는 미국의 낭만주의 시인, 저널리스트, 뉴욕 이브닝 포스트의 오랜 편집자이다. 퓨리턴 신앙에 입각한 윤리감과 자연애를 장중하게 노래한 시가 많다.

116 Aves de paso, 1858.

117 Baladas, 1842.

118 Acadia 또는 Acadie는 북아메리카 북동부의 옛 프랑스 식민지를 부르던 이름.

119 Evangelina, 서사시. 1847년 출판. 에반젤린이라는 이름을 가진 아카디아 소녀의 이름을 따서 지은 이 시는 19세기와 20세기에 아카디아 역사와 정체성을 정의하는데 강력한 영향을

한 빛이 보이는, 풀 사이로 종알거리는 시냇물과 새로운 발로 디딜 때 순결한 잎이 바스락대는 소리가 들리는 저 아메리카 원주민의 서사시인 『하이와타』[120], 그리고 신비로운 도취와 천국에 대한 갈망으로 이미 흠뻑 적셔진 저 『길가의 여인숙 이야기』[121]를 다시 읽어보라.

그리고 롱펠로우는 특별한 행운으로 로페[122]와 만리케[123]의 저 우리 코플라들[124]을 영어로 옮겼다. 왜냐하면 시인은 기립해 있는 사물과 과거의 인간을 보는 재능과 마찬가지로, 유럽 언어로 된 어휘의 영혼과 음악을 파악하는 흔치 않은 재능을 가지고 있었던 까닭이다. 이러한 언어 학문의 능력 덕분에 롱펠로우는 불과 열여덟의 나이에 이미 대가가 되었으며, 이후에는 스페인 문학을 확고한 필치로 서술한 티크너[125]를 계승해 문학을 가르치는 자리에 올랐다. 또한 가르치는 모든 사람이 그래야 하듯, 자신의 가르침의 분야인 고유한 근원을 직접 체험하기 위해, 그는 태양이 따뜻한 유럽 땅으로 세 번이나 갔다. 그곳에서는 태양이 정오처럼 뜨겁게 비추고, 오렌지가 타는 입술을 식혀 주었다. 그리고 대지가 마치 영원한 포말로 뒤덮인 바다처럼 보이는 그곳에선 소녀들의 머리카락 색깔은 스칸디나비아처

미쳤다.

120 Hiawatha, 1855. Hiawatha의 노래에 대한 언급.
121 Cuentos de la posada del camino, 1863.
122 Lope de Vega(1562-1635). 스페인의 극작가.
123 Jorge Manrique(1440-1479). 유명한 스페인 시인이자 르네상스 이전의 지식인.
124 코플라는 4개 절로 구성된 속요, 일반적으로 짝수 절에 자음 운율이 있다. 연의 유형과 대중 전통의 운문 유형을 지정하는 데 사용되는 이 형태는 문학에서 시인들은 코플라의 익명의 흐름에 영감을 받아 코플라를 구성했다.
125 George Ticknor(1791-1871) 미국의 학자이자 히스패닉주의자로, 언어와 문학을 전공했다.

럼 오렌지빛을 띠었다.

그리고 롱펠로우는 그 갈망하는 눈에 담아왔다. 살라망카의 학생들과 나폴리의 늠름한 악동들과 붉은 빛이 도는 조각상 같은 로마의 저 소녀들과 그리고 교회의 무덤 위에서 돌로 된 손으로 기도하는 저 잠자는 기사들을 말이다. 그리고 등에 날개처럼 보이는 돛을 달고, 덴마크의 눈 쌓인 마을들과 계곡들, 강들, 산중턱을 향해 가로지르며 저 날아가는 사람들도 데려왔다. 그리고 그는 자신의 팔레트를 그토록 풍부한 뉘앙스로 채우자마자 자리에 앉았다. 존재들로 가득 찬 텅 빈 대기, 거대한 장미처럼 영원히 끓어오르는 이 우주를 관찰하는 사람의 눈으로 만나기 위해, 그리고 한밤중 대지 안에 나부끼는 새벽의 웃음소리에 귀를 기울이기 위해 말이다.

롱펠로우에게 인생은 친절한 성직이자, 진지한 임무였으니. 성취된다면 영광을 가져오는 의무이고, 잊어버린다면 허물과 불행이다. 생명 있는 사람들은 덕이 깊은 순례자와 같나니. 펼쳐진 깃발들과 피투성이 맨발들, 곡괭이를 든 손으로, 씨앗 뿌린 밀로 먹으면서, 강물을 마시면서 걸어서 다리를 건넌다.

롱펠로우는 날개 달린 시편들로 심연의 것을 말한다. 많은 사람들이 그토록 절망에 대해 말하는 오늘날, 그는 믿음에 대해 이야기하나니. 그의 시편들로부터 아름다운 슬픔이 솟구친다. 불행한 자들이 물어뜯는 불안하고 야만적인 슬픔이 아니라, 인내심 강한 그의 푸른 슬픔이다. 열정은 그의 순수한 영혼의 연민을 지니고 있고, 그의 영혼 속에서 천사들이 노래한다. 사람들은 아랍 유리컵 같은 형식 안에서 완벽한 그를 발견한다. 사람들은 롱펠로우를 꽃 속에서 노래하는 시의 나이팅게일처럼 생각한다. 그리고 그들은 그의 리라에서 인간들의 정념으로 된 깊고 비통한 목소리가 진동하지 않는 것처럼 여기는데, 이는 이 시인이 행복하다는 사실에서 비롯한다.

고통은 시를 성숙하게 한다. 롱펠로우의 천사들은 날개에 피로 얼룩을 묻히지 않는다. 가끔 고뇌로 창백한 얼굴로 그 노인은 하늘을 보았다. 마치 모든 인간이 찾는 것, 왔던 본향으로 돌아가게 할, 보이지 않는 배를 찾고 있는 것처럼 말이다. 사람은 고통을 겪는 것이 필요하다. 실제적인 고통이 없을 때 사람은 고통을 창조한다. 고통은 정화시키고 연습시킨다. 이것이 바로 이 시인이 살아온 방식이다. 바로 그 명예로 롱펠로우가 태어난 마을의 집들은 그의 생일에 깃발들을 공중에 펄럭이게 했구나. 인접한 정원에는 장미가 없을 지경이 되었다. 선율이 아름다운 하프가 그 정신 안에서 부드럽게 진동하는 그의 화병, 숭고한 예배와 온유한 아름다움의 경작 속에서 살았던 행복한 그 음유시인의 화병, 다이아몬드 벽들에서처럼 고통의 투창들이 부러진, 그 집 안에 놓인 운 좋았던 그의 예술적인 화병을 채워야 했기 때문이니.

제4부

쿠바를 향하여, 쿠바를 위하여

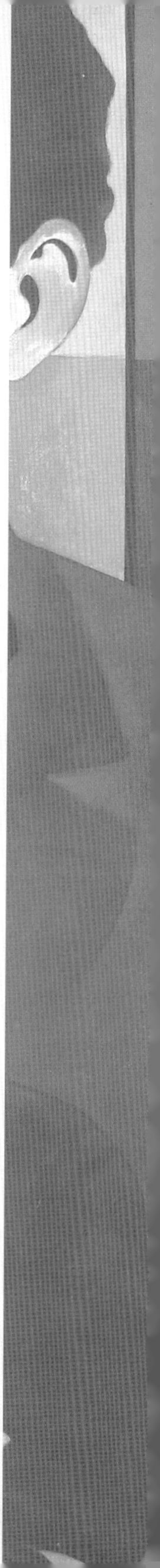

쿠바의 문제들[01]
— 스물일곱 살의 스텍 홀 강연

여러분,[02]

의무는 소박하고 자연스럽게 수행되어야 합니다. 제가 온 것은 세련된 생각과 신중한 문구를 겨루는 문학 경연의 자리를 위해서가 아닙니다. 과

---

01 「Lectura en la Reunion de emigrados cubanos, in STECK HALL, Nueva York」. 뉴욕, 1880년 1월 24일. 이 글은 스텍 홀에서 열린 이민자 모임에서 강연한 글로 마르티의 반제국주의적 신념과 민족주의적 이상이 결합된, 대표적인 정치적 담론이다. 27살로 뉴욕에 막 도착한 호세 마르티는 라틴아메리카의 독립과 자주, 그리고 식민주의와 제국주의에 대한 저항을 강하게 역설하며, 라틴아메리카 국민들이 스스로의 운명을 책임지고 이끌어야 한다고 강조한다. 진정한 자유는 외세의 모방이 아니라 자기 정체성과 도덕적 책임에 기반한 민족적 자각에서 비롯된다는 것이다. 이 연설문은 쿠바 독립전쟁의 정당성과 시급성, 행동 없는 연민에 대한 비판, 그리고 자유를 위한 연대와 헌신의 필요성을 강력히 호소하고 있다.(OCEC t.6, p.133-165)

02 1880년 뉴욕에서 출판된 소책자에 이 연설문이 실려 있으며, 그 안에 다음과 같은 마르티의 설명이 담겨 있다. "이민자들의 애국심이 고양됨에 따라 더욱 요청되고 수용되어야만 했던, 강연자가 맞추어야 했던, 이 원고의 특별한 어조는 일부 실용적인 정신을 가진 사람들에겐 이 페이지들 안에 열광이 이성의 자리를 차지하고 있다고 믿게 만들 수 있다. 강사는 어떤 사람에게는 과도한 열정으로 또 다른 사람에게는 정열이 부족한 것처럼 보일 위험을 감수했다. 그럼에도 불구하고 고결한 심장을 가진 사람들에겐 나쁘게 여겨지지 않는 것을 냉정한 영혼을 가진 사람들이 인정해주길. 그들은 아마도 이 간결한 고찰에서, 펜이 흘러가듯 써 내려간 진지한 생각의 어떤 동기를 발견할 것이다. 아직 할 말이 많이 남았고, 말하게 될 것이다. 말하는 것은 행동하는 방식의 하나이기 때문이다. 그동안, 그처럼 생생한 사랑으로 이 강의를 들어주신 분들과 아낌없이 빛을 베풀어 주시는 분들께 감사한다."

거와 현재의 고통에 대한 보상을 챙기기 위해서도 아닙니다. 그 고통은 다른 사람들이 겪는 고통보다 덜 심각하기 때문에 자랑스럽기보다는 저를 부끄럽게 합니다. 개인적 신념과 열정으로 된 어울리지 않는 과시를 만들기 위해서도 아닙니다. 제가 온 것은 믿고 있는 사람들의 신앙에 좋은 소식으로 혼을 불어넣기 위해서입니다. 의심하는 자들의 동요하는 에너지를 확실한 이성으로 고양시키기 위해서입니다. 게으르거나 피곤해서 잠든 사람들을 사랑의 목소리로 깨우기 위해서입니다. 자신의 깃발을 방기하고 있는 자들에게 준엄한 명예를 환기시키기 위해서입니다.

저는 제 작업을 치장하는 데 신경 쓰지 않습니다. 그것은 조국의 이익을 위해 시도하는 저의 짧고 빈약한 작은 노력에 불과합니다. 자신의 민족을 위해 정직하고 자유로운 평온을 쟁취해야 함을 아직 알지 못하는 언어는 평화의 품격을 누릴 권리가 없기 때문입니다. 또한 훌륭한 전사는 전투 시간에 자신의 아름다움을 돌보아서는 안 됩니다. 조국의 깃발을 지키는 방패처럼, 적들의 칼날에 넓은 가슴을 바쳐야 합니다. 비록 지금 우리가 맞서 싸우는 이 적이 칼보다는 단검으로 싸우더라도[03] 말입니다.

소심한 사람들을 무릅쓰고 말한다면, 많은 부분에서 자신의 우유부단함이 영향을 미친 사태들을 냉혹한 운명의 탓으로 돌리기를 좋아하는 그들의 말은 듣는 사람들에게도, 자기 자신에게도 믿음을 얻지 못합니다. 불길한 점쟁이들의 반감을 무릅쓰고 말한다면, 그들은 표류하는 잔해를 난파로부터 구출하려는 저 모든 노력들, 하나의 명확하고 독립된 실존을 가지고 부의 체계를 더 좋게 세우고자 기존에 있던 부에 일시적인 변화를 가져

---

03 정정당당한 방식(칼)이 아닌 비열하고 음험한 수단(단검)을 사용한다는 의미이다.

오려는 노력들의 패배를 열렬한 말로 예고합니다.

　인간 허영심의 반감을 무릅쓰고 말한다면, 자신의 게으름을 변명할 방법이 없는 이들은 비난받을 만한 무기력을 면전에서 들추는 다른 사람들의 활기찬 행동을 보며 괴로워합니다. 요컨대, 혁명의 방패 위에 올라선 자들의 반감을 무릅쓰고 말한다면, 그들은 혁명을 강화하거나 순수하게 유지하려는 것이 아니라 혁명을 그 일시적인 오명에서 해방시키려는 혁명의 진정한 수호자들을 방해하고자 했습니다.

　그 모든 이들의 반감을 무릅쓰고, 그리고 많은 사람들의 박수와 존경 속에서 지친 사람은 더욱 강해집니다. 녹슨 무기들이 다시 드러납니다. 신중한 소유자가 잊어버려서가 아니라, 휴식 상태로 내버려둔 틈새에서 말입니다. 인간의 열정은 다시 자극을 받아 자신의 본래적인 성과들을 낳습니다. 그리고 영웅적인 발돋움과 필연적인 방황으로 가득 찬 저 장엄한 십년은 자신의 영웅들, 맨몸의 사람들, 경이로운 여성들, 기민한 농민들, 비밀스러운 오솔길들, 용감한 원정대원들과 함께 다시 태어났습니다. 무기는 이미 검증되었고, 쓸모없는 것은 폐기되고, 이용 가능한 것은 유용하게 활용합니다.

　더 이상 연습하는 데에 시간을 잃어버리지 않을 것입니다. 시간은 승리하는 데에 사용될 것입니다. 숲의 자녀들은 치유해주는 나무, 영양을 공급해주는 나무, 보호해주는 나무를 이미 알고 있습니다. 새들은 동굴 안에 창고를 늘렸습니다[04]. 실패했던 경계선은 피해갑니다. 준마에게는 새로운 풀이 있습니다. 기수들에게는 새로운 과일이 있습니다. 위험한 것들은 이미

04　숨겨진 곳에서 혁명의 준비가 철저히 진행되고 있음을 은유.

알아차렸고, 그래서 경시하거나 회피합니다. 장애물이 다가오는 것이 이미 보입니다. 우리의 고통은 이미 열매를 맺고 있습니다. 실책들은 매우 유용한 씨앗이기 때문입니다. 순진한 어린 시절은 이미 끝났고, 강하고 활력 넘치는 젊음을 향해 길을 열었습니다. 직관은 이미 지성이 되었습니다. 혁명의 아이들은 이제 어른이 되었습니다.

그런 위대한 인물들과 그런 사건들이 그토록 어둠에 묻힌 죽음으로 사라지는 것은 있을 수 없습니다! 이 땅 위에서 처음으로, 자유를 한 번 맛본 사람은 더 이상 자유 없이 살 수 없다는 것은 진실일 수밖에 없습니다! 두 뺨은 지나간 전쟁들의 열기로 타올라야 했습니다. 전사들은 자신에게 물어야 했습니다. 내 무기는 어디에 있을까? 아내들은 자신의 남편이 죽음을 위해 떠나는 것을 매일 보는 숭고한 고통에 익숙해졌습니다. 부모의 강인한 언어에 습관이 된 자식들은 아버지들이 전장에서 조롱했던 것, 자녀들에게는 조롱하도록 가르치던 것을 일상에서 제 부모가 어떻게 준수하는지 따가운 시선으로 바라보아야 했습니다.

전투의 광채를 따라 세상에 태어난, 야영지의 공기로 활력을 얻은 새로운 영혼들은 진압된 식민지의 수치스럽고 위선적인 존재에 반항해야 했습니다. 반항적인 얼룩말 무리는 길들인 양 떼로 바뀔 수 없습니다. 그러면 내 아이들은? 엄마들은 말할 것입니다. 그러면 내 남편은? 미망인이 말할 것입니다. 그러면 내 동무는? 친구는 말할 것입니다. 그리고 나의 불운한 동료는? 두 손으로 대지를 파고 사랑하는 사람의 몸을 차가운 구덩이에 던지거나 아니면 흐느낌으로 가득한 가슴과 맨발을 가진 사람이 말할 것입니다. 시체를 등에 업고 산으로 강으로 울면서 건넜다고! 저기 저 들판에 교수대가 아닌 나무가 어디 있겠습니까? 죽은 자를 위해 울지 않는 집이 어디 있겠습니까? 자신의 기수를 잃지 않은 말이 어디 있겠습니까? 그리고 그들은 지금 풀을 뜯으며 새로운 기수들을 찾고 있습니다!

그러한 기억은 죽을 수 없습니다. 부상당한 희생자들 안에서, 자긍심에 찬 영웅들 안에서, 그리고 그들을 존경하기 위해 두 눈을 뜬 사람들 속에서 사라질 수 없습니다. 설령 영웅들과 희생자들이 죽는다 할지라도 기억은 죽을 수 없습니다. 왜냐하면 폭군의 눈을 두려워해 물러났던 폭풍들은 집 안의 침묵 속에서 분노로 채워지고 응집되기 때문입니다. 아버지가 미워한 것을 아들도 미워할 것입니다. 배고픔은 지나가고, 피로로부터 회복됩니다. 배신은 밝혀지게 됩니다. 공동체 속에서 살았던 사람들은 일시적인 두려움 때문에 도망친다 하더라도, 서로를 용서하기 위해 저항할 수 없는 간절함으로 다시 하나가 됩니다. 과거의 영광에 자긍심을 갖기 위해서, 그것을 현재의 비참함에 대한 명목으로 내세우기 위해서, 그리고 새롭고 공통된 수모를 함께 모여 감내하기 위해서, 공동체로 다시 살아갑니다.

그 다음에 죽은 자들은 형태를 갖추게 됩니다. 자신의 아내를 묻은 사람은 버려진 묘지 위에서 다시 울고 싶어 합니다. 아버지는 자신의 아들이 자신을 부끄러워하게 되는 것을 받아들이지 못합니다. 사라진 남편은 그림자 속에서 아내를 나무랍니다.[05] 모든 눈은 눈물로 가득합니다. 죽은 자들의 미덕이 이야기됩니다. 어둠에 찬 복수처럼 그가 죽은 방식이 기억됩니다. 또 살해자의 잔인함도 기억됩니다. 그리고 그들은 격앙되어 맹렬하게 서로 말합니다. 그날 자신들이 승리했다고, 그 행동은 영광스러운 행동이었다고, 그들 앞에서 이 지배자들이 피고인석에 앉아 있었다고 말입니다.

---

05 죽은 남편의 존재가 여전히 아내의 양심에 영향을 주고 있음을 의미.

그리고 화약 냄새가 공동체 위로 떠다닙니다. 그리고 밖에서 채찍질 소리가 들립니다. 채찍질하는 사람이 문을 두드립니다. 채찍마디가 있는 등에서 날개가 나옵니다. 한 번 그 길을 걸었던 사람들은 영광의 길을 잊지 않습니다! 위엄과 끔찍한 기억들과 분노가 나약함과 기만의 죄책감을 씻어냈습니다. 그리고 성과과 이성이 나아가는 곳으로 무리 지어 잠입하면서, 그것들과 나란히, 행복을 위해 명예를 위해 동시에 싸우면서 새로운 전쟁의 깃발을 높이 듭니다.

그런 영웅적인 방식으로 살지 않은 사람들, 자신의 지하 감옥 깊은 데에, 그들을 유형지로 데려간 선박들에, 끔찍한 임무를 침묵으로 감내하던 우울한 가정에 있던 사람들은 높은 하늘에 있는 것처럼 구름과 별들로 된 낮은 대지에 가득한, 그 유목적이고 찬란한 삶을 공유하지 못했습니다.[06]

얼마 전까지만 해도 언뜻 보기에 비천해보이던 그 민족이 굶주림을 축제로 만들고, 비범한 것이 일상이 되고, 위업을 영속적으로 이루어낸 곳에서, 저 놀랍고도 갑작스러운 민족의 탁월함을 면밀한 열정으로 연구하지 않는 사람들은 그들에게 낯선 이 그림을 놀라움으로 읽을 것입니다. 비잔틴적 취미 또는 이론적인 본능이나 비굴한 습관을 가지고 장엄한 전쟁을 받아들인 사람들도 경악하며 읽을 것입니다. 가혹한 지배자를 위해 비용도 들지 않는 모욕적인 허영심을 향한 달콤한 유혹처럼, 아니면 부드러운 꿈에 대한 무분별한 방해처럼 전쟁을 받아들였던 사람들이 있습니다. 그럼에도 불구하고 분노한 민중이 가진 힘 때문에 승리가 예상되는 그날에 그들의 믿을만한 친구로 보이는 것이 가능했던 사람들도 이 기묘한 그림

---

06 영웅들과는 다른 방식으로 희생한, 이들의 은밀한 고통과 희생도 동등하게 중요함을 시사.

을 아연해서 읽을 것입니다. 스페인 도시들의 짙은 대기로 인해 눈이 흐려진 채 두려움으로 자신의 지성을 현혹시키고, 고통받는 이들을 향한 숭고한 사랑을 제 스스로에 대한 과장된 사랑으로 가리는 사람들도 이 진기한 그림을 망연자실해서 읽게 될 것입니다.

인물들이 그토록 실제적이고 또 강력한 요소들이 너무나 생생하게 존재하는 그 그림 속에는 그들의 도시적이고 금융적 사고방식이 단 한 점도 반영되어 있지 않습니다. 그 대신 충격이 들끓고, 영웅주의가 빛나고, 자신들의 빈약한 문제들 속에 절대 들어가지 않았던 격정들이 파도치며 솟구칩니다.

그러나 선량한 이민자들, 오늘을 참고 견디는 사람들, 내일의 승자 여러분, 우리가 가장 사랑하는 영웅들의 이름으로, 순교자들의 이름으로, 불구자들의 이름으로 당신의 자녀들에게 세례를 주는 여러분, 여러분은 불운 속에서, 방치 속에서 여러분의 믿음을 입증했습니다. 충실한 친구들이 믿음을 증명했던 그 자리에서 말입니다. 여러분은 위엄 있는 힘으로 가득찬, 겸허한 노동을 더 좋아했습니다. 무능하고 배신적인 경쟁자의 변덕스러운 말 외에 다른 토대도 없이 뜨거운 시체들 위에 집을 짓는 즐거움보다 말입니다.

이전 세대의 죄악이 현 세대 위에 고스란히 쏟아져 내린 땅의 번영을 믿지 않는 여러분은 재산에 대한 관심도 없고, 마음에 간직한 기억은 없고, 숨겨진 열망도 없습니다. 그 숨겨진 열망은 불가능하고 매우 해로운 협정을 꾀하는 자들의 의도와 이익들과 맞서, 근원적 그리고 본질적인 것으로 싸우지 않은 적이 없습니다. 심지어 가장 나약하고 위선적인 자들 속에서조차 말입니다. 영광스러운 상이군인들과 무익한 평화에 만족하지 못하는 독립 전쟁의 베테랑들을 당신들의 식탁에 모시는 여러분입니다. 외국 난로의 열기 옆에서 귀를 기울이는 자녀들에게 둘러싸여, 승리와 패배 이야기들을 들었고, 슬픔에 잠긴 이야기꾼들과 함께 고귀한 눈물을 흘린 여러분입니다. 그리고 엄청난 순도의 불행과 함께 이 실용적이고 성찰적인 민족이 노동자들 안에 일깨우는, 실질적인 감정 속에 동참하게 된 여러분입니다.

이 경탄할 만한 발전 앞에서 그리고 저 비참한 삶에 대한 기억과 함께 여러분은 영혼을 향한 건강도 대지를 위한 미래도 보지 못하고 있습니다. 오직 영광스러움과 더불어 유익함을 주는 해결책 외에는 없습니다. 그 해결책은 넓고 새로운 정치적 길을 통해 부유한 조국을 자기 자신의 완전한 주체성으로 이끕니다. 또한 우리의 지배자들이 결코 허용하지 않았던 긴밀한 연대로 이끌고 갑니다. 오래된 전통들, 현재의 이익들, 거부할 수 없는 호감, 최고의 경제적 친화성 쪽으로 우리를 안내하는 민족들과의 친밀한 접촉 말입니다.

모든 것이 암울한 문제일 필요가 없습니다. 현명한 판단력으로 존엄성에 대한 불안을 해결하는 여러분입니다. 이는 솔직하고 대담한 방식으로 실천되지 않는 한 그 누구에게도 사랑이나 존경을 강요할 수 없습니다. 또한 동등하게 물질적 복지에 대한 요청을 고려하는데, 그것은 결코 주된 목적은 아닐지라도 삶에 있어 필수적인 대상입니다.

당신들, 부유한 사람들이여. 여러분은 자신들의 부를 경시하는 강한 용기를 지녔고, 채찍이 닿지 않는 기품 있는 지붕 아래에서 또 다른 새로운 부를 스스로 창출해 왔습니다. 당신들, 가난한 사람들이여. 신앙심 있는 자들의 신성한 기쁨을 가지고, 선한 것들에 대한 저 고요한 직관을 가진 여러분은 허영심이나 이해관계로 인해 빛을 잃지 않고, 고통스러운 자신의 시간 속에서 병든 경건한 이념을 사랑했습니다. 부드럽고도 구슬픈 충성심으로 말입니다. 여러분 주위에 있는 참을성 없는 저 전사들을 위해, 원한을 품은 저 속은 자들을 위해, 더 이상 웃지 않는 저 어머니들을 위해, 울 줄 모르는 저 남자들을 위해 여러분은 심장이 뛰는 것을 느꼈습니다. 왜냐하면 눈물 속에서 잃어버린 힘은 나중에 피의 추동력과 열정을 위해 필요하다는 것을 배웠기 때문입니다! 여러분들 자신이 일어나는 공동체입니다. 여러분 가운데에는 회개하는 사람들이 걷고 있습니다. 여러분의 두 눈에서 강철 광채가 섬광을 발하는 게 보입니다.

좋습니다. 기꺼이 그들이[07] 확실한 실존인 여러분을 부정하게 하십시오. 기꺼이 그들이 우리 그리고 우리 친구들, 저 자신이 살아 있는 실제 육체가 아니라, 축복받은 궁정 사람들의 평온한 고요를 방해하기 위해 태어난 방황하는 유령, 불길한 환영, 사악하고 수다스러운 영혼이라고 믿게 하십시오. 여러분, 좋습니다. 오만불손한 사람들은 이렇게 상상합니다. 탁월한 위대함으로 된 끊임없는 광경 그리고 종종 조직화된 자신의 자유에 대한 훈련 속에 오랫동안 살아온 민족이, 생명을 위한 어떤 보장도 없이 재산을 위한 어떤 이익도 없이, 한순간에 자신들의 용맹한 습관을 단번에 잊어버릴 거라고 상상합니다. 또한 미온적인 사람들을 기쁘게 하기 위해, 잔인하고 다루기 힘든 적의 영광과 이익을 위해 자발적인 하인으로 살아갈 수 있을 거라고 생각합니다.

인간적인 재능의 크나큰 빗나감과 길들여지지 않은 열정의 비합리적인

---

07 혁명 세력의 존재 자체를 부정하는 기득권층을 말한다.

방향은 점쟁이들의 비밀모임 안에 있는 공포와 경계심에 사로잡힌 타협적인 사상가들에게 위로의 계기가 될 수 있습니다. 제가 이해하기로는, 그리고 제가 여러분들에게 보증할 수 있는 것은, 그들은 잠잠한 고독 속에서, 자신의 영혼에서 솟아나는 전기적 에너지[08]를 느끼지 못합니다. 그런 상태에서 그들은 공포의 열기로 글을 씁니다. 이처럼 두려움은 죄의 자연스러운 결과로서, 병적인 열기로 뺨을 달아오르게 하곤 합니다.

하지만 속아 넘어간 사람들이 진정한 실존으로부터 존재성을 빼앗기 위해서는 겁먹은 아이들처럼 눈을 감아 그것을 보지 않는 것만으로 충분하다고 믿는다면, 우리 편으로 일어서지 않는다고 해서 열린 두 눈에 생명력이 있다는 것을 부정하는 것으로 충분하다고 믿는다면, 여기 모인 우리들은 이 전쟁이 자연스러운 요소들에서 분출되었다고 믿고 알고 있습니다. 극심한 고통을 지닌, 그러나 흔들리지 않는 평정심을 가지고 필요한 개편을 위해 국가를 준비한 한결 같은 사람들조차 놀라게 하면서 말입니다. 이들은 그 격변에서 승자든 패자든, 편안한 인기의 상실을 개의치 않고, 자신의 올곧은 정신에 대해 확신하고, 사람의 모든 책임을 받아들입니다. 그리고 준비할 용기가 지니지 못한, 승리의 유용성을 이용하려고 드는 어떤 사람, 의심할 여지없이 자신의 욕망과 조바심으로 열망하는 사람들의 비난에 고결한 이마로 맞섭니다.

여기에 모인 우리들과 이 울타리 밖에서 우리를 돕는 사람들이 함께 합니다. 성찰과 열정으로 통합된 작업을 위해서, 나중에는 형태를 갖추기 어려울 수도 있는 불온한 움직임을 솔직한 노력으로 방향을 제시하고 맞추

---

08   Galvanica. 전기처럼 자극적인, 반사적이고 통제되지 않은 충동적인 힘.

려는 현명한 목적을 위해서 말입니다. 현재의 투쟁이 고유하고 명확한 상황을 가속화하고 정의한다는 그리고 그 상황에 도달하기 위해서는 항상 이 같은 투쟁이 필수적일 것이라는 뿌리 깊은 확신을 위해서 말입니다. 또한 스페인에는 —현재 요소들이 겪고 있는 변화가 아무리 즉각적이고 겉보기에 급진적이라 할지라도— 쿠바에 대해 모든 조급함을 진정시킬 만큼 현명하고, 모든 상처를 지울 만큼 다정다감한, 우리의 유일한 부의 생산자들에게 임박한 죽음의 위협이 되지 않을 만큼 유용한 정치적, 경제적 미래를 보장해 줄 수 있는 현명한 정치인이 전혀 없다는 확실한 믿음을 위해서도 마찬가지입니다. 우리들, 여기 모인 우리들은 엄격한 추론에 의해, 면밀한 검토에 의해, 맹목적인 증오가 아니라 심사숙고된 확신에서 고취될 때 핵심과 용기를 상승시키는 열정에 의해 모였습니다.

또한 우리는 뜻밖의 일로는 악하지만 본질적으로는 고상한 인간의 본성을 알고 믿습니다. 일단 자신의 가장 명예로운 특권들을 행사하는 데 익숙해지면, 오직 자신에 대한 현명한 통제가 가져오는, 말로 표현할 수 없는 기쁨을 보상할만한 가치가 있을 만큼 매력적인 이득을 위해서만 특권들을 바꾸거나 포기합니다. 따라서 원한을 불러일으키는 고통들로 길러진 것은 인간의 본성에 그다지 맞지 않습니다. 그리고 가져온 이득으로 야기된 수치심을 상쇄시키지 못하는 속임수에 굴복한 것에 대한 후회가 속은 자의 마음에 불러일으키는 분노로 길러진 것도 그렇습니다.

우리 욕구를 모두 충족시키는 것은 확실히 불가능합니다. 우리의 이성에 함께 부합하고, 우리 스스로의 눈으로 우리를 고양시켜야 합니다. 모욕당한 이들에게 모욕에 대한 복수를 제공하고, 관습의 감화로서 자유의 기쁨으로서 모든 표현을 가능하게 하는 이러한 욕구들이 더 나아질 거라는 희망이 없는 존재로 대체된다는 것을 있을 수 없습니다. 그 안에서는 새로운 태양이 새로운 조롱을 알리고, 적에 대한 두려움이 생산적인 화합에 대한 모든 희망을 파괴하고, 최근의 끔찍한 악이 새로운 악으로 악화되고, 존엄성은 훼손됩니다. 삶은 위협받고, 부는 억눌리거나 방해에 시달리고, 한때 활기차고 자유롭던 정당하고 일상적인 표현들조차 악의적인 검열과 배신적이고 기형적인 불완전한 표현에 얽매입니다.

오! 그럴 수 없습니다! 제 민족에게 위선자와 이기적인 사람들의 세대가 오기를 바라는 그는 정직한 사람이 아닙니다! 어떤 대가를 치르더라도 우리는 솔직해야 합니다. 그러면 우리는 부자가 될 것입니다. 오직 미덕만이 사람들에게 지속적이고 진지한 행복을 가져다줍니다.

몇몇 사람들은 성공의 시간을 기다리면서 마치 승리의 행렬에 합류하려는 것처럼, 멀고 울퉁불퉁한 오솔길을 망설이는 손으로 더듬어 나아갑니다. 어떤 사람들은 투쟁의 광경에 염증을 느껴 눈을 다른 곳으로 돌려 버립니다. 그 투쟁 후에 그들은 위험의 시간 앞에 서서 후회할 것입니다. 왜냐하면 새로 태어나는 자유가 그들을 희생물로 바칠 것이기 때문이며, ─ 그 범위와 추진력이 나중에 문제를 극복하기에 충분히 강력하지 못할 혁명에 기여하고자 하지 않았으므로─ 또 수확은 씨앗의 총액과 품질을 초과하지 않는 것이 법칙이기 때문입니다.

미온적인 태도로 죄를 범하면서 오늘을 포기했던 사람들은 어쩌면 제 죄의 결과에 대한 놀란 채, 내일은 그것을 공연히 움켜쥐려 시도할 것입니다. 어떤 사람들은 애써서 칼을 뾰족하게 갈아, 그 칼을 지배자에게 건넵니다. 그 무기는 결국 자신들을 위해 죽는 사람의 가슴에 박힐 무기들입니다. 오, 끔찍한 운명이여! 그들은 자신들을 살해한 사람들의 행복과 자유를 수호하고 있으니. 수많은 노예 세대들 다음에는 한 순교자들의 세대가 계승해야 합니다. 우리는 조상들의 범죄적인 부를 우리들의 고통으로 갚아야 합니다. 우리가 쏟게 만든 피를 우리가 쏟을 것입니다. 이것은 냉혹한 법칙입니다!

오! 그리고 오늘도 어제와 마찬가지로 우리 들판이 피할 수 없는 불행의 증인으로 어떻게 또다시 반복되어야 합니까! 슬픈 인류는 어쩌면 극심한 죄악에 대한 형벌로 아직도 잔혹하고 탐욕스럽고 억압적인 본성을 간직하고 있습니다! 어떤 사람들의 용맹은 또 다른 사람의 나약함으로부터 우리를 위로합니다. 헌신적인 여성들이여! 정숙은 여러분들의 뺨을 따뜻하게 합니다. 노동은 여러분의 피에 활력을 주고, 그것으로 여러분의 얼굴은 뜨거워집니다. 그러나 우리 자녀들의 결점으로 인해 더 이상 수치심에 물들지 마십시오! 더 적은 무기로 싸웠던, 지구상의 그 어떤 민족보다 가장 아름답게 죽은, 그 찬란한 별무리[09]는 사라지지 않았습니다. 노동들은 성좌를 강하게 합니다. 죽은 자의 영혼이 산 자의 마음에 용기를 북돋우기 위해 다가옵니다.

영광에 길들여진 늙은 영웅들은 다시 영광을 추구합니다. 품었던 높은 소망을 이루지 못하고 죽는 자의 삶은 얼마나 비참합니까! 위대한 성과를 해냈을 때 얼마나 만족스럽게 이 지상을 떠나게 될까요! 철의 기병들은 이미 다시 평원을 달리고 있습니다. 그 얼굴들은 이미 승리의 광채로 다시 빛납니다. 그들은 승리했던 숲을 다시 바라보기 시작합니다. 잊힌 십자가들 위에서 잊히지 않은 서약을 새롭게 맹세합니다. 도시들보다 우리 명예를

---

09 Pléyade: 뛰어난 사람들의 집단, 찬란한 세대를 상징.

더 잘 지켜주는 밀림의 친구들로부터, 부끄러운 굴복보다는 산속의 고독을 지속적으로 선호했던 존경받는 가문들이 자신의 형제들을 맞이하기 위해 출현합니다. 항복하지 않은, 늠름한 사람들이 구원의 세력에 합류합니다.

결코 헛되이 쏟아지지 않은 선한 사람들의 피로 적셔진 친근한 나무들은 풍성한 열매를 맺습니다. 쓸모없는 양식들은 내버려둡니다. 용감한 원정대원은 자신의 목숨을 구할 수 있었던 배를 부수었으니, 그것은 —아, 용기 있는 문장이여! "이제는 고난을 겪고 싶은 마음이 들었기" 때문이었습니다. 지난 전쟁에서 싸웠던 것처럼, 새 전쟁에서도 싸울 것인지 다른 사람에게 물어보면 그는 간단히 말합니다. "우리는 1868년에 맹세했습니다. 그러나 그 맹세는 그것에 기여했던 모든 사람들 사이의 계약이었습니다. 죽은 자들은 그것을 성취하였습니다. 우리 살아 있는 자들은 아직 그것을 성취하지 못했습니다."

적들이 이 같은 민족을 이겨낼 수 있을까요? 그 민족을 파멸하게 내버려둔 배신자들 위에 퍼부을 만큼 충분히 통렬한 조롱은 없을 것입니다! 전설은 죽지 않았습니다. 자신의 자녀들이 두려움 없이 다시 시작하도록 불굴과 강인함으로 준비시키십시오. 뿌리를 먹고 살았던 저 용감하고 장엄한 사람들의 위업을 이번에는 흠 없이 완성하기 위해서입니다. 자신의 적들 허리띠에서 전투 무기를 빼앗았던 사람들, 10년 동안 지속한 전투를 나뭇가지를 가지고 시작했던 사람들, 아침에 말들을 길들였고 저녁에는 그 말을 타고 싸웠던 사람들의 위업 말입니다!

그것은 사실입니다. 주술과 변덕과 저주에 맞서, 몇몇 사람의 배신에 맞서, 또 다른 이들의 피로와 우리 주인들의 박해에 맞서서 쿠바에서는 전쟁이 으르렁거렸습니다. 악은 진정한 원인 없이는 결코 존재하지 않습니다. 자연은 스스로 유지하는 즐거움을 추구합니다. 하지만 불가항력적인 원인이 그것을 강요하지 않는 한, 자연은 어떤 고통도 피하려 합니다. 어떤 사건도 이보다 더 큰 규모, 더 소란스러운 적들의 무리를 가진 적이 결코 없습니다. 자신들이 착수한 장대한 위업을 자각하지 못하고 마지못해 체념한 사람들은 잘못 상상하면서, 그렇게 행동한 것입니다. 제 찬란한 운명의 일시적인 상실에 대해 참회의 행위를 하고 나면 그것을 다시 누릴 수 있을 것이라고 그들은 착각했습니다.

아마도 자신들이 가고자 했던 곳 더 너머로 떠밀려 충분히 확고한 손으로, 명확하고 분명한 목표로, 모든 역경에 대비한 마음으로 죽음을 건 이 결투에 참여하지 않았던 사람들은 자신들의 폐허 위에서 안식하고 있습니다. 자신들이 침몰시킨 배를 항구로 인도하려는 지적인 투사들도 없는, 집요함도 없는, 더 이상 확신할 것도 없을 거라는 기대 속에서 말입니다. 손쉬운 영광에 대해 혹하는, 끝없는 야심을 품은 자들은 자신을 지키던 수호자들을 죽게 내버려두고, 그들을 모독하고자 나중에 그들 위에 올라섭니다. 순교자들이 봉기했던 바로 그 위에 형제 살해의 손으로 저 적의 깃발을 치켜 올리기 위해서 말입니다. 그들은 합법적인 소유자와 승리의 용감한 계승자들을 적대적인 눈으로 보았습니다. 혼란과 수치의 순간에 찬탈해낸 그 승리는 그러나 그들에게 속할 수 없습니다. 승리를 쟁취하는 데에 그들은 충분한 미덕을 갖추지 못했기 때문입니다.

태어난 나라의 진정한 목표와 유익한 길에 절대적으로 무지하고, 자신의 본질적인 요소들을 알지 못하는 사람들이 민족을 이끄는 것을 허용해서는 안 됩니다. 불타오르는 화산의 내부들을 제대로 알아보고 방향을 내기 위해 거기에서 타 죽을 위험을 무릅쓰고 강한 손으로 파헤치는 대신에 그들은 그저 꼭대기에 앉아있으면서 폭발을 피하려 시도합니다. 마치 불과 용암이 뿜어져 나오는 시간에 보잘것없는 그런 방패막이로 재앙을 막을 수 있기에 충분한 것처럼 말입니다. 마치 한 민족의 가장 선량하고 위대한 축이 들고 일어나, 그 땅의 세 지역 중 두 곳이 하나의 시도로 목숨을 바치고 다른 하나가 그 대의에 찬탄할 때,[10] 그 노력이 한 집단의 무질서한 소동으로 억누를 수 있는 것처럼 말입니다. 그 집단은 의도적인 기만으로 자신의 이름을 알려왔을 뿐이고, 지켜지지 않을 것이라고 알고 있는 약속을 유지했습니다. 그리고 존재를 빚졌던 영광스러운 어머니(조국)를, 자신들의 허울뿐인 권력의 기원이 되었던 혁명을, 조롱하고 부끄럽게 만드는 집단입니다.

그렇다면 우리 약점이 영원한 적들에게 그토록 유용한 요소가 되고 있는데, 어떻게 그토록 깡패 같은 경쟁자들에게 물어뜯긴 채 전쟁이 일어나고, 확산되고, 강화되었을까요? 어떻게 자신만의 민간 정부로 명명되기 시작하고, 어떻게 더 적극적이고 조직적인 노력들을 준비했을까요? 적군의 함포선들 조차도, 교황의 탈을 쓴 자들이 벌벌 떨며 내린 유치한 파문(종교적 위협)조차도 그것을 막기에는 충분하지 않았습니다. 전쟁 물자를 실은 배들이 바다 위를 미끄러져 지나가지 못하도록 그 바다를 완전히 뒤덮은 것도 아니지 않았습니까?

아! 문제는 이 유감스러운 사건이 필연적인 현안이라는 겁니다. 과거 분

---

10   역사적으로 쿠바는 역사적으로 쿠바는 크게 세 지역으로 나뉘어져 있는데, 아마도 오리엔테(동부)와 라스 비야스(중부) 지역이 독립투쟁에서 큰 희생을 치렀고, 상대적으로 서부 지역(하바나 중심)이 그 투쟁을 지켜보며 찬탄했다는 의미로 보인다.

쟁에서 자신들의 운명 안에 가장 적은 영향력을 미쳤던 국가 세력이 막연히 두려워하는 것을, 가장 큰 영향력을 가졌던 국가 세력이 다시 원하고 무력의 결과에 그것을 맡긴다는 것입니다. 문제는 라스 빌라스[11]에도 동부[12]에도 중요성과 활력으로 주목받는 사람이 하나도 없다는 것입니다. 그런 자는 지금 이 순간 전투에 참여한 이들의 고통과 위업을 나누고 있거나, 그들과 함께한 죄로 바다 깊은 곳에서 대가를 치렀을 겁니다.[13] 아니면 자신의 우유부단함에 대한 마땅한 처벌로 성에 갇혔을 것이거나, 유배의 길에 올라 분노에 차서 자신의 죄를 갚아먹고 있습니다.

아! 문제는 우리들 이마가 이마 위에 있는 멍에의 치수를 재는 일에 이미 지쳐버렸다는 것입니다. 결코 지치지 않는 이마가 있긴 하지만 말입니다. 날카로운 도끼는 또 다른 도끼의 일격으로만 우리 머리에서 분리되기 때문입니다. 우리는 전장의 들판에서, 긴 감옥살이에서, 자유로운 땅을 떠도는 순례 속에서, 반드시 들이마셔야만 하는 공기에 폐를 익숙하게 만들었습니다. 큰 죄를 지은 민족들은, 행복해지기 위해 그 과거의 범죄들을 위대한 고결함으로 씻어내야 할 필요가 있기 때문입니다. 우리는 자신의 운명을 자각하고 있고, 그에 따라 행동하고 있기 때문입니다. 우리를 질식시키는 때가 오면, 제때 느슨해질 줄 모르는 끈은 결국 잘라내는 것이 필요하기 때문입니다.

---

11 Las Villas. 쿠바 중부에서 중요 전투가 벌어진 전략적 지역, Villa Clara, Cienfuegos, Sancti Spíritus 주로 나뉘져 있다.

12 Oriente. 쿠바 동부 지역. Santiago de Cuba, Granma, Holguín, Las Tunas, Guantánamo 주가 포함된 이곳은 쿠바 혁명의 발상지라고도 불린다.

13 처형되었음을 의미.

섬 안에서 적과 싸우고, 섬 밖에서 또 다른 적인 빈곤과 싸운 사람들은, 이제 자신의 땅에서 명예로운 공기를 마실 권리를, 그리고 그 필연성을 떠 안았습니다. 이는 다른 이들을 질식시키는 공기가 우리에게는 오히려 활력을 주기 때문입니다. 조국 없이 살아가는 것을 우리는 감수하지 않는다는 것입니다. 조국을 모욕하는 데에 제 시간을 소비하는 사람들에게 대항할 만큼 우리는 충분히 많기 때문입니다. 이는 우리가 오랫동안 숙고하고, 비교했으며, 신중한 사람들이 승리할 능력이 있음을 증명할 시간을 가졌기 때문입니다. 그리고 숙고도 요란한 실패도 결국 우리의 열정적 결정을 확고하게 했습니다.

이것은 단순한 분노의 혁명이 아닙니다. 이것은 성찰의 혁명입니다. 이는 심각하고 지속적인 불안으로 그리고 위협으로 엉겨 붙은 해결책들로 우리를 이끌어갈 지도 모르는, 방치된 상태로부터의 전환입니다. 그것은 꺼지지 않고, 들썩이며, 활발한 요소들로 된 유용하고 명예로운 목표를 향한 신중한 전회입니다. 이것은 사경에 빠져 있는 이해관계를 제때에 고려할 수 있는 유일한 방법입니다. 바로 그 이해관계들은 우리 경제 번영의 유일한 기반입니다. 그리고 완전히 상반되는 이해관계에서는 아무 것도 기대해서는 안 됩니다.

이 순간, 백인들의 예술적 풍요를 황인종들에게, 그 휘고 불안정한 등 위에 실어가기 위해 대륙의 두 양쪽으로부터 균형을 잃은 바다들이 위협하는 이 순간에 우리 쿠바인들은 심각한 위기에 처해 있습니다. 놀랄만한 작업을 통해 대지가 화합과 더 큰 행복의 시대로 열리고 있는 것처럼 보이는 인류 역사의 이 시점에 말입니다. 쿠바인들은 푸대접받던 조국을 예상치 못한 힘과 번영의 높이로 끌어올릴 수 있는 가장 편리하고 단순하고 유용한 수단을 영원히 잃어버릴 위기에 처해 있습니다. 쿠바에 있어 일부 사람들이 골치 아픈 혼란이자 과도기로 여겨지는 지금이 쿠바에게는 돌이킬 수 없는 결정적인 순간입니다. 때문에 만약 우리가 이를 강하게 변화시키지 않는다면 현재의 상업 구조가 이 시대에 제공하는 가장 막대한 부의 원천 중 하나인 본래적이고 가능성 있는 소유를, 우리에게 남아있는 유일한, 줄어들고 위협받는 유일한 부와 함께 우리는 잃어버리게 될 것입니다.

그리고 모든 실제적이고 복잡한 문제와 마찬가지로, 단두대와 멍에를 바라본 까닭에 마비되어 거의 항상 우리는 문제들 앞에 시선을 돌리지 않은 채 지나갑니다. 이 문제들은 왜곡되고 확신이 없는 쿠바 대표단이 오늘날 스페인 국회 안에서 제각각 흩어져 어긋나게 투쟁하는, 이러한 편협한 목적과 불완전한 열망, 소심한 암시보다 훨씬 더 중대합니다. 시도가 너무 미약해지면서, 저기 비난받고 패배하고 이방인처럼 소외된 그들이 있습니다. 그들은 다른 시대의 훌륭한 인물들처럼 그렇게 처벌받지 않았습니다. 몇 가지 주목할 만한 예외를 제외하고는 그들은 예전 인물들이 가지고 있던 단호한 용기도, 굳센 언변도, 확실한 판단력도 가지고 있지 못했습니다.

매 순간에 필요한 일은 그 순간에 반드시 해야 합니다. 달성할 수 없다고 믿을만한 충분한 근거가 있다고 해도 그것을 시도하는 데에 시간을 낭비해서는 안 됩니다. 미루는 것은 결코 결정이 아닙니다. 특히 가슴 두근거리는 기억도, 끈질긴 원한도, 실제적이고 재앙에 가까운 일도 새로운 기한을 허용하지 않는 지금, 더 그렇습니다. 분명하게 예견하는 것은 지휘를 시도하는 사람들의 임무입니다. 다른 사람들 앞에서 가기 위해서는 그들보다 더 많이 보는 시선이 필요합니다.

용의주도하게 제공되는 이익의 보호 아래 있는 자들, 포근한 집안에서 들판의 폭풍을 느끼지 못하는, 또한 잠든 심장으로 사기당하고 돌에 맞아 죽은 조국의 탄식도 느끼지 못하는 자들의 안일한 불확실성 안에서 민중들은 살아가는 방법을 모릅니다.

독재자들은 고통 받는 대중, 민중이 혁명들의 진정한 지도자라는 사실을 모릅니다. 그리고 그들은 영향력 있고 감독처럼 보이는 저 반짝이는 계층을 쓰다듬습니다. 똑똑해 보이기 때문입니다. 그리고 순종하는 한, 실제로 필요하고 유용한 방향으로 이끌어갑니다. 맹목적인 믿음과 관대한 신뢰로 제 운명을 그들 손에 맡긴 사람들이 정력적인 욕망에 감흥을 일으키는 동안 말입니다. 그러나 자신의 약점 때문에 민족으로부터 위탁된 임무를 무시하고 자신의 활동에 겁을 먹고 그것을 중단할 때가 옵니다. 민중이 좋은 사람으로 여기고 선택한 자들이 자신들의 소인배적 태도로 민족을 왜소하게 만들고 제 우유부단함으로 민족을 끌어내릴 때가 옵니다. 그때 당당한 국가는 어깨 위의 무게를 떨쳐버리고 서둘러 자신의 길로 계속 나아갑니다. 함께 따라올 충분한 용기가 없었던 이들을 뒤에 남겨두고 말입니다.

요즘 기회주의 정치라 불리는 것은 공공 업무 관리에 있어 좋은 상식의 우위에 지나지 않는 것을 특별한 학파로 내세우려고 시도하고 있습니다. 그 모든 것에도 불구하고 기회주의 정치는 맹목적으로 기다리는 데서 구성되는 것이 아니라, 희망을 가질 권리가 있을 때 인내심을 잃지 않는 데서 구성됩니다. 희망이 그것을 부양하거나 정당화할 어떤 이유도 없는 곳에서 그것을 꾸며내는 미친 집착이 될 수는 없습니다. 자유는 매우 값비싸며, 자유 없이 살아가기로 체념하거나, 아니면 대가를 치르고 자유를 얻기로 결심해야 합니다.

쿠바 안에서 고동치는 다양하고 생동감 넘치는 요소들, 스페인 정치로부터 비롯한 복지의 무력함과 통치의 무능력, 차후의 혜택으로 균형을 이루지 못하고 새로운 불만에 의해 강화된 오랜 전투에서 형성된 습관들, 또 다른 사람을 요동치게 하는 자유로운 존재의 습성, 전반적인 불명예에 기여한 부끄러움, 쿠바섬의 가장 절실하고 중요한 부분에 있는 불안한 자본들의 절대적 부재, 나중에 더 큰 기만을 느끼게 만드는 분별력 없고 배신적인 약속들의 범람, 모두를 괴롭히는 희망 없는 비참함, 그렇게 많은 다양한 원인들에 의해 자양분을 얻은 모든 사람에게 불붙는 애국적 열정, 그 모든 것으로부터 혁명은 솟구쳐야 했습니다. 이 날카로운 고통들을 그토록 생생하게 느끼지 못하는 사람들을 무릅쓰고 말입니다. 분노의 폭발처럼, 다양하고 세찬 열망의 폭풍우가 몰아치는 재탄생처럼 무모하고 맹렬하게 솟구쳐야 했습니다. 전투에 착수하기 위해 사전 동의를 필요로 하지 않았습니다.

그리고 그렇게 솟구칠 수밖에 없었기 때문에 스페인 정부 안에는 혁명을 피하기 위한 분별도, 그것을 억제하기 위한 힘도 없었습니다. 많은 사람들의 피로를 이용하면서, 긴급하고 수많은 보상을 통해 혁명을 지배할 수 있는 어떤 방법도, 스페인 정치 안에는 없었습니다. 어떤 변수들이 있었던지 간에 말입니다. 플라톤주의 이론가들의 편협하고 무시된 선전처럼, 거기에 관심 있는 사람들을 넘어서지도 못했고, 열정에 합당한 자양분을 제공하지도 못했습니다. 그 에너지로 위로하지 못했고, 그 노력으로 고통을 덜어주지 못했으며, 그 논리로 설득하지도 못했습니다. 이 끓어오르는 요소들로 된 큰 불길 안에서, 분노의 축적 속에서, 궁핍한 사람들과 전투적인 사람들의 막을 수 없는 준비 속에서 모든 관점에서 혁명은 필수적이었습니다. 그 가장자리에 진입하게 만들고, 경영하는, 즉각적이고 시의적절한 유일한 작업으로서 혁명은 불가피했습니다. 그 자체로 내버려두었다면 급류의 범람 속에 우리를 심각한 위험으로 몰아넣었을 혁명입니다.

악이 필요할 때 악은 행해집니다. 그리고 악을 피하기 위한 것이 지금 아무 것도 없을 때, 적절한 것은 그것을 연구하고 그것을 경영하는 일입니다. 그 과잉으로 우리를 억누르고 전락시키지 않도록 말입니다. 따라서 만약 용기와 품위, 명예를 향한 감각이라는 삶의 근원적인 법칙이 현재의 혁명을 일으키지 않았다 하더라도 —그것들만으로도 혁명을 일으키기에 충분한 힘이었어야 했는데— 평범한 실리적 동기와 치밀한 논리적 추론이 더 이상 막을 수 없었던 이 운동에 활기를 불어넣고 뉘앙스와 형태를 부여하게 했을 것입니다. 그리고 이런 이유로 —새로운 사건들과 예상되는 합의들에 의해 강화된 동일한 이유들이 지금도 작용하고 있기 때문에— 지금은 스스로 실체를 갖추어 가고 있으며, 적들의 잔인함과 어리석음으로 인해 강화되는 혁명을 에너지 있게 돕는 것만이 적절한 때입니다. 그리고 이것 때문에, 필요 없는 동정심은 경멸하듯 잊어버리고, 만족된 이성과 품위로부터 나온 한 마음의 갈채와 함께, 현재의 혁명을 자신의 모든 노력으로 돕고 모든 에너지로 격려했던 사람들은 자신의 업적을 자랑스러워합니다.

언제나 예속된 자와 언제나 반항하는 자 사이에 있는 유감스러운 차이는 자연스러운 것입니다. 위대함이 희귀한 것과 희생에 대한 신성한 사랑이 드물다는 것을 고려하면, 스페인 식민지에서 십 년을 살아온 사람들과 십 년 동안 투쟁하면서 살아온 사람들이 상이한 방식으로 생각하는 것은 자연스러운 일이었습니다. 무관심이나 나약함 때문에 혁명에 참여하지 않았던 사람들은 뜻밖에 찾아온 평화 속에서 자신의 회피를 정당화하면서

핑계를 찾았습니다. 지성을 허영심에 결합시킨 자들이 두려움에 자극받아 집착하는 방식으로, 그들은 집요함으로 그 변명에 매달렸습니다.

분열은 자연스러웠습니다. 혁명은 쿠바섬의 전체 영토를 똑같은 방식으로 차지하지 못했습니다. 가장 서쪽 끝에 있던 사람들은 저 십 년 동안 활발한 전쟁과 정복된 권리로 된 형태가 아닌, 박해와 단두대의 죽음과 감옥들에서의 점진적인 순교의 형태를 보았습니다. 믿을 수 없는 잔혹함의 모든 행렬과 함께 말입니다. 생각 있는 사람들이 자신들의 주장에 진력하고자 할 필요가 없는 그런 기억들로 된 십 년이었습니다. 섬의 동쪽과 중앙, 그리고 서쪽의 좋은 지역에서는 아이들이 태어나고, 여성들이 결혼하고, 남성들이 살고 죽었고, 범죄자들이 처벌 받고, 도시 전체가 세워지고, 권위들이 존경받고, 미덕은 발전되고 보상을 받았습니다. 특별한 결점들도 생겨났고,[14] 자신들만의 법에 따라 오랜 세월이 흘렀습니다. 그 법은 구아노의 지붕[15] 아래에서 논의되었고, 나무의 수액으로 기록되었으며, 마야의 잎사귀 위에 영구히 새겨졌습니다.[16]

관대한 법의 취지에 따라 법들은 정부를 형성했고, 관습 안에서 확립시켰으며, 자유로운 사람들의 본성에 부합하도록 제정되었습니다. 그리고 비록 그것들이 불완전한 형태이고, 온전히 시행되지는 않았지만, 그럼에도 불구하고 기존의 모든 것을 무너뜨렸습니다. 그리고 그 법들은 쿠바섬의

---

14 새로운 체제에서만 나타날 수 있는 독특한 문제점을 의미.(역자주)
15 아메리카 원주민들이 사용하는 건초, 잎사귀, 혹은 박쥐 배설물로 만든 초가 지붕.
16 이 단락은 쿠바 독립 지역에서는 식민 시대와 달리 자체적인 법률과 통치 체계로 정상적인 사회생활이 이루어졌음을 강조하고 있다. 특히 토착적 재료(구아노, 나무 수액, 마야 잎)를 사용한 법률 제정 과정은 독립 정부의 자립성을 상징적으로 보여준다.

상당 부분 안에서 새로운 취향, 신념, 감정, 권리 및 생활 습관을 깨어나게 했습니다. 그 모든 것은 서쪽 지역에서는 전혀 알려지지 않았던 것들이었습니다.[17]"

그러는 동안 서쪽 지역에선, 예전에도 그랬고 오늘날에도 여전히 조국에 충실한 민중들로 된 거주자 대다수를, 혁명의 원동력과 성격에 대한 분석으로부터 완전히 배제시켰습니다. 혁명은 도시와 시골에서 서로 판이한 영향을 미쳤습니다. 꽃피었던 우리 시대의 가장 아름답고 가장 좋은 것이 꺾인 후에[18], 전쟁의 첫 몇 해가 지나고 나서, 후회한 사람들이 돌아왔으며, 드문 행운 혹은 비극적 수단으로 평온한 쿠바인들 상당수가 살아남았습니다. 극심하게 박해 당하고 명예를 얻은, 칭찬받을만한 사람들 중에서 가장 가치 있는 부분은 자신의 장부다운 감정과 태도를 여전히 지키고 있으며, 묵묵히 또는 표면적으로 쿠바에서나 이민사회 안에서 자신의 의무를 수행하고 조국을 명예롭게 한 것입니다.

쿠바에 그대로 남아있던 사람들에 관해 말합니다. 얼마나 큰 수치심이 저 용감한 사람들의 두 뺨을 붉게 물들였겠습니까! 전투에서 폭군들의 위세에 정면으로 부딪치는 것보다 그들의 악담을 견디는 데 더 많은 용기가 필요했기 때문입니다! 거리들로부터 들리는 휘파람 소리! 만취한 무질서 사이로 경비대의 포도주 함지박에 핏방울이 떨어질 때 저 공포스러움! 얼마나 굴욕적이고, 얼마나 꼴사나운 접촉이며, 얼마나 팔꿈치로 찔러댈 것

---

17   쿠바 동부나 중부 지역은 독립운동과 사회적 각성이 일찍 일어난 곳인 반면, 서부 지역(특히 아바나 중심)은 식민지 시절의 행정·경제 중심지로서 보수적 성향이 강했고, 혁명적 변화나 새로운 사상에는 상대적으로 둔감하거나 무관심했다.
18   젊고 뛰어난 이들이 전쟁 초기에 목숨을 잃었음을 의미.

입니까! 그들은 일상적이고 수치스러운 고백, 상냥한 미소, 실질적인 봉사로, 엄격한 성격이나 품위 있는 항의를 결코 허용하지 않은 자들에게 그 눈높이를 맞추어야 했습니다. 노비의 오래된 습관에 따라서 말입니다. 생명을 구하고 부의 증대를 보호하고자 말입니다.

우울한 의무를 수행하고자 강렬한 열정을 희생한 몇 안 되는 순교자들에 대해 말하는 것이 아닙니다. 그러나 스페인 구성원들과 손을 잡고 생활하고, 그들 사무실에서 그들을 섬기고, 그들 신문에 글을 쓰고, 그들의 군대에 병역을 지원하는 사람들에 대해 말하는 것입니다. 또 이그나시오 아그라몬떼[19]와 카를로스 마누엘 데 세스페데스[20]를 땅에 쓰러뜨린 총알들이 그 깃발의 그늘 아래에서 발사된 그 순간에도, 비통한 고무 띠[21]에 색깔들[22]을 박아 넣은 사람들에 대해 말하는 것입니다. 고결한 의지를 담은 우리들의 선언에 아직도 반대하고자 시도하는 사람들이 바로 그 사람들일지 저는 모르겠습니다!

그것은 그들 혈관 속으로 너무나 깊이 스며든 독이었기에, 그들은 아직도 그것을 몸 밖으로 배출하지 못하고 있습니다. 이 불행한 쿠바인들 일부에게는 혁명가들의 영웅적인 존재는 꿈과 전설의 형태로 아득한 경이로움이었습니다. 의사소통의 어려움, 서로를 물들이는 두려움, 그리고 이를 숨기기 위해 기울인 스페인 사람들의 열성 때문입니다. 위에선 번개가 찢어

---

19   Ignacio Agramonte.
20   Carlos Manuel de Céspedes.
21   장례식이나 애도의 상징으로 사용되는 검은 리본.
22   스페인의 국기 색깔. 스페인 제국의 적황색(빨간색과 노란색)이며, 이는 식민 권력의 상징으로 협력자들이 그 색을 달고 있었음을 지적.

지고 있고 주변엔 소총들이 있는데, 그들은 자신의 손으로 지은 오두막 아래에 있는 자녀들을 지키지 않았습니다. 그들은 들판을 알몸으로 걷지 않았습니다. 그들은 혀와 라이플총을 동시에 사용하는 연사에게 박수를 보내지 않았습니다. 그들은 아침에 용감한 하루를 맞이하기 위해 밤에 화약을 만들지 않았습니다. 그들은 욥의 고통을 겪지 않았습니다. 영웅들은 자신의 숨결로 그들을 선동하지 않았습니다. 당시 임무를 수행하던 병사를 적의 품으로부터 탈취한 기병들은 환상적인 질주로 그들 눈앞을 지나가지 않았습니다. 그들은 혁명을 준비하지도 않았고, 알지도 못했고, 느끼지도 못했습니다.

그 문제들에 개입하지 않고, 그 힘을 평가하지 않고, 그 가능성을 제대로 보지 못한 채 혁명을 사랑한 사람들은 그런 이유로 나중에 쉽게 속아 넘어갔습니다. 애도를 가졌던 사람들, 그러나 표면적인 죽음[23]에 대해 잠시 애도를 표하긴 했지만―진심으로 슬퍼한 것은 아니었기에, 안전한 시기가 왔을 때 정치적 취향과 증오에 대해 거리낌 없이 드러내는 사람들의 게걸스러운 말에 저항할 준비도 되어 있지 않았습니다. 설령 잘 은폐되었을지라도, 바로 그 때문이 아닌, 어쩌면 그 이상으로, 어렵고 무질서하게 억제된 증오심에 대해 말입니다.

부의 유혹들과, 그것들을 사용할 능력이 있는 욕망에 지성이 비례하는 가면들은 서쪽 지역 도시들 경계 바깥에서 감시받는 농민들의 순수한 감각을 타락시키지 않았습니다. 너무 극심한 탄압은 저 농촌들 안에 있던 용감하고 지적이고 선한 모든 사람을 멀리로 내쫓았습니다. 양심에 대한 조

23　겉보기에는 조국이 죽은 것처럼 보였던 상황을 말한다. 독립 실패, 정치적 좌절 등.

사는 매우 세심했습니다. 고통이 더 생생했던 곳, 거기서 기억은 더 충실해야 했습니다.

그리하여 얼마 전 오늘날 쿠바 섬의 모든 심각한 문제를 설탕제조업자들의 재정 문제로 전환시키며 정치화하는 집단의 연설가들, 단 한 번도 칼집에서 마체테를 빼지 않았던 그들이 아바나 근처의 도시와 시골을 순회했습니다. 지금 이 순간 스페인 의회가 잘 이행하고 있는 풍부한 개혁 약속과 함께 스페인 감각으로 된 열정적 장광설로 그들이 연설할 때 분노에 찬 산촌 사람들은 자유주의의 조국이 아니라 자유로운 조국을 위해 열렬한 만세를 외치며[24] 반응했습니다.

일단 2월의 휴전[25]이 이루어졌지만, 그 원인은 전반적이라기보다 개인적인 것들이었고, 그 중 적지 않은 것이 이미 사라졌습니다. 그것은 쿠바인들의 피로와 무기력보다는 속임수와 질투 때문이었습니다. 그토록 가지각색의 전례를 가지고 공동으로 존재하게 된, 그렇게 다른 배경을 가진 두 민족이 어떻게 같은 방식으로 느낄 수 있겠습니까?

서쪽 지역 거주민들에겐 변화가 거의 감지되지 않았으며, 만약 어떤 것 안에 변화를 느꼈다면, 그것은 생산의 더 큰 안정성과 함께 그들에게 유익한 것이었습니다. 쿠바섬 중앙과 동쪽에서는 그 변화에 급진적이고 절대적이었습니다. 노예 도시에 있던 일부 사람들은 그 노예 도시에 그대로 남

---

24 스페인 정치인들이 개혁을 약속하며 쿠바 농민들을 설득하려 했지만, 농민들은 단순한 개혁이 아닌 완전한 독립을 원했음을 의미.

25 쿠바의 제1차 독립전쟁인 십년 전쟁(1868-1878)에서 정전을 끌어내며 체결된 1878년 2월 10일 산혼조약(Pacto del Zanjón)을 말한다. 쿠바의 독립이나 노예제 폐지라는 주요 목표는 달성하지 못한 형식적인 타협이었다.

왔습니다. 야영지로부터 자유로운 숲으로부터 온 다른 사람들은 도시의 속박된 삶으로 들어왔습니다. 많은 사람들이 도시를 처음으로 보았습니다. 어떤 사람들은 지금 그들이 도시를 보는 방식과는 전혀 다른 방식으로, 한때 그 도시를 사랑했습니다. 그리고 잊을 수 없는 한 목소리가 "그럼 죽은 사람들은요?" 이렇게 말했을 때 다들 머리가 부서지는 것을 느꼈습니다. 그리고 가슴에 손을 얹었습니다. 한 시대 전체를 요약하는 절규였기 때문입니다.

언제나 성찰보다 앞선 은밀한 직관이 조국에 예고했습니다. 그토록 불가사의하게 합의한, 그렇게 생각지도 않게 이루어진, 그렇게 서로 간에 의심스럽게 받아들인 평화는 지속성과 안정성 보장에 어떤 기여도 하지 못한다는 것을 말입니다. 그러는 사이 전쟁을 결코 원하지 않는 사람들은 아무도 믿지 않는 평화를 마치 결정적인 것처럼 지니고자 애썼고, 반면에 투쟁의 선동자들과 지지자들은 자기 자신들에게 놀라면서 필요한 전쟁을 다시 평가하고자 했고, 그것을 위한 준비에 들어갔습니다. 철부지 같은 자유의 체계는 서쪽 지역에서 전적으로 무심한 엘리트들이 국가에 대한 관심을 초보적인 정치 오락거리로 삼아 주의를 딴 데로 돌리는 것을 허용했습니다. 정부는 오직 특별한 회유를 통해서 그리고 매우 광범위한 자유의 조건으로만 정전[26]에 굴복한 극동 지역의 협기 있는 태도를 억누르는 데에 무능했습니다. 이는 그 직무와 고유의 방향에서 물러설 준비가 되어있지 않던 산티아고 사람들에게 자유의 훈련을 허용했습니다.

---

[26] 쿠바의 제1차 독립전쟁은 1868년부터 1878년에 걸쳐 일어난 십년전쟁이다. 마누엘 데 세스페테스가 노예제도를 폐지하면서 일으킨 이 전쟁은 스페인이 1878년 반군에게 정전과 화해정책을 내세우며 끝났다.

그리고 농촌 사람들은 자신들의 노동으로 그 음울한 고요를 활기차게 하지 못했습니다. 가혹한 명령서가 또 다른 가혹한 명령서로 이어지고, 지역 대장이 지역 대장을 뒤이었으며, 영웅적인 비참함에 불명예스러운 비참함이 뒤따르고, 그리고 영광스러운 희망으로 빛나는 굶주림과 자유 뒤에는 희망 없는 굶주림과 노예제도가 이어졌기 때문입니다. 그 음울한 고요는 열심히 이민 생활을 통해 모은 저축을 배은망덕한 땅에 묻으러 온 어떤 순진한 가족의 어설픈 귀환에 의해서만, 또는 새로운 전쟁을 확신한 적대적 감시자들의 발소리에 의해서만 중단되었습니다. 왜냐하면 그 적들은 이미 전장을 연구하고, 패배자들로부터 거둔 자금을 전쟁 준비하는 데에 사용하는 전투원들을 알고 있었기 때문입니다. 머리를 내밀자마자, 혀를 움직이자마자, 매서운 사람이 폭력적인 기만에 대해 설명을 요구하기 위해 일어서자마자, 정부는 그를 식탁에 앉혀 회유하고 그의 문지방에 열정적인 스파이들을 심었습니다.

도시에서는 보호되는 것처럼 보이던 말과 행동들이 굴복당한 농촌에서는 죄로 간주되어 처벌받았습니다. 더럽혀진 투표함 속에서 낯설거나 오점 있는 이름들이 튀어나왔습니다. 그리고 10년 동안 자신의 땅을 뒤흔들고 외국 사람들을 놀라게 했던 혁명은 너무나 깊은 잠에 빠졌고, 믿을 수 없을 만큼 빠른 속도로 사라져버리는 뻔뻔한 광경이 나타났습니다. 예기치 못한 중단 직후에 굴복한 혁명가들에 의해 치러졌다고 여겨지는 선거에서 그들은 자신들 운명이 결정될 의회에 단 한 명의 대표도 보내지 못했습니다.

아! 문제는 폭군이 한 번 이상 영리해지는 것을 하늘이 허용할 수 없다는 것입니다. 충분히 강력해지기 위하여 우린 아직 더 속임 당하는 경험이 필요했다는 것입니다. 개인적 경쟁심들이 세력을 분열시키고 승리를 무력하게 만들지만, 만약 어떤 유익한 정전을 만들어낼 수 있었다면, 그것은 교훈을 가져오게 하는 모든 것은 항상 그러하기 때문입니다. 비록 그것이 짧은 순간 장대한 소망을 방해하고 억누르기에 충분할지라도, 그럼에도 불구하고 중단된 전쟁을 일으키려는 살아 있는 추진력과 아름다운 열정과 활력을 질식시킬 수는 없습니다.

스페인 정부는 자유로운 선거를 보장했습니다. 그리고는 선거를 왜곡시켰습니다. 조세 면제를 내세우면서도 실제로는 혹독한 손으로 세금을 징수했습니다. 노예들을 위한 자유를 말하면서도 스페인 정부는 노예 제도의 영속화라는 저열한 법을 시도했습니다. 그래서 혁명이 필요했습니다. 그토록 기대하고 그토록 두려워했던 맹렬한 세력이 새롭게 나타나는 위협적인 혁명 말입니다. 농촌을 위한 번영을 약속했지만, 공공 재산에 기부하기로 약속한 금액은 군사 준비와 정탐에 사용되었습니다.

정부는 정전 협정이 체결된 순간부터 발생한 그들의 소득을 자신의 재산으로 돌려받을 것이라고 발표하면서 이민자들을 유혹했습니다. 돌아온 극소수의 사람들 중 누군가 —이제는 모든 새로운 무장 운동에 대해 완강한 적들이 된— 치욕으로 뒤덮인, 그래서 권리도 박탈당한 한 사람을 보냈습니다. 발표된 내용을 이행하고, 자신들에게 그 수익을 건네주기를 겸손하게 간청했을 때 정부는 그 소득을 반환하는 것을 거부했습니다.[27] 비록 더 운이 좋았던 어떤 다른 사람에게는 정부가 이미 간신히 해주었긴 하지만, 새로운 혁명을 준비하는 데에 할당된 자금을 지체없이 지불할 수 없다

---

27   십년 전쟁 후 산혼조약에 대해서 언급한 글이다.

는 구실로 말입니다. 정부는 전쟁은 중단되고 있다면서, 전쟁으로 야기된 인한 부담이 사라질 것이라고 약속했습니다. 그러나 전쟁 후에도 부담은 계속되었고, 핑계로 주어졌던 원인이 이미 사라졌음에도 불구하고 의회 법에 따라 현재도 지속될 것입니다.

그리고 여러분, 부담은 사라질 수가 없습니다. 전쟁도 실제로 중단되지 않았습니다. 왜냐하면 사건의 중단은 그것을 발생시킨 원인들의 중단에 의해서만 결정되기 때문입니다. 또 첫 번째 충돌을 가져온 무수한 이유를 악화시키는 것은 두 번째 갈등의 이유들을 끊어내는 현명한 방법이 될 수 없다는 점입니다. 또한 모독하는 자들은 무기를 휘두를 줄 아는 사람이 모독에 대한 복수를 하지 않을 리가 없다는 것을 예상할 수 없었다는 것입니다. 또 승리자들은 자신의 승리에 대해 일시적이고 우연한 모든 것을 알고 있다는 것입니다. 그리고 결국, 독재자들의 의식[28]은 대개 종속된 자들의 용기보다 더 믿을만한 경향이 있다는 겁니다. 자신들의 무기로 우리 것과 겨루었던 사람들은 우리 무기가 비스까야[29]의 철보다 훨씬 담금질된 철로 만들어졌다는 것을 알고 있습니다.

그리고 저기, 그 음침한 내면의 그림자 속에 괴물[30]이 태어날 거라는 위협이 있었고, 아직도 위협하는 중입니다. 이 괴물은 그들의 희생자가 될 수 있는 사람들에게와 마찬가지로 그들의 명예로운 부모들에게도 큰 두려움이 됩니다.

---

28   자신의 행동을 정당화하려는 내부적인 힘을 말한다.
29   스페인 바스크 지방의 주, 주도는 빌바오 Bilbao. 스페인의 우수한 철강 생산지.
30   정치적 체제나 사회적 현상을 의미할 수도 있지만 역자는 미국을 상징한다고 봄. 마르티는 미국의 제국주의적 개입이나 영향력 확대를 늘 우려했다.

저기, 아직도 울려 퍼지는 채찍 소리에서, 사탕수수밭을 돌보는 노예들처럼 단조롭고 우울한 우리 사탕수수밭들의 속삭임에서, 불타오르는 이상으로 시대를 예고하는 무수한 모닥불의 밝은 광채에서, 세심한 귀들은 분노와 희망의 콘서트를 들었습니다. 정부 궁전 계단을 오르내리는 자신의 발걸음 소리에 멍멍해진, 분노와 희망 없이 말하는 사람들은 아마도 듣지 못했을 겁니다. 분노가 다가오는 소리를 느낀다는 건 좋은 것입니다!

한때 춤의 장식이었고, 환락과 악습들의 먹잇감이었던 것들을 영웅의 군단으로 바꾸어낸 저 뜨거운 숨결, 스스로를 자각하기 위하여 단 하룻밤에 일어나 몸을 떠는 민족의 저 갑작스런 포효, 관대한 사상들을 정신에 담고 모든 미덕을 가슴에 지닌 사람들이 끊임없이 싸우며 만들어낸 저 연속적인 굉음, 모든 양심을 향해 적시에 내려온 깨달음의 빛으로부터 온 저 찬란한 탄생. 이 모든 것이 제당공장의 노예들을 어두운 그늘 속에 방치해 두겠습니까?

그리고 부분적인 도주들, 이들이 소심한 자들에게 남겨준 탈출의 원인에 대한 지식들, 폭풍우 치는 시간에 공중을 떠도는 불가해한 전령들, 그리고 농장에 주둔하는 군대로 인해 드러난 소유주들의 두려움, 군인들의 이야기, 마을들에서 들려오는 메아리, 병영에서 퍼지는 소문들, 그리고 구원과 행복에 대한 수많은 약속들. 이 모든 것들이 불행한 노예들의 찢겨진 영혼을 거칠게 뒤흔들지 않았겠습니까? 슬픈 죄수들은 모든 것에 눈을 감을지언정, 그들의 자유를 앞당기기 위해 열리는 넓은 문에는 결코 눈을 감지 않을 것입니다!

그러나, 이 모든 일이 아무 흔적도 없이 일어났을지라도, 농장 안에 있는 살아있는 나무들 즉 노예들의 두 뺨을 들판의 불꽃들이 달구지 않았을

지라도, 그토록 비범하고 오래 지속된 사건들이 그들에게 눈에 띄지 않고 지나갈 수 있을지라도, 가까이엔 즉각적이고 완전한 해방의 말들을 가로막으려는 충분한 가시 울타리가 없었고, 충분히 노골적인 감독도 없었습니다. 해방된 자가 이야기하는 놀라운 역사를 땅 위에 밀집되어 있던 농노들이 듣지 못하게 할 만큼 충분히 두꺼운 벽도 없었고, 충분히 깨어있는 주인도 없었습니다. 아직 노예제도로부터 벗어날 수 없었던 사람들에게 자신의 용기와 끈기로 자유에 빚졌던 사람들이 자유로 가는 쉬운 길을 가르쳐주는 것을 막을 방법도 없었습니다. 그러한 덕분에 스페인 정부는 대부분 허울뿐인 승리를 거두었습니다.

밤에는 말하는 사람들이 어두움을 이용하여 잠입합니다. 그리고 함께 모여서 감격하고, 숙고하고, 결정합니다. 그들은 자유로워지기로 결정했습니다. 그들은 그것이 자신들의 권리이고 그것을 달성할 수 있는 길이 있다는 것을 알았습니다. 그들은 전례를 보았습니다. 그리고 따르기 위해 준비를 갖추었습니다. 가장 성급한 자들은 무기를 들었고, 가장 순종적인 사람들도 확실하고 강력한 또 다른 수단을 지녔습니다.

왜냐하면 그때 사탕수수의 마디들이 끓어오르며 파열하며 불똥을 튀기며 붉은 불꽃의 가슴으로 변할 때 불붙은 줄기가 건조하고 둔감한 소리를 내며 부러질 때, 애벌레에서 갓 부화한 불나비처럼 불티들이 날아가 약속을 지키지 않은 사람들에게 다른 이들은 이미 맹세를 이행했음을 알리러 갈 때, 이 파괴적인 언어가 엄중한 징조처럼 말해질 때, 겁에 질려 들판에서 돌아온 감독관들이 있기 때문입니다. 공포의 날개를 달고 도시로 온 소유주들도 있습니다. 그들은 재앙이 일어난 다음 날에 가혹하고 끈질긴 노래가 들린다고 말하려 합니다. 화염의 절규 사이에서, 침실들의 고요한 시간 속에서, 갈대밭 한가운데에서 말입니다. 그리고 예전에 노예들을 위로했던 것보다 더 생생한 음악 리듬을 타고, 선량하고 정의로운 이 단순한 말들이 뚜렷하게 감지된다고 말합니다. "자유가 오지 않으면, 사탕수수도 없다."[31]

그것은 자신이 약속한 것을 반드시 지킬 사람의 절제된 문장입니다. 또한 아직도 기다리는 이들의 겸손한 문장입니다. 또한 자신의 목적에 이르려는 모든 희망을 이미 잃었을 때조차도 자신이 설정한 것에 도달하려는 사람의 신중한 경고입니다.[32]

이러한 방화들의 주기성, 항상 농원의 아주 일부분에만 국한된다는 점에서 신호의 지속적인 성격, 시작했을 때부터 중단하지 않고 매번 증가하고 있는 끈질긴 반복, 목적을 수행하기 위해 사용하는 수단들의 불가해함과 확실성. 이 위험한 사태들은 모두 조용히 형성된 확고한 소망에 부응하는 것이며, 우리 지배층이 저지른 잔혹함[33]과 그들이 겪은 불운이 그에게 가르쳐준 무시무시한 언어를 말하고 있다는 것을 어느 누구도 의심할 수 없습니다.

하지만 이제 두려워할 필요가 없습니다. 쿠바 정치는 농장의 방화를 앞질러가는 방법을 발견했습니다. 노예들을 설득시키고 온화하게 함으로써, 이 두려운 길에서 그들을 멈추게 함으로써 말입니다. 그리고 그것은 확실한 수단입니다. 그들이 생각해낼 수 있었던 유일한 것 —의회에서 통과된

---

31 상징적 선언으로, "자유는 오지 않았다. 하지만 그 자유를 가져다준 사탕수수도 이제 없다." 노예 제도의 끝과 자유를 향한 회복의 부재를 동시에 알리는 중요한 메시지.

32 앞에서 말한 "Libertad no viene; caña no hay"라는 문구가 단순한 절망의 말이 아니라, 진짜 변화의 예고이자 경고임을 강조. 의지, 기다림, 결단을 보여주는 단락이다.

33 이는 더 넓은 인간 공동체의 일원으로서, 또는 쿠바 사회 전체의 구성원으로서, '우리 모두'의 책임임을 감수하려는 마르티의 자세와 그 윤리를 보여준다.

노예제 폐지법입니다. 그리고 스페인 정부도 위협적인 악을 뿌리째 근절함으로써, 평화로운 정치인들의 갈채와 함께 농장들의 평온을 확고한 기반 위에 세울 방법도 찾아냈습니다. 그리고 그것은 앞서 말한 방법만큼이나 '확실한' 수단입니다. 군인들로 제당공장을 채운다는 것이라니.

오! 얼마나 한심한 사상가들입니까! 우리 민족이 고통을 겪었던 것과 같은 그토록 거칠고 깊은 격변 이후에 강압 및 기만, 미루기가 그의 동요를 진정시키는 데에 지속적인 기반이 될 수 있다고 믿는 사람들이라니. 도대체 어떤 정치인들입니까! 구원하는 해결책이 되려면 보편적이어야 하고, 그리고 수용하는 해결책이 되려면 다수의 사람들을 만족시켜야 합니다. 선례가 없고 성공 가능성도 없는 타협적인 열망을 해결책 범주로 끌어올리려고 시도하는 저 사람들이라니! 그들은 뒤처진 자들, 후회하는 자들, 철부지 집단의 문제점을 국가 전체의 문제들이라고 믿고 있습니다. 신음하고 진동하는 것을 느끼기 위해 조국의 진정한 혈맥 위에 손을 얹는 대신, 진정한 문제들을 보지 않기 위해 그들은 무질서한 귀들을 닫고, 겁먹은 두 눈을 감았습니다. 마치 이기적인 소망으로 된 희미한 가능성이 우리들 머리에서 번개를 품은 먹구름을 떼어놓기에 충분한 것처럼 말입니다!

어떤 염원이 정당할 때, 그 염원이 오랜 시간 침묵 속에서 키워졌을 때, 그리고 그것을 성취하기 위해 하나의 비참한 존재를 내걸고 희생할 뿐일 때, 정의로운 목적의 달성을 지지하고 서두르는 것이 필요합니다. 그 염원을 낳은 이유만이 받아들일 만한 해결책, 그 해결책이 승리하는 것을 막기 위해서라도 말입니다.[34] 그리고 그렇게 우리는 권리를 갖게 될 것입니다.

---

34   폭력적 혁명을 피해야 한다는 의미.

혁명을 고무하는 우리가 가지고 있는 것처럼, 우리가 마땅히 증오로 바라볼 수도 있는 저 사람들로부터 감사받을 권리를 말입니다. 모든 억압받는 자들이 자신들의 목적 달성을 가로막는 욕망과 이해관계를 갖고 있는 것은 아닙니다! 정의로운 것을 주는 기쁨 위에서라면, 왜 재앙을 피하는 데서 오는 유익함을 추구하지 않겠습니까?

이미 권위를 잃은 우리 국가의 사건들로 인해 두려움이 가장됩니다. 소심한 자들의 눈앞에는 음울한 유령이 배회합니다. 과연 그 유령들이 유색인종들, 흑인들 그리고 물라토들일까요? 무엇 때문에 다른 모든 사람들처럼 자연스럽고 단순한 인간에 대해 신비화할 필요가 있을까요? 그들은 과연 목자의 관심 있는 손길에 순종하고, 때때로 유일한 위로마저 금지당하면서도 구슬픈 마림바[35] 소리에 맞추어 요원한 구원의 시간을 묵묵하게 기다리던 온유한 양떼인가요? 그들은 과연 허리케인과 같은 강타로 오늘날 조국의 대지를 지탱하고 있는 모든 것을 뿌리째 뽑아버리려는 피에 굶주린 무리인가요?

아! 이것은 스페인 사람들이 인디언들에 대해 말한 것입니다. 너무나 모욕을 입은, 너무나 채찍질 당하고, 흑인들만큼 자신의 즉각적인 해방을 간절히 열망하는 인디언들입니다. 이 위협은 연약한 머리들[36] 위에 걸려 있었습니다. 그때 카이사르보다 더 위대한 볼리바르의 숨결이 —그는 자유의 카이사르였기에— 마을과 숲을 불태우고 무자비한 지배자들에게 대항하고자 바다의 해안과 강의 격동하는 물을 일으켰습니다. 그리고 아메리카

---

35 타악기의 일종으로, 주로 중앙아메리카와 아프리카에서 기원한 악기.
36 두려움에 노출된 나약한 민중들.

의 독립이 이루어졌습니다.

그리고 비록 가슴은 식민지가 우울한 유산으로 남겨둔 원한과 욕망의 행렬에 갉아 먹혔을지라도, 구원받은 대지는 자신을 향한 엄청난 유린 이후에도 여전히 순수한 처녀처럼, 빛나는 얼굴로 일어섰습니다. 피로 채색한, 보상을 위한 종려나무 가지를 선한 사람들의 이마 위에 씌워주기 위해 말입니다. 하지만 불길한 예언들은 실현되지 않았습니다. 인디언들은 밀림으로부터 범람하는 급류처럼 쏟아져 나오지도 않았고, 도시를 습격하지 않았고, 자신의 보복적인 발걸음으로 들판의 풀을 불태우지도 않았고, 백인의 뼈로 오래 살아온 조상 집의 현관을 깔지도 않았습니다. 단 한 번의 시도도 없었고, 단 한 번 분노의 외침도 험난했던 새벽의 평화를 혼탁하게 하지 않았습니다.

오래된 악에서 새로운 악이 생겨났습니다. 인디언들의 보복이나 조바심 때문이 아니었습니다. 그리고 덧붙이자면 정복자들이 무릎을 꿇고 도착하여 기도를 마친 뒤 쟁기에 손을 얹은 이 땅에서 말하건대, 라틴아메리카의 민족들 위에 부당하게 뒤집어씌워진 죄책을 덜기 위해서라도 청교도의 혈통을 지닌 이 땅에서 말하건대, 물을 흐리게 만드는 괴물들이 혼탁한 물결에 책임져야 합니다. 물을 마시는 목마른 빈민들이 아닙니다. 노예들에 대한 죄들은 오로지 전적으로 주인들 위에 책임 지워집니다. 쟁기 끝으로 땅을 개간하는 것과 창끝으로 땅을 여는 것은 같은 일이 아닙니다.

그러나 아메리카적인 충동을 억누르고 있는, 다시 말하자면 무서운 투쟁에 대한 그 두려움은 그의 희생양이 되기를 자처하는 자들에게 있어서는 그저 의무 이행을 지연시키는 유치한 방법에 불과합니다. 심연에 접근하고 그 바닥까지 내려간 사람들, 제 때에 그것을 막기 위해 악의 근원을 찾은 사람들, 그 과정에서 충성스러운 조력자를 발견한 사람들, 폭풍이 생성되는 내부를 직접 보았거나, 폭풍과 연합할 수단이 준비된 사람들, 그들은 언급된 쿠바 문제의 이러한 측면[37]에 관한 한 즉각적이고 안전한 복지를 지나치게 기대하지도 않습니다. 또한 죄책감을 가장한 두려움을 품지도 않습니다. 그 두려움이란 대부분은 순종적이고, 소수는 불안해하며, 상당수는 지적인 사람들이 야만적인 시도를 할 것이라는 두려움입니다. 그런 시도의 의혹만으로도 정직한 흑인들과 정직한 물라토들은 얼굴을 붉힙니다.

쿠바섬의 현 통치자는 더 나은 두드러진 특징이나 더 독창적인 정책도 취하지 않았습니다. 그의 정책은 백인 쿠바인에 맞서는 유색인종을 부추기는 데에 기반한 저속하고 음침한 정책일 뿐이었습니다. 아바나의 고분고분한 이론가들은 이 악행에 대처하지도 않았고 아마도 그것을 의심하지도 않았습니다. 그리고 이 가짜 덕목을 방패로 삼아 신임 통치자는 배신적인 캠페인을 시작했습니다. 하지만 어두움 속에 감시자가 있었습니다. 그들은 통치자들의 발자취를 따라 걸었고, 그들을 앞서서 나아갔습니다.[38]

스페인 지도자는 학위를 수여하고 제복을 번지르르하게 치장시킨 그들의 흑인 대장들을 궁전으로 데려왔고, 연설가들에게 돈을 지불하고 신문을 관리했습니다. 그리고 마치 독이 혈관을 통해 퍼지듯이 그들을 클럽마다 집집마다 보내 스페인 정부의 영광을 위한 노래를 전파하게 했습니다. 그리고 그들에게 자신의 이름으로 자유를 제안하게 했습니다. 그들이 이

---

37 쿠바문제 중에서도 흑인과 물라토의 해방과 사회적 지위 변화를 의미.
38 상대방의 행동을 자세히 관찰하고, 그들보다 앞서 행동하거나 그들의 의도를 미리 파악했다는 의미.

미 가졌던 그 자유는 비록 필요하지는 않았지만, 최근의 명백한 기회를 통해 그 실상을 판단할 수 있습니다.

보이지 않는 방패들이 이러한 배신적인 공격을 막았고, 주의 깊게 움직일 수 있는 대중을 생산적인 방향으로 이끌었습니다. 사람들은 제 민족의 사람들에 의해 통솔되었습니다. 그들은 보수를 받고 열변을 토하는 사람들에게 귀를 기울이지 않았습니다. 싸움을 벌일 기회를 놓치도록 좋은 보상으로 배부른 소수의 집단에 등을 돌리면서 그들은 빠르게 깨달았습니다. 그들이 누리고 있는 보잘것없는 혜택이 전쟁터로부터 왔다는 것을, 자신의 해방군을 돕기 위해 전장으로 돌아가야 한다는 것을, 그리고 해방자들이 패배하고, 스페인 정부가 마법의 기술을 통해 신중하고 관대해졌다고 하더라도 그들이 누렸던 모든 혜택은 그 무시무시하고 전설적인 십년 전쟁과 그 압도적인 교훈에 빚지게 될 것이라는 것을 말입니다.

영원한 이웃으로 만나게 된 두 존재가, 일부 사이에서 친밀함이 없더라도, 필연적인 평화 속에서 사는 것이 영원하고 파괴적인 다툼 속에서 사는 것보다 낫다는 것을 이해하는 데는 그다지 많은 사색이 필요하지 않습니다! 그토록 찢어진 가슴 속에 모든 비통이 이미 사라졌다고 생각하는 것, 우리가 억압했던 사람들에게 아직은 전혀 받을만한 자격이 없는 신뢰를 일깨워 준다고 가정하는 것은 현명하지 못할 것입니다. 하물며 우리와 마찬가지로 고귀한 것에 민감하고 지적인 데에 유능한 상당수 쿠바 유색인들, 그들 안에 음침한 시도가 있다고 추정하는 것은 심각한 모욕이 될 것입니다. 그들은 침착한 정신으로 그 의도를 통제하고 올바른 방향으로 이끄는 첫 번째 사람들이었고 앞으로도 그럴 것입니다.

물론 그들은 피하고 있으며, 충분한 이유로, 자신들을 경멸하거나 두려워하는 척하는 사람들로부터 도망칩니다. 쉽게 얻은 부의 쾌락을 어떤 형태로든 계속 누리고자 하는 사람들로부터 말입니다. 가능한 일입니다. 그리고 —잘하는 일이겠지만— 품위 없는 아첨으로 자신들의 박수를 구하는 사람들을 역시나 경멸할 수 있을 것입니다. 그러나 그들은 사랑합니다. 희생과 미덕을 위한 제 능력을 자신들의 가정 안에서 연구한 사람들, 모든 모욕에 대한 망각과 모든 곤욕에 대한 용서를 제 가슴 속에서 발견하는 사람들, 공통적인 고통의 시간 속에서 유색인들을 자신의 가슴에 꼭 껴안을 줄 알았던 사람들, 독이 있는 곳에 향유를 바르고자 자신의 상처를 여는 사람들, 그의 곁에서 그의 문제들을 함께 마주할 만큼 충분한 사랑을 지녔고 또한 타고난 그들의 격정을 억제하면서 부드러운 충고에 엄격한 이성을 연결하려는 충분한 강인함을 지닌 사람들, 이 모든 사람들을, 그들은 사랑합니다.

그들은 우리가 그들만큼, 그리고 그들보다 더 많은 고통을 겪었다는 것을 알고 있습니다. 깨달은 사람은 농장에 속박되어 있는 무지한 사람보다 정치적 속박에 더 고통을 받는다는 것을, 그 고통은 그것을 견뎌야 하는 사람의 능력에 비례하여 생생하다는 것을, 우리 자유를 위해 그들은 혁명을 일으키지 않았고, 우리는 혁명을 해냈고, 우리 자유와 그들의 자유를 위해 우리는 지금도 용감하게 계속하고 있다는 것을 알고 있습니다. 역사가 말할 것입니다.

그리고 그것은 농장들에서도 이야기되고, 도시에서도 반복됩니다. 또한 해방된 유색인종들이 자신들을 위해 노력한 해방자들을 향해 미친 손을 되돌리는 불명예스러운 자들이 되어서는 안 됩니다. 우리의 구원이 밝아오기 시작할 때, 그리고 그것을 쟁취할 수단을 조직하기 전에, 우리는 그들의 해방이라는 숭고한 행위!를 설계했습니다. 지난 전쟁에서는 한탄해야 할 큰 재앙들이 있었습니다. 격정적인 해석과 피할 수 없는 미숙함은 영웅들의 기량을 빗나가게 했고, 정신을 혼란스럽게 했습니다. 그러나 살아 있는 태양 앞에서 들판 속 모든 균열이 다시 푸르러지듯이, 가장 깊은 심연이 그림 같은 풍경으로 바뀌듯이, ―이 모욕당한 사람들에 대한 옹호 앞에서, 그 모든 과오들을 용서하고자 하는 애정 깊은 욕구가 느껴집니다.

경작되지 않는 들판 위에, 기만당한 노예들의 끊임없는 솟구침 위에 ― 이는 삶을 물결치게 하고, 올라갔다가 내려갔다가, 형성했다가 일그러뜨리는 지진의 숨겨진 힘처럼 대지의 표면 아래에서 빠르고 눈에 보이지 않게 달리면서, 제 변덕에 따라 땅을 휘어지게 하고 땅을 무질서하게 섞어버리는 분노입니다― 그리고 짓밟힌 자들의 분노와 굶주린 자들의 아우성, 승리자들의 위협적인 태세 위에, 이미 새로운 전쟁을 일으키기에 충분한 이 무수한 원인들 위에, 그 자체만으로도 전쟁을 일으킬 능력이 있는 또 다른 분노의 요소가 팔을 치켜들었습니다. 오랜 침묵에 지긋지긋해져서 말입니다.

그 전사들의 민족은 어디로 갔습니까? 전투에 경험이 풍부하고 전투에 관심이 있는 사람들, 전쟁 전에는 누리지 못했던 명성과 존경으로 전쟁에 빚진 사람들, 확실한 판단력과 활기찬 정신을 지닌 더 존경받을 만한 저 집단은, 명예와 이성이 조언하는 바에 따라 자신의 생애를 조국 독립을 쟁취하는 데 봉헌했습니다. 먼저 쐐기풀이 장미를 낳아야만 그리고 뱀이 독수리 알을 낳아야만, 그러한 사람들은 자신의 목표를 포기할 것입니다.[39] 그

---

39 쐐기풀이 장미를 낳거나 뱀이 독수리알을 낳는 것은 불가능하므로, 해방자들이 결코 자신들의 목표를 포기하지 않을 것이라는 주장을 강조.

들은 어떤 사람들의 습관과 다른 이들의 굴복하지 않는 시도를 지탱하는 원인들의 규모나 정도에 크게 신경 쓰지 않습니다. 그들은 끓어오르며, 집요하게 계획을 세우며, 칼집 속에서 곰팡이 슬고 거칠어진 칼들을 새롭게 담금질합니다.

문제를 해결하려는 사람은 그 문제의 어떤 정보도 빼놓을 수 없습니다. 또한 그 요인들을 사전에 조율하지 않고서는, 다양한 요소가 작동하는 국가의 깊은 혼란에 대한 해결책을 산출하는 것도 불가능하고, 최대 다수의 열망과 유용성에 일치하는 결과를 찾는 것도 불가능합니다.

속임수에 넘어가 굴복한 사람들은 자신의 과오를 바로잡는 데에 서두릅니다. 자신의 재산을 되찾을 수 있으리라는 희망을 갖고 굴복했던 사람들은 황폐한 들판과 균열이 생긴 터전을 보았습니다. 그 터를 수리하고 황무지를 비옥하게 할 방법도 없음을 깨닫습니다. 피로감 때문에 굽힌, 전반적인 불안와 스스로의 분개에 내몰린 사람들은 대부분의 경우 새로운 급류에 반대하지 못합니다. 희망을 꿈꾸던 복된 자들[40]은 정의의 박해만을 발견합니다. 스페인으로 눈을 돌리는 사람들은 선거에서 승리하고 돌아오는 건장한 아스투리아스인들과 강한 바스크인들 무리를 보게 됩니다.[41]

그리고 무릎을 꿇고 땅을 밟기를 거부하며, 개들이 딱딱한 빵조각을 줍듯 조롱 섞인 자유의 누더기들을 주워모으는 것에 동의하지 않는 사람들이 있습니다. 노예 제도를 연장하는 법 때문에 오늘날 상당수 백인들이 원

---

40 종교적 해석으로 산상수훈의 메아리로 복된 자를 의미하나 여기서는 정의로운 대의를 위해 싸우다 탄압받는 사람들은 의미하는 것으로 보임.(역자주)
41 1876년 부에로스 폐지 이후 지역 정치 세력들이 선거를 통해 자치권 회복을 추구, 중앙집권화에 맞서는 지역주의적 정치 운동의 선거 승리를 의미.

하지 않는 전쟁을 노예들이 일으킬 것이라고 예견하는 사람들이 있습니다. 그리고 본질적이고 결정적인 아무런 성과도 없이 전쟁의 모든 불행, 더 심각한 재앙들을 겪게 될 것이라고 예견합니다. 이 어두운 투쟁이 증가하는 것을 느꼈고, 그 울부짖음을 들었고, 좋은 방향으로 이끌기를 원했고, 그것을 인도해냄으로 영광을 누린 사람들이 있습니다. 이제는 많은 이들에게 성가신 낡은 관념처럼 보일 고귀한 품위의 이유를 따지지 않고서도, 망명자들의 수가 상당하다는 것을 아는 사람들, —그 망명자들이 의심하는 자들에게 조국의 모든 수치를 던져버리고, 조국의 모든 명예는 오히려 스스로 고향으로 가져왔다는 것을 아는 사람들이 있습니다. 더럽혀진 지붕 아래서, 사랑하는 폐허에서, 열린 무덤 위에서 그들이 다시 살아가는 것을 보지 못한 사람들이 있습니다. 모든 것을 알고자 했기에 알고 있는 사람들, 과거의 실패 때문도 아닌, 그에게 새로운 실패가 뒤따라오기 때문도 아닌, 달성된 임무로서만 또는 자기 혁대의 마지막 총알로서만 목숨을 바쳐야 했던 용맹한 사람들이 만든 정의로운 세력이 있다는 것을 아는 사람들이 있습니다.

모든 것을 직접 체감하거나 직관하는 이 사람들은 거짓된 희망으로 그리고 위조된 이론으로 조국이 운명을 찾아 거칠게 뛰어드는 길에서 조국을 벗어나게 하는 것을 범죄라고 믿습니다. 그 길들 대신에 존중받을 만한 보증도, 제공받을만한 더 넓은 길도 가지지 못했을 때 말입니다. 특히 방해자들을 처음엔 막으려고 시도하고 첫 번째 시도가 불가능해지자, 이후엔 장애물을 세우고자 꾀했습니다.

그렇게 전쟁이 일어났습니다. 이러한 요소들로 전쟁은 유지됩니다. 그 전쟁은 이미 언급된 아름다운 명분으로 역사 속에 등장했습니다. 그리고 그것을 반복해서 말하는 것은 현명하지 못한 것이었습니다. 분별심과 분노, 이성과 굶주림, 명예와 성찰이 전쟁을 낳습니다. 자기 자신이 스스로의 주인인 노예들이여! 모든 혁명 뒤에 항상 나타나는 생존한 병사들의 생생한 흔적, 밤이슬에 단련된, 하루 종일 추격과 폭발음에 익숙하게 단련된, 끈질긴 사람들로 된 저 찬란하고 무수한 영웅들이여![42] 죽은 자들과 함께 서명했지만 살아있어 아직 그 계약을 이행하지 못한 생존자들이여!

그리고 여러분, 열정적인 여성 여러분, 까마구에이, 오리엔테와 비야스[43]에서 온 부자들 여러분, 여러분은 겸손한 노동으로, 불명예스러운 부를 경멸하면서 여러분의 자녀를 교육합니다. 여러분, 아바나에서 온 장인 여러분, 여러분은 여러분의 일당에서 고귀한 기부금을 따로 떼어 놓았습니다. 노예들의 저 창백한 태양과는 정말 다른 방식으로 따뜻해지는, 정직하고 자유로운 조국의 태양을 통해 여러분에게 넉넉함으로 되갚아질 선불금처럼 말입니다. 여러분은 방황하는 유령도, 사악한 주문도, 공상적인 정신의 꿈도, 추운 땅에서 우울하게 자라는 잊혀진 버섯도 아닙니다. 여러분은 고통으로부터, 피로로부터 완성된, 실존하는 잊을 수 없는 민족입니다. 눈밭 속에서 살아가면서도 항상 자신의 태양에 애정을 가지고 살아갑니다.[44] 그

---

42 Pléyade: 원래는 그리스 신화에서 아틀라스의 일곱 딸을 가리키는 용어로, 천문학에서는 '플레이아데스' 성단을 의미. 현대 언어에서는 '특출한 사람들의 무리', '뛰어난 인재들의 집단'을 가리킨다.

43 Camagüey는 쿠바의 중앙 동부에 위치한 세 번째 큰 도시로, 독립 운동 과정에서 중요한 역할을 했다. Oriente는 쿠바의 동부 지역을 가리키는데, 쿠바 독립 운동과 혁명의 발원지로 중요한 역사적 의미를 갖고 있다. Las Villas는 산타 클라라를 중심으로 한 중부 지역을 가리킨다. 이 세 지역은 모두 쿠바의 독립 운동이나 혁명 과정에서 중요한 역할을 한 지역들이다.

44 남미의 따뜻한 태양을 가진 채 차가운 북미에서 살아가는 것을 말한다.

리고 좁은 문으로 봉쇄된 조국에 들어가고자 그 자신의 훈련을 통해 이미 매우 높은 자긍심을 지녔습니다!

오! 우리 조국에 얼마나 끔찍한 장래가 기다리겠습니까! 모든 평화적인 저항이 의미 있는 저항으로 전환되지 않는다면 말입니다. 싸우는 사람들과 구원하는 사람들이 섬광 같은 신속함과 형제애적인 친밀함으로 강력한 합의 속에서 나아가는 대신, 따뜻한 불을 뒤적이면서 조국의 불행을 나열하거나 또는 우리 자녀들 머리 위에서 아내들 품안에서 무력하게 그 고통을 우는 것으로 조국을 불행으로부터 자유롭게 하기에 충분하다는 저 비극적인 믿음이 널리 퍼진다면 우리 조국의 장래는 얼마나 두렵겠습니까!

위대한 권리는 눈물로 사는 것이 아니라 피로써 사는 것입니다. 모로[45]의 돌들은 눈물로 움직이기엔 너무 강하고, 우리의 총알 앞에 오래 저항하기에는 충분히 약합니다. 투쟁하고 있는 용감한 사람들을 우리가 그들의 노력에만 맡겨 버린다면 그리고 그들이 싸우기 위해 모이는 것만큼 민첩함과 기력으로 그들을 돕고자 우리가 집합하지 않는다면, 우리 땅에는 얼마나 암울한 미래가 닥치겠습니까! 우리 자신의 범죄로 인해 영영 조국을 잃어버린 그 다음, 조국을 향한 작별 인사는 얼마나 길겠습니까! 우리가 실현하고자 시작한 일이 참으로 쓸모없는 작업입니까! 우리가 시작한 일은 정당하고 엄청난 분노에 열린 통로를 제공하는 데에 기초합니다. 잔혹한 기만 때문에, 우리를 겨냥하고 그 법을 만든 적들까지 스스로 겨냥하는 그 대담한 법들 때문에 부추겨진 분노입니다.

그리고 현재의 혁명을 멈추는 것이 가능했다면 ―그것은 불가능한 것이

---

45 El Morro는 쿠바 아바나 항구의 상징적인 요새.

었지만— 이 위험이 얼마나 무시무시하게 다시 살아났을까요! 모든 요소들이 생사를 건 전투를 벌이고 있는 땅에서, 전사들이 이미 싸우는 데에 습성을 획득한 이 땅에서 누가 감히 결정적인 평화를 감행할 수 있습니까? 비참한 가족들은 언제나 들판을 헤매게 될 것입니다. 도망친 노예들, 즉 숲 속에 정착한 사람들은 접근하기 어려운 외딴 농가들로 그 숲을 가득 채울 것입니다. 그리고 그곳에서 그들만의 생활 습관을 형성하게 될 것입니다. 훗날 도시의 상업적 소음으로부터 멀어지게 할 것이며, 농촌의 부지런한 경작으로부터, 그리고 그들에게 당장 필요하지 않는 모든 일로부터도 그들을 멀어지게 할 것입니다. 참으로 훌륭한 통합 방식이 아닙니까! 같은 빵을 나누기 위해 태어난 사람들의 필요와 관습 사이에서 지속적인 분열을 선동하는 것이라니 말입니다.

백전 연마의 전투원은 결코 멈추지 않을 것이며, 그 안에서 피할 수 없는 불운인 전쟁으로 살아가는 사람들도 그것을 늦추지 않을 것입니다. 그리고 조국의 놀랍고도 절묘한 상황과 함께 조국의 결정적인 자유를 쟁취하려는 사람들, 그 역사적 성과와 자손들의 활발한 지성을 조국의 미래 운명에 일치시키고자 살아가는 사람들은 결코 고귀한 사명을 양도하지 않을 것입니다. 반복되는 실패로 인해 낙담하지도 않을 것이며, 그의 치욕을 자신의 존재로써 인정하지도 않을 것이며, 자신의 칼자루를 불명예스러운 향로[46]로 바꾸지도 않을 것입니다. 이런 교환에서 칼끝은 향로를 흔드는 바로 그 사람 자신을 향하여 겨누게 됩니다.

지속적인 요소들은 영속적인 전쟁을 낳을 것입니다. 후회하는 자들은

---

46 권력자를 찬양하고 미화하는 아첨꾼 또는 체제의 대변인이나 옹호자를 일컬음.(역자주)

말해 보십시오. 아주 심각한 죄업에 추락한 사람들은 말해 보십시오. 그것에 대해서는 나중에 충분한 참회가 불가능할 것입니다. 그들은 대담하고 잔인하게 희망을 위장하고 키워내고 있지만, 적이 의회에서는 혀끝으로 그리고 농장과 들판에서는 단검 끝으로 그 희망을 그들에게 되돌려 버립니다. 넘실대는 강물에 맞서기 위해 어떤 댐을 세울 것인지 말해 보십시오. 결국 그 댐 자체로 자신을 향한 물의 분노를 초래할 뿐입니다. 결국은 자기에게 가치 있는 것을 얻기 위해 그들에게 증오가 된 모든 것을 두려움 없이 드러내는 종족의 맹렬한 돌진을 어떻게 진정시킬 것입니까. 쓸모없이 굴욕스러운 존재가 정직하고 사랑받을 만하다는 것을 수많은 사람들에게 어떻게 납득시킬 것입니까. 어떤 실질적인 자유의 증거로 무장한 도당들을 잠재우겠습니까. 자신을 고귀하게 할 기회를 이용하지 않는 사람들은 어떤 처벌을 받아야 마땅합니까. 우리 가슴 속에 있는 이 고귀한 감정, 이성의 준엄함으로 잘 숙성된 이 도도한 감정을 어떻게 감동시킬 것인지 말해 보십시오! 오늘날 이 고결한 감정은 수많은 사제들을 두고 있고, 비록 제단이 부서져 땅에 굴러다닐 때조차도 부서진 제단의 발치에는 언제나 한 사제가 항상 활기하고 준엄하게 남아 있을 것입니다!

　제 지배자들로부터 아직도 무언가를 기대하는 티를 내는 저 사람들은 무엇을 기다립니까? 오! 저는 이보다 더 모욕당한 뺨을 본 적이 없습니다. 이보다 더 도전적인 분노를 본 적이 없습니다. 이보다 더 뻔뻔한 도발을 본 적이 없습니다. 그만큼 그들은 거절당하고 두려움에 떨었습니다. 그래서 국회에서 감히 그 말을 발언하지 못했습니다. 그들 자신의 고백에 따르면 그것이 실현 불가능한 꿈이라고 믿었기 때문입니다. 그 죄스러운 단어는, 수줍음과 욕망의 가면을 쓴 채, 우리 민족의 관심을 다른 데로 돌리고 의지를 구속하기 위해 그들이 시도했던 말입니다. 그런데도 그들은 무엇을 기대하는 체하고 있는 걸까요? 그들의 주인들이 이제 양보할 것이 아무것도 없다는 것을 이해해야 할 거기에 더 이상 요구할 여지가 없다는 말을 경멸적인 자만심으로 반복할 기회를 놓치지 않을 때 말입니다. "스페인은 정치적 질서에 있어서 양보할 것도, 이행할 것도 전혀 없다." 여러분은 혹여 이 절망의 발언, 이 고독과 비애의 슬로건이 제 것이라고 생각합니까? 여러분은 혹여 그것이 애국적 고양의 과도한 열기에서 상상된 비관적인 징조라고 믿습니까? 예, 그것은 스페인 의회에서 해외부 장관이 말한 마지막 성명입니다. 스페인은 더 이상 양보할 것도 이행할 것도 없습니다. 잘 기다려보라, 거렁뱅이들아!

제가 잘못 알기를 염원했지만 그러나 하루하루 제 판단을 확신하면서, 마지막 유배 생활에서 관찰한 모든 것을 여러분에게 말하기에는 제게는 시간이, 여러분께는 활력이 부족합니다. 지금 이곳은 유배지가 아닙니다. 이곳은 노예 상태의 민족으로 살아가길 중지하고 자유로운 민족으로 용기를 북돋우는 기반입니다. 시간이 있었다면 여러분에게 말하고 싶습니다. 그러나 여러분에게가 아닙니다. 스페인에 굴종적인 사람은 그렇게 모욕할 가치조차 없습니다. 자신의 이마 위에 씌워진 멍에들의 무게에 결코 지치지 않는 사람들에게 말하고 싶습니다. 이 땅 위에는 언제나 희망이 있기 때문에 아직 희망을 단련하는 사람들에게, 난파선 앞에 나타난 나무판자처럼 스페인 정치에 다가오는 격변에서 어떤 확신을 만들어낼 수 있는 사람들에게, 저는 차분하게 말할 것입니다. 언젠가 모든 사람을 심판해야 할 그분이 제게 내릴 판결 앞에서도 말입니다.

저는 단언할 것입니다. 제 아들의 금발 머리 위에 손을 얹고서 말입니다. 저는 정직하게, 그리고 숙고한 끝에 믿습니다. 그 종신의 기대꾼들은 어떤 권리도 가지지 못합니다. 현재의 오만한 정치가 그들을 거부하는 오늘날 조국의 안녕을 가능성이 있는 정치에 의탁할 권리 말입니다. 마찬가지로 아직 어떤 방식으로 요구해야 하는지 알지 못하는 것을 스페인이 어떻게 양보할 수 있습니까? 또 영원히 굴욕적인 소수로 존재해야 하는 대표들이 어떻게 승리할 수 있습니까? 또한 반란을 일으킨 민족에게 자유의 문을 열어주는 것이 승리의 문을 열어주는 것이라는 현실적인 관념을 어떻게 뿌리 뽑을 수 있습니까? 머지않아 제 것이 아니게 될 수도 있는 민족의(쿠바) 산업에 호의를 베풀기 위해 스페인으로 하여금 자신의 생존을 의탁하고 있는 본토(스페인) 산업을 억누를 것을 어떻게 요청할 수 있습니까?

정말로 지배자들이 그 유능한 사람들의[47]의 유치한 마키아벨리적[48]인 술책에 휘둘리는 말랑말랑한 밀랍이기라도 하단 말입니까? 그렇게 많은 자녀를 낳았고,[49] 아직도 패배하는 데 아직 지치지 않은 사람들입니다. 자유주의적인 노예제 폐지 법안[50]이 스페인 의회에서 표결에 부쳐질 수 있다는 것이 가능합니까? 정작 그것을 요청하려고 열망하는 사람들이 아직 공식화하지 않았는데 말입니다. 자유주의라고 자칭하는 쿠바의 대의원들과 의지할 곳 없는 소수의 사람들이, 자기들끼리도, 동료들과도 사이가 틀어진 채 흩어져 각자 다른 희망을 품고 있을 때, 과연 주인들의 너그러운 합

---

47 자치주의자 혹은 개혁주의자를 말한다.
48 Maquiavélico. 권모술수적이고 교활한 전략을 지칭할 때 사용.
49 많은 정치적 시도나 계획들을 만들어냈다는 비유.
50 19세기 초~중반, 라틴아메리카 국가들이 스페인으로부터 독립하면서 스페인의 봉건적·식민적 제도들을 자유주의적 법률로 폐지하려는 움직임이 활발했다. 그 대상은 노예제도, 인디언 조세 제도, 카톨릭 교회의 독점적 지위 등이었다.

의가 신속하게 가시화될 수 있다는 것이 가능한 일입니까? 가장 용감한 자는 불완전한 희망을 품고, 가장 강력한 자는 전혀 다른 포부를 지니고 저마다 서로 다른 희망을 키우고 있습니다. 그리고 스페인적 감성으로 가득 찬 열망을 가지고 있으니 그것들은 그들의 흩어진 동료들이 감히 드러내지 못하고 부끄럽게 가슴 속에 간직하고 있는 것들입니다.

스페인의 떨리는 왕좌를 무너뜨릴 대포들은 아직 주조 중이며, 여전히 충분한 쇠가 부족합니다. 미래의 혁명적 화폐 주조에는 보수적인 세력들의 금속이 많이 들어갈 것입니다. 혁명이 승리할 때, 보수주의자들이 승리할 것입니다. 형식은 달라지겠고, 굶주린 민중에게 조금의 양보는 있을지 모르지만 본질은 변하지 않을 것이며, 분노와 굶주림도 멈추지 않을 것입니다.

끈질긴 민족의 특징적 성격은 바꿔서는 안 됩니다. 항상 민족에게 멸시를 불러일으켰고, 지금도 경멸과 분노를 불러일으키는 사람들을 상대로 저들의 이익에 즐거움을 주고자 바꿔서는 안 됩니다. 항상 이해관계로 된 정부였던, 그리고 그 안에서 존속해온 정부는 통치하는 한 저들이 유리하도록 편들고 저들에게 특별한 관심을 기울이는 것을 멈추지 않을 것입니다.

하지만 그런 쓸모없는 반성들을 접어둡시다. 왜냐하면 우리는 그것들을 필요로 하는 사람이 아니기 때문입니다. 명예와 생명이라는 최우선 문제를 오로지 돈의 문제로만 여기는 사람들은 우리가 아니기 때문입니다. 그 문제가 해결되지 않는다면 우리 아이들은 지붕을 가질 수 없고, 우리 존재는 목표가 없을 것이며, 우리 뼈들은 따뜻한 무덤도 없을 것입니다.

항상 눈물로 부풀어 오른 심장을 가지는 것, 매듭 많은 긴 지팡이를 항상 손에 지니는 것, 발이 항상 길의 먼지로 얼룩져 있는 것을 우리는 체념하고 싶지 않습니다. 감시하는 폭군의 시선 속에서 부끄러움조차 감추어야 하는 이 땅에 살아가면서, 우리는 막 태어난 우리 아이들이 고통의 시간 속에서 우리 창백한 이마에 키스하는 데에 안주하고 싶지 않습니다.

곳곳의 지역들을 자기 자녀들로 가득 채우고, 평원을 시체로 가득 채우고, 강을 가장 고귀한 피로 가득 채운 민족이 이제 더 이상 태양조차 떠오르지 않는 동쪽[51]을 향해 묶여 가야하는 것을 우리는 도저히 상상할 수 없습니다. 그것을 이끄는 무기력한 준마들의 내부 갈등으로 망가진, 형태도 없고 엉성한 짐마차에 멍에를 멘 채 끌려가는 것도 말입니다. 하늘은 준마들의 무절제를 견디기 위해서가 아니라, 더 나은 어떤 것을 위해 우리를 만들었습니다.

우리는 모든 정직한 가슴 속에서 관대한 도움을 찾을 것입니다. 잘못된 사람은 후회할 것입니다. 도망자들은 되돌아올 것입니다. 가장 죄가 많은 자들은 늦게 합류했다는 심각한 과오를 가까이 다가옴으로써 마침내 씻어낼 것입니다. 우호적인 선박들은 얼마 전 행운을 안고 건너왔던 바다를 다시 건너게 될 것입니다. 그리고 지금 이 순간 들판을 향해 말을 달리는 기병들만이 싸울 것은 아닙니다. 제 가슴에 고귀하게 죽은 자들을 품는 데에 아직 지치지 않는 평원을 가로지르며, 승리로 환호 받을 것입니다. 용기 있는 손들이 들고 행진하는 깃발을 깃대도 없이 놓아두진 않을 것입니다. 깃발 들 사람이라면, 우리에겐 넘치도록 있으니!

우리는 모든 문을 두드릴 것입니다. 우리는 마을에서 마을로 가며 구호

---

51 쿠바에서 동쪽은 혁명과 자유, 그리고 미래의 상징이다.

품을 요청할 것입니다. 명예롭게 요청할 것이기 때문에 그들은 그것을 우리에게 건넬 것입니다. 그리고 우리는 패배할지라도 다시 무찌르기 위하여 되돌아올 것입니다. 적들은 현재 우리의 결의로 내동댕이쳐질 것이며, 우리는 새로운 임무와 함께 우리 대지 위로 거세게 덮칠 것입니다. 그들은 이 전투에서 우리를 이길 것입니다. 하지만 여전히 굳세고 맹렬한 영혼이 반드시 남아서 계속 싸울 것입니다!

오, 그럴 수 없습니다. 위대한 민족이여! 네 모든 잘못이 이제 용서받을 만큼 아직은 충분히 위대하진 않으니. 그러나 너희 영웅들의 혼을 모욕할 만큼 이미 그다지 작지 않구나! 비열한 열정이 너의 유일한 자양분은 아니며, 네 나쁜 자식들이 네 착한 자식들보다 더 강할 수 없을 것이며, 너의 악덕이 너의 미덕보다 더 강하지 않을 것이며, 네 수치가 너의 분노보다 더 강하지 않을 것이며, 너의 파멸이라는 불길한 기질도 너의 열정적인 필요보다 더 강하지도 않을 것이라. 자유를 위해 싸우는 전사와 그에게 무기를 보내는 노동자도 다시는 서로 다른 길로 걷지 않을 것입니다. 돕는 민중은 자신의 끈기로 전투적인 민중에 동행할 것이며, 전투적인 민중은 자신의 용기로 돕는 민중을 격려할 것입니다.

바로 이 순간에 너의 적이 네게, 기품 있는 민족인 너에게서 바라는 것, 적에게 그것을 얻게 할 것입니까! 그를 모욕한 적의 역력한 공포가 도달하는 곳에 모욕당한 사람의 용기가 이를 것입니다. 약자를 이기는 것은 얼마나 쉽습니까! 그렇다면 얼마나 긴 몰락이 될 것입니까! 그와 맞서 싸우기 위해 상대가 우리에 대해 기대하는 것보다 더 적은 노력을 기울인다면 말입니다. 오, 그렇지 않습니다. 울고 있는 민족이여! 남의 땅에서 남자들, 여자들을 길러내는 당신. 내일 그들은 삶의 고결한 목표와 함께 삶의 요구들이 가져오는 쓴맛들을 딴 데로 돌리는 위로를 가지지 못할 것입니까!

오, 그렇지 않습니다. 순교자들의 민족이여! 순간적 열정보다 더 가치 있는 오랜 세월에 걸쳐, 노예를 모욕하고 체벌하고자 지시하던 똑같은 그 손으로 우리 들판에서 노예를 일으켜 세우는 법을 어느 날 알았으며, 이국 땅에서 자신의 노동으로 자기 자녀들의 요람을 마련할 줄 알았던 민족입니다! 오, 그렇지 않습니다. 한때 사교계의 즐거움이자 선물이었던 목소리 그리고 오늘날에는 교회에서 엄격한 만족으로 울려 퍼지는 목소리들은 동시에 그 안에서 노동의 찬가, 과부의 슬픔에 젖은 애가, 그리고 조국에 대한 흐느끼는 노래를 선창합니다!

오, 그렇지 않습니다. 고귀하신 망자들이여, 우리 영혼의 온기로 되살아났고, 우리 가슴 깊은 곳에서 어루만져진 희생자들이여! 이제 모든 희망을 잃었다는 저 사람들의 끔찍한 꿈에 아직 잠들지 마십시오! 배은망덕으로 인해 당신들이 쏟은 피를 차갑고 야윈 손으로 우리 얼굴 위에 아직 뿌리지 마십시오! 여러분은 수치스러운 유해들 행렬과 함께, 거지들의 민족으로부터 그들과 더불어 도망치기 위해 고요한 밤에 일어서지 마십시오! 그들을 품기에 더 적절한 곳에 낯선 무덤을 마련하고자 하지 마십시오. 움직이고, 기뻐하십시오, 영광스러운 선열들이여! 조국을 자유롭고 번영하게 만들려는 노력을 우리가 포기하는 일은 결코 없을 것입니다. 차라리 남쪽 바다와 북쪽 바다가 하나로 합쳐지고, 독수리의 알에서 뱀이 태어날 것입니다![52]

---

52   조국의 번영을 포기하는 것은 불가능하다는 말을 은유한 것이다.

# 쿠바의 옹호[53]

<이브닝 포스트>지의 편집장님께

선생님.

저는 필라델피아의 <매뉴팩처러>[54]지에 실린, 그리고 <이브닝 포스트> 어제 호에 승인되어 재수록된 쿠바인에 대한 공격적인 비판을 언급할 수 있도록 당신의 칼럼에서 허락해줄 것을 간청합니다.

지금 이 시점은 쿠바 합병 문제를 논의할 상황이 아닙니다. 얼마간 자신의 품위를 갖춘 쿠바인은 어느 누구도 자기 나라가 다른 나라에 통합되는 것을 보고 싶어 하지 않을 것입니다. 거기서 당신들은 쿠바인에 관해 정치적 허세나 또는 무질서한 무지로 단지 변명할 수 있을 뿐인 편견을 공유

---

53 「Vindicación de Cuba」. 이 편지는 1889년 3월 16일자 필라델피아 신문 <더 매뉴팩처러>에 실린 '우리는 쿠바를 원하는가?'라는 논설과 21일자 뉴욕 신문에 발표된 '쿠바 합병에 관한 보호무역주의를 지지하는 견해'라는 논평에 대한 대답으로 문필을 통한 투쟁을 보여준다. 그 미디어들은 미래 쿠바를 합병하기 위한 조건을 시도해보고자, 쿠바인들은 자존심의 결여로 스스로를 다스릴 수 없다고 퍼뜨리는 근거 없는 미디어 캠페인이었다. 마르티는 쿠바인을 미개하고 무능하다고 비하하는 인종차별적 기사에 반박하면서 쿠바인의 문화적 수준, 도덕성, 자유를 향한 열망, 독립운동의 정당성을 열정적으로 옹호한다. 외세의 오만과 무지를 지적하는 이 글은 마르티의 반인종주의적 입장과 쿠바 민족주의, 그리고 국제 정의에 대한 신념이 응축된 강력한 정치적·윤리적 항변이다.(O.C, t.1, p.236)

54 신문. Manufacturer of Philadelphia.

하는 여론을 이끌고 있습니다. 쿠바인의 능력을 부정하고 쿠바인의 미덕을 모욕하고 쿠바인의 개성을 경멸하는 도시 안에서, 단지 제 땅의 가치 때문에 도덕적 페스트 환자처럼 받아들여질 정도로 자신을 비하시킬 정직한 쿠바인은 아무도 없습니다.

존중할만한 어떤 동기 때문에, 진보와 자유에 대한 열렬한 동경 때문에, 보다 더 나은 정치적 조건에 있는 그들 자체의 힘에 대한 예감 때문에, 합병의 역사와 경향에 대한 불행한 무지 때문에 쿠바섬이 미국과 연결되는 것을 보고 싶어 하는 쿠바인들이 있습니다.

그러나 전쟁에서 싸웠고 망명지에서 배운 사람들, 적대적인 도시의 중심부에서 손과 정신의 노동으로 덕이 있는 가정을 일으킨 사람들, 과학자와 상인으로, 기업가와 엔지니어로, 교사·변호사·예술가·언론인·웅변가 및 시인으로 유명해진 사람들은 쿠바가 미국에 합병되는 것을 원하지 않습니다. 또한 그들을 이해하는 정의, 자신의 특성을 펼치기 위한 기회가 있는 곳이라면 어디서든 고결하게 보이는 비범한 활동과 활발한 지성을 가진 인간으로서 자신의 공적에 의해 유명해진 사람들도 마찬가지입니다. 갖추어지지 못한 요건들을 가지고 예전엔 몇 채 미국인 오두막이 전부이던 무인도에 노동자 도시[55]를 건설한 사람들, 그 외의 사람들보다 훨씬 더 많은 그들은 쿠바가 미국에 합병되는 것을 결코 원하지 않습니다.

합병은 필요 없습니다. 쿠바인들은 일찍이 자유를 건립한 모든 나라 중 가장 위대한 이 나라를 존중했습니다. 그러나 피 속에 있는 벌레처럼, 이

---

55 Cayo hueso. 플로리다키스 제도의 서쪽 끝에 있는 키웨스트를 말한다. 황량한 섬을 쿠바의 노동자들이 일으켜 세웠다.

쿠바의 옹호   267

경이적인 공화국에서 파괴 작업을 시작한 불길한 요소들 때문에, 이제 불신합니다. 쿠바인들은 이 나라의 영웅들을 자신의 영웅들로 삼았고 인류의 가장 큰 영광으로서 북미 연합의 결정적인 성공을 열망했습니다.

그러나 과도한 개인주의, 부에 대한 숭배, 엄청난 승리에 대해 지속된 환희가 미국을 전형적인 자유의 국가로 준비시키고 있다는 것을 솔직히 말해 믿을 수 없습니다. 그런 자유의 국가는 권력에 대한 무절제한 욕망에 기반한 판단이 있어서는 안 되며, 선량함과 정의에 반하는 획득 또는 승리도 있어서는 안 됩니다. 우리는 링컨의 조국[56]을 사랑하는 만큼 커팅[57]의 조국을 두려워합니다.

우리 쿠바인은 <매뉴팩처러>지가 묘사하기 좋아하는, 불운한 방랑자나 부도덕한 피그미족으로 된 그런 민족이 아닙니다. 또한 히스파노아메리카의 다른 사람들과 함께 오만한 여행자와 작가들이 과장하곤 하는 쓸모없이 장황하게 수다를 떠는 나라도 아닙니다. 행동이 무능한 것도 아니고, 혹독한 노동을 싫어하는 것도 아닙니다. 우리는 폭정 아래 참을 수 없는 고통을 겪었습니다. 우리는 자유로운 존재가 되기 위해 인간답게, 때로는 거인처럼 싸웠습니다. 우리는 과도하고 불행한 행동의 시기 이후에 자연스럽게 뒤따르는, 반란의 맹아들로 가득 찬 혼란스러운 휴식기를 가로지르고 있습니다. 생존수단을 박탈하는 압제자에 대항하여 우리는 패자들[58]로서

56　이상적이고 도덕적인 미국을 상징.

57　Augustus K. Cutting: 제국주의적이고 물질주의적인 미국을 상징. 아우구스투스 K. 커팅은 1886년 6월 23일부터 8월 24일까지 멕시코와 미국 간의 심각한 사건의 주인공이었음에도 불구하고 오늘날 세상에서 알려지지 않은 인물. 멕시코 영토의 절반 이상을 강탈한 분쟁을 촉발시킨 멕시코에 거주하던 미국인. 커팅은 미국의 탐욕을 구체적으로 보여준다.

58　제1차 독립전쟁인 십년전쟁에서 지고 산혼 조약을 맺은 것을 말한다.

싸워야 합니다. 또한 외국인들이 방문하는 쿠바의 아름다운 수도[59]에서, 사냥감이 그 날카로운 갈퀴로부터 도망치는 그 나라의 내륙에서, 부패한 지배에 역성을 들어주는 그런 압제자에게도 대항해야 합니다. 그 부패는 자유를 쟁취하기 위해 필요한 힘들을 피 속에서 독살시키고 맙니다. 우리 불행한 시간 안에 있는 압제를 떨쳐내고 싶었을 때 우리를 돕지 않은 사람들의 존중을 우리는 받을만한 가치가 있습니다.

그러나, 왜 <매뉴팩처러>지가 부르는 것처럼 "여자 같은" 민족이라고 우리가 불려야 합니까? 전쟁 이후 우리 정부가 체계적으로 범죄자들의 승리를 용인하고, 민중의 쓰레기들이 도시를 점령하게 내버려 두었으며, 무수한 스페인 관리들과 쿠바 공범자들이 부당하게 얻은 부를 과시하도록 했기 때문입니까. 대도시의 근사한 도둑 옆에서 철학자와 영웅이 빵 없이 살아가는 부도덕한 집들로 수도(首都)를 전락시켰기 때문입니까. 그리고 겉보기에는 무의미했던 전쟁으로 몰락한 정직한 농부가 항의도 없이 마체떼[60] 대신에 그 당시 사용하던 쟁기로 돌아갔기 때문입니까. 저절로 소멸하지 않는 한, 어떤 인간의 힘도 밀어붙일 수 없는 평화의 시대를 수천 명 망명자들이 유익하게 사용하면서, 자유로운 사람들 안에 있는 삶의 전투에서 스스로를 다스리는 법, 국가를 건설하는 기술을 훈련하기 때문입니까. 우리 메스티조와 도시 젊은이들이 시를 다듬는 장갑 아래, 적을 쓰러뜨리는 손을 감추어둔 채, 일반적으로 섬세하고 말솜씨가 뛰어나고 예의 바르기 때문입니까.

---

59 아바나를 말한다.

60 machete: 넓고 무겁고 날이 하나인 검보다 짧은 무기.

그 도시 젊은이들과 그 작은 체구의 메스티조들은 잔인한 정부에 맞서 하루아침에 일어나는 법을 알고 있었고, 전쟁터로 가는 데에 시계와 펜던트 같은 물건으로 통행료를 지불하는 법을 알고 있습니다. 또한 자유인들의 나라가 자유의 적들로 된 이해관계 안에서 자신의 선박들을 억류시킨 동안에도[61] 자신의 노동으로 살아가는 법을 알고 있습니다. 그리고 군인처럼 복종하는 법, 진흙 속에서 잠을 자는 법, 뿌리를 먹고, 대가 없이 10년을 싸우고, 나뭇가지로 적을 무찌르는 법을 알고 있습니다. ―이 열여덟 살의 젊은이들, 이 권세 있는 가문의 상속자들, 이 올리브색 피부의 소년들― 그 누구도 함부로 말해서는 안 될, 모자를 벗고서야 언급할 수 있는 죽음[62]을 죽는 법을 알고 있었습니다. 그들은 마체떼 한 번의 가격으로 머리를 날려버릴 줄 아는 또는 손을 한 번 휘둘러 황소를 무릎 꿇릴 줄 아는 우리의 또 다른 사람들[63]처럼 죽었습니다. 이 "여성 같은" 쿠바인들은 한때 링컨을 애도하는 상장(喪章)[64]을 독재 정부와 맞대면하여 일주일 동안 차고 다닐 만큼 충분한 용기를 가졌습니다.

<매뉴팩처>지는 쿠바인들은 "모든 노력에 대한 혐오"를 가지고 있고, "가치 있는 것을 모르며", "게으르다"라고 말합니다. "가치 있는 것을 모르는" 이 "게으른" 사람들은 20년 전에 몇몇 예외를 제외하고는 빈손으

---

61 미국이 스페인과의 뒷거래로 쿠바에게 불리하게 행동함을 의미한다. 19세기 후반 쿠바 독립 운동 시기에, 미국은 종종 중립법(Neutrality Laws)을 근거로 쿠바 독립군에 대한 지원이나 무기 공급을 차단했다. 특히 미국에서 출발하는 무장 원정대를 막기 위해 독립군을 지원하려는 배를 압수하거나 억류했던 사례들이 있었다.
62 전쟁에 참전해 용감하게 죽은 자들을 말할 때 존경의 표시로 모자를 벗어야 한다는 것.
63 그들은 칼을 다루는데 능숙한 농민과 노예들이다.
64 마르티도 중학교 시절, 링컨의 죽음을 애도하는 검은 리본을 차고 다녔다.

로 이곳에 도착했습니다. 그들은 날씨에 거슬러 싸웠고, 낯선 언어를 마스터했습니다. 그들은 정직한 노동으로 살았고, 일부는 여유롭게, 일부는 부유했으며, 드물게 좀 궁핍했습니다. 그들은 풍족함을 좋아하고 그것을 위해 일했습니다. 삶의 어두운 샛길[65]에서 그들을 자주 볼 수 없었습니다. 독립적이고 그 자체로 역량이 충분했고, 재능에 있어서나 활동에 있어 경쟁을 두려워하지 않았습니다.

수천 명은 자신의 가족 품에서 죽기 위하여 귀향했습니다.[66] 수천 명은 친숙한 언어의 도움, 종교적 공동체의 도움 없이 또한 인종에 대한 호의 없이도, 결국은 승리하기 위해 삶의 냉혹함 속에 체류했습니다. 소수의 쿠바 노동자들이 까요 우에소[67]를 세웠습니다. 쿠바인은 파나마에서 회사원, 의사 및 계약자 같은 가장 고귀한 직무의 장인으로서 자신의 가치를 통해 두각을 나타냈습니다. 쿠바인 시스네로스[68]는 콜롬비아의 철도들과 강들의 항해술 발전에 강력하게 기여했습니다. 또 다른 쿠바인인 마르케스[69]는 그의 무수한 동포들처럼 탁월한 무역상으로서 페루의 존경을 받았습니다.

쿠바인들은 농부로, 엔지니어로, 측량기사로, 공예가로, 교사로, 언론인으로 모든 영역에서 일하면서 살고 있습니다. 필라델피아에서 <매뉴팩처러>지는 매일 백 명의 쿠바인을 만날 기회가 있습니다. 그들 중 일부는 영

---

65 범죄 등을 말한다.
66 십년전쟁 후 많은 사람들이 쿠바로 귀환했다.
67 Cayo Hueso. 키웨스트(Key West)의 스페인 이름.
68 Salvador Cisneros Betancourt (1828-1914): 쿠바 독립 지도자이면서 입법자. 십년전쟁이 끝난 뒤 미국에 갔지만 제2차 독립전쟁 준비에 기여하며 자금을 댄 쿠바인.
69 Manuel Márquez Sterling(1872-1934): 독립전쟁에 공헌한 쿠바의 정치인. 외교관, 1934년에 6시간 쿠바의 임시대통령이었다.

웅적인 역사를 가진 사람으로 활력 넘치는 신체를 지니고, 쾌적한 풍요로움 속에서 자신의 직업으로 살고 있습니다. 뉴욕에서 쿠바인들은 훌륭한 은행의 중역들이었고, 번창하는 무역상들, 유명한 중개인들, 중요한 재능을 가진 회사원들, 국내 고객을 가진 의사들, 세계적인 명성을 가진 엔지니어들, 전기 기사들, 언론인들, 시설 소유주들, 장인들이었습니다. 나이아가라의 시인은 쿠바인, 우리의 에레디아[70]입니다. 쿠바인 메노칼[71]은 니카라과 운하를 만든 기술자들의 우두머리입니다. 뉴욕과 마찬가지로 바로 필라델피아에서도 대학들의 일등상은 여러 차례 쿠바인들이 차지해 왔습니다.

그리고 이 "게으른", "자립할 줄 모르는" 여성들, "모든 노력"을 꺼리는 이 여성들이 최근 호화로운 생활을 뒤로하고 가장 혹독한 한겨울에 이곳에 도착했습니다. 그들의 남편은 전쟁 속에 있었고, 몰락하거나, 투옥되고, 죽었습니다. "부인"은 일하기 시작했습니다. 노예 소유주가 노예가 되었습니다. 계산대 뒤에 앉았습니다. 교회에서 노래를 불렀습니다. 수백 개 단춧구멍에 테두리를 둘렀습니다. 매일 바느질을 했습니다. 모자 공장에서 깃털을 곱슬곱슬 세웠습니다. 자신의 마음을 맡은 일에 바쳤고, 노동 속에서 그 육체가 시들어갔습니다. 이런 이들을 두고 "도덕이 결핍된" 민족이라고 말할 수 있습니까!

---

[70] José María Heredia(1803-1839): 쿠바 독립을 꿈꾼 지식인이자 시인, 망명자로 살았으며, 라틴 아메리카 낭만주의의 창시자로 여겨진다. 에레디아는 21살에 「나이아가라 찬가」를 발표하는데, 그만의 개성이 넘치는 최고의 작품으로 웅장한 리듬 속에서 쿠바의 자연과 인간의 감정을 범우주화시키고 있다.

[71] Mario García Menocal(1866-1941): 정치인. 쿠바의 세 번째 대통령. 그는 1888년에 공학 학위를 받고 뉴욕 코넬 대학교에 다녔고, 학업이 끝나자 유명한 운하 엔지니어인 삼촌 안시에토 G. 메노칼과 함께 니카라과 운하 노선의 타당성을 연구했다.

신문에 우리가 "위대하고 자유로운 국가의 시민권에 대한 의무를 수행하기 위한 본성과 경험에 부적합한 자"로 되어 있습니다. 정의에 비추어 볼 때 열대 지방에서는 보기 드문, 가능성을 소유한 민족에 대해 그렇게 말할 수는 없습니다. 쿠바는 스페인 영토에서 최초의 철도를 건설하고, 문명의 모든 자원을 동원한 에너지 외에도, 독재적인 정부에 맞서는 정치 체제에 대한 정말로 뛰어난 이해력을 지니고 있습니다. 정치 체계의 고등한 형태에 적응하려는 입증된 재능, 또한 자신의 사상을 단련하고 자신의 언어를 다듬는 힘을 소유한 민족입니다.

자유를 향한 열정, 자신들 안에 있는 최고의 가르침에 대한 진지한 연구, 망명 생활과 제 모국에서의 개인적 특성의 성장, 십년전쟁의 교훈과 그로 인한 복합적인 영향들, 그리고 세계의 자유로운 민족들 안에서 시민권의 책무에 대한 실질적인 운동. 이 모든 것들은 쿠바인 안에 자유로운 정부를 위한 재능을 그토록 자연스럽게 성장시키는 데에 기여했습니다. 이전의 모든 적대감에도 불구하고 말입니다. 또한 실행에 무리가 있을지라도 전쟁의 틈바구니에서, 자유로운 정부를 수립했습니다.[72] 쿠바 민족은 자신의 우두머리들과 함께 존중된 자유의 법칙을 보려는 갈망으로 싸웠습니다. 전과가 아무리 영광스러웠다 할지라도 권력을 꿈꾸는, 모든 군 지도자들의 손에서 두려움이나 망설임 없이 검을 탈취했습니다.[73]

---

[72] 제1차 독립전쟁인 십년전쟁에 참전해 자유를 지지하고 민주정부와 같은 기관을 수립한 쿠바인을 일컫는다. 그들은 헌법의 의회(Asamblea Constituyente), Guaimaro의 헌법 등을 만들고, 대통령을 선출하기도 했다. 그들이 무리한 적도 있는데 좋은 리더였던 세스뻬데스를 면직시킨 것이 한 예다.

[73] 권위주의적 군부 통치를 거부했다는 의미

쿠바인의 정신 속에는 번영을 위한 분별과 열정을 위한 감각을 결합하는 축복받은 재능이 있는 것 같습니다. 세기가 시작된 이래로 고귀한 스승들[74]은 자유와 떼려야 뗄 수 없는 헌신과 관용을 자신의 언어로 설명하는 데에, 자신의 삶 속에서 실천하는 데에 전념해 왔습니다. 십 년 전 유럽 대학들에서 독보적인 재능으로 최고 자리를 차지한 쿠바인들은 스페인 의회에 출현했을 때 냉철한 사상가와 강력한 웅변가로 찬사를 받았습니다.

쿠바 보통 사람들의 정치적 지식은 미국 일반 시민의 정치적 지식과 손색없이 비교됩니다. 종교적 편협의 절대적인 부재, 두 손의 노동으로 획득한 재산에 대한 인간의 애정, 자유의 법칙과 절차와 더불어 실천과 이론의 친숙함. 이러한 것들은 압제자들로부터 물려받게 될, 폐허 위에 자신의 조국을 재건하는 데에 쿠바인을 익숙하게 할 것입니다. 자유를 요람으로 삼았고 3세기 동안 자유로운 인류의 가장 뛰어난 피를 받은 국가[75]가 불행한 이웃에게, 그의 자유를 박탈하기 위하여, 그런 방식으로 축적된 권력을 사용하는 것은 인류의 명예를 위해서라도, 기대할 만한 일이 아닙니다.

<매뉴팩처러>지는 "남성적인 힘과 자기 존중에 대한 우리의 결여는 우리가 오랫동안 스페인의 압제에 굴복해온 것으로써 무기력에 의해 입증된다", 또 "반란을 시도한 우리 자신은 너무나 불행하게도 효력이 없이, 고작 익살극으로 된 약간의 위엄을 세웠을 뿐이다."라고 말하면서 끝냅니다. 너무나 경솔한 이 주장보다 역사와 인격에 대한 무지가 더 크게 드러난 적은 없었습니다. 우리가 쓰디쓴 감정으로 반박하지 않기 위해서라도, 다른 미

---

74 특히 위대한 스승들, Félix Varela, José de la Luz y Caballero 및 Rafael María de Mendive 등 자유주의자들을 지칭한다. 멘디브는 호세 마르티를 키워낸 인물이다.

75 미국을 말한다.

국인이 "익살극"라고 부르는 전쟁에서 한 명 이상의 미국인이 우리 곁에서 그 피를 흘렸다는 것을 기억하는 것이 중요합니다.[76]

그 전쟁이 희극이라구요! 그 익살극은 외국인 관찰자들이 서사시에 비교하는 전쟁이었습니다. 모든 민족의 봉기가, 부에 대한 자발적인 포기가, 우리들 자유의 첫 순간에 선택한 노예 제도 폐지가, 우리 자신의 손으로 우리 도시를 불태우는 것이,[77] 처녀림에 건설한 마을과 공장이, 나무껍질로 우리 여성들에게 옷 입히는 것이 희극입니까. 그 삶의 10년 동안, 우리는 강력한 적수들을 궁지에 몰아넣었습니다. 자연 외에는 어떤 도움도 없이, 애국자들로 된 작은 군대의 손에 20만 명의 남자들이 패했습니다.[78]

우리에게는 헤센인[79]도, 프랑스인도, 없었고, 라파예트[80]나 스튜벤[81]도 없었습니다, 우리를 도와줄 왕의 경쟁자도 없었습니다. 우리에겐 단 하나의 이웃만이 있었는데, 그 이웃은 "자신의 권력 경계를 확장하고, 민중의 뜻에 반하여 행동하며", 자신의 독립을 세웠던 바로 그곳에서 동일한 자유 헌장에 의해 싸워온 민족의 적들을 지지했습니다. 우리는 만일 성공이 그

---

76 십년전쟁 때 쿠바 사람 곁에서 함께 싸운 미국인(예를 들어 Henry Reeves)을 일컫는다.
77 스페인군에 점령당하느니 차라리 자기 손으로 도시를 불태움.
78 1차 쿠바 독립전쟁(10년 전쟁, 1868-1878)에서 죽은 숫자를 말함. 역사적 사실이라기보다는 수사적 과장이 있는 듯. 미국의 한 인사가 쿠바 독립전쟁을 "희극"라고 조롱한 것에 대해 호세 마르티가 분노와 자부심으로 반박하면서 쿠바인의 용기와 희생을 극대화했다고 보여진다.(역자주)
79 Hessians: 미국 독립 전쟁 동안 영국 군대의 지원군으로 복무한 독일 군인들을 일컫는다.
80 Marquis de Lafayette(1757-1834): 미국 독립 전쟁에서 싸웠던 프랑스 귀족이자 군 장교였으며, 요크타운 포위 공격을 포함한 여러 전투에서 미군을 지휘했다.
81 Friedrich Wilhelm von Steuben (1730-1794): 프로이센 군 장교. 대륙군을 훈련되고 전문적인 전투력으로 개혁함으로써 미국 독립전쟁에서 주도적인 역할을 했으며 나중에 미국 육군의 아버지 중 하나로 간주된다.

쿠바의 옹호

들을 하나로 묶지 않았더라면 13개[82] 주의 몰락을 야기했을 수도 있었던 [83], 바로 그 똑같은 격정들[84]의 희생자가 되었습니다. 우리를 약화시킨 것은 지연이었습니다. 그 지연은 비겁함 때문이 아니라 피 흘리는 일에 대한 혐오 때문이었습니다. 그래서 전투의 처음 몇 달은 적에게 돌이킬 수 없는 우위를 취하도록 허용했습니다. 이는 미국의 확실한 도움 속에 있다는 유아적인 신뢰 때문이기도 했습니다. 그들은 "자신들의 문 앞에서 우리가 자유를 위해 죽어가는 것을 보아서는 안 됩니다! 세계에 새로운 자유로운 민족을 선사하기 위해 손 한 번 들거나 말 한 마디 하지 않은 채 말입니다!" 그들은 "스페인을 배려함으로 제 권력의 한계"를 확장했습니다. 그들은 손을 들지 않았습니다. 그들은 말을 하지 않았습니다.

투쟁은 끝나지 않았습니다. 추방된 자들은 돌아가길 원하지 않습니다. 새로운 세대는 그들의 선조들에게 걸맞는 가치를 지닙니다. 수백 명의 사람들이 전쟁 후에 감옥의 미스테리 속에서 죽었습니다. 우리 사이에서 오직 목숨으로만 자유를 위한 싸움을 멈추게 할 것입니다. 슬픈 진실은 우리 노력이 모든 확률에 있어 성공적으로 갱신될 수도 있었다는 겁니다. 만약 우리 중 일부 안에 대가를 치르지 않고 자유를 얻으려는 합병주의자들의 비겁한 희망이 없었더라면, 그리고 다른 이들[85]의 정당화된 두려움이 없었

---

82 1776년 미국 독립 당시의 13개 식민지.

83 미국 독립 전쟁이 성공하지 않았더라면, 13개 주(식민지)는 내부분열과 이기심·혼란 등의 갈등으로 무너졌을 것이라는 가정이다.

84 내부분열·이기심·혼란 등 쿠바의 독립전쟁은 성공하지 못했기에 분열과 실패를 겪었다는 자성.

85 자치주의자들을 의미. 마르티는 늘 합병주의자와 자치주의자들과 싸웠고, 진정한 민주주의 공화국만을 원했다.

더라면 말입니다. 그러한 사람들의 바로 그 두려움 때문에 우리의 죽은자들, 우리의 신성한 기억, 피에 흠뻑 젖은 우리의 폐허는 외국 식물의 성장을 위한 퇴비에 불과했습니다. 아니면 필라델피아의 <매뉴팩처러>지를 위한 조롱의 기회에 불과했습니다.

  편집장님께 정중한 경의를 표하며.

혁명당이 쿠바에게[86]

조국은 신성합니다. 그리고 조국을 사랑하는 사람들은 이해관계나 피로감 없이 조국에 모든 진실을 빚지고 있습니다. 시골에서나 버틸 수 있을 뿐인 반군 집단의 고립된 봉기가 쿠바를 막 놀라게 했을 때, 강력한 정부는 그 시도를 무효로 보이게 하려고, 평화적인 친구들의 최고 영향력과 독립 사상이 포기된 듯 보이게 하려고 합니다. 이 올긴 봉기가 쿠바혁명당의 조언이나 명령을 듣지 않았음을 표명하는 것이 혁명당에게는 마땅합니다. 반란의 명백한 실패가 자신의 역량과 영토를 누리게 할, 쿠바를 위한 전쟁을 돕기 위해 준비된 이민자들을 갈팡질팡하게 또는 뿔뿔이 흩어지게 만드는 절실한 시점입니다. 혁명당은 부분적 또는 불충분한 모든 반란의 강력한 검열자입니다. 나라가 자유를 원한다는 의지를 보여주는 다른 여느

---

[86] 「El Partido Revolucionario a Cuba」. 1893년 5월 27일, 기관지 <Patria>에 발표. 마르티는 1892년 뉴욕에서 쿠바혁명당을 창설, 대표로서 활동했다. 이 글은 정치조직인 쿠바 혁명당(PRC) 창립 취지와 목표를 설명한 중요한 문서이다. 마르티는 쿠바와 푸에르토리코의 완전한 독립을 위해 모든 계층의 쿠바인들을 통합하는 정치조직을 창설할 필요성을 강조하며, 혁명당이 단순한 반란 조직이 아니라 도덕적이고 조직적인 정치 기구로서, 과거의 분열과 실수를 극복하고 공화국을 건설하기 위한 수단임을 밝힌다. 무력투쟁을 포함하되, 그것이 자유와 인권, 공공선이라는 고귀한 목적에 기반해야 함을 역설하는 이 글은 마르티의 정치적 통찰과 조직가로서의 비전, 그리고 비폭력과 무력의 균형 속에서 정의를 지향하는 혁명 철학이 집약된 선언문이라 할 수 있다. (O.C, t.2, p.346)

봉기처럼, 올긴 봉기는 무장 상태를 유지하기 위해 혁명당의 도움을 받아야 했습니다.

쿠바혁명당은 쿠바 안팎에 존재하는 모든 해방요소들을 끌어 모으기 위하여, 그리고 무질서와 전횡에 대적할 목적으로 연합한 이민자들의 투표로 창설되고 운영됩니다. 또한 국가가 자신의 필요와 문화에 적절한 목적 없이 또는 목적을 수행하는 데에 충분한 자원도 없이 혼란에 빠지는 것을 방지하기 위한 것입니다. 또한 첫 번째 공화국의 자연스럽고 수정 가능한 오류들로부터 가슴 속에 선명하게 남아있는 전쟁을 돕기 위해, 그리하여 쿠바의 동의를 얻어 절망적이고 비참한 식민지를 마침내 평등하고 근면한 국가로 변화시킬 총체적이고 강력한 봉기를 명령하기 위한 것입니다.

올긴 봉기는 아직 최근의 일입니다. 가장 애정 어린 신중함에 때때로 귀 기울이지 않는 영웅적인 조급함이 원인이라는, 아니면 성숙하고 확산되기 전에 반란을 굴복시킨 지역 의식을 잘 아는 스페인 정부의 계략이라고 언급하는 것은 확신할 수 없습니다. 또는 그 밖의 불가해한 원인일지라도, 그 유일한 결과는 독립을 시도할 질서와 확장 계획에 대한 열렬한 믿음을 해외 쿠바인들 속에 튼튼하게 심었습니다.

또 쿠바 사람들 안에 있는 해외 쿠바인들을 향한 존중은 이 공식적 계획 안에서 그토록 반복적이고 진지한 선언으로 조국을 결속시켰습니다. 그래서 미약하거나 불가사의한 반란이 일어났을 때, 봉기한 쿠바인들과의 관련이 분명해질 때까지, 또는 그 미스테리가 사라질 때까지 놀란 마음으로 그 지원을 유보했습니다. 야심찬 정당이라면, 그러한 대가를 치르면서 얻는 불명예스러운 인기를 솔직한 발언으로 손상시킬까 두려워하며, 명확한 선언을 회피하면서 더 광범위한 소식을 기다릴 수 있습니다. 혹은 쉽게 영향을 받는 추종자들에게 올긴 지역 봉기가 자신의 것이었다는 열의에 유용한 믿음을 북돋워줄 수도 있습니다.

하지만 민족들의 생명이 걸린 어떤 사건들도 우연에 맡겨질 수 없으며, 악의적인 태만함이나 위장된 비겁함, 혹은 매수된 이해관계가 그것을 논평하고 왜곡하도록 방치할 수 없습니다. 또는 명예가 빈털터리로 걸어가고 주변 범죄로 이득을 보거나 수혜를 입은 사람들만 번영하는 사회 속에서 느끼는 유치한 만족, 자신의 부끄러운 명성이 위협받는 것을 보는 이들의 두려움, 또는 부도덕한 법률과 관습으로 폭력적인 타협을 통해 보존된 자산, 고양된 정신을 축소시키는 것도 방치할 수 없습니다.

또한 스페인의 식민지적 구성과 쿠바의 긴급한 이해관계는 더 이상 타협할 수 없는 충돌 속에 있습니다. 이 충돌 속에서 보다 자유로운 동포들이 자신들에게 줄 수 있는 도움이 절실할 뿐인 쿠바섬 쿠바인들의 품위에, 탄압받을수록 더욱 강력한 품위에 그 능력을 두고 있는 정당은 거짓 번영을 원하지도 않습니다. 그리고 혁명당은 자신들의 형식과 능력을 갖추기 위해 모든 악의를 뛰어넘는 화합의 정신 안에서, 국내 쿠바인 앞에 나와 해외 쿠바인의 도움을 겸손히 내려놓습니다. 풍요와 문화에 가장 상반된 계급이었던 쿠바인들에게 부를 보장함과 동시에 가난한 자의 희망인 자비롭고 현명한 융화에 결속하고자 합니다. 그들은 아메리카 민중 안에 창조하려는 시도에서 위험한 진실과 도덕적 퇴락의 징후를 봅니다.

아메리카에서 지성과 동경은 오만한 소수집단의 유산이 아닙니다. 그 계급 사회는 해방된 자신의 민족을 정의롭게 구성하는 강건한 기쁨보다는 자신의 조국을 부패시키는 압제자를 옹호하는 봉사를 더 선호했습니다. 새로운 세계 창조라는 수고에는 벌벌 떠는 제 삶을 공개하지 않으려고 말입니다. 올바른 사용으로부터 자신들의 타고난 능력을 얻는 모든 권리를 제 동포들에게 인정하지도 않습니다. 그런데 인간들 사이에서 바로 그 능력의 선용이야말로 진정한 권위의 유일한 증표입니다.

혁명당은 그 힘을 민중 선동이나 열광에 빚지는 것이 아니라, 우리 문제에 대한 개념과 분석에, 과거의 오류를 유용한 매개물로 전환하려는 목적에 빚집니다. 그리고 무방비 상태인 조국을 돕기 위해 해외의 자유를 유익하게 이용하는 것이 역사 앞에 유일한 잘못이 될 망명자들과 함께, 쿠바섬 내에서 도움도 목소리도 없이 절망에 빠진 쿠바인들을 함께 단결시키는 애정과 존경에 빚집니다. 또한 쿠바의 독립을 위한 이민자들의 질서 있는 계획을 깨닫게 된 이후로 더 굳건해진 쿠바섬의 정신이 낙담하는 것을 혁명당은 결코 허용할 수도 없습니다. 즉각적인 구제를 기대할 수 있는 유일한 정당을 경솔함이나 불충실한 죄를 범했다고 여김으로써 실망하는 낙담 말입니다.

혁명당은 승리를 위해 필요한 합의와 자원이 확보될 때까지 혁명을 시도해서는 안 된다고 믿습니다. 그러나 혁명당은 또한 조국이 어떻게 고통받고 어떻게 생각하는지 알고 있습니다. 자존심이나 근성이 폭발한다면 그리고 수 년 전부터 신나게 조롱하는 뻔뻔한 무리의 권력을 향해 쿠바인들이 궐기해 대항한다면, 그 어떤 것도 쿠바섬의 영혼 안에 있는, 조급하게 고대했던 —원하지 않는 사람들에게만 숨겨진— 반란을 억제할 수 없을 것입니다.

또한 쿠바 반군을 위한 적절한 보호를 거부하는 사람을 넘어서려는, 분개한 이민자들의 준비된 원조도 역시 억누를 수 없습니다. 수련기의 무질서 가운데 피할 수 없는 전쟁은 이렇게 다시 태어날 것입니다. 그리고 전쟁을 돕기 위해 만들어진 당의 책무는 유혈과 실책을 줄이기 위해 신속하게 조국을 좇아가는 것일 겁니다. 혁명당은 쿠바에 원조를 가져올 것입니다. 자신의 이익에 부합할 때만 인간의 위대함을 기대할 뿐인 사람들의 확실한 놀라움과 함께, 국가의 손에 혁명당의 원조를 맡길 것입니다. 그리고 음모자나 지배자가 아니라 군인이자 시민으로서 해방군의 행군을 따를 것입니다.

쿠바혁명당이란 무엇입니까? 스페인 또는 비열한 자는 의심할 여지없이 쿠바 조직들의 단합된 작업을 폭로하려고 시도할 것입니다. 혁명당 기관들과 그 대표들이 행한 그토록 많은 사적이며 공적인 뚜렷한 발언에 반대하면서, 최근 쿠바에서 도착한 이들이 포함된 아바나 사람들의 대문으로 빽빽한 도시에서부터 외딴 모퉁이에 이르기까지 정처 없는 용기가 아메리카 전체를 향해 되살아나는 모든 단합작업을 폭로하고자 할 것입니다.

첫 번째 전쟁(십년전쟁)에서 분열된 이민자들 안에서 선출된 대표와 그 책임감 아래 쿠바가 압력이나 침략 없이 자유 공화국을 수립할 수 있도록 필요한 지원을 제공하는 수단을 만장일치로 연결하는 작업. 나무랄 데 없는 헌법, 무력한 쿠바섬에 강인하고 경건한 전쟁을 제공하기 위한 공화주의 헌법 안에, 그 감탄할 만한 헌법 안에 역사적 혁명가들, 심지어 가장 도전적인 개인 명성을 가진 사람들까지 완전한 위엄으로 끌어모으는 작업. 오랜 기다림과 필연적 오류를 거친 후 먼 시대에 아메리카 공화국들이 고통을 겪은 곳이라 해서 분쟁이나 우상화가 혁명을 더럽혀지거나 왜곡되지 않도록, 사실적 증명과 함께, 혁명을 이끈다는 사상을 방향 짓고자 하는 작업. 공허하게 아첨하지 않고, 비굴한 대가를 치르지 않고, 미래 권력을 부도덕하게 분배하지 않고, 이민자 속에서 개인적인 표결로 얻어내는 권한보다 더한 권한이 없으며, 억류된 조국 영토를 획득하려는 쉬운 전쟁의 수단을 쿠바섬에 제공하려는 갈망보다 더한 갈망이 없는, 그리고 사람들 사이에서 얼굴을 들 수 있는 권리가 있는, 모든 자유로운 쿠바인들이 동시에 일하는 곳의 작업.

스페인은 그 모든 작업들이 기껏해야 제 유일한 군대에 의해 고래고래 소리지르는 촌락을 뒤에 둔 혁명 몽상가의 유치한 행동 그 이상이 아님을 폭로하고자 시도할 것입니다. 자유롭게 되는 수단들을 자신의 조국에 한 번 제공하기 위해, 어제의 노련한 장군들부터 쿠바에서 막 도착한 젊은이들에 이르기까지 외국 땅에 있는 모든 쿠바인들이 연합했습니다. 이 순수하고 강력한 기획이 섬에 사는 혼란스러운 쿠바인들 앞에 어떻게 악행으로 그려질 수 있을까요!

쿠바에 충분히 개선될만한 현재 경로가 있거나 최소한 가까운 경로가 있다면, 불완전하다고 할지라도 희생당한 채 양보할 수 있습니다. 공공선의 유일한 기반인 개인적 인격이 거의 예의 없이 살아가고 있는 거기서 은폐·구걸·당혹감의 존재로 눈에 띄게 쇠약해지지 않는다면 말입니다. 합리적인 기한 안에 쿠바가 자연스럽게 연관되어 있는 나라들의 콘서트에[87] 제 때에 들어가는 데 필요한 자유를 분별 있는 본국(스페인)으로부터 기대할 수 있다면 말입니다. 또한 스페인 지배 아래서 행복한 쿠바를 만들기 위해 적어도 식민자들의 착취 위에 기반한 국가의 전면적이고 불가능한 변화가 절실하지 않았다면 즉, 불안하고 실직한 민중을 부양하고, 자신들의 도시를 개조하고, 자신들의 정치인을 비판하고, 자신들의 기업을 육성하는 부

---

87 주변 다른 아메리카들은 다 독립된 상황을 말한다.

의 유일한 원천들을 정의를 위해 희생할 능력이 있는 민족으로 변화시키는 것이 필요하지 않았다면 말입니다.

그럴 경우 잃어버린 영광의 창백한 기억이나 미래에 대한 막연한 비전으로서 해방이라는 순종적 이상이 희생당한, 위험 없이, 핏방울 없이 얻어질 수 있는 자유, 하다못해 불완전한 자유 앞에 양보할 수 있습니다.

그러나 십년 전쟁이라는 최고의 교훈을 얻은 후, 긴급한 것은 임의로 굴복된 나라를 위해 총체적인 부주의를 혁명당이 감시하는 것입니다. 영혼이 있는 전쟁으로 제때에 해방의 길이 열리는 것을 알아차리도록 말입니다. 속아서 자유를 기원하는 사람들[88]에게 불명예스러운 거짓 자유라는 구실 하에, 자신의 무질서와 미숙함 때문에 패배했을 뿐인 사람들에게 무기를 들게 만든 억압들을 승리한 스페인 정부가 되풀이하고 강화시키는 때 말입니다. 스페인으로부터 부패하고 무능한 관료집단의 계속적인 유입과 천박한 스페인 본토 출신을 위한 증대된 보호가, 크고 미심쩍은 호의로 제외되면서 헛되이 일자리를 찾는 크리올 아버지를 비참하게 만들 때, 또는 온전한 평화 속에서 그에게 자발적인 추방을 강요할 때도 그렇습니다.

자신을 억압하는 군인에 의해 생계를 박탈당한 농민 한 사람 한 사람, 스페인의 경쟁자에 의해 쫓겨난 노동자 한 사람 한 사람, 자유를 위해 죽은 극빈자 아버지가 있던 지역에서 날품팔이로 일하는 무산자 한 사람 한 사람, 수갑이 채워진 쿠바인을 향해 약탈적인 반도의 귀머거리 전쟁에서 싸움도 없이 패배한 가치 하나 하나, 소리 없이 전쟁이 고조될 때도 그렇습니다. 그 전쟁 자체의 진실성과 확장성 때문에 가늠할 수 없는 상황에서, 처

---

88 자치주의자를 일컫는다.

벌받아 마땅한 태만으로 인해 조악하고 이기적인 조력자와 새로운 반란으로 결속될 수 있을 때도 마찬가지입니다.

만약 그렇지 않다면 누가 쿠바를 타협하는 정책으로부터 구할 것입니까? 그 정치는 최대의 승리를 거두더라도, 쿠바 안에 있는 스페인 본토인의 패권을 박탈하는 데까지는 결코 이르지 못할 것입니다. 그 시대와 그 적성에 맞지 않게 스페인 수혜자들과 극소수 쿠바 수혜자들의 만족과 부도덕한 연맹 아래, 나라를 쇠약하게 되도록 내버려두겠습니까? 그들은 스페인을 이미 세계적으로 승리한 인간 권리의 평등에 맞서는 방패막이로 이용하는 사람들에 의해 멀리서건 가까이서건 지원받은 사람들이 아닙니까? 그렇지 않다면 보복적이거나 독재적인 혁명으로부터 쿠바를 구할 사람은 누구입니까?

혁명당은 전투적인 이론가의 불법적 집념으로 존재하지 않습니다. 자신이 태어난 민족의 무능한 압제자의 도구로 봉사하는 것보다 그 땅 주민들의 자유 속에서 국민의 행복을 추구하는 것이 항상 더 정당한 원칙이라고 여겨져야 할지라도 말입니다. 오히려 ―우리 혁명의 세력과 결점에 대한 심층 연구의 결과― 혁명당은 쿠바 이민자들의 자발적이고 만장일치로 된, 모든 사람이 승인한, 성숙한 책임과 선거제도의 계획된 동맹으로 존재합니다. 독립전쟁의 자산을 축적하기 위해서입니다. 그리고 가장 성스러운 반란(1차 독립전쟁) 이후, 순진한 사람들이 자신의 재산에 대한 부당한 부담이나 자유의 감소나 파멸로 대가를 치르게 되는 습관화된 변덕과 신비주의의 출발로부터 쿠바를 벗어나게 하기 위해서입니다.

혁명당은 인간의 개성과 전쟁의 교훈을 모르는 척하면서, 쿠바에서 투쟁하는 위험을 열정이나 무지로 감추기를 원하지 않습니다. 그것은 유사한 민족들이 극복했던 위험보다 더 크지 않습니다. 과거 열등한 시대에, 악을 선동하는 불치병과 늘어가는 악행들을 자체 토양 안에서 치료하는 것이 얼마나 쉬운지를 감안하면 언제나 선택할만한 했습니다. 그러나 혁명당은 청명한 역사를 신뢰하는 법을 배웁니다. 세부사항을 연관 짓고 그것을 지배하는 법칙에 따라 궁극적이고 유익한 구성에 따라 그것들을 판단합니다. 제대로 말하기에 앞서 말을 버벅거릴 권리를 사람들에게 부여하고, 동시에 실수하는 것에 대한 자비와 회개하는 은총을 사람들에게 허락한 역사 안에서 말입니다.

혁명당은 라틴아메리카에서 스페인의 마지막 세력에 대항하는 독립 전쟁의 어려움과 장애물을 인식하고 있습니다. 또 식민지와 함께 자신의 첫 번째 정신적 지주를 잃어버린 국가에서 효력을 잃은 그 권위가 아직 할 수 있는 노력을 모른 척 하지 않습니다. 쿠바섬은 자신의 자녀들 가슴 안에 있는 자신들의 고유한 자유를 살해하기 위해 착취하는 사람들보다 그런 정부의 실종을 더 좋아하는, 이전에는 속았던, 오늘날 수많은 스페인 사람들의 마음이 아직 남아있는 곳입니다. 그리고 혁명당은 서두름이나 환상 없이, 자신을 추방한 식민지 위에 쿠바인과 스페인인이 평화롭게 살 수 있는 공화국을 세우기 위해 필수적인 자원을 끌어 모읍니다.

혁명당은 국가의 혼란 속에서 우선적으로 거주하고 있는 권리를 침해하거나 그의 동의 없이 쿠바가 피투성이가 되도록 적대적으로 덮치는 침략전쟁을 시도하지 않습니다. 분노라는 동등한 자격을 넘어서는, 고아가 된 아들의 울부짖음과 모든 뿌리를 빼앗긴 마음을 넘어서는, 명예롭게 살 수 없는 조국을 되찾으려는 모든 인간 존재의 권리를 넘어서는, 쿠바를 침체시키고 부패시키는 정부에 대항하여 폭로하려는 쿠바 모든 아들의 권한을 넘어서는 쿠바 이민자들입니다. 거기서 살아가면서 조금이라도 힘을 가질 수 있었던 사람들은 복수의 권력 앞에 고통을 당하지 않을 것입니다. 이미 해외에서 개인의 자유를 얻었음에도 불구하고, 제 형제들의 자유를 쟁취하기 위해 자유를 사용하지 않는다면 마음의 평화를 누릴 수 없는 사람들이야말로 진정한 자유인입니다. 침입자처럼 이민자가 국가를 망가뜨리는 전쟁을 쿠바에 가져오고 싶어 하는 것이 아닙니다.

그리고 자신들 행동으로 전쟁을 방해하고 부인하며, 암묵적인 신봉에 빚진 호의를 독립의 가치를 떨어뜨리는 데에 사용하는 사람들은 더 먼 미래의 독립을 위한 유예기간[89]으로 그 전쟁에 맞설 수 없을 것입니다. 비천한 쿠바인들로 된, 덜 배우고 덜 화려한 사람들로 된 소수집단이 혁명의 성격과 시간을 결정하는 권력을 쿠바에 거주하는 대다수로부터 찬탈하려는 것도 아닙니다. 전쟁의 배치를 방해하려는 스파이 활동과 불신이 있는 유배지에서 자유로운 쿠바인들은 —국가가 안에서 할 수 없는 것을 바깥에서 하고 있으면서— 자신의 의무를 수행합니다. 모든 것, 쿠바가 원하는 독립을 쟁취하기 위해 필요한 자원과 의지를 동시에 끌어 모읍니다. 혁명당은 준비할 수 있고, 준비합니다. 바다에 둘러싸여 있고 배신 때문에 함정에 빠진 쿠바가 스스로 준비할 수 없는 전쟁입니다. 그러나 조국이 그 제안에 귀 기울이지 않고, 그 제안을 팔 뒤로 내던진다면, 혁명당은 조국의 뜻을 존중할 것입니다.

쿠바가 전쟁을 거부했다는 것에 대해 납득할 수 있었다면 혁명당은 이민자들에게 똑같이 정직하게 말했었을 것입니다. 그리고 당의 진중한 탐

---

[89] 그 전쟁을 피하기 위해 독립을 더 뒤로 미루자는 변명을 말한다.

구에 대한 응답을 통해 국가의 동의 여부를 알지 못했다면 당은 존재하는 것이 정당하다고 생각하지 않았을 것입니다. 왜냐하면 가장 고귀한 열정도 그것을 부적절하거나 불가능하게 만드는 현실 앞에 그 자리를 포기해야 하기 때문입니다. 그의 동기가 아무리 공정하더라도 쿠바 망명자들은 쿠바가 거부할 전쟁을 조직할 권리가 없습니다. 하지만 쿠바에서와 마찬가지로 독립에 대한 열망은 만장일치이며, 자원이 있고 단결이 있는 전쟁에 대한 확신은 더 한결같습니다.

오늘날 처음 전쟁처럼 시간이 걸리거나 분열할 어떤 이유는 없습니다. 대항할 수 있었던 사람들의 순응만이 유일한 힘인 적(스페인)을 쉽게 허물어뜨릴 수 있을 것입니다. 당은 쿠바의 볼 수 있는 영혼처럼 존재하며 그 이성은 확실합니다. 자신의 군대를 고용하기에 혁명당은 충분히 성장했으며, 무모한 기획에 착수하기에는 지나칠 정도로 신중합니다. 가장 멀리 떨어진 곳에 살고 있는 쿠바인들을 자신의 품안에 모으는 혁명당입니다. 이 혁명당이 쿠바 문 앞에서 이토록 강인함을 드러낼 수 있었던 것은, 쿠바와의 지속적인 소통이 반대 의견에서 비롯될 수 있는 나약함에 맞설 만큼의 열정적인 씨앗을 혁명당에 불어넣어 주었기 때문입니다.

스페인이나 비열한 자들이 공연히 쿠바 이민자들을 타락하거나 불량한 사람들로 낙인찍고 있습니다. 이민자들은 자신의 생애와 재산을 희생하면서, 이미 자유의 기질에 적합한 조국에 자유를 쟁취할 수 있는 수단을 제공하며, 조국의 자녀로서 조국을 섬기는 명예보다 더 나은 상급을 요구하지 않습니다. 혁명군에 무기를 제공하고 아낌없이 도움을 주기 위해 미리 단결한 오늘날의 망명자들에게, 이전 전쟁에서 명백한 지원 부족으로 초기 혼란에 책임 있는 과거 이민자에 관한 혹평을 떠넘기려고 비열한 자들은 공연히 시도할 것입니다. 그 당시 망명자들은 돕지 않았다고 비난받고, 지금의 망명자들은 도움을 주고 있다고 해서 비난받아서는 안 됩니다.

오늘날 이민자들 대다수는 최근 쿠바에서 도착했으며, 현 세대는 자신의 추진력으로 첫 번째 망명의 안정적인 쿠바인들과 연합했습니다. 혁명당에는 쿠바의 한 도시 또는 다른 도시에서 자발적으로 망명한 사람들에 의해 형성된 협회들이 있으며, 추방된 사람들도 상당히 있습니다. 그 중에는 마을 전체도 있습니다. 최근 몇 년 동안 그곳 삶의 비참함과 위선에서 떠나 마을 전체가 망명했습니다. 호의적인 쿠바섬은 혼란, 지역주의, 약하거나 과도한 지휘의 위험으로부터 전쟁의 길을 정화시키는 사람들에게 진심 어린 목소리로 인사합니다. 그러한 위험들은 느린 이주[90]가 허용한 긴 시간 동안 첫 번째 전쟁을 약화시키고 무너뜨렸습니다.

첫 번째 시도의 실수[91]를 통해 승리에 필수적인 인내심과 규율을 학습한 민족의 광경을 칭찬하는 대신, 이민자들을 다른 시대의 열정으로 곪아터진 잔재로 묘사하는 사람은 쿠바의 기대를 어긋나게 합니다. 가장 겸손한 직업들이 거대한 부와 동등한 위엄을 지니는 곳에서, 오늘날의 이민자들을 경험적 혁명가의 뒤를 따라가며 아우성치는 집단처럼 묘사하는 사람은 쿠바의 기대를 배신하는 것입니다. 해외에서 자유로운 전쟁의 모든 영광은 쿠바 혁명당에 있습니다. 그 안에서 망명자들의 열매 맺은 연합으로 보상 받은 어제의 장군들은, 모든 군인들, 점잖은 조바심으로 친밀감이 적었던 예전의 모든 사람들과 형제애를 맺었습니다. 의사와 노동자들, 제조

---

90 현재의 더 활발하고 조직적인 망명과 대조되는 표현입니다. 과거에는 망명이 느렸지만, 현재는 더 결단력 있고 단합된 망명이 이루어지고 있다는 점을 강조.
91 1차 독립 전쟁인 십년전쟁의 실패를 말한다.

업체와 기계공, 상인들과 장군들은 자신의 대표를 선출하기 위하여 투표에서 단결했습니다.

우리 공화국의 올곧은 대통령 옆에서, 쓸모없는 자신의 학위에 불만을 품은 전문가들이 초라한 산업의 식탁에 앉아 애타게 기다리고 있습니다. 그리고 명망 있는 아버지의 아들은 자신의 땅에서 적은 명예로 만족하며 살 수 없다는 이유로 쿠바인으로서의 권리를 포기했다고 믿지 않습니다. 자유로운 산맥 안에서 용감한 가슴으로 태어났기 때문입니다. 어제의 쿠바인들조차 조국에 대한 의견을 표명할 권리를 부정해서는 안 됩니다. 그들은 십 년 동안 전쟁에서 피를 흘렸기 때문입니다. 오늘날의 쿠바인들도 마찬가지입니다. 그들은 자신의 피난과 조국의 구원을 찾기 위해 최근에 바다를 건넜기 때문입니다.

자신의 무기력한 동포들을 섬기는 것 외에는 다른 열망이 없는 이민자들은 동포들이 스스로 조직할 수 없는 반란을 조직합니다. 두려움을 불러일으킬 수 있는 위험으로부터 거사를 구합니다. 그리고 의지할 곳 없는 쿠바섬이 공허의 어둠 혹은 무질서한 폭동에 자신의 미래를 내던지려는 바로 그 순간에, 이민자들은 국가가 자신의 자유를 쟁취할 수 있도록 만장일치의 전쟁을 신속히 준비합니다. 조국이 결정하십시오.

스페인으로부터의 분리는 쿠바 모든 병폐에 대한 유일한 치료법입니다. 국가의 생산물을 딴 데로 돌리는 정부 아래에서 크리올이든 본토(스페인) 출신이든 쿠바섬 거주민의 보고서를 서술하는 것은 군더더기에 불과합니다. 이 정부는 빼돌린 재정으로 국민을 압제하고, 또한 매점매석하는 자금들에 의해 조장된 부도덕보다 더 유해한 은밀한 예산 안에서 무수한 형태의 뇌물을 징수합니다.

같은 조국의 자녀들이 항상 서로에게 지켜야 할 형제들 간의 배려 그리고 결국 자신의 잘못을 깨닫게 되리라는 정당한 희망은 조언합니다. 쿠바의 실질적인 진짜 문제를 이해하는 데에 실패한 쿠바인들의 화합이 오래 걸린다는 사실에 대해 자체의 혹평을 그만둘 것을 말입니다. 그들은 쿠바의 유일한 진짜 문제가 쿠바인이 자신의 땅을 스스로 다스리려는 열망과, 그에 반해 스페인은 자신의 권력과 이익을 지키기 위해 결코 그 통치를 넘겨줄 수 없는 충돌 안에 있다는 것을 제대로 파악했지 못했습니다. 즉, 나라의 통치권과 함께 본토 출신들에게 부여한 특권까지 넘겨주는 일에 대해 스페인은 항상 무능력할 수밖에 없습니다.[92] 왜냐하면 스페인은 그 특권들을 무력으로 유지하고 있기 때문입니다.

공화국의 날에 우리의 탄생으로 인해 쿠바섬 공동소유주들인 우리 본토 출신 아비들이 인간으로서의 권리에 피해를 입게 될 것이라고 연루시키지 마십시오. 어쩌면 쿠바의 전체 정치적 상황은 쿠바인과 스페인인 사이의 패권을 위한 투쟁에 있다고 말할 수 있습니다. 그토록 인구가 적고 풍요로운 대지엔 스페인 노동자를 위한 공간이 항상 충분히 있을 것이며, 이베리아 반도의 합법적인 상업은 우리 관습 속에서 지속적인 시장을 갖게 될 것입니다.

그러나 국가의 독립과 함께 상업을 달성할 수 있는 유일한 방법은 혜택을 입은 스페인 사람의 이익을 위해, 각계각층에서 쿠바인들을 부당하게 배제하는 것을 중단하는 것입니다. 재능 있는 크리올이 부질없이 취직하려고 애쓰는 거리를 멍청이나 오합지졸은 오만하게 거닐고, 저명한 쿠바인은

---

92 스페인이 구조적으로 쿠바에 진정한 자치권을 줄 수 없다는 말이다.

도박꾼 사이비 정치가·즐기는 군인 그리고 매수된 판사의 발치에서 숨을 거둡니다. 치명적인 빈곤은 크리올 사람들을 공적인 부의 대부분을 소유한 스페인 사람들에 대한 의존에, 심지어 부당한 감사에 길들게 합니다.

얼룩진 빵을 먹거나 먹을 빵이 없거나 둘 중 하나입니다. 안정된 정치인들은 더딘 선거법, 기껏해야 상반된 이해관계를 간청하는 데에 딱 맞는 방식에 불과한, 제 형식의 가면 아래에 있는 영구적인 예속법 안에서, 증가하는 타락과 원주민의 퇴출에 대한 구제책을 찾습니다. 방어를 위해 질서를 세우는 데에 모든 힘을 사용해야 하는 군대는 정부와 싸운다는 구실로, 사기를 저하시키는 정부에 봉사하는 데 소비됩니다. 겁에 질리거나 타협적인 소수집단은 망가진 조국을 당면하여 태만으로 된 평온 또는 타협된 감흥 안에서 살아갑니다.

스페인을 방어하면서 무장한 채 나타난 바로 그 농민들은 이 괴물 같은 충성심으로 도덕성의 모든 기반을 혼동하고 있습니다. 농촌에서 그들의 보호를 받기엔 너무 비싼 스페인 경비병의 임무를 빼앗기 위해, 그리고 정부가 보호해줄 수 없는 재산을 지키기 위해 더 많은 무기를 지닙니다. 나라가 산산조각 추락합니다.

정신적으로 지친 눈에 보이는 출구가 없습니다. 쿠바인은 단지 부끄러움 속에서 그토록 많은 고뇌에, 혹은 자신의 무능한 역량을 관조하면서 만족하고 제 영혼의 절규를 무관심하게 듣는 데 이르게 됩니다. 급기야 가장 무른 내장을 가진 죄수처럼 음악 소리에 맞춰 회초리들이 벌거벗은 살을 갈기갈기 찢는 사람이 내는 불행한 비명을 떨지 않고 듣습니다. 번영과 권력을 강탈해갈 법을 무장한 오만한 주인에게 부질없이 구걸하게 될 것입니다.

그러나 스페인과 쿠바의 분리는, 결국 스페인 자신에게도 최종적으로 이익이 되는 방향입니다. 서로 상충하는 이해관계나 크리올의 권리에 대한 조롱, 국가의 홀대 같은 이유보다 더 숭고한 이유에 의해 부과된 것입니다. 그리고 그것은 두 민족의 정신과 다양한 목적의 분리이고, 사회적 구성에서 다른 발전 단계의 분리입니다. 쿠바는 우월한 민족입니다. 토양의 풍요로움과 정신의 활력을 성장시키기 위해 전쟁으로, 국외 추방으로, 쿠바 섬에 사는 자녀들의 곤궁함 그 자체로 훈련받은 쿠바는 인종 혼합으로 인해 상처 입기보다는 오히려 더 많이 향상되었습니다.

그 이질적이고 독특한 형성에도 불구하고 쿠바는 스페인보다 우월한 동시대적 실체입니다. 스페인은 봉건적인 조직체 안에서 마비된 사람들과 함께, 외국 정치 형태의 피상적 모방 아래, 실제로 원래 억눌렀던 다양한 민족 정체성과 분열된 상태로 다시 빠져들고 있습니다. 진실로 다양한 정체성이 재건의 더디고 독특한 원천인데, 이로부터 수세기 동안 성장이 지연된 스페인입니다. 이는 스페인이 재건될 수 있는 유일한 기반이지만, 무어인과의 독립전쟁 초기부터 가려졌습니다.[93] 그 위에 형성된 국가는 승리한 종교 그 자체 이상으로 눈부신 아메리카 대륙의 전리품으로 통일을 유지해 왔습니다.

스페인 국가는 아메리카 대륙 위에 세워졌으며, 요행과 나태함으로 된 새로운 형태는 뿌리에서부터 썩어 들어갔습니다. 그리고 농토에 묶인 농

---

93 스페인의 다양한 민족성과 지역 정체성은 원래 존재했지만, 무어인과의 전쟁으로 인해 "스페인이라는 하나의 단일 국가"라는 환상이 만들어졌다. 다양한 민족성과 지역 정체성이 억눌리고 '통일 신화'가 만들어지면서 스페인은 진짜 민주적, 민족적 통합이 아닌 역사적 억압과 제국주의 위에 세워졌다고 보는 것이 마르티의 관점이다.

노들이나 그 발견을 통해 이익을 얻으려는 상인들을 제외하고, 스페인은 성직자의 법의와 망토로 된 어두운 궁정에서 추천받은 기회를 구하는 것보다 라틴아메리카에서의 모험과 수익성 높은 일자리에서 더 기름기 많은 생산성을 추구했습니다. 식민지의 상업과 산업에 과한 과세로 스페인 군주제는 태어날 때부터 훼손되었습니다. 그것은 안일한 본토를 부양하기 위해 아메리카 국가들에게 강요된 고용과 상업 조세에 대한 의존하는 습관과 욕구 때문입니다. 식민지 조공에 기반한 국가 체제로부터 그것을 떼어낼 수 있기 전에 스페인 왕정은 그 쓸모없는 형태가 무너질 것입니다.

자신의 이주자 인구, 과도하고 불온한 민병대, 셀 수 없는 사법부, 대학 및 관료주의의 혼잡, 무엇을 위해 창조되었는지, 그 통일성을 실현하지 못한 채 사라지는 군주제의 모든 군더더기들을 부양할 실제적이고 직접적인 일자리가 없는 스페인이었습니다. ―시간과 방법도 없이, 자신의 식민지들 기반을 대체할 의지도 없이― 스페인은 이전에 대륙 전체에 분배했던 무게를 오늘날 쿠바 위에 떠넘기고 있습니다. 그들은 세기의 추진력으로 탄생하고 있었던 산업들조차 조절하지 않았습니다. 그리고 쿠바와의 협정에서 그들은 주요하고 강제적인 지지대를 가졌습니다.

반면 두 아메리카 사이에 못 박힌 쿠바는 미래의 교차로처럼 끓어오르며 변화하고 있는 세계를 향한 자신들의 문을 보고 있습니다. 수로들이 열립니다. 자신의 생산물로 된 무역은 자유로운 손 안에서 성장합니다. 자체 생산과 자체 풍토가 있는 도시들은 자신들만의 독특한 시장을 가지고 바다와 대지에 연합합니다. 한편 쿠바의 자녀들은 천성적으로 특별한 은총을 부여받은, 자신의 정부를 위한 망명과 전쟁에서 단련된, 일자리를 향한 오랜 결핍과 행운의 놀라움으로, 증오의 씨앗들에도 불구하고 문화를 향한 열렬한 열망과 공통된 가치의 명백함을 위해 결속해 왔습니다. 그러나 그 자녀들은 강요된 무기력 속에서 쇠약해지고 있습니다. 질식된 식민지에 생계를 의존하는 멀고 초보적인 민족(스페인)에 묶여 말입니다.

인간의 노동과 자유에 대해 가장 호의적인 시대에 세계에서 가장 유망한 국가 중 하나가 될 행복한 미래가 정체되고 있습니다. 신속한 발전에서 고립되고, 어쩌면 영원히 잃어버립니다. 자신의 국민들을 빈곤하게 만들고 모욕하는 정부를 유지하기 위해서, 국민을 압박하는 민족이 열망하는 인구를 공급하기 위해서, 그리고 바르셀로나와 산탄데르 사이에 난 도로들에 궁전을 늘어서게 하기 위해서 말입니다. 이미 아메리카 세계에서 자유로운 진보를 추구하는 쿠바는 군사공화국이나 동요하는 왕국, 유럽 민족 보행자의 뒤를 따라가는 데에 배치될 수 없습니다. 스페인은 태만과 폭정으로 불모의 수 세기 이후, 자신들의 미숙한 국민성을 조장하는 시점으로 퇴보했습니다.

그럼에도 불구하고 독립이 가져올 위험이 독립을 바람직하게 만드는 파멸과 타락보다 더 크다면 독립을 두려워할 수 있습니다. 혹은 어떤 정치적 형태로든 쿠바 사회의 자연스럽고 필연적인 성장이 아닌 어떤 충돌을 야기하는 경우에도 마찬가지입니다. 쿠바 사회는 구성원들 사이에 있는 소박하고 공평한 대우를 통해, 오직 오만과 불의만이 위험하게 만들 수 있는 요소들을 국가적 위대한 힘으로 전환할 능력이 있습니다.

민족은 자신의 자녀들이 가진 재능의 총합입니다. 그리고 쿠바는 강건한 집합체가 될 것입니다. 자유의 추진력, 과중한 세금의 갑작스러운 면제, 오늘날 악덕과 폭정에 지불하는 자금을 국가적 자산으로의 전환, 추방의 가혹함 속에서 개척과 난관에 처했던 쿠바인들의 귀환과 함께 말입니다.

그 결합은 억압받던 자국 내에서, 가장 험난한 국외추방의 도시들 속에서, 비천하든 교양 있든 크리올 쿠바인이 보여준 민족의 행동력, 절제와 근면으로 되어 있습니다.

쿠바는 자신들의 노동 습관, 자유로운 규범, 광범위한 대장정, 현대적인 향상, 공공의 열망, 행복한 지리학으로 인해 아메리카의 생활방식에 이르렀습니다. 그것은 게으른 귀족 계급, 신정주의 또는 허위의 정치 체제들로 된 어떤 것과도 다릅니다. 미개하고 고립된 농촌과도 매우 다릅니다. 이런 것들은 길도 빛도 없는 시대에 쿠바에 적당치 않는 많은 영역에서 분쟁과 함께 최초의 아메리카 공화국의 발전을 방해해 왔습니다. 이런 거칠고 이해할 수 없는 분야와는 판이하게 다른 요소들이었습니다. 전쟁 중에 그리고 평화의 초기 몇 년 동안, 미국은 귀가 여린 청중들 앞에서 종종 흉내 낼 수 없는 모범으로 내세워졌습니다. 하지만 우리의 전쟁을 더럽혔을 수도 있고 내일의 공화국을 추악하게 만들 수 있는 동일한 질투, 배신과 경멸, 모반, 반란과 분쟁, 음모, 범죄와 책략을 쥐고 있었습니다.

무지하고 소박한 아프리카 부모로부터 무수한 쿠바인들이 이 나라에 태어났습니다. 불행과 노동 속에서도 이들은 적어도 신생 민족의 독창적이고 생산적인 출발에 있어, 더 행운의 피부색을 지닌 이들 못지않게 적합한 존재들입니다. 백인들은 자신들의 혈통에서 오만과 나태함을 씻어내지 못하고 있습니다. 그러나 십년전쟁에서 몇몇 쿠바인들과 다른 사람들 사이에 생겨난 사랑, 노예였던 쿠바인과 그를 노예 상태에서 구출한 사람을 영원히 맺어준 자연스러운 유대, 불평등한 조건 속에서도 해방된 노예가 그의 옛 주인만큼이나 유능하고 선하다는 것을 보여준 노동, 질서 및 관대함으로 된 가치들, 특별한 문화적 사례들 이상으로 해방된 쿠바인들의 빠르고 열정적인 발전, 이 모든 것들은 강력한 사회적 영향을 가진 사실들입니다. 이러한 사실들은 국가의 평화와 안정을 위해 사적인 권리에 남겨진, 모든 피부색 안에 있는 장벽을 뛰어넘으려는 강렬한 욕구를 인정합니다. 아니면 해방된 이의 동등한 영혼에 대한, 그들의 권리, 재능 및 미덕에 마땅히 주어져야 할 사회적 존중에 대한 체계적이고 모욕적인 부정을 야기할 수 있는 불안을 능가합니다.

또한 성장하는 모든 민족들 안에 있는 현대 사회의 문제들에 대한 연구를, 쿠바섬에서 멀어지게 하려는 원하는 사람은 평화의 가장 확고한 보장을 불필요한 두려움을 가지고 바라볼 수도 있습니다. 그 평화의 보증은 언제나 자신의 현실과 자신의 자연에 마침내 일치시킨, 인류의 솔직한 논쟁입니다. 그리고 모든 종류의 개선에 대한 활력 있는 소망은 무기력과 폭정으로부터 민중들이 구원받는 곳을 향합니다. 오직 압제만이 자유의 완전한 행사를 두려워해야 합니다. 세상의 불공평에 불만을 품은 사람보다 더 고귀한 광경은 거의 없으며, 재산이나 학문이 그들을 장식하든 아니든 인간 고통을 완화하고자 목말라하며 찾아가는 사람들보다 더 순수한 영혼은 없습니다.

쿠바의 미개척지는 넓습니다. 그것을 사용하는 사람에게는 땅을 열어주고, 그것을 사용하지 않는 사람으로부터는 땅을 빼앗는 정의로움은 명확합니다. 좋은 토지 시스템과 풍요로운 국가의 첫걸음이 용이한 쿠바는 많은 선량한 사람들이 살 수 있는 터전을 갖게 될 것이며, 사회 문제에 대한 균형을 갖게 될 것이며, 논쟁과 평판보다는 기업과 일자리로 존재해야 할 공화국을 위한 뿌리를 갖게 될 것입니다.

스페인 사람의 입장에서는, 스페인 자신이 우리의 아버지라는 것을 깨닫지 못한 채, 주인들의 학대에 반항하는 쿠바인들과 그 학대를 쿠바인처럼 겪는 본토인들을 하나로 묶는 열망의 형제애도 깨닫지 못한 채 증오의 범람을 두려워할 수도 있을 것입니다. 그런 증오는 결코 쿠바인의 가슴에 깃든 적이 없었습니다. 아무튼 그들의 두려움은 헛된 것이 될 것입니다. 왜냐하면 쿠바를 괴롭히는 정부와 부패시키는 악덕만이 쿠바에서 뿌리째 뽑혀야 하기 때문입니다. 자신들의 자유를 존중하고 돕는 유능한 사람은 그렇지 않습니다. 만약 격정이 패배한 정부의 범죄에 대해 무고한 머리에 복수하고자 한다면, 보복과 결백함 사이에 방패 역할을 할 가슴이 충분히 있을 것입니다.[94]

주변 모든 것을 부정하는 자유의 개념을 문학 연구로 습득한 소심한 욕망이 자리잡은 민족 안에서 동일한 교육을 받은 계층에게 공화주의의 미숙함은 당연합니다. 이 미숙함은 이론적인 쿠바인들 안에 혼란의 두려움을 불러일으킬 수 있습니다. 그러나 공화정들의 현실을 직접 겪으며 배운 사람은 그런 혼란을 예상하지 않습니다. 자신의 자유와 문화 속에서 상승하기 위해 자신의 격렬함을 바로잡고자 열망하는 군중 속에는 공화국의 위험이 그리 많지 않습니다. 진정한 위험은 오히려 오만과 허영에 있습니다. 오만과 허영은 자연적 권리에 대한 지속적이고 신실한 인식이 가장 복잡한 인간 사회를 지킬 유일하고 충분한 보호 장치임을 무시합니다.

부유한 스페인 사람의 까닭 없는 공포에 결합한, 자신의 삶에 대한 의존과 근심으로, 제 민족 안에 이미 드러나고 있는 활력과 단결로 된 징후들을 모르는 척하는 경향이 있는 쿠바인의 식민지적 불안만이 구걸하듯 자신을

---

94 정의로운 독립을 추구하되 무차별적인 복수는 하지 않겠다는 인도주의적 원칙을 말한다.

편입시키려는 나라[95] 안에서 쿠바의 안녕을 추구할 수 있을 겁니다. 그러나 그 나라는 전쟁의 피를 통해 자유를 얻었고, 영토는 이미 분배되어 있으며, 자국의 공격적이고 탐욕스러운 주민들이 약한 민족들의 먹잇감 위로 넘쳐흐르는 것을 목격하며, 쿠바인들이 그 안에 피신하고자 하는 그 문제[96]조차 스스로 해결할 것을 알지 못하는 국가입니다.

자신의 기업과 가게를 지키려는 스페인 사람도, 그가 이성적 사람인 한, 탐욕스러운 무리에게 쿠바섬을 개방하고 싶어 해서는 안 됩니다. 그들은 정치적 호의와 독점된 부의 권력으로 쿠바에서 스페인 무역을 휩쓸어버릴 것입니다. 별 근거도 없이, 공화국 안에서 해방된 흑인들의 우세를 두려워하는 쿠바인도 자신의 순교한 대통령[97]의 입을 통해 미국에 부담되는 해방된 노예 인구를 그 안에 쏟아 부을 적합한 땅[98]으로 쿠바를 선택한 나라에 합병되기를 추구해서는 안 됩니다. 자기 해방으로 얻은 존중과 자유무역이야말로, 폭정적인 지배로부터 미숙하고 혼란스럽게 벗어난 식민지 사이에서 진심 어린 평화를 유지할 수 있는 유일한 수단임을 경솔한 쿠바인들은 부정하고 있지만, 그것은 헛된 일입니다. 그리고 개성과 방법의 충돌 속에 있는 분별없고 성급한 국가는 합병 안에서는 존중받게 될 세력을 짓밟고 말겠지만, 독립과 함께 개방될 완전한 무역의 향유 안에서는 애정을 가지게 될 것입니다.

---

95 쿠바가 미국에 의존하거나 합병되는 것을 굴욕적으로 자비를 구걸하며 들어가는 행위로 보았다.
96 인종차별 및 사회 갈등 등을 말한다.
97 아브라함 링컨을 말한다.
98 당시 미국이 해방된 노예 인구를 문제로 인식하고 있었고, 그들을 쿠바로 이주시키려는 의도가 있었다는 역사적 맥락을 의미한다.

스페인 국가의 내밀하고 완고한 본성을 사전에 바꾸지 않고는 실현 불가능한 자치권에 대한 무효한 요청에 대해, 방향도 없는 쿠바는 이러한 소망과 사상의 혼란 속에서 절망합니다. 또는 그것을 요구하는 체제나 그것을 들어줄 민중도 없이, 국가의 분해를 재촉하는 구제책으로 불편한 합병이라는 막연한 생각을 믿고자 합니다. 또는 독립을 쟁취하게 될 전쟁의 혼란이나 무기력에 대한 두려움 때문에 독립을 열망하는 것을 주저합니다.

해외의 땅에서 자유로운 목소리를 가진 쿠바인들은 지속적으로 행동할 계획 안에서 최초의 공화국과 국외 추방에 관한 모든 교훈을 수집하면서, 조국을 향한 존중, 등한시했던 국가의 위험에 관한 감시와 연구하는 조직으로 '쿠바혁명당'이란 이름 아래 통합되었습니다. 의지할 곳 없는 쿠바섬의 구원에 필요한 대책들을 가져올 그 유일한 사명은 애정과 선견지명으로 된 자신의 작업을 설명하는 것입니다. 그것을 위해 어수선한 견해들을 야기할 수도 있는 사건들을 계기로 혁명당은 오늘 자격도 없이 찾아오지 않습니다.

쿠바섬의 불행을 증가시키는 것은 주동자들의 수치이며, 그리고 그와 같은 성공 자체가 자신을 구원할 수 없는 범죄가 될 것입니다. 열정과 맹목 안에서 제안되거나 구성된 목적을 위한 불충분한 전쟁의 위협과 함께, 가장 간절한 승리에 대해 지나치게 비싼 대가가 되곤 하는 위험들과 함께 말입니다. 그리고 기진맥진한 상태에서 조국을 구원하려는 기특한 작업에 장애가 되는 자만하는 타성에 맞서는 질투 많은 수호자가 쿠바에 필요하다면, 그 질투심 많은 수호자는 혁명당입니다. 신중하지 못한 전쟁에 맞서고, 완고한 정치 선동가를 향한 무지한 열정의 흥분에 맞서고, 때때로 자유라는 그럴싸한 의식 아래 얼굴을 감춘 폭정에 맞섭니다. 쿠바의 사랑과 신뢰를 받을만한 혁명당은 쿠바인과 스페인 사람들에게 쿠바섬에 진정한 자유의 도시를 건설하기 위한 노동의 분담에 박차를 가할 것을 요청합니다. 제 거주자들에게 안전한, 그것을 바랄 수 있는 사람에게 존중받을 만한, 정의의 실천으로 무질서로부터 보호된, 그리고 아직 시간이 있을 때 아메리카의 노동하는 민중들 사이에서 수익과 명예로 된 자신의 위치를 차지하는 데에 적합한 자유의 도시를 위해서 말입니다.

영혼 속에 있는 최초의 공화국에 대한 경외심으로 그리고 희생과 헌신, 바로 그 정신으로 해외 거주 쿠바인들은 휴식도 없이 일합니다. 아메리카 원주민 촌락에서부터 가장 번화한 도시에 이르기까지 그렇습니다. 황량한 평화 속에서 살 수 있는 땅을 무력으로 탈환하기 위함이 아니라, 성급한 세상이 쿠바인 위를 덮치기 전에 자신들의 자산과 생명으로 도덕적이고 행복한 민족으로 창조되도록 돕기 위해서입니다. 영웅들로 씨앗 뿌려진 그 땅에서 쿠바인이 명예롭게 살 수도 없고 행복을 열망할 수도 없는 땅에서 말입니다.

공공의 자유에 대한 분별 있는 사랑, 우리 자신의 피붙이가 쓰러뜨린 치명적인 낙담의 위험에 있는 굴종을 보는 본능적인 슬픔, 그리고 오늘날 노예 제도라는 가장 수치스러운 시기에 산산조각난 민족을 다른 시대의 품격으로 복원하려는 불굴의 갈망. 이 모든 것들은 어머니에게처럼 쿠바에 충실한 전쟁의 변함없는 영웅들을 감동적인 이타심으로 단결시켰습니다. 식민지의 불안한 삶보다는, 자신의 기질에 맞는 외국 땅에서의 거칠지만 유익한 실험을 택한 망명자들. 그리고 새로운 분노의 자극으로 매일매일 쿠바로부터, 가난과 수치로부터 탈출하는 사람들. 그들은 1868년[99]에 일어

---

99 제1차 쿠바독립전쟁이 일어난 해.

났던 천사 같은 불꽃과 막을 수 없는 저항정신을 새로 태어난 혁명에게 선물합니다.

쿠바는 사랑해야 합니다. 쿠바는 이미 영광으로 넘쳐나는 이 대장들을 멀리할 수 없습니다. 그들은 쿠바의 자유를 수호하기 위해, 감사하는 제 민족이 그들에게 주고자 하는 것 외에 더 이상의 보호도 없이, 자신들의 집을 홀로 내버려 두고 되돌아올 것입니다. 외국 땅에서 안전하게 풍부한 자금으로 살아가는 자녀들을 사랑해야 합니다. 그들은 그 안에서 이미 향유하고 있는 풍요를 자신의 조국을 쟁취하기 위해 제 재산을 가지고 참여합니다. 망명지에서 보기 드문 교양으로 일어선 이 존경할만한 쿠바 민중들을 사랑해야 합니다. 그들은 자유로운 조국을 선물하기 위해 자신을 무시하고 경멸하는 사람들에게 불쌍한 일당에서 중요한 몫을 인출했습니다.

조국의 해방을 위해 혁명당은 활동합니다. 나중에 자신들의 증오로 피를 흘릴 수도 있는 쿠바 아들들의 화합을 위해, 처음 전쟁에서부터 공화국을 위협했던 모든 위험을 뿌리 뽑기 위해, 민족 안에 성실하고 선량한 국가를 세우기 위해서입니다. 명예가 고갈된다면 그 민족은 척박한 나라의 폐허가 된 지방으로, 아니면 오만불손한 이웃나라의 공장과 폐선박에 멈춰 서고 말 것입니다.

혁명당은 대지의 민족들 앞에 쿠바 해방에 대한 정당성과 유익함, 그리고 현대 세계에서 참여하고 일하기를 원하는 자신의 열망을 밝힙니다. 혁명당은 쿠바 특성의 강건함과 질서의 장점들을 선포하고 증명합니다. 혁명당은 자신의 도움으로 신성한 사명을 앞당기는 사람들에 대한 존경심을 불러일으킵니다. 또한 자신의 외면으로 그것을 방해할 수 있는 사람들의 마음도 일깨웁니다.

그는 모든 권리를 진심으로 존중함으로써, 조국이 자기 문화와 부를 평화롭게 누릴 수 있도록 준비합니다. 혁명당은 전쟁에서 시작된 영혼의 숭고한 결합을 쿠바 민족 안에서 계속합니다. 혁명당은 쿠바에 대한 존경심으로, 그리고 그의 동의와 함께, 쿠바가 염원하는, 예속 상태에서는 준비할 수 없는 전쟁을, 사사로운 야심 없이 준비합니다. 혁명당은 독립을 향한 혁명에서 자신이 맡은 몫을 다해 쿠바에 바칩니다. 조국은 자유로운 존재가 될 이 기회를 받아들일 것인지 기회를 거부하고 계속 노예로 남을 것인지 스스로 깨닫게 될 것입니다.

지은이

호세 마르티 José Martí Pérez

쿠바의 위대한 시인이며, 독립영웅으로 라틴아메리카의 대표적 지성이다. 투쟁적 삶과 문학적 소명을 통해 '궁극의 평등'이라는 자신의 이상을 고결함의 극치로 이루어냈다. 일생을 조국 독립에 헌신한 문학인으로 저널리스트, 혁명가, 정치가, 번역가, 교육자, 출판자로 활동했다. 그는 19세기 라틴아메리카 모데르니스모 문학의 주역이며, 그의 양심과 사상은 바로 쿠바 혁명의 진수가 되었다. 그는 생애 전체로 제국주의와 자본주의에 맞섰고, 19세기 후반의 정치와 경제를 비판적 사유로 날카롭게 통찰하면서 현대성의 거의 모든 주제에 접근했다. 또한 삼백년간 잠자고 있던 라틴아메리카의 특성을 살리고 해방된 정치를 추구하면서 라틴의 민족의식을 불러 일으켰다. 자연주의자이며 자유주의자인 그는 농업을 통한 소농 공동체 문화를 중요한 미래로 제시했다. 후세들은 사랑과 희생의 선구자인 그를 '사도'로 명명했고, 그의 모든 작품들은 2005년 유네스코 세계기록유산으로 등재되었다.

옮긴이

김수우 Kim Soo Woo

부산 영도가 고향이다. 1995년 <시와시학>으로 등단, 활동을 시작했고, 늦깎이로 경희대학교 대학원 국문과를 졸업했다. 서부아프리카의 사하라, 스페인 카나리아섬에서 십여 년 머무르기도 했다. 이십여 년 만에 귀향, 부산 영도에 글쓰기공동체 <백년어서원>을 열고 너그러운 사람들과 퐁당퐁당, 공존하는 능력을 공부 중이다. 쿠바를 다섯 번 다녀오면서 19세기의 시인 호세 마르티를 사랑하게 되었다. 시집으로 『길의 길』, 『당신의 옹이에 옷을 건다』, 『붉은 사하라』, 『젯밥과 화분』, 『몰락경전』, 『뿌리주의자』가 있고, 산문집으로 『어리석은 여행자』, 『이방인의 춤』, 『쿠바, 춤추는 악어』, 『호세 마르티 평전』 등 십여 권을 발간했다. 번역집으로 『호세 마르티 시선집』이 있고, 『지붕 밑 푸른 바다』 외 사진에세이집 다수가 있다. 한국작가회의 회원으로 활동 중.